월야환담

월야환담 창월야 · · 2

홍정훈 장편 소설

초판 1쇄 찍은 날 2016년 02월 15일
초판 1쇄 펴낸 날 2016년 03월 15일

지은이 홍정훈
펴낸이 서경석

편집책임 박가연 | **편집** 한준만, 이창진 | **디자인** 신현아

펴낸곳 도서출판 청어람
등록번호 제387-1999-000006호 | **등록일자** 1999. 5. 31
어람번호 제8-0048호

주소 경기도 부천시 원미구 부일로 483번길 40 서경B/D 3F (우) 14640
전화 032-656-4452 | **팩스** 032-656-4453
http://www.chungeoram.com | **E-mail** chungeorambook@daum.net

ISBN 979-11-04-90338-0 04810
ISBN 979-11-04-90336-6 (SET)

창월야 · 2 ·

월야환담

홍정훈 장편 소설

도서출판 청어람

차례

月夜幻談

第5夜

Brother Bear?

1

앞치마를 두른 청년이 프라이팬과 냄비를 레인지 위에 올리고 칼로 감자를 벗겼다. 칼날이 춤을 출 때마다 종이처럼 얇은 감자 껍질들이 튀어나오는 것으로 보아 어디 음식점에서 일한 경력이 꽤 되는 것 같았다. 그는 순식간에 감자를 벗겨서 얇게 채를 써는 한편 프라이팬에 기름을 둘렀다.

"좋았어. 그러면 다음에는……."

그의 눈동자는 재기를 띠고 있었다. 그동안 식비와 시간의 부족으로 제대로 된 요리를 할 수 없었는데 이제 그는 두 가지의 제한에서 완전히 해방된 것이다. 그는 신이 나서 도마 위에서 채소를 채 썬 뒤 된장을 푼 냄비에 부어 넣었다.

"야아, 잘되겠는걸. 슬슬 부를까."

그는 좌우의 색이 다른 눈동자를 빛내더니 앞치마를 벗고 옆에 놓인 두꺼운 방탄복을 입었다. 수류탄의 파편까지 막아낼 수 있는 세라믹 패널과 케블라 아라미드 복합의 레벨4 방탄복이다.

그는 그걸 완전히 입은 뒤 계단을 내려갔다. 안은 빛 한 점 들어오지 않는 어둠이었지만 그는 그 속에서 훈련에 열중하고 있는 한 남자를 발견할 수 있었다.

상반신을 벗고 도복 바지만을 입은 채 훈련에 열중하고 있는 그는 천천히 발을 들어서 발차기의 궤도를 그렸다. 하품이 나올 정도로 느린 동작이지만 궤도는 너무나 정확하고 그때마다 전신의 근육이 꿈틀거린다.

완벽한 동작과 완벽한 호흡, 그리고 완벽한 타격의 감각을 얻기 위해 그는 전신에 신경을 집중하고 근육 한 올, 한 올을 자신의 의지하에 두고 발차기 자세를 교정하는 것이다.

뚜드드득.

전신에서 콩 볶는 듯한 소리가 난다. 체지방이 3% 이하라 근육의 결은 물론 핏줄까지 선명하게 보이는 몸에서 근육이 팽창한다. 그는 그렇게 느리게 자세를 교정한 뒤 이번에는 자신이 처음에 그렸던 궤도를 똑같은 자세로 속도만 바꾸어 다시금 찼다. 바람이 갈라지는 소리와 함께 지하실에 쌓여 있던 흙먼지가 일어났다.

"세건 형, 밥 먹어요."

"…야!"

방금 전까지 격투술 훈련에 열심이던 청년이 몸을 돌렸다. 그러자 방탄복을 입고 있던 이가 잽싸게 계단을 뛰어올라 도망쳤다. 하지만 그 도망도 헛되이… 맹수처럼 달려 나온 청년이 그의 등에 발차기를 넣었다.

면도날처럼 예리한 옆차기가 척추에 명중하자 두꺼운 방탄복도 쓸모없이 뿌likely 하는 기괴한 소리와 함께 척추가 나갔다. 어둠 속에 있던 청년은 녹색으로 물들인 머리칼을 쓸어 올리며 피해자를 내려다보았다.

"그렇게 부르지 말랬지?"

"으윽, 그러면 동생."

"……."

녹색 블리치의 청년은 다시금 발을 들었지만 내려찍지는 않았다. 그는 멍청히 발을 들고 서 있다가 지면을 밟았다.

"역시 동생보다는 형이 낫겠다."

"후우."

방금 전에 척추가 부러졌던 오드아이의 청년, 서린은 벌떡 일어나서 방탄복을 해체하고 가스레인지로 걸어갔다. 그사이에 녹색 블리치의 청년은 컴퓨터를 앞에 두고 쌓여 있는 신문들을 속독으로 읽어나갔다. 잠시 후 그는 주식란에 멈춰 서더니 컴퓨터를 이용해 주식 매매에 들어갔다.

"젠장, 역시 어제 폐장 이후에 가격이 많이 떨어졌군. 어젯밤 마감 시간 내에 팔았어야 했는데."

그는 투덜거림을 끝내고 수혈기에 비닐 팩을 올려놓은 뒤 주삿바늘을 자신의 팔뚝에 꽂았다. 주삿바늘에 연결된 가느다란 비닐 관을 통해서 새빨간 혈액이 흐르기 시작했다.

세건의 혈액에는 강력한 마약 성분이 있는 데다가 흡혈인자인 VT와 그에 대항하는 항체도 있기 때문에 다양한 용도로 쓸 수 있었다. 그래서 그는 정기적으로 자신의 혈액을 뽑아내 그 팩을 냉장고에 보관하고 있는 것이다.

"으윽……."

이미 몇 번 보아온 것이지만 도저히 익숙해지지 않아서 서린은 고개를 돌렸다. 한세건은 피를 뽑으면서 태연하게 식사를 한 뒤 서린에게 밥그릇을 내밀었다.

"한 그릇 더."

서린은 밥을 퍼서 세건에게 다시 건네주었다. 세건은 그렇게 세 그릇 정도를 더 먹고는 숟가락을 내려놓았다.

"도저히 더는 못 먹겠다."

그는 일어나서 설거지용 대야에 식기를 넣고 남은 반찬 등을 냉장고에 넣었다. 혈액을 보관하고 있는 냉장고에 반찬을 넣다니 보통 인간들은 비위가 상해서 견디지 못할 일이지만 그는 비위 따위는 신경 쓰지도 않았다.

세건은 냉장고에 있는 생수와 우유를 꺼내 반반씩 섞고 선반에서 헬스용 보충제를 꺼내 마저 부었다. 인간을 초월한 육체 능력을 가진 그는 기초대사량만 해도 엄청나기 때문에 먹다먹다 지쳐 쓰러질 만큼 많은 양의 음식을 섭취해야 한다.

잠깐만 신경을 놓아도 바로 몸이 말라 버릴 만큼 기초대사량이 높아서 식사 후에도 꼬박꼬박 탄수화물과 단백질 보충제를 먹어주는 것이다. 서린이 보기에는 돈지랄이라고밖에는 보이지 않았지만 세건은 의무감을 가지고 억지로 보충제를 먹어치웠다.

"으엑, 너무 달아. 젠장, 그러면 소화도 시킬 겸 가볼까."

그는 몸을 풀고 옷을 걸쳐 입었다. 매쉬 재질 티셔츠를 입고, 척추 보호대, 팔꿈치 보호대를 달고 레이싱 재킷을 위에 입는다. 그러고는 각종 전자 장비가 들어 있는 군장형 배낭을 등에 메고 서린을 돌아보았다.

"나 없는 동안 서버는 쓰지 말고 터미널만 써. 그리고 빨리 독수리 타법에서 벗어나라고. 너 정말 요즘 애 맞냐?"

"알았어요. 나 참, 별걸 가지고 다 잔소리야."

서린은 세건의 잔소리가 귀찮다는 듯 건성으로 대답했다. 세건은 오토바이를 타고 즉시 서울을 향해 달렸다.

"흐음. 아, 젠장. 그러면 뭘 한다?"

서린은 세건이 나가는 것을 확인한 뒤 밥숟가락을 놓고 설거지를 했다. 설거지를 10분 만에 끝내고 서린은 하품을 하며 컴퓨터 앞에 앉았다.

학교도 그만두고, 공인중개사 시험도 포기한 지금, 서린은 할 짓이 별로 없었다. 검정고시 칠 준비를 하라고 했지만 학교를 때려치우고 나니 공부가 손에 잡히지 않았다.

세건은 그런 서린에게 그러면 행정고시나 외무고시 준비를 하면 될 거 아니냐고 말했지만 그건 대한민국의 무수한 고시생들을 두 번 죽이는 것이나 다를 바 없다.

"…이상한 자라니까."

서린은 컴퓨터를 켜고 인터넷 서핑을 했다. 서린은 돈 버느라 바빠서 컴퓨터를 제대로 쓸 줄 몰랐기 때문에 자판을 눈으로 보면서 천천히, 무슨 핵미사일 발사 버튼 누르듯 신중하게 키보드를 눌렀다.

"아, 진짜 적성에 안 맞네."

서린은 투덜거리면서 타자 연습을 했다. 물론 아무리 독수리 타법이라고 해도 그는 워낙에 반사 신경이 빠르기 때문에 타수는 400타 이상 꼬박꼬박 나오고 있었다. 세건은 그런 서린이 불만인지 들들 볶아서 강제로 타자 연습을 시킨 것이다.

하긴 세건은 누가 쫓아오기라도 하는 것처럼 열심히 살고 있었다. 잠은 하루에 두 시간 잘까 말까 하고, 육체를 단련하고 난 다음에는 항상 기술 서적, 외국어 서적 등을 읽고 오토바이를 정비하거나 기판을 조립한다.

용산 전자 상가 등의 부품 가게를 돌면서 각종 부품을 사다가 시한폭탄용 기판이나 도청된 소리를 MP3로 코딩하기 위한 기판 등을 만드는 것이다. 그런 걸 볼 때는 도저히 저 인간이 고교 중퇴라고는 믿어지지 않았다.

서린은 고요한 방에서 혼자 키보드를 치다가 옆의 오디오를 켰다. 마침 튜너가 켜져 있었는지 오디오를 켜자마자 라디오 방송이 흘러나왔다.

손님의 도래를 알리는 황동종이 요란한 소리를 내며 흔들렸다. 마치 카우보이처럼 단숨에 문을 열고 들어온 이는 레이싱 재킷을 걸친 녹색 머리칼의 청년이었다. 테이블에 앉아 있던 이들은 모두들 놀라서 그를 바라보았지만 그는 사람들의 시선은 아랑곳하지 않고 성큼성큼 걸어 들어와 테이블에 앉았다.

그의 모습은 이전, 다국적 의료 기업인 플렉스 메디칼을 폭파한 테러범 한세건과 닮아 있었다. 사실 닮아 있고 뭐고 간에 그가 바로 한세건 본인이긴 하지만 지금의 그는 예전과는 얼굴이 바뀌어 있었다.

간단한 엑토플라즘 가공을 한 마스크를 뒤집어쓰고 있기 때문에 일반인은 그의 본모습을 알아보지 못했다.

"아아, 젠장. 덥네."

재킷을 벗어서 옆구리에 낀 세건은 가게 안을 둘러보았다. 아직 오전인데도 사람이 제법 되는데, 다들 이 동네 근처의 백수였다. 가게는 안에 각종 토속 가면이나 수정구, 점칠 때 쓰는 도구나 저주 용품 등이 즐비한 곳으로 그 수준이란 면에서는 놀이공원의 점 자판기와 큰 차이가 없었다.

이런 곳에 사내들이 꼬이는 이유는 단 하나, 여기의 오너가 상당한 미인이기 때문이다.

"왔어? 이번엔 또 무슨 일이야?"

새하얀 블라우스 위에 검은 조끼를 걸치고 타이를 맨 미녀가 그에게 다가왔다. 그러자 세건은 손을 휘휘 내저었다.

"뭐, 그냥 정황이 궁금해져서요."

원래 그의 계획은 서린을 이용해 가급적 많은 놈을 꼬여내는 것이었다. 하지만 흡혈귀들의 맹주들은 이미 뜨거운 맛을 한번 본 터라 함부로 나서지 않고 쓸데없는 흡혈귀 사냥꾼이나 마법사들만 속속 입국하고 있었다.

물론 흡혈귀들도 아주 가만히 있지는 않았다. 테트라 아낙스에서 키워낸 흡혈귀 중 가장 전투에 뛰어난 자들, 소위 말하는 히트맨 중의 한 명이 이미 한국에 입국했다는 사실은 알고 있었다.

하지만 대체 어째서 그들은 움직이지 않는 것일까? 역시 세건과 서린이 함께 있기 때문일까? 그러나 한세건은 진마사냥꾼임에도 불구하고 높은 평가를 받고 있지 못하고 있는데 그렇게까지 견제한다는 게 가능한 일일까?

또 다른 진마사냥꾼 실베스테르가 이미 300년 넘게 살아온 마인(魔人) 중의 마인이라는 것을 감안할 때 인간에 불과한 한세건은 높이 평가될 이유가 전혀 없다.

실제로 그는 사이키델릭 중독에 의한 명정 상태 속을 살아가고 있고, 흡혈귀가 되지 않기 위해 흡혈인자를 전부 사이키델릭 문으로 만드는 과정에서 육신이 파괴되고 흡혈인자에 대항하는 항체가 형성되고 있었다. 이대로라면 언제 쇼크로 자멸할지 모르는데 흡혈귀들이 시간을 끌고 있다니……. 이렇게 되면 참을 수가 없다.

"지금 당장에라도 한국을 벗어나서 내가 먼저 놈들의 본거지를 치고 싶을 지경이에요. 내가 얼마나 더 버틸 수 있을지도 모르는데 이놈들은 시간만 끌다니…….”

“그런 무모한 짓은 하지 마. 아무리 네가 강해졌다고 해도 혼자 힘으로는 한계가 있어. 본거지로 끌어들여서 소탕하면 모를까 네가 쳐들어가게 되면 자살행위야.”

그의 맞은편에 앉은 미녀는 그리 말하며 메뉴판을 들었다.

“어쨌거나 왔으니까 주문이나 하시지?”

“…저에게도 꼭 팔아먹어야겠어요?”

“물론이지.”

결국 한세건은 아이스크림 파르페를 시키고 그걸 먹기 시작했다. 가만히 걸어 다니기만 해도 몸이 바짝바짝 마르는 그로서는 될 수 있는 한 위에 부담은 덜 가면서도 칼로리가 높은 것을 먹어야 했다.

“이렇게 먹었어도 하루 치의 반이나 먹었나…….”

세건은 투덜거리며 주위를 둘러보았다. 이 가게의 오너인 김성희와 독대를 한 탓인지 주위의 남자들이 세건을 노려보는 눈초리가 범상치 않았다.

‘노려보면 어쩔 건데?’

세건이 역으로 그들을 쏘아보니 모두들 기침을 하며 고개를 돌린다. 이미 인간을 잡아먹는 포획자의 눈을 가진 세건과 눈싸움을 해서 이길 만한 인간은 없다. 흡혈귀 사냥꾼도 사이키델릭 문의 힘을 빌리지 않으면 흡혈귀의 눈동자에 사로잡혀 허망하게 살해당하곤 하는데 일반인들이야 오죽하겠는가?

하지만 그때 김성희가 메뉴판으로 세건의 머리를 탁 쳤다.

"무슨 짓이야? 네가 깡패야?"

"아니, 뭐……. 그냥."

요즘 들어서 스타일 많이 구겨지는군. 세건은 서린과 김성희를 떠올리며 혀를 찼다.

"그러면 일단 입수된 정보를 알려주지. 우선 이번에 온 히트맨은 석세서 중의 한 명, 조반니 반테로. 중남미의 마약왕이지. 현재는 리츠 칼튼의 프레지덴셜 스위트룸을 빌려서 살고 있는 모양인데… 돈도 많지."

"이번에는 주로 중남미 계열 놈이 많군요."

"원래 중남미가 마법사들의 본고장이라서 그래. 움베르트 에코의 책도 안 봤어?"

"원래 소설류는 안 보는지라."

세건은 그렇게 대답하면서 팔짱을 꼈다. 조반니 반테로라면 그도 이름은 익히 들어서 알고 있었다. 코나 다스턴 일가를 무너뜨리고 새로운 마약왕으로 등극한 그는 남미에 잠입한 CIA 요원 50여 명을 본보기로 처형하고 새로운 왕으로서의 입지를 다지고 있었다.

덕택에 미국에서는 그를 죽이려고 혈안이 되어 있지만 그는 놀랍게도 기자들의 인터뷰를 거절하지 않는 대담함을 보여서 CIA나 NSA를 엿 먹였다. 하지만 그가 흡혈귀라면 너무나도 당연하다. 기자로 위장해서 그를 죽이려고 해봤자 인간이야 역으로 살해당할 뿐, 흡혈귀의 적수가 될 리 만무하다.

"리츠 칼튼이라… 습격하기도 애매하네."

"하지 마."

김성희는 무서운 소리를 하는 세건을 보고 혀를 찼다. 플렉스 메디칼이야 테트라 아낙스의 본거지로 죄다 흡혈귀 소굴이었으니 그렇다 치더라도 호텔은 어디까지나 일상적인 공간일 뿐, 월야의 세계가 아니다.

그런 곳을 공공연하게 습격하면 테러리스트로서의 악명만 늘어날 뿐이다. 이미 세건은 돌이킬 수 없는 강을 건너고 만 몸이지만 그렇다 쳐도 계속 망가지는 걸 수수방관할 수는 없었다.

"나 참."

세건도 김성희의 마음씀씀이는 잘 알고 있기 때문에 말문이 막히는지 가만히 있었다. 어차피 그는 서린과 달리 위기가 사라진다고 다시 인간 세상으로 돌아갈 생각은 없었다. 육신이 부서지기 전까지 증오를 불태울 수 있으면 그것만으로도 족하다.

하지만 이 여자는 마법사인 주제에 웬 놈의 잔정이 그렇게 많은지 사사건건 간섭하고 참견하는 것이다.

세건은 자리에서 일어났다.

"아르쥬나에서 소모한 시간 십오 분. 슬슬 이동해야겠어요."

"그래. 혹시 몰라서 하는 말인데 결코 쓸데없는 짓 하지 마, 알겠어? 그리고 일주일 뒤에 다시 메인터넌스니까 빠지지 말고."

"알았어요."

세건은 건성으로 대답하고 가게를 벗어났다.

세건은 바이크를 타고 집으로 돌아갔다. 곳곳에 설치한 도청 장치와 감시 카메라의 점검을 끝마치고, 필요한 책과 부품들을 사들인 뒤에는 더 이상 겉돌 것 없이 바로 아지트로 돌아간다. 한창 나이의 청년으로서는 무미건조한 삶이지만 세건은 이미 이러한 삶에 익숙해져 있었다.

"응?"

그는 문득 집에서 인기척을 느꼈다. 하지만 곧 서린을 떠올렸다. 워낙에 혼자 산 기간이 오래되어서 그런지 그는 종종 이 해괴한 동거인을 까먹곤 했다.

"흐음, 제법 늘었나?"

키보드 치는 소리가 여기까지 들려온다. 물론 보통 사람에게는 들리지 않는 거리다. 세건은 만족스러운 표정을 짓고는 오토바이를 창고에 넣어둔 뒤 안으로 들어갔다.

"아, 돌아왔어요?"

오드아이인 서린이 반대쪽 눈까지 핏발이 선 채로 세건을 맞이했다. 세건은 벌써 능숙하게 키보드를 두들기는 서린을 발견하고 내심 흡족해했다. 세건이 뱀파이어 헌터가 되기로 결의하고 받아온 훈련은 치밀했다. 바늘 하나 꽂을 틈 없는 완벽한 시간 관리. 세건은 그런 것을 좋아했다. 그래서 규정된 시간보다 훨씬 일찍 타자 수업을 끝마친 서린을 대견하게 여겼다.

"실력이 제법 늘었군. 예상 시간보다 많이 단축시켰는걸."

"아, 뭘요. 다 제가 잘난 탓이죠."

뭔가 말하는 게 어긋나 있지만 으스대고 있는 것만은 분명하다. 세건은 그런 서린의 머리를 손으로 탁 쳤다.

"녀석, 고작 타자 가지고 그러지 마! 다음은 한 달 내에 기능사다. 그리고 비주얼 베이직 정도는 배워주셔야겠어! 그런데 왜 핏발이 서 있지? 게다가 심박수도 평상시의 이십 퍼센트 정도 높아져 있군."

세건은 의아하다는 듯 서린을 바라보다가 문득 모니터에 시선을 돌렸다. 거기에는 막 서린이 작성하던 게시물이 있었다. 누군가의 험담을 하는지 열을 올린 흔적이 있었다.

"…폐인 짓거리 하고 있군."

"아니, 그렇지만 말이죠. 정말 요즘 애들 이해가 안 간다니까요? 왜 연쇄살인마 팬카페니 친일파 팬카페니 하는 게 있다는 이야기는 들었는데 실제로 보니까 열이 팍 올라서."

서린은 손발을 휘저으며 그렇게 항변했다. 세건은 어처구니가 없어서 그를 보고 피식 웃었다.

"신경 끊어. 네놈이 지금 그런 거 신경 쓸 때냐? 여유가 만만이로군. 조반니 반테로 같은 거물이 들어왔는데 말야."

"조반니 반테로? 이종격투기 선수예요?"

"아냐."

말이 통하지 않는 상대와는 말하지 않는 게 상책. 세건은 입을 다물고 옷을 벗어 던졌다. 오전 훈련 때 자극받은 근육은 이미 완전히 재생되어 있으니 이제 오후 훈련에 들어갈 차례다.

"너도 훈련해 두는 게 좋을 텐데, 서린?"

"웬일이시죠? 형은 언젠가 저랑 한번 결판내야 한다면서요?

그럼 나를 강하게 훈련시키면 시킬수록 부담 가지 않아요?"

이 자식이 지금 맞먹자는 건가? 묘하게 신경 거슬리는 말을 하고 있었다. 세건은 감정을 억제하고 조용히 타일렀다.

"나도 이게 얼마나 멍청한 일인지는 알고 있어. 하지만 지금 네놈 실력으로는 뒈지기 딱 좋으니까 그렇지. 알다시피 잉어 낚으려고 던진 미끼를 송사리가 물면 그것도 참 더러운 기분이거든."

"알았어요. 이것 좀 끝내고요."

"대체 뭔데 그래?"

세건은 서린이 작성한 게시물을 읽어보았다. 거기에는 당신들이 뭘 모른다, 겉멋만 잔뜩 들었지 실은 바보 멍청이에 사회에서는 왕따를 당했음이 분명하다, 성격이 더러운 것은 반사회적 장애로 정신병의 일종이다, 등등의 욕설이 잔뜩 담겨 있었다.

이런 식으로 욕을 먹는 것은 주로 남성 아이돌 가수들이라 세건은 그런 건가 하고 쳐다보고 있었다. 하지만 서린이 게시물을 작성해 올리자 페이지가 리뷰되면서 화면이 드러나는데… 그 순간 세건은 놀라서 기침을 했다.

"콜록콜록… 우윽, 이건 뭐야?"

"뭐긴 뭐예요, 폭탄마 한세건 팬클럽이지. 정말 화나지 않아요? 도시 한복판에서 폭탄을 뻥뻥 터뜨리고 무고한 사람들까지 위협하는데 이 아이들은 멋지다잖아요. 봐요, 코스튬 플레이까지 하고 있어요. 정말 짜증 나는 녀석들, 가정교육을 판타지로 받았음이 분명하다고요."

컴퓨터 모니터에는 과연 세건의 모습을 흉내 낸 아이들의 사진이 카페 배경화면으로 올라가 있었다. 서린의 말대로 이건 철없는 놈들이 생각 없이 만든 팬카페임에 분명했다.

세건은 어처구니가 없어서 이마를 짓눌렀다. 그렇지 않아도 사이키델릭 문 때문에 미치기 직전의 상황인데 아주 알맞게 미치게 만들어준다고나 할까?

"…그래, 정말 미친 새끼들이군. 그렇기는 한데……."

세건은 서린에게 손가락을 까딱거렸다.

"일단 좀 맞자."

"예?"

"따라와, 이 자식아. 오늘 한번 얇은 사 하이얀 허리를 또각하고 고이 접어서 나빌레라 해보자."

조지훈의 승무를 현대적 감각으로 해석했다고 할까? 농담치고는 길어서 임팩트가 떨어지지만 세건은 농담으로 저런 소리를 하는 게 아니다. 서린은 광분한 세건을 바라보며 하하하 웃었다.

"아 참, 뭘 또 그런 걸 가지고. 형은 참 다혈질이라니까. 그래서 매일 아침에 피를 뽑는 거죠?"

"닥쳐."

세건은 서린의 목덜미를 잡고 훈련실로 끌고 내려갔다.

2

쏴아아아…….

어젯밤부터 기미가 보이더니 새벽부터 비가 쏟아져 내렸다. 하늘을 완전히 뒤덮은 비구름이나 기상예보나 모두가 오늘은 하루 종일 비가 올 것을 예고했다.

졸지에 밤이 되어버린 아침에 그들은 비를 맞으며 이동했다.

"…그렇지만 정말 이렇게까지 해야 하나?"

티토는 얼빠진 표정으로 빗속을 걸어가는 이들을 바라보았다. 흡혈귀에 의해서 흡혈귀화가 진행되고 있는 스폰이 100여 명, 노숙자와 부랑자들로 이루어진 이들을 이끌고 가는 흡혈귀가 4명. 이 정도면 아무리 싫어도 사람들 눈에 띄게 마련이다.

게다가 전부 방탄조끼에 M16A1으로 무장하고 있다. 오는 와중에도 몇 번이나 사람들의 이상한 시선을 받아서 그때마다 사람들에게 몽롱의 마법을 걸어왔다.

"관광버스라도 대절해서 갈까? 그러면 정말 깡패 같을 텐데."

티토 옆에는 한국인 한 명이 앉아서 껌을 질겅질겅 씹으며 이죽거리고 있었다. 그는 밴의 운전대를 잡고 백미러를 통해서 뒤에 앉아 있는 다른 마법사들을 확인했다. 다들 심드렁한 표정을 하고 있는 것으로 보아 이런 습격 방식은 별로 마음에 들어 하지 않는 것 같았다.

"이봐, 이제 와서 물리고 싶다면 물려도 좋아. 하지만 돈은 물려주지 않을 테니까 알아서 하라고. 저 미친놈들을 달래고 어르는 데 얼마나 고생했는지 알아?"

운전하고 있는 브로커가 그리 말하자 마법사들이 발끈했다. 이 브로커가 세건에게 정보를 넘기지 않았다면 그들이 세건에게 자신들의 아지트를 들켜서 습격당할 일도 없었을 것이다. 그런데 역으로 이렇게 뻔뻔하게 굴다니.

하긴 그들과 거래하기 이전부터 세건이 이미 정보를 습득했었다는 데야 어쩔 수 없었다. 이제 와서 성깔 자랑하겠다고 브로커를 죽여봤자 머나먼 만리타향에서 믿고 의지할 이도 없이 무비자로 살아야 할 뿐.

그런데 이 브로커는 갑자기 그 마법사들에게 흡혈귀들을 이용해 세건을 습격하자는 제의를 해온 것이다. 마법사들은 처음에는 그의 제안을 거절했지만 흡혈귀들의 머릿수를 보게 되자 생각이 바뀔 수밖에 없었다.

이렇게 많은 흡혈귀라면 제아무리 한세건이 뛰어난 흡혈귀 사냥꾼이래도 당해낼 리 없다.

더구나 이 흡혈귀들은 모두 방탄조끼에 M16A1으로 무장하지 않았는가? M16으로 발사하는 은 탄환은 세건이 몸에 두르고 있는 방탄 소재의 레이싱 재킷도 우습게 뚫을 수 있다.

이만한 장비를 갖춘 흡혈귀 부대를 운용하는데 브로커가 제시한 가격은 너무나도 저렴했다. 그들은 그를 통해서 이 브로커가 다른 이들에게 요금을 받고 일을 진행하면서, 그들에게도 돈을 뜯어내고자 한다는 것을 알아챘다.

소위 말하는 이중 계약이라는 건데 뒷세계에서 이런 식의 이

중 계약을 남발하다가는 목숨이 두 자릿수라도 부족하게 마련이다. 하지만 마법사들은 찬밥 더운밥 가릴 처지가 아니라서 그의 제의에 응하고 말았다.

"그 노력은 높이 사는 바이니 군이 이제 와서 생색낼 필요는 없어."

파올로는 아직도 욱신거리는 팔과 다리의 절단면을 매만지며 그렇게 말했다. 겨우겨우 흡혈귀의 피로 잘린 팔을 연결하는 데는 성공했지만 새로 돋아난 부분만이 새하얗게 줄이 가 있어서 한눈에 분간이 되었다.

윤영은을 납치해 서린을 끌어내려고 했던 그들은 한세건에게 공격당해 쓰디쓴 패배의 잔을 들이켜야 했다. 하지만 그렇다고 물러날 수는 없는 법. 이대로 물러나게 되면 상층부에서는 그들에게 큰 형벌을 내릴 것이다.

그러나 그렇다고 막무가내로 다시 싸움을 걸 수는 없었다. 저번에야 운 좋게도 한세건이 그들을 살려주었지만 이번에도 살려주리란 보장은 없다.

다행이라면 다행이랄까, 지금 이 무장 흡혈귀의 수는 백여 명에 달했다. 아직도 이렇게 많은 흡혈귀가 남아 있었다니. 그들은 안도하는 한편 놀랐다.

"괜찮으려나?"

그들은 선두에서 걸어가는 흡혈귀를 바라보고 내심 불안해했다.

원래 흡혈귀 중에서는 맛이 간 놈이 많다. 오랜 세월을 살아가는 흡혈귀들의 특성상 정신 질환에 시달리기 쉬운 것이다. 하지만 저놈은 그중에서도 상등품이라고 할 만큼 미쳐 있었다.

이 오밀조밀한 대도시에서 아무렇지도 않게 사람을 잡아먹어서 그 스폰을 백여 명 단위로 만들다니. 물론 혼자서 만든 것은 아니지만 그걸 감안해도 이렇게 무절제하게 자손을 늘리는 흡혈귀는 드물었다.

흡혈귀는 모든 먹이사슬에서 정점에 달한 존재이기 때문에 어느 정도의 인구가 받쳐 주지 않으면 존속할 수 없다. 만약 인간 수에 비해서 흡혈귀가 많아지게 되면 심각한 먹이 부족 현상으로 흡혈귀와 인간, 모두가 파멸할 수밖에 없는 것이다.

그래서 흡혈귀 사회에서는 흡혈귀의 수를 강력하게 통제하고 있었다. 그걸 깨버렸다는 것은 더 이상 뱀파이어라고도 할 수 없는 마물, 그 어둠의 나락으로 완전히 떨어져 버렸다는 증거다.

"별걱정을 다 하시는군요. 어차피 제어하지 못한다면 한세건이라는 놈이 당하면 되는 거지. 아니면 당신들, 빈손으로 고향으로 돌아갈 생각입니까?"

운전석에 앉아 있는 이 한국인 브로커는 그들을 설득하면서 시시덕거렸다. 분명히 그의 말은 옳았다. 이제 와서 걱정하기에는 이미 늦었다. 아무런 성과도 없이 고국으로 돌아간다면 그들을 기다리고 있는 것은 오로지 파멸뿐이니까.

"그런데 대체 누구에게 의뢰를 받고 이 많은 수를 움직인 거지, 미스터 사?"

그들은 자신들에게 장소를 제공한 브로커를 돌아보았다. 그러자 그는 히죽 웃으면서 자신의 입을 가리켰다.

"그건 비밀이지. 내가 입이 좀 무겁잖아요?"

그 순간 차내에는 엄숙한 정적이 감돌았다. 마법사들은 모두들 퍽이나 그렇겠다고 생각했지만 이 넉살 좋은 브로커는 앞으로도 이용 가치가 많았다. 그들은 울분을 삭이며 떠드는 대로 내버려 두었다.

하늘에 구멍이라도 뚫렸는지 두꺼운 장대비가 쏟아져 내렸다. 이따금 번개가 번뜩거릴 때를 제외하고는 마치 칠흑처럼 어두웠다. TV에서는 호우주의보 발령이니 태풍 상륙이니 하며 매 시간마다 경고 방송을 하고 있었다.

한세건은 창틀에 기대앉아서 밖을 바라보고 있었다. 그의 팔에는 예의 채혈기가 꽂힌 채 피를 빨아내고 있었다.

"날씨가 정말 괴팍하군요. 밖에 만든 건조장은 괜찮아요?"

서린은 비에 흠뻑 젖은 채 들어와서 비옷을 벗었다. 비옷을 입어도, 우산을 들어도 이런 폭우 속에서는 소용이 없었다.

"괜찮아. 애초에 만들 때 어지간하면 부서지지 않게, 튼튼하게 만들었으니까. 이미 배수로도 뭐도 다 청소 끝내놨다고."

세건은 이어폰을 뺐다. 그동안 모인 감청 자료들을 검사했지만 대부분의 경우는 그다지 쓸모가 없었다. 하지만 그럼에도 불구하고 그는 다음 메모리를 끼웠다.

"오늘 같은 날씨는 흡혈귀들이 활동하기 좋지. 태양이 안 나오니까.”

“흠, 라이칸스로프는요?”

서린은 수건으로 머리를 닦으며 세건을 바라보았다. 창틀에 앉아 있는 세건의 몸을 따라 번개가 미끄러져 내린다. 약간 마른 듯한 몸이지만 그 윤곽선만으로도 이자의 몸이 얼마나 단련되어 있는지 잘 알 수 있었다.

서린도 결국 세건에게 억지로 끌려서 그와 격투 훈련을 좀 해본지라 저 육신이 발휘하는 파워는 잘 알고 있었다.

대체 인간이었다면서 어떻게 이렇게까지 자신을 단련할 수 있는 것일까? 그리고 과연 정말 혼자 몸으로 월야의 주민들을 모조리 없앨 셈일까? 서린은 세건에 대해서는 늘 놀라지 않을 수 없었다.

그는 하루에 채 두 시간도 자지 않고 각종 학술 서적을 읽으며 육체를 쉬게 하고, 육체를 단련하며 정신을 쉬게 한다. 이 두 가지를 병행하면서 쉴 새 없이 자신을 단련하고 정보를 수집하고 정비를 행한다. 만약 이런 열성으로 건설적인 행동을 했다면 벌써 그 방면의 대가가 되어 대성하고도 남았으리라. 참 소모적인 노력이라고 해야 할까.

“라이칸스로프는 테트라 아낙스처럼 주도 세력이 없어. 무리를 짓기는 하지만 그건 알파 독 아래에 몰린 갱이거나 사자 무리의 프라이드 같은 거지. 그럼에도 불구하고 릴리쓰의 자손인 네 놈에게 관심을 갖는다면 굉장히 특이한 놈이거나 나름대로 야망이 있어서 단체를 만든 놈이겠지. 뭐 어느 쪽이든 간에 적이라면 다 맞서 싸울 준비를 하는 게 좋을걸. 사격 연습은 했어?"

"아니, 그게… 전혀."

서린은 식은땀을 삘삘 흘렸다. 그동안 인터넷하고 노느라 정신이 없어서 훈련 같은 건 세건이 억지로 시키는 격투 훈련 같은 것만 했다. 그러자 세건의 눈에 푸른 귀화가 들어찼다.

"이 미친 녀석! 대체 뭔 생각이야? 네놈, 살아남아서 인간 세상으로 복귀하겠다고 하지 않았어? 그따위 정신 상태로 잘도 살아남겠다! 대체 내가 왜 라이칸스로프 놈을 도와줘야 하지?"

"그렇다고는 해도… 그러면 저를 여기서 살게 하면 안 되죠. 휘말릴 게 뻔한데."

서린은 당연하다는 듯 그렇게 말했다.

확실히 세건의 행동은 이해하기 힘든 부분이 많았다. 서린을 이용해서 뭔가를 끌어낼 생각이라면 이렇게 바짝 붙어 있어서는 안 되는 게 아닌가? 쥐덫에 치즈를 놓는 것도 이보다는 덜 노골적이리라.

물론 그것은 서린이 세건을 높이 평가하기 때문이지 실상 흡혈귀들 사이에서 세건의 평가는 그다지 높지 않았다.

"그냥 내버려 두면 매스컴 좀 타겠다 싶더라고. 도저히 내버려둘 수가 있어야지. 나 참, 생각은 하고 사냐?"

세건은 여전히 서린이 마음에 들지 않는지 잔소리를 늘어놓았다. 서울 한복판에서 총화기를 휘두르고, 폭탄으로 빌딩 하나를 통째로 가라앉힌 놈이 이런 소리를 하다니……. 인간으로서의 삶을 포기하지 않고 계속 사회에 남아 있는 서린의 모습이 그렇게 거슬렸었나 보다.

그사이에 채혈기에 피가 가득 차게 되었다.

"하루에 한 번씩 피를 뽑는데 괜찮아요? 보통 헌혈은 두 달에 한 번으로 알고 있는데, 이런 전혈은. 혈장 헌혈도 아니고."

"신경 끊어."

세건은 서린을 노려보았다. 그러자 서린은 찔끔 놀라서 책으로 고개를 돌렸다. 그런데 그때였다. 갑자기 비프음이 울렸다.

"경보로군. 비 때문인가? 아니면 어떤 얼간이가?"

세건은 근처의 접근하기 좋은 루트에 미리 경보기를 설치해 두었다. 아무리 감각이 예민한 흡혈귀라고 하더라도 제대로 된 군사훈련을 받지 않으면 부비트랩을 발견하기가 쉽지 않았다.

설령 민병대 캠프 등에서 군사훈련을 받았다 치더라도 흡혈귀의 이동속도는 일반인보다 훨씬 빠르기 때문에 그만큼 부비트랩에 주의를 기울이기가 쉽지 않다.

세건은 즉시 경보가 울린 곳의 CCTV를 켰다. 빗줄기 속에서 움직이는 일단의 무리가 야산을 넘어서 접근해 오고 있었다.

그리고 곧 다른 곳에서도 경보가 울려왔다.

"본격적인데?"

세건은 경보가 울리는 곳을 확인하고 눈살을 찌푸렸다. 일부는 서울 쪽에서 내려오는 국도를 따라 이동하고 있고 다른 놈들은 우회해서 산을 돌아오고 있다. 게다가 녀석들은 전부 방탄조끼를 입고 있는 데다가 무장은 전부 나토탄을 사용하는 소총이다. 알량한 방탄조끼로는 저런 총탄을 막을 수 없으리라.

"…많군. 이상한 일인데? 왜 이렇게 많은 놈이 이제 와서 오는 거지? 저렇게 많은 세력은 박살 냈을 텐데. 역시 릴리쓰의 자손을 찾아온 손님인가?"

한세건은 즉시 창고로 내려가 무장을 챙겼다. 이전부터 애용하던 USAS—12와 글록 18, 그리고 이제는 더블 바렐로 개조한 비스트를 꺼냈다. 그는 USAS—12의 총구에 초크를 바꿔 달면서 서린에게도 총탄과 총을 건네주었다.

"너도 싸울 준비를 해."

"예? 그렇지만……."

서린은 내키지 않는지 Tec—9을 집어 들었다. 그 동작은 마치 방 한구석에 돋아난 버섯들을 눈 딱 감고 걸레로 밀어버리는 듯했다. 마지못해 총을 잡는 그 모습을 보는 순간 세건의 머릿속 혈관이 팽창했다.

"설마 죽이고 싶지 않다든가 그런 한심한 소리는 안 하겠지? 상대는 완전히 미친놈들이고 이미 인간쯤은 수도 없이 처먹은 살인귀야. 네가 그놈들에게 동정을 베푸는 건 그놈들에게 뒈진 인간들에게는 더할 나위 없는 가혹 행위다."

"그야 그렇지만 그런 식으로 살육을 합리화하고 싶지는 않은데요."

서린은 당당하게 세건을 노려보았다.

세건에게 몇 번이나 두들겨 맞아서 인간이라면 벌써 수십 번은 죽고도 남았을 텐데, 어째서 이렇게 입이 살아 있는지 모르겠다.

세건은 기가 막혀서 서린을 노려보았다. 그 눈빛은 포식자의 눈. 살의를 머금고 있는 세건에게는 주위의 모든 마음을 압도하는 집념의 힘이 있었다. 하지만 서린은 당당히 세건을 마주 보았다. 이 녀석은 도대체 정신이 없는 건지 그게 아니면 용감한 것인지 모르겠다.

“나는 살육을 정당화할 생각도, 나를 정당화할 생각도 없어. 나는 악인이고 지옥은 이미 내가 예약해 뒀다. 다만 지금은 같이 갈 놈들을 물색하고 있는 중이지. 그게 흡혈귀 같은 기생충들이라면 더할 나위 없이 좋잖아?”

그것은 광기의 발현이었다. 서린이 보기에는 세건도 충분히 미쳐 있었다. 복수라기보단 막연한 증오와 분노, 흡혈귀나 괴물들 전체에 대한 증오와 분노로 그는 자신마저 망가뜨릴 각오가 되어 있었다.

아무리 생각해도 이것은 너무나 비열한 행동이었다. 세건이 자신마저 담보로 걸고 이렇게 나선다면 그의 파괴 행위를 비난하는 것 자체가 무의미해진다.

모든 것을 버리고 아쉬울 것 없는 연쇄살인마가 수백 명을 죽였다 치자. 그렇다 해도 그에게 내릴 수 있는 궁극의 형벌은 사형뿐이다. 수백 명의 목숨값을 한 명의 목숨값으로 치르라니, 그것은 좀 이상하다고 생각된다.

세건이 주장하는 게 바로 그것과 일맥상통하는 것이었다. 자신의 목숨을 아까워하지 않는 대신 좀 더 많은 흡혈귀와 괴물들을 죽여 버리겠다니……. 증오로 돌아버리기 전엔 저런 생각을 할 수 있을 리가 없다.

"빨리 나오든가 아니면 거기에 처박혀 있어."

세건은 그리 말하고 빗속으로 걸어 나갔다. 아직 적들과 조우조차 하지 않았지만 그는 적의 움직임을 손에 잡힐 듯 잘 알고 있었다.

이미 이 일대는 수십 번, 수백 번의 답사를 통해 조사해 뒀다. 여기는 그의 영지. 비록 서린을 노리고 온 놈들이라고 해도 감히 그의 영지에 도전하는 이들에게는 값비싼 통행료를 물릴 셈이다.

"나 참."

서린은 기가 막혀서 세건의 뒷모습을 바라보았다. 서린이 보기에 지금 세건은 즐기고 있음이 분명하다. 흡혈귀들이 덤벼든다는데 저렇게 좋아하다니, 그렇게 흡혈귀를 죽이는 게 좋을까?

아까 전에 모니터에 나온 흡혈귀나 그 흡혈귀가 조종하는 스폰의 수는 상당했다.

서린은 자신의 총을 들어보았다. 몇 발 연습 삼아 쏴보기는 했지만 서투른 서린의 총은 과녁에 제대로 맞지도 않았다.

"어쩔 수 없지. 내가 여기서 적들을 죽이지 않으면 영은이나 아버지가 그만큼 더 위험해질 뿐이야."

자신의 손을 더럽히지 않겠다고 해도 그걸 끝까지 지키고 있다가 가족이 당하는 것은 질색이다. 그럴 바에는 차라리 자신의 손을 더럽히는 게 낫다.

그리 결심한 서린은 기관단총을 품에 숨기고 빗속으로 뛰쳐 나갔다. 문밖에 발을 디디는 순간 그는 자신의 몸이 더럽혀지는 듯한 느낌을 받았다.

"미안하다, 영은아. 이 오빠는 더럽혀지고 말았다."

"느끼한 소리 하지 말고 빨리 안 와? 포인트 B지점까지 쾌속 이동이다!"

용케도 이 혼잣말을 들었는지 세건이 노발대발해서 난리를 부렸다. 서린은 속으로 구시렁거리며 세건의 뒤를 따랐다.

장대비가 쏟아지는 숲 속은 나무들에 의해 빗물이 몰려서 작은 폭포들을 만들어냈다. 나뭇가지를 따라 쏟아지는 물줄기들이 끊임없이 내려와 기둥을 형성하고 있는데 세건은 그 속을 달리며 모든 감각을 총동원했다.

미리 침투 예상 루트에 감시 카메라와 경보기를 설치해 뒀기 때문에 세건은 그들의 작전을 읽을 수 있었다. 하지만 작전을 읽었다 해도 너무나 압도적인 수의 차가 그들을 가로막고 있었다.

세건이 플렉스 메디칼을 습격했을 때는 병력의 차를 극복할 수 있는 협소한 공간의 시가전이었다. 그때에도 세건은 거의 죽다 살아날 정도의 큰 상처를 입었었다.

하지만 지금은 야전이 아닌가? 일단 저놈들의 소총이 불을 토하게 되면 제아무리 세건이 날고 기는 재주가 있다고 해도 위험할 터. 하지만 세건은 그런 걱정은 전혀 없는지 마치 뱀이 수풀 속을 스쳐 지나가는 것처럼 날렵하게 숲을 주파했다. 뒤쫓아 가는 서린이 다 숨이 찰 정도였다.

"좋아, 여기다."

세건은 정해진 포인트에 멈춰 섰다. 서린이 보니 놀랍게도 그곳에는 참호가 설치되어 있고 안에는 자물쇠 걸린 상자가 있었다. 서린이 참호에 들어가서 상자를 두들겨 보니 쇳소리가 났다.

"이, 이건?"

"비가 와서 노출되었군. 간이 무기고야."

세건은 그렇게 말하고 무기고의 문을 열고 RPG—7 발사관을 꺼냈다. 영화 등에서 익히 보던 거라 서린도 그게 뭔지 잘 알고 있었다.

"…오, 맙소사! 형, 지금 대한민국에서 바주카포를 쓸 거예요? 아무리 한적한 교외라지만 소리가 정말 클 텐데?"

"이걸 바주카라고 하다니, 네놈의 무식함에는 정말 손을 들었다. 나도 나름대로는 신경 써서 만든 거야. 클레이모어를 쓰고 싶지만 그걸 터뜨리면 소리뿐 아니라 눈으로도 보일 테니까."

세건은 한심하다는 듯 서린을 노려보더니 발사관에 RPG—7 로켓을 꽂았다. 그러는 사이에 척후로 보이는 놈들이 산을 넘어서는 게 보였다. 세건은 즉시 참호 속에 몸을 숨겼지만 서린은 멍청히 서서 그들을 바라보았다. 얼핏 보아도 수십 명은 되어 보이는 병력이었다.

"야!"

세건은 서린을 향해 손짓했지만 이미 늦었다. 능선을 넘어오던 놈들 중 한 명이 서린을 발견하고 만 것이다.

잠시 후 그들의 후위는 앉아쏴 자세를 취하고 엄호사격을 시작했다.

전열은 이쪽을 향해 빠른 속도로 달려서 그 자취를 감추었다. 숲을 통해 사라진 것을 보니 얼마 지나지 않아서 조우할 것 같다.

피융…….

총알이 공기를 가르고 지나가는 소리가 귓가에 울려 퍼진다. 상식적으로 소총의 유효사거리를 훨씬 지난 거리인데도 근처로 총알이 쏟아지는 것으로 보아 상대방도 상당한 명사수들이라는 것을 알 수 있었다. 야산에서 숲을 향해 총을 쏘아대는데 이 정도의 정확도라니, 확실히 인간이 아니다.

"아, 제가 발각된 건가요."

서린은 참호 속으로 뛰어들어서 세건에게 물어보았다. 세건은 너무나 얄미운 소리라서 한 대 쥐어박고 싶은 것을 참느라 진땀을 빼야 했다.

"그럼 발각되지, 자식아! 뭐, 덕분에 적들이 흡혈귀만큼 눈이 좋다는 건 알았어. 아무리 시계에 드러나 보였다 해도 이 장대비 속에서 사물을 간파하다니. 흡혈귀 일개 소대라……."

세건은 한숨을 내쉬고 서린을 바라보았다. 아무래도 초짜인 서린에게는 버거운 적들이다. 이리된 이상 세건이 해치워야 한다.

"정말 재수 옴 붙었군. 좀 만만한 놈들부터 나오면 네놈을 써먹을 텐데."

세건은 그렇게 투덜거리며 글록 두 개를 꺼내서 양손으로 쥐었다. 그때 그의 귀에 찰칵 하는 쇳소리가 들렸다. 이것은 바로 수류탄의 안전핀을 분리해 내는 소리다. 서린은 깜짝 놀라서 세건을 바라보았다.

"형!"

"알고 있어!"

세건은 참호에서 몸을 날리는 것과 동시에 글록을 들어 홍콩 영화에서처럼 쌍권총으로 허공의 표적들을 향해 쏘았다. 글록의 반동쯤은 그에게 있어서는 있으나 마나 한 것이고 근순발력에 의한 흔들림 역시 철근을 한 팔로 받아내는 훈련을 통해서 많이 극복한지라 세건의 핸드 건 사격술은 너무나 정밀했다.

참호를 발견하기도 전에 의심 구역을 향해 수류탄부터 던진다는 것은 분명히 훌륭한 선택이었지만 그들은 세건의 능력을 너무 얕잡아 보았다. 세건은 글록 18을 연사해서 허공으로 날아드는 수류탄들을 죄다 맞춰서 날려 보냈다.

"아니?!"

스폰들을 지휘하던 흡혈귀는 그 놀라운 모습을 보고 깜짝 놀랐다. 트릭 숏 대회에서나 볼 법한 묘기를 사냥용 총도 아니라 권총으로 해내는 세건의 모습에는 흡혈귀조차 놀라지 않을 수 없었다.

총탄에 맞은 수류탄들은 궤도를 바꾸어 수풀 속으로 떨어져 곧 폭발했다. 몇 개는 총탄에 맞은 충격으로 신관이 이격되어 불발했지만 나머지 수류탄들은 동시에 폭발했다.

우레와 같은 굉음과 함께 뱀파이어 스폰 몇이 산산조각 났다. 하지만 그들에게 동료애 따위는 없었다.

"쏴! 쏴라!"

그들은 참호를 향해 무차별 사격을 가했다. M16A1 소총이 불을 뿜자 비에 젖은 흙들이 튀어 올랐다. 참호에 머리를 수그리고 앉아 있는 서린은 귀를 막고 비명을 질렀다.

"와아아악!"

"……."

흡혈귀는 참호에서 비명이 들리자 깜짝 놀랐다. 한세건이라는 놈에 대한 사전 정보로 볼 때 그놈은 비명을 지를 놈이 아니다. 그런데 갑자기 웬 꼴사나운 비명이란 말인가? 설마 이제 와서 목숨이 아깝기라도 한 건 아니겠지?

그러고 보니 세건은 어디로 갔단 말인가? 방금 전에 참호에서 뛰쳐나오며 글록을 쌍권총으로 난사한 세건은 어느 틈에 그들의 시야에서 사라져 있었다.

스스슥!

그때였다. 갑자기 수풀이 흔들리나 했더니 그로부터 새카만 와이어가 먹이를 노리고 덤벼드는 구렁이처럼 치솟아 올랐다. 뱀파이어 스폰들은 멍청한 표정으로 서 있다가 날아드는 와이어에 휘감기고 말았다.

좌아아아악!

와이어가 날아드는 기세가 어찌나 거세던지 물보라가 치솟아 오른다. 그리고 그 순간 와이어가 당겨지며 뱀파이어 스폰의 팔다리가 잘려 나갔다. 선혈이 튀면서 잘려 나간 팔다리가 너무나도 느릿느릿하게 흡혈귀의 망막에 각인되었다. 그 모습이 너무나 비현실적이어서 흡혈귀는 멍청한 눈으로 그것의 궤도를 쫓았다.

"What' s the Hell?!"

흡혈귀는 스폰들을 지휘해 와이어가 날아온 방향을 향해 총구를 돌렸다.

드르르륵!

애꿎은 관목림을 향해 총알비가 쏟아져 내렸다. 나무에 맺힌 물방울들이 총알들의 시달림을 견디지 못하고 왈츠를 추듯 튀어 오른다. 만약 태양이 떠 있다면 저것으로 무지개가 생겨났으리라. 하지만 녀석은 그림자도 보이지 않았다.

스르르륵!

빗물인지 핏물인지 모를 것이 뺨을 때렸다. 포효하던 흡혈귀는 본능적으로 몸을 숙였다.

치이익!

나무 위로부터 내려온 와이어가 빨랫줄처럼 스폰과 스폰들 사이로 지나가더니 팽팽하게 당겨졌다. 그들의 목에 휘감긴 와이어는 무시무시한 힘으로 스폰들을 잡아당겼다.

콰앙!

와이어가 폭발하는 순간 뱀파이어 스폰들의 머리가 숲 속을 날았다. 흡혈귀는 그 모습에 놀라서 위를 바라보았다. 하지만 이번에는 뭔가가 뱀처럼 지면을 향해 날아들었다.

"앗!"

흡혈귀는 반사적으로 옆으로 점프했다. 날카로운 와이어가 고인 빗물 위를 달리며 애꿎은 뱀파이어 스폰의 발목에 명중했다.

휘리리릭!

와이어가 회전하며 뱀파이어 스폰의 발목에 감긴 순간 스폰의 발목이 부러져 버렸다. 엄청난 힘으로 이 와이어를 컨트롤하는 녀석이 있다. 뱀파이어는 그것을 알아차리고 이를 악물었다.

휘릭!

뱀파이어 스폰의 다리에 감겨 있던 와이어가 갑자기 요동쳤다. 깜짝 놀란 뱀파이어가 손을 빼려고 했지만 요동치던 와이어가 이미 그의 팔을 휘감았다.

펑!

그와 동시에 폭발, 흡혈귀의 팔이 허공으로 치솟아 올랐다.

"크아아아악!"

흡혈귀는 너무나 놀라서 자신의 날아간 팔 절단면을 감싸 쥐었다. 이게 대체 무슨 일이란 말인가? 그는 흡혈귀였다. 그가 그동안 공포를 느낀 적이 있다면 그것은 어디까지나 흡혈귀 사회의 상급자들을 대했을 때뿐. 그는 절대로 흡혈귀 이외의 존재를 두려워하거나 피한 적이 없었다. 하지만 이건 다르다. 이 놈은 뭔가 이상하다.

내가 헌터를 두려워하고 있다고? 그것은 긍지 높은 흡혈귀에게는 있을 수 없는 일이었다. 제아무리 상대방이 흡혈귀와 인간의 그 중간에 서 있고 진마까지 잡은 이라 하더라도, 설사 그 놈이 진마 메시아를 죽인 장본인이라 하더라도… 백여 년을 살아온 그가 왜 이제 갓 스무 살 넘은 애송이에게 당해야 한단 말인가?

쉬리리릭!

숲 속에서, 나무 뒤에서, 바위 밑에서……. 와이어는 어디든 가리지 않고 뱀처럼 튀어나와서 뱀파이어 스폰들을 사냥했다.

"으윽!"

팔을 잃은 뱀파이어는 생각을 바꿨는지 산을 향해 뛰었다. 저곳에서는 엄호사격이 되니까 세건도 함부로 그의 뒤를 쫓지 못할 것이다. 그의 생각이 주효했는지 그는 무사히 이 장소를 이탈해 산으로 향할 수 있었다.

"젠장! 도망치는 것 하나는 빠르군."

빗줄기가 거칠게 쏟아지는 숲 속, 참나무 위에 서 있던 검은 레이싱 슈트의 남자가 날렵하게 지면으로 뛰어내렸다. 이쪽으로 몰려온 뱀파이어 스폰은 대부분 해치웠지만 가장 중요한 흡혈귀 놈은 놓쳐 버리고 말았다.

뱀파이어 스폰은 뱀파이어화가 진행되는 인간으로, 뛰어난 육체 능력을 가지고 있기는 하지만 어미의 명령에 절대 복종하는, 아직 완성된 뱀파이어가 못 되는 저급한 존재들이다. 어미가 되는 뱀파이어의 뜻에 따라서 뱀파이어가 될 수도 있고, 그게 아니면 구울이라고 하는 오염된 존재로 변한다.

지금 이 숲에서 뱀파이어들을 물리친 청년, 한세건의 가족을 살해한 것은 바로 뱀파이어였다. 뱀파이어 스폰들을 보자니 왠지 그때의 기억이 떠올라서 세건은 혀를 찼다. 한동안은 옛날 일 떠올리지 않고 증오심만으로 살아왔었는데 서린과 연관된 이후로는 옛날 일을 많이 생각하게 되었다.

"나도 나이를 처먹었나?"

물론 어림도 없는 소리다. 20대 초반에 불과한 그가 벌써 노인이 되었을 리는 없다. 그는 불만에 가득 찬 표정으로 참호를 향해 다가갔다.

"으으으……."

"야!"

세건은 꼴사납게 참호에 처박혀 있는 서린을 내려다보았다. 그러자 서린은 깜짝 놀라서 고개를 들었다.

"예?"

"이거나 입어."

세건은 적들의 시신에서 방탄조끼 하나를 빼앗아서 서린에게 건네주었다. 어차피 이 녀석은 전투에는 별 도움이 안 된다. 아니, 된다고 하더라도 세건은 그를 거부할 것이다.

실전을 겪어보지도 않은 놈에게 갑작스레 다수의 적이라니, 아직 무리인 것이다. 자칫해서 죽기라도 하면 그건 장기로 치면 포를 적 졸에게 떼인 격이다. 아직 써먹을 곳이 많은 놈을 이런 하급한 스폰들 상대로 잃을 수는 없다. 그렇지만 이렇게 떨고 있다니 꼴불견 아닌가?

"너 자꾸 그럴래?"

"그, 그렇지만 총탄이 비 오듯 쏟아지는데……. 전 형처럼 그런 재주가 없다고요."

말끝마다 꼬박꼬박 말대꾸하면서 형이라고 부른다. 세건은 기가 막혀서 그에게 손을 뻗어서 억지로 참호에서 끌어냈다.

"그래도 날 따라와. 지금 집에 돌아가면 녀석들의 본대랑 마주칠 확률이 높아. 혼자 가면 뒈진다."

세건은 서린을 참호 밖으로 집어 던지고 대신 참호에 내려와서 무기고를 잠그고 흙으로 덮었다. RPG—7은 더 이상 쓰지 않으려는 것 같았다.

"어쩌실 거예요? 산으로 올라가는 건 위험하지 않아요? 저 녀석들이 진을 치고 있는데?"

산 위에는 흡혈귀들이 여전히 엄호사격 자세를 취하고 있었다. 더 이상 총을 쏘지는 않는 것 같지만 아직도 상당수가 남아 있는 걸 보니 함부로 다가갔다가는 큰일이 날 것 같았다.

"산은 무시, 이번엔 본대를 친다."

"예?"

"방금 전에 살아 돌아간 놈이 잔뜩 얼어서 제 동료들에게 설레발치겠지. 그러면 저 산의 놈들은 신중히 움직일 테고……. 그동안에 본대를 쳐서 없애면 된다 이거지. 집에까지 적들을 끌어들이고 싶지 않아. 총격전을 벌이면 망가질 게 한둘이 아니거든?"

얼리어답터인 한세건은 소중히 여기는 물건이 많다. 서린은 그런 세건을 보고 피식 웃었다.

"아니, 지금 물건 때문에 저 많은 흡혈귀에게 싸움을 건다는 거예요?"

"제대로 된 흡혈귀는 얼마 없었어. 그리 걱정할 것도 없고. 저 흡혈귀도 너무 나약해."

서린의 입장에서는 도저히 냉정한 전력 분석에서 나온 결과라고 보기 어려웠지만 지금 여기저기에 죽어 있는 흡혈귀들을 볼 때 세건의 말은 매우 타당했다. 세건의 능력이 뛰어나다고는 생각하고 있었지만 설마 이 정도일 줄이야?

"그러면 따라와라. 너 혼자 뒀다가는 뒈지기 십상이니까."

"아, 예!"

서린은 세건이 건네준 방탄조끼를 입으며 엉거주춤한 자세로 그의 뒤를 따랐다. 목이 폭발로 잘려 나가서 없어진 흡혈귀의 몸에서 가져온 것이라 목깃 근처가 피로 물들어 있다는 점을 빼고는 착용감이 매우 좋았다. 서린은 치밀어 오르는 욕지기를 참으며 정신없이 세건의 뒤를 따랐다.

3

"뭐! 한 번 공격해서 다 당했다고?"

"젠장!"

"이 바보 멍청이가!"

지휘 차량이라고 할 수 있는 밴에 타고 있는 마법사들은 그 많은 수의 흡혈귀와 뱀파이어 스폰이 세건에게 상처 하나 내지 못하고 몰살당했다는 말을 듣고 기겁했다. 그러자 흡혈귀 쪽에서 무선이 날아들었다.

—아직 우리는 많이 남아 있다고. 끝난 게 아니야! 멍청한 인간들 같으니!

산 쪽에서 엄호 자세를 취하고 있는 흡혈귀들은 그렇게 말하고 있었다. 하지만 상황을 보아하니 흡혈귀들도 당황하고 있는 것 같았다. 그러자 마법사들은 긴장해서 브로커를 바라보았다. 만약 세건과 다시 만나기라도 하면 이번엔 전부 줄초상 치를 게 분명하기 때문이었다. 하나 이 브로커는 이 상황에서도 히죽히죽 웃고 있었다.

"어이, 웃음이 나오나?"

"만약 한세건이 우리를 발견하게 된다면 우린 모두 여기서 죽는다고."

"그야 그렇지요."

브로커는 마치 남의 집에 불이 난 양 태연하게 말했다. 마법사들은 어이가 없어서 턱을 내밀었다.

"응?"

"우리를 발견한다면, 이겠지요? 저는 그만 내릴까 하는데, 어때요?"

"뭐라고?"

마카로니 웨스턴 등에서 나오는 전형적인 악당 불화(?)의 장면이 지금 여기서 재현되고 있었다. 하지만 이 사준이라는 브로커는 히죽 웃으며 손가락을 동전 모양으로 만들었다.

"이미 돈은 받았지만… 뭐 돈 받은 만큼의 일은 잘하고 있는 데다가 저 흡혈귀 친구들도 계속할 생각인 것 같으니까 관리자인 제가 더 달라붙어 있을 필요는 없겠지요? 타이타닉이 침몰해도 살아남을 사람들은 살아남는다고, 저는 여기서 내리겠습니다."

"뭐가 어째?"

마법사들은 격분했다. 이제 와서 발을 빼려고 하는 그의 태도가 얄미워 견딜 수가 없었다. 하지만 현명한 선택이기는 하다. 목숨을 걸어서라도 이 일을 완수해야 하는 것은 마법사들이고, 어차피 그는 단순한 중개업자에 지나지 않는다. 흡혈귀들과 그들을 연결해 준 것뿐이니 그가 돌아가겠다는 걸 막을 권리가 없었다. 게다가 이자는 단순한 브로커 같지 않았다.

그때 파올로가 손뼉을 쳤다.

"아, 좋았어. 그러면 우리도 그만 돌아가자고."

"엥?"

이번에는 브로커가 묘한 표정을 지어 보였다. 마법사들의 목표는 어디까지나 서린의 납치가 아니었나? 이 흡혈귀들은 납치를 수행할 수 있는 놈들이 아니다. 대부분의 스폰은 너무 오랫동안 스폰 상태를 유지해서 이성보다는 야성이 더 크고 그들을 조종하고 있는 흡혈귀들도 흡혈귀 주류 사회에서 낙오한 자뿐이다. 특히 이 흡혈귀들의 리더라고 할 수 있는 놈은 맛이 가도 상당히 갔다.

"당신들마저 빠지게 되면 그 서린이란 애송이의 목숨은 보장할 수가 없는데요?"

"우리가 끼게 되면 우리 목숨을 보장할 수 없잖아? 죽여서 데려가도 되니까 너무 걱정하는 척은 말아주지그래?"

"그것도 그렇군요. 그럼 괜히 왔네. 기름 아깝게 됐네. 그런데 그렇게 한세건이란 녀석이 무서워요?"

브로커 사준은 투덜거리며 차를 돌렸다.

국도를 따라 남하하던 흡혈귀와 스폰들은 국도를 벗어나 우회했다. 세건이 아지트로 선택한 낡은 교회는 송림 속의 공터에 위치하고 있는 것으로 국도를 따라서 접근하는 것은 기관총 진지 앞에 알몸으로 뛰어가는 것이나 다를 게 없었다.

탁 트인 공간을 향해 잘 닦인 길 위를 걸어간다니, 뒈지고 싶어서 작정하지 않은 다음에야 그런 짓을 할 수 있겠는가?

그래서 그들은 길을 벗어나 숲을 통해 이동했다. 숲이라고 해도 소나무가 띄엄띄엄 있는 작은 숲이라 전술적인 의미는 거의 없다고 해도 과언이 아니다.

"…이놈들, 달아났군."

스폰들을 이끌고 있던 흡혈귀 셋 중 한 놈은 무전기를 부숴 버렸다. 한세건과의 첫 격전에서 흡혈귀들이 긁힌 상처 하나 내지 못하고 패퇴하자 틀렸다고 생각했는지 다들 물러난 것이다. 그런 꼴을 보아하니 속에서 열불이 치솟아 올라 견딜 수 없었다.

"겁쟁이 놈들 같으니. 그러고도 잘도 마법사라고 간판을 달고 다니는군."

옆에 있던 또 다른 흡혈귀가 중얼거리며 담배를 입에 물었다. 비가 억수로 쏟아져 내려서 담배에 불이 잘 붙지 않았다.

의뢰주가 도망친 이상 그들이라고 계속해서 싸워야 할 이유는 없다. 이만큼의 무장과 장비를 지원받았다면 당장 무장 세력화해서 자신들 멋대로 움직일 수도 있다.

하지만 그들에게도 한세건은 매력적인 먹이였다. 이래저래 저평가되고 있기는 하지만 아무리 그래도 그는 진마사냥꾼이다. 그런 놈을 잡게 되면 흡혈귀 사회의 낙오자라 하더라도 단숨에 주류 세력에 합류할 수 있게 되는 것이다.

봉건적이고 폐쇄적인 흡혈귀 사회에서 신분을 상승시킬 수 있는 몇 안 되는 수단이랄까? 다만 이런 것은 어디까지나 흡혈귀 사회에서의 신분에 집착하는 놈에게나 가치가 있는 것이지, 그런 것에 가치를 두지 않는 흡혈귀에겐 별다른 매력이 없었다. 그래서 흡혈귀는 자신의 동료를 돌아보았다.

"오언?"

흡혈귀 오언은 다른 흡혈귀들과 달리 주류 세력으로의 신분 상승 같은 것은 염두에 두고 있지 않았다. 그저 먹을 수 있는 건 먹고, 죽일 수 있는 것은 죽이는 것에만 정신이 팔려 있는 놈이다. 이 많은 스폰도 죄다 오언이 만들어낸 것이니 그가 얼마나 미쳐 있는지 알 수 있다.

"어떻게 생각해? 이대로 철수할까? 아니면 녀석을 잡아볼까? 아무리 주워 먹은 놈이래도 진마사냥꾼을 잡는다는 건 매력적이라서 기왕이면 잡았으면 하는데."

"혹시라도 그 녀석 잡아서 윗놈들에게 알랑거리겠다는 허접한 생각일랑 하지도 마라. 짜증이 나니까, 콜."

오언은 역시 그의 생각을 읽었는지 차가운 어조로 엄포를 놓았다. 그러자 콜이라고 불린 흡혈귀는 변명거리가 없어서 실없이 웃었다.

"하하하, 설마."

"뭐, 그렇지만 진마사냥꾼이라고 까불거리는 인간은 그냥 보아 넘길 수 없지. 죽여 없애자고."

오언은 으르렁거리며 앞으로 걸어갔다. 그런데 그때 갑자기 바람이 불면서 쏟아지던 빗줄기의 방향이 바뀌었다. 그리고 그때를 기다리기라도 한 것처럼 동시에 총성이 울려 퍼졌다.

타앙!

흡혈귀들은 깜짝 놀라서 엎드렸고 대신 스폰들의 머리통이 터져 나갔다. 숲 속에서 누군가가 M16으로 사격을 시작한 것이다.

탕탕탕…….

워낙에 천천히 걸어오던 흡혈귀와 스폰들이라 총탄은 백발백중, 삽시간에 다섯 명의 스폰이 박살 났다.

"이 자식이!"

길거리 노숙자들로 만들어낸 스폰들이 일제히 총구를 겨누었다. 아무리 은폐, 엄폐물이 있다고 해도 총구의 숫자는 무시할 수 없는 차이이다. 이대로 총격을 가하면서 압박하면 문제없이 제압할 수 있으리라.

"엄호사격하고 너희는 옆으로 돌아서 녀석을 옆에서 습격해!"

콜은 경사면에 엎드린 채 지휘했다.

"젠장, 방심했어. 저놈들, 기껏해야 둘이라는데 어떻게 여기에 와 있는 거지?"

콜의 동료 흡혈귀인 절중(折中)은 탄창을 교체하며 투덜거렸다. 산을 돌아서 넘어오던 별동대가 먼저 격파당했다는 무선이 들어와서 그들은 안심하고 있었다. 별동대가 당하기는 했지만 상대는 고작 두 명. 그렇다면 적의 본거지는 비어 있을 게 아닌가?

일단 그 본거지를 차지하고 나면 적은 무기도 얼마 없이 이 압도적인 수의 흡혈귀와 스폰들을 상대해야 한다. 하지만 별동대가 격파당했다는 무선이 들어온 지 5분도 안 되어 그들의 앞에 적이 나타난 것이다. 그것도 단 한 명…….

그렇다면 적은 단 한 명으로 별동대를 격파하고 나머지 한 명은 여기서 그들을 맞이할 준비를 했단 말인가?

"젠장, 죽여 버리겠어!"

오언은 갑작스런 기습에 분개해서 수류탄을 들었다. 그러나 그때 숲 속에서 한세건이 뛰쳐나왔다. 가만히 있어도 시원찮을 판국에 스스로 이 많은 총구 앞으로 몸을 던지다니? 흡혈귀들은 아연실색해서 그를 바라보았다.

"아니?"

하지만 흡혈귀들은 깜짝 놀라지 않을 수 없었다. 그의 손에는 이미 숨이 끊어져 있는 뱀파이어 스폰 한 명이 들려 있었다. 그는 그렇게 스폰의 시체를 보디 벙커(Body Bunker)로 삼고 앞으로 달려와 간격을 줄이고 있는 것이다.

"미친 새끼!"

"쏴!"

흡혈귀들은 한세건을 향해 일제히 사격을 가했다. M16A1의 총탄은 어지간한 방탄복으로도 막을 수 있는 게 아니다. 제아무리 진마사냥꾼이든 마수든 간에 이 총알 세례를 막아낼 방법은 없을 것이다.

두두두두둑!

하지만 한세건은 뱀파이어 스폰의 몸을 든 채로 그 총알 비를 뚫고 달려왔다. 그 자세가 워낙에 낮아서 세건의 몸 대부분이 스폰의 몸으로 커버가 되었다.

이리되면 아무리 M16 소총탄이라 해도 무용지물이다. 방탄복을 두 번, 스폰의 몸을 한 번 뚫어야 겨우 세건의 몸에 닿게 되는데 아무리 소총탄이라 해도 방탄복을 뚫고 나면 운동에너지가 비약적으로 줄어들게 된다. 방탄복을 입은 이의 몸에 소총탄이 맞게 되면 대개 등 뒤로 관통하는 일 없이 끝나는 게 그 때문이다.

"이런! 젠장!"

놀란 흡혈귀들이 반응하기도 전에 세건은 간격을 완전히 좁혔다. 흡혈귀들이 다음 명령을 하달하기도 전에 세건의 양손이 교차했다. 제일 선두에 서 있던 스폰의 목이 부러지며 턱이 하늘로 치솟아 올랐다.

뿌칵!

목뼈가 부러졌지만 가죽은 아직 끊어지지 않아서 턱이 하늘로 치솟아 올랐음에도 불구하고 목이 잘려 나가지 않는다. 세건은 무표정하게 흡혈귀를 한 팔로 끌어안고 마치 탱고를 추듯 빙글 옆으로 돌려서 그의 손에 들려 있던 M16을 함께 잡았다.

"Shall we dance?"

차가운 증오와 조소가 함께한다. 이 녹색 블리치의 사냥꾼은 흡혈귀들을 경멸의 시선으로 바라보았는데 그와 동시에 번개가 번쩍였다.

"……."

한순간 흡혈귀들은 오한이 등골을 타고 오르는 것을 느꼈다. 미친 달의 세계는 정말 이름 그대로 미친놈들만 모여 있어서 광기에서 둘째 가라면 서러워할 것들이 대부분이었다.

하지만 이놈은 뭔가 격이 다르다. 차가운 증오와 경멸, 그 모든 것을 인간의 육신 안에 갈무리한 저놈은 흡혈귀들조차 겁에 질리게 했다.

"우아아아아!"

흡혈귀와 스폰들이 일제히 총격을 가했다. 하지만 한세건은 몸을 옆으로 날리며 스폰의 몸으로 완벽히 자신을 방어한 채 적들에게 총격을 가했다.

드드드득!

빗물이 튀어 오르며 물보라가 치솟고 피가 바닥을 적신다. 장대비 속에서 총알이 춤추고 그때마다 물소리, 총탄 소리가 공기를 가른다.

한세건은 머리가 박살 난 스폰을 방패막이로 내세우고 묘한 각도로 팔을 구부린 채 총을 쏘았다. 방패막이 옆으로 구부린 채 쏘는 총이라면 원래 정상적으로는 절대 맞지 않아야 한다. 조준선 정렬은커녕 표적을 보지도 않고, 올바른 자세도 나오지 않았으니까.

하지만 세건의 총이 불을 뿜을 때마다 스폰들은 하나둘씩 쓰러졌다. 세건을 잡기 위해 괜히 M16과 방탄복을 가져온 게 외려 화근이었다. 세건은 그들의 장비와 몸을 이용해서 자신의 몸을 지키고 적을 물리치니까 결과적으로 그들의 방탄복을 가장 효율적으로 활용하는 것은 바로 세건이었다.

"젠장! 육박전이다! 몸으로 눌러!"

보다 못한 흡혈귀들이 명령을 변경했다. 총격전을 계속 벌여봐야 이 상황에서는 승산이 없다. 한세건은 글록 두 자루로 여덟 개의 수류탄을 한 호흡 만에 맞출 만큼 트릭 샷을 연마한 놈이다.

워낙에 뛰어난 기본 능력을 타고난 덕에 자기 연마에 게으른 흡혈귀들이 한세건과 같은 트릭스터(Trickster)를 상대로 근접 총격전에서 승리할 리가 없었다. 서부영화로 치자면 최고의 건맨과 엑스트라 악당의 차이랄까?

아니, 스폰과 한세건을 비교하자면 그 정도 차이가 아니다. 스플래터 무비에서 떼로 등장하는 좀비와 그들을 물리치는 주인공의 차이? 그 정도 차이는 있다. 지성을 많이 상실한 스폰들은 속수무책으로 세건에게 쓰러졌다.

"이런 젠장. 내 말이 안 들려? 육박전을 벌여!"

흡혈귀들은 스폰들을 일제히 세건에게 돌격시켰다. 이대로 사방에서 덮치게 되면 아무리 세건이 뛰어난 헌터라 해도 힘에서 눌리게 된다. 어차피 머릿수로 승부할 때는 차라리 백병전이 더 낫다.

하지만… 그들은 뭔가 착각하고 있었다. 세건이 그 정도에 당할 거라면 진마들을 상대로 싸우면서 살아남지 못했을 것이다. 하물며 지금의 세건은 이전과 비교할 수 없는 육체적 능력을 얻었다.

쉬이이익!

방패막이로 삼고 있던 스폰의 몸을 밀어내는 것과 동시에 세건의 등 뒤에서 칠흑의 검이 나타났다. 그 순간 검이 수평으로 휘둘러지며 물보라를 불렀다. 세건에게 달려들던 스폰들의 목을 새카만 검영(劍影)과 물보라가 강타했다.

촤악!

선혈이 튀면서 빗물의 커튼에 충돌했다. 그것은 정말 불가해한 장면이었다. 비가 어찌나 쏟아지던지 목이 잘린 절단면에서 뿜어져 나오는 선혈이 빗줄기에 맞아 가로막힌 것이다!

스폰들은 세건에게 접근도 하지 못하고 칠흑의 검에 의해 목이 잘려 쓰러졌다. 일제히 풀썩 쓰러지는 그 모습은 흡사 옛날 무협 영화를 보는 듯했다. 다만 그때와 지금이 다른 것은 싸구려 특수 효과가 아니라 진짜로 목이 잘려 나갔다는 것 정도? 그만큼 세건의 움직임은 비현실적이었다.

"이게 다인가? 시시하군. 네놈들, 그러니까… 낙오자 양반들이군. 나 참, 나도 어지간히 얕보인 건가?"

한세건은 기가 막힌다는 듯 흡혈귀들을 노려보았다. 빗물이 증발하며 새하얀 김이 모락모락 피어난다. 흡혈귀는 그러한 세건의 모습에 압도되어 뒤로 주춤주춤 물러났다.

"이제 와서 이렇게 많은 스폰을 구해 오다니. 게다가 네놈들의 장비, 그만한 물류가 움직였다면 내가 모를 리가 없는데, 대체 누구를 통해서 움직인 거지?"

아무래도 이 상황은 이상하다. 총기류가 엄격하게 제한되는 데다가 폭력배들도 총을 꺼리는 대한민국이다.

그 한국에서 이 정도 수의 M16이 풀려 있다는 것은 이상하다. 무기와 총기의 흐름을 항상 예의 주시하고 있는 세건 모르게 이 정도의 무장을 갖춘 흡혈귀 부대가 나타난다는 것은 있을 수 없는 일이다.

아마도 세건이 알지 못하는 새로운 무언가가 움직였음에 틀림없다. 이 흡혈귀들의 습격은 세건에게 있어서는 별것 아닌 일이지만 뭔가 새로운 놈이 나타나서 움직이고 있다는 것은 굉장히 신경 쓰이는 일이다. 그래서 그는 대답해 주지 않을 것을 알면서도 혹시나 해서 흡혈귀들에게 물어보았다.

"알고 싶으면 내 엉덩이나 핥으시지!"

흡혈귀들은 세건에게 가운뎃손가락을 내밀며 응수했다. 역시. 세건은 그런 흡혈귀들을 보고 피식 웃었다.

"영양실조 엉덩이 따위엔 관심 없어. 대신 총알이나 먹여주지. 뒈질 때가 되면 확실한 체중 증가를 느낄 수 있을 거야."

"미친 새끼!"

절중은 이와 손톱을 드러내고 세건에게 돌격했다. 그러자 세건은 흡혈귀를 비웃으며 주먹을 날렸다.

"아니!"

번개가 번쩍이는 것과 동시에 흡혈귀의 아래턱에 세건의 주먹이 꽂혔다. 턱 안쪽으로 정확하게 파고드는 빠르고 깨끗한 일격. 군더더기라곤 찾아볼 수도 없는 주먹은 탁월한 신체 능력으로 인해서 자신을 단련할 필요가 없는 흡혈귀나 라이칸스로프들에게서는 찾아볼 수 없는 인간의 주먹이었다.

하지만 그 기술을 펼친 세건은 인간을 초월한 존재. 절중은 일격으로 턱뼈가 목 안으로 함몰되며 목이 부러졌다.

"크으윽!"

목이 부러진 흡혈귀, 절중의 머리를 한 손으로 잡은 세건은 그를 번쩍 치켜들었다.

"총알보다는 이게 더 나으려나?"

그 순간 세건으로부터 도폭선이 두 가닥 빠져나왔다. 한 가닥은 세건의 머리 위로 치솟아 오르더니만 공중에서 90도로 꺾이며 오언을 향했고 다른 하나는 지면을 뱀처럼 달리더니 콜을 덮쳤다.

"으아아아악!"

콜은 당황해서 뒤돌아 도망치려 했다. 하지만 도폭선은 마치 살아 있는 뱀처럼 먹이를 향해 날아들어 콜의 대퇴부를 꿰뚫었다.

텅스텐 코일과 콤포지션 폭약을 배합한 이 특제 도폭선은 그 와이어 자체로도 튼튼하기가 이루 말할 수 없는 것이라 빠른 속도로 다루게 되면 칼날이나 다름없었다. 하지만 그렇다고 해도 베는 게 아니라 꽂아버리다니. 흡혈귀는 경악하며 몸에 박힌 도폭선을 뽑아내려 했다.

쉽게 당해 버린 콜과 달리 오언은 자신의 옆에 서 있던 스폰을 번쩍 들어서 세건이 날린 도폭선을 향해 던졌다.

쉬리릭!

도폭선이 스폰의 몸통에 휘감기는 것과 동시에 폭발했다. 뱀파이어 스폰이라고 해도 뼈와 살로 이루어져 있는 이상 콤포지션 폭약의 폭발을 견딜 수 없었다.

후드드득!

스폰이 산산조각 나며 고기조각으로 변해 쏟아져 내렸다. 하지만 오언은 코웃음 치면서 또 다른 스폰을 잡아서 세건처럼 방패막이로 내세웠다.

“이, 이런!”

콜은 그 모습을 보고 깜짝 놀라서 자신의 대퇴부에 꽂힌 도폭선을 뽑으려 했다. 이게 폭발하면 하반신의 대부분이 날아갈 판이다. 하지만 도폭선은 살아 있는 생물체인 양 스스로 움직이더니 그를 휘감아 버렸다.

“아, 안 돼! 싫어! 나는 죽고 싶지 않아!”

콜의 비명은 처참했다. 하긴 흡혈귀라고 죽고 싶겠는가? 그러나 세건은 아랑곳하지 않고 전기 플러그를 눌렀다. 도폭선이 다시금 폭발하며 콜을 산산조각 냈다.

“좋은 흡혈귀는 뒈진 흡혈귀뿐이야. 미녀든 어린애든 노인이든 간에 흡혈귀를 위해 베풀 자비 따위는 없어.”

물론 자기 자신을 위한 자비도…….

세건은 빗물을 혀로 핥으며 마지막 남은 흡혈귀를 노려보았다.

“이제 너 하나 남았군.”

세건은 목뼈가 부러진 절중의 육체를 집어 들고 오언에게 다가갔다. 하지만 오언은 다른 흡혈귀들과 달리 이 상황에서도 겁에 질리지 않았다.

“이건 네놈만 할 수 있는 게 아니야. 네놈이 제법 매드 독으로 날리는 모양인데 나도 꽤나 미쳐 있거든?”

오언은 그리 말하며 자신의 입에 날아 들어온 뱀파이어 스폰의 고기를 잘근잘근 씹었다. 확실히 그 모습은 광기로 점철된 모습이었다. 하나 세건은 심드렁한 표정으로 비스트를 뽑았다.

"별게 다 자랑이군."

세건은 자신이 방패막이로 잡고 있던 흡혈귀의 몸통에 비스트를 겨누었다.

"네놈?"

오언이 의아해하는 순간 총성이 울려 퍼졌다. 세건의 비스트가 불을 뿜는 것과 동시에 오언의 손가락이 꿈틀거리며 총이 손에서 떨어져 나갔다.

"…으으윽."

놀랍게도 세건이 발사한 총탄은 절중의 몸통과 오언이 들고 있던 스폰, 그리고 오언까지 단숨에 관통해 버린 것이다. 아무리 비가 와서 케블라의 방탄성이 떨어졌다고 하지만 그렇다 해도 방탄복 여섯 겹, 흡혈귀 세 명의 몸을 단숨에 관통하다니?

"끄으으윽!"

오언은 앞으로 풀썩 고꾸라졌다. 한세건은 쓰러진 오언을 향해 다시금 비스트를 겨누었다.

타앙!

이번에는 오언의 상반신이 통째로 날아가 버렸다. 세건은 그제야 손에 들고 있던 흡혈귀의 시체를 집어 던지고 비스트를 손아귀에서 빙글빙글 돌리더니 등허리에 맨 홀스터에 꽂아 넣었다.

"지옥에 먼저 가서 내 자리를 마련해 두고 있으라고, 친구들."

세건은 그렇게 중얼거리며 빗줄기 속을 걸어갔다.

4

서린은 수풀 속에서 숨을 죽인 채 총을 잡고 그 상황을 지켜보고 있었다. 원래 그의 임무는 행여 세건이 위험해질 경우 엄호를 하는 것이었다. 하지만 놀랍게도 세건은 혼자의 몸으로 흡혈귀들 사이로 뛰어들어 그들을 모조리 제압해 버렸다. 그것도 잔혹하기가 이루 말로 다 할 수 없을 정도로…….

서린은 그런 세건을 보고 가슴이 뛰는 것을 느꼈다. 도저히 상대할 수 없는 괴물이라고는 알고 있었지만 저 정도일 줄이야? 게다가 근거 없는 생각이지만 서린은 저게 세건의 전부라고 여겨지지 않았다.

"시시껄렁한 녀석들, 총에 인식 장애 마법도 안 걸다니. 총성 때문에 동네방네 난리가 났겠군."

한세건은 흡혈귀들이 가져온 총을 조사하더니 서린에게 던져 주었다. 깜짝 놀란 서린이 양손을 벌려 총을 받자 그는 머리칼을 쓸어 올리며 시체들을 가리켰다.

"저것들 다 치워놔. 총과 방탄복은 죄다 회수해 놓고……. 나는 나머지 놈들을 처리하러 갈 테니."

"예? 저 많은 걸요?"

"그러면 네가 나머지 놈들을 처리해라. 내가 청소를 하지."

세건이 눈을 가늘게 뜨고 서린을 노려보자 서린은 할 말이 없어졌다. 세건이 목숨을 걸고(?) 싸우는 동안 손가락 빨면서 구경한 주제에 뒷정리도 하지 않겠다는 건 너무나 지나친 욕심이다.

"아, 저기, 미안해요."

"뭐가?"

세건은 서린을 지나치며 심드렁하게 반문했다. 그러자 서린은 자신의 손가락을 바라보며 어렵게 말했다.

"아뇨. 제가 별 도움이 못 되어서."

서린이 그리 말하자 세건이 우뚝 멈춰 섰다. 인간으로서 살겠다느니, 흡혈귀라고 다 죽여 버릴 수는 없다느니 하는 잠꼬대를 읊어대는 서린이 미안해하다니, 세건으로서는 웃기지도 않는 이야기였다. 그런 놈이 뭐? 별 도움이 못 되어서 미안하다고?

"손을 더럽히고 싶지 않다면서? 네가 손을 더럽힐 각오가 되어 있지 않는 이상 이쪽 방면으로는 평생 가봐야 도움이 안 돼."

세건은 산 위에 아직도 진을 치고 있는 흡혈귀들을 노려보며 말했다. 하지만 서린은 원래 본성이 착한지라, 어찌 되었든 세건에게 사과를 했다.

"그, 그야 그렇지만. 굳이 말하자면 방과 후 청소 시간에 나만 놀고 친구들이 다 청소한, 그런 기분이라고 할까요?"

비유가 상당히 적나라해서 세건은 이마를 손으로 짚고 한숨을 내쉬었다. 빗물이 그 몸에 닿아 증발하면서 새하얀 김이 피어올랐다.

"그러면 네가 나머지 놈들을 죽여볼래?"

"아니요. 또 그렇게 말하자면……."

"야! 입 다물어! 배를 따고 피뢰침 위에 걸어놓기 전에! 이 자식이 정말, 너 시비 거는 거냐? 나의 인내심, 그 한계를 보고 싶은 거지?"

결국 참다못한 세건이 폭발했다. 평소 같았으면 폭발한 순간 서린을 공격해서 반쯤 죽여놨겠지만 지금은 어찌 되었든 적을 앞에 두고 있는 터라 차마 그러지 못했다. 그동안 아무 생각 없이 서린을 반쯤 죽여놓은 것 같아도 세건 나름대로는 다 재생력을 감안하고 두들겨 팬 것이다.

"오늘은 내가 참는다. 빨리 저놈들 시체 옮겨놓고 총이랑 그런 것 다 치워. 얼른 실시!"

세건은 서린에게 으름장을 놓은 뒤 산으로 향했다.

"와우, 전멸. 이거 참, 순식간이군요. 예상보다 훨씬 빠른데요?"

국도 옆 휴게소에서 인스턴트커피를 홀짝이던 사준은 자신의 핸드폰을 들고 신난다는 듯 중얼거리고 있었다. 그러자 그와 함께 음료수를 마시던 마법사들의 표정이 일그러졌다.

"…개새끼."

"네? 뭐라고요?"

"아니, 지금 그렇게 좋아할 때인가? 앙?"

"뭐… 저로선 돈 받은 만큼 충실히 일한 것인데요, 뭘. 이걸 보고 노력하는 과정이 아름다우면 결과는 관계없다고 할까나."

브로커는 히죽히죽 웃으며 핸드폰의 배터리를 분리하더니

주머니에 쑤셔 넣었다. 그러자 마법사들은 이구동성으로 중얼거렸다.

"씹새끼."

"나날이 한국어 욕이 늘어나시는군요. 일신우일신(日新又日新)이십니다그려."

어차피 기대도 하지 않았다. 어찌 되었든 한세건은 진마사냥꾼. 어설픈 스폰들과 주류 사회에서 낙오한 주제에 자신이 제임스 딘이나 리버 피닉스인 줄 알고 인상이나 들입다 써대는 머저리 흡혈귀들. 그런 놈들 백여 명 무장시켜 봤자 진마사냥꾼을 당해낼 리가 없었다. 단지 이건 인사랄까? 그런 것이었다.

"하지만 한세건, 설마 백여 명의 흡혈귀를 한 시간도 채 되지 않아서 다 물리쳐 버리다니, 역시 대단하군요. 예상 이상인데요?"

"……."

그 말을 듣던 마법사들은 모두들 고국으로 돌아가 버릴까 하는 생각을 품었다. 아무리 생각해도 한세건이란 놈은 너무 거물이다. 물 건너서야 세건의 위협에서 안전하니까 체감하지 못했는데… 이제 보니까 이놈은 정말 이만저만한 괴물이 아니다.

미친개 한 놈이 운 좋게 진마들끼리의 항쟁에 얽혀서 진마사냥꾼이란 칭호를 주워 먹었다는 평판이었지만, 실제로 부딪쳐 본 결과는 참담했다. 이 녀석이 정말 실력으로 진마를 잡았든 운으로 잡았든 간에 적어도 아이작 계파의 애송이 마법사들이 상대할 적이 아님은 분명했다.

"안 되겠다. 역시 내 처음 의견대로 평화적 교섭을 하는 건 어때?"

"미쳤어, 티토? 너 같으면 그런 꼴 당하고 평화적 교섭을 하겠냐?"

"난 하는데."

티토는 태연하게 그렇게 말했다. 그러자 앤소니가 코웃음 쳤다.

"등신, 호박 머리 같으니. 네놈 대가리 속에는 텔레토비가 들어가 있냐?"

"자자, 그만들 하고."

보다 못한 사준이 그들을 말렸다. 그는 히죽히죽 웃으면서 마법사들을 돌아보았다.

"그러면 이즈음에서 제 두 번째 의뢰주를 만나보시겠습니까? 아무래도 공통의 목적을 가지고 있고 그분도 여러분에게 관심이 있는 것 같은데."

"흥. 그놈은 저 세건이란 놈을 어떻게 할 수 있는 건가?"

마법사들은 이미 짐작하고 있던 사실이라 놀라지 않았다. 아니, 놀랐다면 아마도 이 사준이란 놈의 배짱에 놀랐다고 할까? 이중 계약을 하고 있다는 사실을 이렇게 당당히 밝히는 놈은 참 보기 드물다. 그렇지만 마법사들로서는 지푸라기라도 잡아야 할 상황이라서 어쩔 수 없었다.

"뭐, 그렇죠."

사준은 당연하다는 듯 말했다. 아니, 방금 전 한세건이 흡혈귀들을 모조리 장사 지내는 걸 보고도 이렇게 태연하게 말할 수 있다니, 대체 그놈은 뭐란 말인가? 혹시 미합중국 대통령이라도 된단 말인가?

"대체 어떤 놈이길래?"

마법사들이 물어보자 사준은 기다렸다는 듯 말했다.

"조반니 반테로."

"헉?"

그 순간 모두들 깜짝 놀라서 사준을 노려보았다. 사준은 그들의 시선을 받으며 볼을 긁적였다.

"에이, 다들 짐작은 했으면서 왜 놀라는 척해요?"

"조반니 반테로라니… 그놈은……."

"엄청난 부자잖아?"

"하아?"

뭔가 포인트가 어긋난 것 같아서 사준은 마법사들을 바라보았다. 그러자 그들은 원망 섞인 눈초리로 사준을 노려보았다.

"그런 놈 밑에서 일하면 돈도 많이 벌겠지? 그런데 우리에겐 따로 돈을 받다니."

"아니, 저기."

"…개새끼."

어린애도 아니고, 한 번 배운 욕 시도 때도 없이 써먹는 그 모습을 바라보며 사준은 식은땀을 흘렸다. 그는 할 수 없이 지갑에서 지폐를 꺼냈다.

"나 참, 그럼 지금 마신 건 제가 사지요."

왠지 그런 문제가 아닌 것 같지만 마법사들은 정말로 사준에게 계산서를 넘겨주었다.

"그렇지만 조반니 반테로라면 테트라 아낙스 계열이잖아? 설마 입국해 있었나?"

"테트라 아낙스 계열의 남자가 왜 우리랑 손을 잡으려고 하는 거지?"

사실 따지고 보면 테트라 아낙스의 히트맨인 조반니 반테로가 굳이 마법사들과 손잡을 이유는 없었다. 대낮에 움직이지 못한다는 게 흡혈귀의 약점이긴 하지만 그것도 사준이란 브로커에게 대행하고 있지 않은가?

하지만 그렇다고 함정이라고 생각할 수도 없었다. 마법사와 손을 잡을 이유도 없지만 그렇다고 굳이 마법사들에게 함정을 팔 이유도 없는 것이다.

"뭐, 좋아. 만난다고 닳는 것도 아니고 일단 만나서 이야기하도록 하지. 그러면 된 건가?"

"예, 좋습니다. 호쾌해서 좋군요."

사준은 마법사들이 교섭에 응하자 매우 기뻐했다.

세건은 흡혈귀들의 시체들을 끌고 지하실로 향했다. 이미 지하실에는 서린이 실어 나른 흡혈귀들의 시신이 넘쳐 나고 있었다.

"으윽, 캄보디아 같군요."

서린은 잔뜩 쌓여 있는 시체를 보고 비위가 상하는지 눈살을 찌푸렸다. 이런 몰골을 보고도 토하지 않는 게 용하다.

"가봤어?"

세건은 시체들에 채혈기를 꽂으며 서린에게 반문했다. 그러자 서린이 손을 내저었다.

"아뇨, 사진으로만. 설마 정말 가봤겠어요?"

"하지만 사실은 정말로 가봤을지도 모르지. 어린 시절 기억이 없다며?"

세건은 흡혈귀들에게서 빼앗은 무전기나 핸드폰, 노트 등을 조사하며 조금이라도 단서가 될 게 있을까 찾아보았다. 하지만 핸드폰은 다들 대포폰이고 노트는 비에 젖어서 엉망인지라 쓸 만한 정보를 찾기란 여간 어려운 게 아니었다. 서린은 그런 세건을 바라보고 그동안 궁금하던 걸 물어보았다.

"아, 예. 그런데 흡혈귀들 피는 왜 뽑는 거예요?"

"약이 되니까."

"설마 정력제? 하여튼 한국 남자들 정력에 좋다면 뭐든지 다 잡아먹으니까."

서린은 그렇게 투덜거렸다. 그러자 비에 젖은 종이들을 세심히 분리하던 세건의 움직임이 멎었다.

"…너 좀 맞아야겠다. 이제 놈들 다 해치웠으니까 부담 없이 팰 수 있거든?"

"아, 목욕물 데워놨어요. 욕조 넘치겠네."

서린은 그제야 생각났다는 듯 딴청을 부리며 계단을 올라갔다. 세건은 기가 막혀서 서린의 뒷모습을 바라보다가 한숨을 내쉬었다. 아무리 두들겨 패고 위협을 해도 저 녀석은 평생 저렇게 살 모양이었다.

어떤 의미에서는 정말 강한 성격이라고 해야 할까? 세건은 고개를 절레절레 흔들고 지하실을 뒤로했다.

세건은 맥주 캔을 입에 물고 욕조 안에 들어갔다. 욕조 안에서의 음주는 자칫 심장마비를 부르므로 삼가야 할 일이지만 세건은 그런 것에 신경 쓰지 않고 벌컥벌컥 캔을 비운 뒤 손아귀에 힘을 넣었다. 알루미늄 캔은 마치 흡착기에 집어넣은 것처럼 납작하게 접혀 버렸다.

“흐음, 피곤한데 이거.”

세건은 눈이 감기는 것을 느끼며 물속에 가라앉았다. 아직 오늘 해야 할 일을 다 끝내지도 못했는데 피곤해지다니. 역시 흡혈귀들을 상대하는 데 체력을 많이 쓴 게 컸다. 그때 서린이 문밖에서 노크를 했다.

“전화 왔어요.”

“가져와.”

“우웃, 오늘 하루 두 번 더럽혀지는군요. 이 돌이킬 수 없는 타락의 느낌이라니.”

서린은 그렇게 투덜거리면서 핸드폰을 들고 안으로 걸어 들어왔다. 그러자 세건은 기가 막혀서 서린을 노려보았다.

“…네가 삼 파장 스탠드냐? 골고루 발광하게?”

“아, 그런데 이 카메라 디카도 되는 거죠?”

"응."

"……."

찰칵.

말이 끝나기가 무섭게 핸드폰에 장착된 카메라의 플래시가 터졌다. 세건은 욕조에 앉아 있다가 천천히 옆에 걸린 바쓰 타올로 자신의 하반신을 가렸다.

"아니, 저기 이건……. 하하하, 한세건 팬클럽에나 올려볼까요?"

"…일단 맞고 시작하자."

세건은 전광석화 같은 레프트 스트레이트로 서린을 후려갈겨 버렸다. 그러고는 라이트로 즉시 핸드폰을 빼앗아서 일단 사진의 메모리를 지웠다.

"대체 이 자식은……."

세건은 기절한 서린을 발로 차서 욕실 밖으로 굴려놓고 다시금 욕조에 앉아서 발신자 번호를 확인했다. 핸드폰에 찍힌 번호는 세건도 익히 아는 김성희의 전화번호였다.

"무슨 일이죠?"

세건이 전화를 받자 전화기 너머에서 김성희의 목소리가 들려왔다.

—아, 세건. 전에 부탁한 것 말인데, 약간 흥미 있는 사실을 알아냈거든?

"뭐요?"

—왜 그 마법사들에게 집을 제공한 브로커 있잖아.

"아아, 그 녀석이 왜요?"

세건은 흥미 없다는 듯 몸을 뒤척여 욕조에 기댔다. 녀석이 뭘 하는 놈이든 간에 그놈은 세건에게 자신이 알고 있는 정보를 제공해 주었다. 그 시점에서 세건은 브로커에 대한 관심을 끊었다. 이전의 실베스테르나 사혁처럼 브로커를 길들이겠다고 폭력을 행사해 봐야 반감만 살 뿐이라고 생각했기 때문이었다.

어차피 무기 거래상인 케네스 양의 병기고를 인수한 시점에서 딱히 당장 필요한 물건도 없어서 세건은 의아해했다. 대체 김성희가 무슨 바람이 불어서 그 브로커에게 신경을 쓰는 것일까?

—…그의 이름은 사준. 놀랍게도 사혁의 친동생이야.

세건은 사혁이라는 이름을 듣는 순간 깜짝 놀랐다. 라이칸스로프의 몸으로 흡혈귀를 사냥해 자신의 욕망을 채운 악당. 그 사악한 사업 수완은 연금술사라는 이름으로 조롱받았지만 결국 진마마저 수중에 넣었던 자였다.

의무감으로 흡혈귀를 사냥하는 세건과 달리 철저히 욕망에 충실했던 그는 결국 세건과 싸워 죽음을 맞이했다. 그런데 그에게 동생이 있었다니?

"뭐라고요? 그놈이 인간의 종자였단 말이에요? 나는 녀석이 쑥과 마늘을 먹고 백 일간 도 닦은 곰인 줄 알았는데."

—그건 단군신화고. 어쨌거나 사준이란 자가… 조반니 반테로와 거래하고 있다는 사실을 알게 되어서 연락한 거야. 뭐 별다른 일은 없었어?

"아니, 가벼운 인사를 약간……. 별일은 아니에요."

세건은 이마를 짓눌렀다. 사혁에게도 동생이 있고 그 동생이 한국에 들어와 있다니, 정말 의외였다. 그렇다면 그 녀석은 세건에게 복수하려는 것일까? 어쩌면 오늘 있었던 습격도 그 녀석의 농간이 아닐까?

"…이래저래 앞날이 즐겁겠군요. 그럼."

세건은 핸드폰을 끄고 욕조 옆의 옷 바구니에 던져 놓았다.

"릴리쓰나 진마를 꼬여내고 싶었는데 엉뚱한 놈들만 몰려드는군. 내가 썩은 토마토도 아니고 왜 쉬파리들만 꼬이지?"

세건은 욕조 밖으로 팔을 늘어뜨린 채 눈을 감았다.

第6夜

잊혀진 이름

1

젠의 리드싱어 조성찬은 원래 유약하고 허약한 소년이었다. 독실한 기독교 신자인 부모님에 의해서 어린 시절부터 성가대 활동을 통해 노래를 부르던 그는 성악가가 되고 싶어 했다.

하지만 부모님의 사업 실패로 집안이 기울게 되자 도저히 성악 레슨을 받을 수가 없었다. 비싼 레슨비로 집안이 휘청거리는데 자신의 꿈만을 내세울 수 있겠는가?

그때 그에게 S기획사의 프로듀서가 아이돌 그룹의 리드싱어가 되겠느냐고 제의를 해왔다. 유약한 성격에 몸도 약한 조성찬이 험악한 연예계 생활을 어떻게 견디겠느냐며 집에서는 반대했지만, 조성찬은 부모님의 뜻을 꺾고 기어코 젠에 합류하고 말았다.

젠은 노래를 부를 가수를 필요로 했고 조성찬은 자신의 꿈을 이룰 기회를 필요로 했다.

그러나 그건 세상을 모르는 철부지의 행동이었다. 기획사가 모든 것을 좌우하는 아이돌 그룹은 대부분의 음반 판매 수익을 기획사에 헌납하다시피 해야 했고 그나마 얼마 되지 않는 수익도 여럿이 나누다 보니 값비싼 성악 레슨을 받을 처지가 못 되었다.

거의 매일같이 TV에 나오고 생일만 되면 팬들이 수백만 원짜리 선물을 퍼부어주는 데도 정작 레슨비조차 낼 수 없다니.

조성찬은 절망했다. 게다가 사회적으로는 비난받지, 친구도 없지, 남들에게는 엉뚱한 질투나 받지, 일은 힘들지……. 그야말로 사면초가였다.

그런 조성찬에게는 동경하는 대상이 있었으니 그게 바로 서린이었다.

슬라브계 혼혈아인 서린은 허약한 조성찬과 달리 쫙 빠진 근육질 몸에 항상 활달하고 쾌활했다. 게다가 왠지 모를 그 자신감이란……. 서린의 집은 조성찬에 비하면 정말 가난의 구렁텅이라고 할 수 있을 정도였음에도 불구하고 항상 미소를 잃지 않고 책을 들여다보는데, 학교에서 나름대로 행세한다고 하는 양아치들도 감히 서린에게 대들지 못했다.

그래서 조성찬은 은연중에 서린을 동경했다. 해준 건 아무것도 없지만 왠지 친해지고 싶은 느낌을 받는 상대, 그런 호감 가는 상대가 다들 하나쯤은 있지 않는가?

그런데 며칠 전, 서린이 돌연 학교를 그만두었다. 그동안 힘들어했다느니, 결국 돈 벌기 위해 학교를 그만뒀다느니 하는 소문들이 그 후로 돌았지만 다들 그렇듯 서린의 존재를 잊어버리고 평상시와 같은 생활로 돌아갔다. 하지만 성찬은 그럴 수 없었다. 왜냐면 그는 보아선 안 될 것을 보고 말았기 때문이다.

어느 날 새벽, 학교를 핑계로 숙소에서 도망쳐 나왔을 때, 그는 우연히 서린이 누군가에게 습격받는 것을 보게 되었다. 선혈을 흘리며 나가떨어진 서린, 그렇지만 서린은 곧 태연히 일어났다.

그것은… 이제 와서 알아챈 것이지만 저격이었다. 총탄은 분명히 서린의 가슴을 꿰뚫었다. 싸구려 액션 영화도 아닌데 가슴을 꿰뚫린 인간이 태연히 움직인다는 것은… 있을 수 없는 일이다.

더구나 그 엄청난 출혈. 그렇게 출혈이 있었는데도 불구하고 아무도 서린의 부상을 문제 삼지 않았다. 설마 단 몇 시간 만에 그 상처가 다 낫기라도 했단 말인가? 그게 아니면 이게 무슨 몰래카메라 같은 것이라서 성찬을 속이기 위해서 세상이 한통속이 되어 연극이라도 한단 말인가?

"무슨 생각 하시는 거예요?"

갑자기 그런 질문이 들어와서 성찬은 깜짝 놀랐다. 그에게 예쁘장한 얼굴의 앵커가 마이크를 들이밀고 있었다. 지금은 한창 쇼 프로 진행 중, 딴생각을 하고 있다가 걸리면 전국적으로 망신만 당하게 마련이다.

"아무 생각 없어요."

성찬은 아예 말아먹어라 하는 심정으로 그렇게 말하고 한숨을 내쉬었다. '10대 아이돌 가수 애들은 골이 비었다는 사실을 만천하에 알리자' 라는 기획 의도하에 제작되었음이 틀림없는 아무 생각 없는 오락 프로다 보니 이것이야말로 가장 바라는 말이 아니겠는가?

성찬은 모니터를 통해서 곧 자신의 말이 자막으로 나오고 밑줄이 좌악 그어지는 것을 보았다.

"그러면 다음 문제입니다."

하지만 아무리 그래도 그렇지, 퀴즈 프로 연례 우승자하고 연예인들하고 퀴즈 대결을 시킨다는 건 대체 누가 생각한 것인지 모르겠다. 일본 프로를 베낀 건가? 지면 진 쪽이 우스꽝스러운 벌칙을 받아야 하는데 대체 가수가 왜 이런 짓을 해야 하는지 모르겠다. 비록 기획사에서 형식상으로 해주는 레슨이라지만 그거라도 받는 게 나을 텐데.

결국 퀴즈쇼는 젠의 패배로 끝이 났다. 진 사람들은 우스꽝스러운 벌칙을 받고 겨우겨우 풀려나 방송국에서 빠져나올 수 있었다.

"뭐야, 시간이 오버되었잖아. 다음은 음악 방송 인터뷰니까 얼른 차에서 화장하고 있어!"

매니저는 젠의 멤버들을 벤에 처넣었다. 방송국 입구에 이미 진을 치고 있던 수많은 여학생 팬이 몰려들었다. 젠의 멤버들은 다들 심드렁한 표정으로 그 여자애들을 바라보더니 이내 서비스용 얼굴로 바꿔서 손을 흔들어주었다.

이러니저러니 인터넷에선 욕 들어먹고 있지만 이들이라고 해서 자신의 앞날에 대해서 생각해 보지 않은 게 아니다. 오션스가 지고 난 다음에는 젠… 젠이 지고 난 다음에는 또 다른 무언가로. 계속해서 아이돌 가수는 공급될 것이고 저들은 그들을 위해서 열광하겠지…….

하지만 적어도 지금은 순진무구하고 착한 모습, 팬들이 원하고 있는 그런 모습을 보여줘야 한다. 이런 고생 해서 돈이라도 제대로 벌었으면 좋겠는데 그런 것도 아니다. 소위 말하는 빠순이들이 철없는 짓을 할 때마다 욕은 욕대로 처먹고 그러면서도 장래성도 없고, 지금 당장의 벌이도 시원치 않다.

"아, 젠장."

밴에 들어와서 어렵사리 방송국을 떠나자 젠의 리더라고 할 수 있는 송무진이 화장 용구를 꺼냈다. 이런 거는 전문 메이크업 아티스트가 관리해 주는 게 원칙이지만 여자를 고용했다가 밴에 같이 타고 가는 걸 사진에 찍혀서 그녀가 극성팬들에게 폭행당한 일이 생겼었다.

그래서 무진은 자신이 잠자는 시간을 줄여가며 메이크업 학원을 다녀서 대충이나마 흉내 낼 수 있을 정도까지는 되었다.

"야, 성찬아. 너 무슨 생각이냐?"

무진은 으르렁거리면서도 클렌징크림을 이용해 방송국에서 했던 화장들을 지웠다. 아마도 아까 전 방송국에서 '아무 생각 없어요' 라고 한 것 때문에 그러는 것 같았다.

"…미안해요, 형."

"미안? 아니, 됐다. 내가 말을 말아야지. 정말 그렇게 좆같고 못 해먹겠으면 때려치워라. 응? 누군 배알이 없어서 실실 웃으면서 병신 짓 하냐?"

무진은 흔들리는 차 속에서 세심하게 동료들의 화장을 시작했다. 조금만 실수하거나 흔들리면 다시 해야 하기 때문에 집중력을 많이 필요로 하는 일이다. 과연 눈썹 라인을 그리고 조금씩 가다듬는 데만도 식은땀이 삘삘 흐른다.

"아니, 뭐. 형, 그래도 그 새끼들 의도가 뻔하던데 뭘. 우리 병신 만들어서 보고 즐기자는 거 아냐."

대니 용이 성찬을 감쌌다. 그들도 계속해서 스트레스를 받고 있었기 때문에 성찬의 행동에 동정적이었다. 연예인이다 보니까 어디 하소연할 곳도 없고 쌓이면 쌓이는 대로 속에 품고 국 참아야 하다 보니까 화병이 날 지경이 되었다. 그러나 무진은 코웃음 쳤다.

"우리만 당하는 일이냐고. 저건 연예인들 속없어요 소리 듣고 싶어서 만든 프로그램인데 뭘 새삼스럽게……. 세상에 남의 돈 따먹기 쉬운 일이 어딨어. 이게 다 업보다, 업보. 젠장."

"형, 이것도 남들이 들으면 다음 날에 젠 해체 위기니 멤버 불화설이니 하면서 스포츠 신문에 뜬다고. 그리고 매니저 형, 형도 나중에 이런 말 할 거지? '원래부터 그 애들이 사이가 안 좋았지요' 하면서……."

"…어찌 그리 잘 아냐? 잘 알면 좀 조용히 하고 지금 당장 화장이나 해둬."

젠의 매니저는 운전대를 잡고 투덜거렸다. 그때 그들의 앞으로 뭔가가 지나갔다.

"아니?!"

깜짝 놀란 매니저는 급브레이크를 밟았지만 이미 뭔가가 지나친 뒤였다.

끼이이이익!

밴은 요란한 소리를 내며 미끄러지다가 시동이 꺼져 버렸다.

"젠장! 저건 뭐야?"

"사슴인가?"

"여기가 캐나다도 아니고 서울 한복판에 무슨 사슴?"

젠의 멤버들은 그렇게 중얼거리며 안전벨트를 급히 맸다. 이러다가 사고라도 나게 되면 또 한소리 들어야 한다.

하지만 성찬은 안전벨트를 매는 대신 자동차 창을 통해 밖을 바라보았다. 하늘에는 점점 차올라서 만월이 되어가는 커다란 달이 떠 있었다. 왠지 그 순간, 도시 자체가 이질적인 무언가로 변한 느낌이 들었다.

달은 만월에 가까워지고 있었다. 그럴수록 심장의 고동은 격렬해져서 이제는 참을 수가 없게 된다. 그는 너무나 들뜬 마음으로 거리를 나섰다. 네온사인과 가로등, 아직 불이 켜진 빌딩들의 야경이 바다를 이룬다.

그는 그 빛의 바다를 달리며 주위를 둘러보았다. 온통 무방비한 인간들뿐이다. 마치 동화 속에나 나올 것 같은 경계심 없는 사냥감들…….

“하아… 하아…….”

그가 거친 숨을 내쉬며 걸어 다닐 때마다 사람들은 그를 피해서 옆으로 비켜선다. 더러 몇몇은 태연한 척 그를 스쳐 지나갔지만 곧 그에게서 뿜어져 나오는 강한 향기에 중독되어 멍청히 그를 바라보았다.

“…어디냐.”

그는 무언가를 찾아서 밤거리를 배회하고 있었다. 하지만 무엇을 찾고 있었을까? 그걸 생각해 보면 명확한 단어가 떠오르지 않고 오로지 머릿속이 뒤죽박죽 꼬일 뿐이다.

분명히 뭔가를 찾으려고 했는데 그 대상이 떠오르지 않는다. 다만 찾아야 한다는 강박관념만이 그를 지배한다. 그래서 그는 밤거리를 헤매고 있는 것이다.

턱!

그때 누군가가 그와 부딪혔다. 깜짝 놀란 그가 고개를 들어 상대를 바라보니 흉악해 보이는 깍두기 머리의 남자가 그를 바라보고 있었다.

“어이, 양키. 여기서 뭐 하는 거야?”

“자자, G.I.인가 본데 여기서 꺼지라고. 이 동네는 미군을 받지 않으니까.”

그들은 노골적으로 시비를 걸었다. 아마도 그를 미군이라고 착각하고 쫓아내기 위한 상우회 사람들 같았다. 최근 이 근방에서 계속되는 미군난동사건 때문에 상우회에서는 폭력배들을 고용했다. 폭력이 폭력을 부르는 악순환이 여기서도 다시금 재현되는 것이다.

하지만… 그들은 뭔가를 모르고 있었다. 그들 앞에 있는 이는 인간이 아니다. 미군 따위는 더더욱 아니다.

"크크크크."

그는 손을 뒤집어 손톱을 세웠다. 단숨에 인간들의 목을 따기 위해서였다. 하지만 그때 그의 앞으로 한 남자가 뛰어들었다.

"아, 이거 죄송합니다. 제 친구 놈인데… 취했어요. 우리 지아이 아니에요."

그는 능숙한 한국어로 그들에게 사과하고 막 손톱을 드러낸 그에게 다가갔다.

"바크, 자리를 피하자고. 많이 취했어."

"…취해? 내가?"

물론 술은 마시지 않았다. 그리고 흡혈귀가 술에 취한다면 그건 퇴물도 이만저만한 퇴물이 아니라는 뜻.

"그래, 취했다고."

그는 다가와서 바크를 억지로 잡아끌었다. 인간이라면 아무리 몰려와도 절대로 그를 끌어낼 수 없지만, 웬일인지 바크는 질질 끌려갔다. 그와 인간들 사이를 가로막은 이자 역시 흡혈귀였던 것이다. 그래, 그러고 보니까 이자가 꼬드겨서 바크는 뭔가를 찾기로 했었다.

그는 혼미해지는 기억을 더듬으며 남자의 뒤를 따랐다.

"병신 새끼, 인간들 앞에서 실실대기는. 네가 그러고도 흡혈귀냐?"

"바크, 어리석은 소리는 하지 마. 그대로 내버려 뒀으면 뒈지는 건 너야."

아직 여름도 되지 않았는데 질식할 것 같은 더위가 밤에도 계속되었다. 새카만 콘크리트로 손바닥만 하게 드러난 하늘에는 만월에 가까운 둥그런 달이 떠 있었다.

하루하루 감각적으로 인간의 모가지를 따고 사는 타락한 흡혈귀에게는 너무나도 어울리는 곳이랄까?

"그래도 여기는 이상해."

인구 천만이 넘는 대도시, 하지만 있는 건 대개 한국인. 치안도 뛰어나고 눈길을 피할 곳이 없다. 뭐 정작 사람의 목을 따게 되면 살려달라는 소리도 공허한 메아리가 될 뿐이지만, 그건 이성을 잃어버린 짐승이 많기 때문이다. 바크는 문득 자신에게 내밀어진 담배를 발견했다.

"내가 이걸 피든가?"

하지만 자연스럽게 손가락으로 담배를 받고 입에 무는 걸로 보아 필 줄 아는 것 같았다. 릴리쓰의 자식을 잡아보라고 바람을 넣었던 흡혈귀는 자신의 입에 물고 있던 담배를 그에게 건네주었다. 끝을 대고 강하게 빠니까 불이 옮겨붙는다.

"…한세건이 녀석을 보호할 줄이야. 몰랐어."

"한세건?"

갑자기 이마가 욱신욱신 쑤신다. 전혀 모르는 나라의, 모르는 풍습, 모르는 언어체계가 만들어낸 발음의 조합이 마법의 주문처럼 그의 미간을 쑤시고 지나갔다.

"기억나지 않는 건가? 그 녀석이?"

"…뭔지 모르지만 불쾌한 놈이라는 것만은 분명하군."

검은 그림자, 불타는 푸른 귀화, 녹색의 머리칼, 그루브한 몸매……. 밤을 자신의 것으로 하고 스스로의 증오를 불꽃으로 바꾸어 흡혈귀들에게 뿌리는 살아 있는 재앙. 춤을 추듯 총알을 토해내는 진마사냥꾼 한세건. 그 어렴풋한 이미지가 머릿속에 살아난다.

자신과 분명히 관계가 있는 놈임에는 분명했다. 그렇지 않고서야 이렇게 선명하게 머릿속에 각인되었을 리가 없으니까.

"오언 얼간이는 멍청하게 살해당했더군. 피를 있는 대로 다 빨리고 태양 아래 널려서 마른 빨래가 되었지."

그렇게 말하던 흡혈귀는 담뱃재를 털었다. 새하얀 재가 어둠속으로 흩어져 사라진다. 그 재가 오언이라는 흡혈귀의 육신 같아서, 바크는 그것을 가만히 바라보았다.

"할까?"

문득 바크는 손톱을 세우고 일어났다. 왠지 그래야만 할 것 같은 생각이 들었다. 이 흡혈귀의 꼬임이 아니라 정말 가슴속에서 우러나오는 충동이었다.

"조심해. 사정이 달라졌어. 한세건이 얽히게 되면……."

"릴리쓰의 자식도 흥미가 있지만… 그 녀석에게는 빚이 있어."

바크는 자신의 이마를 가리켰다. 한세건의 총탄이 뚫고 지나가 혼미해진 기억 속에서도 그것만은 남아 있었다. 그래, 그 녀석에게는 빚이 있다.

"그냥 덤비면 뒈질 뿐이야."

그는 그리 말했지만 말릴 생각은 없는 것 같았다. 그러나 바크는 고개를 저었다.

"위치나 알려줘."

"지금 서울에 있어. 녀석은 밤이면 자주 서울에 나타나니까."

"그건 고맙군……. 이름이 뭐였지?"

그는 처음으로 그 흡혈귀의 이름을 물어보았다. 그러자 그는 히죽 웃으며 일어났다.

"이런, 이런. 내 이름을 잊어버렸나? 나는 아르곤이야."

"아르곤?"

어디선가 들어본 이름이다. 아마도 과거의 기억에서 알고 있는 사이일까? 하지만 뭐 그럴 수 있겠지. 아는 사이니까 이렇게 친근하게 접근하지 않겠는가?

"흡혈귀의 룬을 끊고… 테트라 아낙스에 대항하는?"

"그렇지."

아르곤은 바크가 떠나가는 것을 바라보지도 않고 공원의 벤치에 앉았다. 곧 바크가 떠나갔고 그와 동시에 공원 곳곳에서 외국인들이 몰려왔다.

"이야, 아르곤. 너무 악취미인 거 아냐? 저 친구 완전히 맛이

갔는데?"

레게 머리의 흑인, 래트 거닙이 휘파람을 불며 스텝을 밟았다. 그러자 아르곤은 자신의 머리칼을 쓸어 올렸다. 세포에 멜라닌이나 멜라토닌이 없는지 잡색 하나 없이 새하얀 머리칼이 드러났다.

"계속 인간을 먹게 하는 것보다야 한세건의 손에 넘겨 버리는 게 낫지. 그보다 준비는 되었어?"

"아, 저기, 그게……. 일단 어떻게 위조 여권을 구하긴 했습니다만."

안경을 낀 유약해 보이는 중년 남자는 공손하게 아르곤에게 말했다. 그도 그럴 것이 아르곤은 24계통의 진마 중 한 명, 흡혈귀 영주의 일인이기 때문이었다.

"통할지 안 통할지 모르겠군. 일단 대련까지 보내면 철도를 이용해서 프랑스로 보낼 수 있으니까. 대련 관리들을 매수해 놓으라고 해."

"없는 예산에 무리하는 거 아냐?"

래트는 히죽 웃으면서 아르곤을 바라보았다. 다른 흡혈귀 혈족과 달리 그들 에스프리는 테트라 아낙스와 협력하지 않았기에 사회적인 힘이 없다시피 했다.

원래 히피나 집시 같은 떠돌이들인데, 그런 이들이 돈이 많으면 그게 이상하다. 에스프리의 사정이 그러다 보니 관리 매수라는 것은 정말 큰 도박이 아닐 수 없었다. 가뜩이나 경제가 폭발적으로 성장하는 중국의 관리를 매수하려면 에스프리 예산의 몇 퍼센트나 지불해야 할지?

"상관없어. 비싼 손님이니까 말야. 어떻게 해서든지 보내야지. 리림 사건에 정신이 팔려 있는 틈을 타서 말야."

한국에서의 흡혈귀 사건, 그 발발 원인이 된 것은 바로 진마적요와 창운의 골육상쟁이었다. 그 피를 계승하여 새로이 진마가 된 이들은 바로 창현과 정야.

이 두 남녀는 진마의 막강한 피를 계승하였음에도 불구하고 아직 그 힘을 사용하는 법을 몰랐기에 다른 흡혈귀들의 좋은 먹잇감이 되었다. 진마사냥꾼 한세건은 정야와 창현을 노리고 다가오는 흡혈귀들을 속속 격파해 그 자신의 증오를 증명했고 정야와 창현 역시 죽여 없애려 했다.

이미 한국의 블랙 네트워크 상당 부분에 간섭하기 시작한 세건의 눈을 피해 정야와 창현이 외국으로 나간다는 것은 불가능하니 아르곤은 그런 두 명을 보호하고 외국으로 출국시키기 위해 낙오한 흡혈귀들을 이용, 시선을 끌려고 한 것이다.

아무리 한세건이 대단하다고 해도 결국 혼자의 몸에 불과하다.

"그러면 릴리쓰의 자식 건에는 손 안 대실 겁니까? 아르곤님은 관심을 가질 거라고 생각했는데요."

창백한 표정의 백인 남자, 캐런 몬티는 안경을 고쳐 쓰며 아르곤의 의향을 물어보았다. 그러자 아르곤이 피고 있던 담배를 쥐었다. 삽시간에 담배가 급속 냉동되어 비스킷처럼 바삭바삭 부서져 버렸다.

“관심이 없다고 하면 거짓말이지. 하지만… 일단은 달이나 보자.”

아르곤은 그렇게 투덜거리며 붉은 베레모를 눌러쓰고 달을 올려다보았다.

2

마법사들은 유명한 마약왕이자 테트라 아낙스가 키워낸 히트맨, 그리고 고대 흡혈종을 계승한 계승자인 조반니 반테로를 만나기 위해 리츠 칼튼 호텔에 도착했다. 이미 사전에 사준에게 이야기를 들은지라 그들은 모두 정장을 빼입고 호텔의 카지노로 향했다.

“…대체 왜 우리를 만나려고 하는 거지?”

맥켄리는 불안해졌는지 정장의 넥타이를 고쳐 맸다. 그러자 앤소니가 심드렁하게 말했다.

“그야 우리는 낮에 움직일 수 있으니까 그러는 거겠지? 흡혈귀들은 일광 아래 서지 못하니까 일광 아래에서도 자유롭게 움직이는 라이칸스로프를 잡을 수 없어.”

“그야 그렇긴 해도. 우리가 서린을 노리고 있다는 것을 알고 있을 텐데, 대체 우리랑 뭘 어떻게 교섭하려는 거지? 교섭이라는 건 줄 것과 받을 것이 달라야 성립되는 거잖아?”

“솔로몬 이야기처럼 그 녀석을 반으로 쪼개려나?”

그들이 그런 이야기를 나누고 있을 때 엘리베이터가 카지노의 앞에 멈춰 섰다. 카지노 안에 들어서자 그들은 한눈에 조반니 반테로를 찾을 수 있었다.

떡 벌어진 어깨, 근육질의 몸에 커피색 피부와 노란 머리칼, 피어싱을 한 두터운 입술에 항상 떠다니는 웃음을 하고 있지만 사람의 목숨쯤은 파리 목숨으로 여길 암흑가의 왕. 그게 바로 조반니 반테로의 첫인상이었다.

그는 룰렛 앞에 앉아서 옆에 여자들을 끼고 시시덕거리고 있다가 마법사들을 돌아보았다.

"오오, 귀한 손님들이 오셨군. 그래, 오는 길은 별일 없으셨소?"

"귀찮으니까 허튼소리는 빼고 본론부터 이야기합시다."

파올로는 그리 말하고 룰렛 테이블의 빈 의자에 앉았다. 조반니 반테로는 대부분의 흡혈귀가 그러하듯 묘한 매력을 발산하고 있었지만 자신의 마음을 다스리는 마법사들에게는 그러한 매력이나 마력이 먹혀들지 않았다.

하지만 마법사들은 긴장하고 있었다. 조반니 반테로는 아무리 보아도 예절 바른 귀족 흡혈귀는 아니다. 다스턴 일가를 제압한 그 흉폭성이나 라이칸스로프 사냥에 특화된 능력을 볼 때 지금 그들은 사지에 들어온 것이나 다름없었다. 협상이 결렬되면 어쩌면 지금 당장, 그들을 죽여 버릴지도 몰랐다.

"어떻게 우리에게 도우라는 거고 그 보상은 뭡니까?"

"대낮에 그 서린이란 아이를 찾아서 빛이 없는 곳으로 안내해 주면 되오. 뭐, 밤도 상관없지만 밤에는 딱히 당신들의 도움을 필요로 하지 않을 것 같고. 그 정도만 해주면 그를 당신들에게 넘겨주지."

그러자 마법사들은 깜짝 놀랐다. 서린을 마법사들에게 넘겨준다니, 그렇다면 대체 그는 뭘 얻는단 말인가? 파올로는 궁리하기보다는 본인에게 직접 물어보았다.

"당신은 그걸로 뭘 얻지?"

"젊은 릴리쓰의 자손과 독대할 수 있는 기회 정도? 위대하신 테트라 아낙스와 그 태생이 같다고 해서 다른 이들은 테트라 아낙스와 그 소년을 동일시하나 본데, 테트라 아낙스의 위대함은 그들의 태생이 만들어주는 게 아니지. 나는 그걸 이해 못 하는 다른 얼간이들이 아니라서, 소년에게 관심을 갖는 건 릴리쓰에 대한 기억이 얼마나 남아 있나, 그 정도뿐."

조반니 반테로는 그리 말하고 딜러를 바라보았다. 그러자 이미 흡혈귀에게 물려 스폰이 되어버린 딜러가 무표정하게 룰렛을 향해 구슬을 던졌다.

"테트라 아낙스의 적은 오로지 릴리쓰뿐이니까."

반테로는 그리 말하며 칩을 걸었다. 그러자 파올로는 백 달러짜리 지폐를 꺼내서 조반니 반테로가 건 칩들 위에 얹었다.

"그 정도라면 함께 도박에 뛰어들어도 괜찮을 것 같군."

"호오?"

조반니는 기쁘다는 듯 웃었다. 그때 딜러가 종을 쳐서 베팅이 끝났음을 알렸다.

다르르륵.

룰렛 위를 굴러가던 공은 정확하게 0번 딜러 홀로 들어갔다. 즉 걸려 있는 돈은 모조리 딜러 측이 가져가는 것이다. 이리되자 파올로는 조반니를 흘겨보았다.

"어? 이게 잘 안 되네."

조반니는 시가 케이스에서 시가를 꺼내더니 딴청을 피웠다. 보통 영화 등에서는 이럴 때는 건 곳에 정확하게 멈추더니……. 역시 현실은 그런 것과는 거리가 먼 것 같았다.

"씹새끼……."

마법사들은 이구동성으로 한국어 욕을 내뱉었다.

프릿츠 헬름을 쓰고 눈에는 방풍 고글을 낀 청년이 꽤 그럴듯한 온로드용 바이크를 몰고 국도 위를 지나고 있었다. 레이싱 레플리카에는 어울리지 않는 보호 장구이지만 그는 꽤 그럴듯한 자세로 도로를 지났다.

"으음, 나도 소질이 있을지도."

그는 바이크를 타는 자신이 대견하다는 듯 스스로 감탄했다. 보통 이런 온로드형 바이크를 타기 위해서는 고속에 대한 공포를 극복할 배짱과 머신의 파워를 제어하기 위한 순발력, 그리고 반사 신경을 필요로 한다.

하지만 순발력과 반사 신경 면에 있어서는 인간의 추종을 불허하는 존재, 늑대 인간으로 태어난 청년 서린에게 있어서 이런 걸 타는 건 그다지 어렵지 않았다. 그저 기어 바꾸는 것을 종종 까먹는 정도?

"우와아악!"

아니나 다를까 서린은 코너에서 미끄러지고 말았다. 확실히 면허도 없는 놈에게 입문기로 개조형 R—1을 떡하니 떠맡기는 건 문제가 있었다. 스쿠터로 시작해도 시원찮을 판에 처음부터 하이스펙 기체를 넘기다니.

"젠장!"

서린은 다시 일어나서 바이크를 세웠다. 세건이 자신의 바이크를 튠업하고 남은 부품들만 모아서 조립했다는 이 바이크는, 방금 전의 미끄러짐으로 카울의 도색이 벗겨져 버렸다.

"…또 한 소리 듣겠네."

서린은 성질 더러운 세건을 떠올리며 바이크를 툭툭 털었다. 다행히 기능상에는 아무런 문제도 없는 것 같았다.

서린이 혼자서 이렇게 바이크를 끌고 나오게 된 것은 세건에게 허가를 받았기 때문이다. 사실 세건과 함께 살게 된 이후로 서린은 집 안에서 종일 청소, 빨래, 공부와 훈련 등을 반복하며 갇혀 지내다시피 했다. 그러던 어느 날, 너무 답답함을 참지 못하고 나갔다 오겠다고 했더니 세건은 태연스럽게 허가했다.

'뭐야, 너? 누가 들으면 내가 널 감금하고 부려먹은 걸로 알겠다?'

세건은 어처구니가 없다는 듯 서린을 바라보며 그렇게 말했다. 결국 서린 혼자서 멋대로 상상하고 바보짓거리를 했다는 소리였다.

"젠장."

비록 아직도 많은 괴물이 노리고 있는 몸이지만 세건은 방임주의를 고수했다. 도시에 나가려면 나가되 그다음부터 벌어지는 일은 자신의 손으로 처리할 것, 그리고 가급적 경찰이나 그런 쪽에 걸릴 일은 하지 말라는 충고였다.

"내 참, 테러리스트에게 그런 충고를 들어야 하다니."

서린은 그렇게 투덜거리며 오토바이를 밟았다. 다행히 이 국도는 평상시 통행량이 얼마 되지 않는지라 순식간에 서울에 도착했다.

"…영은이는 잘 지내려나……."

서울에 도착하니 문득 가족과 친구들 생각이 먼저 났다. 하지만 영은이와는 더 이상 접촉해서는 안 된다. 접촉하면 할수록 영은이의 신변이 위험해지는 데다가 가족 간의 눈치라는 건 상당한 법이어서 잘못하면 자신의 정체가 들통날 수 있었다.

그러고 보니 닥터 강에게도 이사했다는 사실을 알려야 한다는 생각이 들었다. 어찌 되었든 자신의 정체를 알고 있는 사람이고 그동안 입은 은혜도 상당하다.

"아, 편지 와 있었네."

서린은 예전에 자신의 집이었던 공동주택 앞의 우편함을 살펴보았다. 안에는 그에게 온 항공우편이 있었다.

"아버지구나."

서린은 왠지 감격해서 즉시 봉투를 품에 챙겨 넣었다. 당장에라도 뜯어보고 싶지만 지금은 좀 무리다. 서린은 봉투를 챙겨 넣고 닥터 강이 근무하고 있는 병원으로 향했다.

하지만 서린이 병원에 갔을 때 환자들이 병원 앞에서 농성을 벌이고 있었다. 의사들이 파업하는 바람에 또다시 난리가 난 것이다.

"어째 말을 걸 분위기가 아니군."

닥터 강이 파업했는데 병원에 나올 만큼 의무감 넘치는 인간도 아니고 해서 서린은 발길을 돌렸다.

"후아. 날씨 한번 좋다."

며칠 전에 비가 쏟아진 덕인지 오래간만에 투명한 하늘을 볼 수 있었다. 날이 더워서 서린은 근처의 가게에 들어가 팥빙수를 하나 시켰다. 옛날 같으면 엄두도 못 낼 씀씀이지만 최근 들어서는 수입이 많이 늘어나 있었다.

세건은 이런 일에는 꽤 깐깐해서 어찌 되었든 서린에게 일당 잡부+청소부+요리사 정도의 가치가 있다고 판단하고 월급을 주었기 때문이다.

"왠지 묘한 평가 기준이 거슬리기는 하지만 많이 주니까 상관없나."

서린은 투덜거리면서 카페에 앉아서 팥빙수를 섞었다. 얼음 조각들이 단단하게 뭉쳐 있는 걸 보니 오라지게도 못 만드는 가게 같았다. 서린은 속으로 다시 오지 말아야지 하면서도 스푼을 입으로 가져가며 창밖을 바라보았다.

"어라?"

한데 어찌 된 일인지 서린에게 익숙한 녀석이 한 놈 보였다. 그놈은 선글라스를 쓰고 야구 모자를 뒤로 눌러쓴 채 크레인 게임기 앞에 달라붙어 있었다.

"…성찬이네?"

서린은 문득 얼마 전의 새벽이 떠올랐다. 아직 서린이 학교를 그만두기 전의 일이다. 마법사들의 무차별 공격에 의해서 서린은 성찬의 앞에서 저격당하고 말았다. 그때는 어떻게 얼버무리긴 했지만 다시 만나게 될 경우 틀림없이 상처에 대해서 물어볼 것이다.

"왜 하필이면 넓고 넓은 서울 시내 한복판에서 이렇게 만날 수 있는 거지?"

서린은 어처구니가 없어서 혀를 찼다. 물론 저 오락실은 예전에 성찬과 서린이 우연히 만났던 곳이다. 하나 그런 장소의 동일성이 확보되었다고 해서 사람을 그리 쉽게 만날 수 있는 게 아니다. 일부러 만나려고 해도 이렇게 만나기가 쉽지 않을 것이다.

그는 즉시 모르는 척하고 고개를 돌렸다. 하지만 잠시 후 성찬이 이 카페로 걸어 들어오는 게 아닌가?

"…된통 걸렸군."

서린은 손으로 눈을 가렸다. 물론 그런 얄팍한 수로 자신을 감출 수는 없었다.

"서린?"

과연 가게 안에 들어온 조성찬은 한눈에 서린을 알아보았다.

깜짝 놀란 서린은 손을 내저었지만 성찬은 서린의 맞은편에 허락도 묻지 않고 앉았다.

“어, 어떻게 된 거야? 상처는 괜찮아? 학교 그만두었다면서? 나는 지방에 돈 벌러 내려갔다고만 들었는데…….”

“쉬잇, 쉬잇.”

서린이 조용히 하라는 시늉을 하자 성찬은 주위의 눈길을 생각하고 목소리를 죽였다. 하지만 질문에 대한 답은 들어야겠다는 듯 집요한 눈초리로 서린을 노려보았다.

“아, 음… 뭐 상처는 괜찮아. 별거 아니었어.”

서린 자신이 생각해도 한심한 대답이었다. 이렇게 둘러댄다고 믿으면 정말 조성찬은 인터넷의 안티들이 떠들어대는 대로 뇌가 없고 머릿속에 순두부와 푸딩이 반씩 들어차 있는 신인류임에 틀림없었다.

“그게 별거 아닐 리가 있어?”

과연 성찬은 어처구니없다는 듯 서린을 쏘아보았다. 가슴에서 피를 철철 흘리고 입으로는 선지피를 쏟아내었는데 별게 아니라니, 그런 말을 누가 믿겠는가? 그런 식의 부상에서도 사람이 살아날 정도면 사형수를 죽이는 것도 힘들 거다.

“게다가 대체 왜… 널 공격한 거지?”

성찬은 집요하게 물어보며 선글라스 너머로 서린을 노려보았다. 서린은 어깨를 으쓱했다. 설명해 봤자 믿을 것 같지도 않고, 만약 설명해서 재수 없이 성찬이 휘말리게 된다면 그다음에는 큰일이 벌어질 것이다.

“더 이상 알려고 하지 마. 다쳐. 네가 지금 나랑 있는 것도 굉장히 위험하단 말야.”

“…대체… 네가 뭔데?”

“으흐흐, 실은 남파공작원이지롱.”

서린은 나름대로 농담이라고 말했는데 성찬의 움직임이 굳어버렸다. 그때 무뚝뚝해 보이는 웨이터가 메뉴판을 가져왔다. 성찬은 얼어붙은 듯한 기계적인 움직임으로 그 메뉴판을 받아들었다.

“…….”

“농담이야, 농담. 정말 믿었어?”

“아니, 그런 걸 믿을 리가. 그리고 남파공작원이라고 해도 가슴에 구멍이 뚫렸다가 살아날 수는 없을걸?”

역시, 그때의 상황을 꽤나 자세하게 기억하고 있는 것 같았다.

“하지만 그래도 완전 농담은 아닌 거지?”

“응. 알면 다친다는 부분에서는.”

서린은 그렇게 대답하고 팥빙수를 깨작깨작 스푼으로 부쉈다.

“그나저나 용케도 만났네. 너 저 오락실 단골이야?”

“아, 으응. 크레인이 잘돼서.”

성찬은 그리 말하며 머리를 긁적였다. 인기 아이돌 그룹의 리드싱어 취미가 크레인 게임이라니. 서민적이랄까, 궁상맞달까. 생긴 건 예쁘장하게 생겨서 여자애들에게도 인기가 많을 텐데 청춘을 저리 보내나 싶어서 서린은 문득 물어보았다.

“그런데 크레인에 말야, 이따금 양주나 담배 한 보루 같은 게 들어 있는 걸 봤는데 그런 것도 건질 수 있어?"

"당연히 불가능하지."

"그렇지?"

서린은 고개를 끄덕이며 소파에 몸을 묻었다. 성찬은 서린의 표정을 살펴보며 안도의 한숨을 내쉬었다.

"그래도 다행이다. 나는 네가 없어졌다고 해서 그때 널 공격한 자한테 살해당해서 암매장이라도 당했나 했는데."

"상상력 한번 풍부하다. 설마 그럴라고. 대한민국은 법치국가……."

거기까지 말하던 서린은 세건과 흡혈귀들의 항쟁을 떠올리고 입을 다물었다. 흡혈귀와 흡혈귀에 의해서 흡혈을 심하게 당해 전염당한 스폰들이 몰려왔을 때, 세건은 대한민국은커녕 고대 소돔에서도 용납 못 할 잔인하고 난폭한 방법으로 흡혈귀들을 전멸시켰다.

그걸 생각하니 대한민국에 대한 신뢰가 떨어지는지 서린의 목소리가 모기 소리처럼 기어들었다.

"법치국가지. 음, 어쨌거나 네가 신경 쓸 일은 아니야."

"그래도."

"그리고 나에 대해서 너무 알려고 하지 마. 다쳐."

서린은 스스로도 그렇게 말하고 부끄러워졌는지 팥빙수 속 시리얼을 와작와작 소리 나게 씹었다. 이런 삼류 영화에서나 나올 것 같은 소리를 자신의 입으로 하게 될 줄이야. 하지만 성찬이는 심각하게 받아들였다.

"으응."

"아하하핫. 이거 호랑이 기운이 솟아나는걸. 그러면 나는 갈게, 성찬아. 내가 먹은 건 내가 계산한다."

서린은 계산서에 지폐를 꽂아 넣고 도망치듯 빠져나왔다. 우연치 않게 만나긴 했지만 서린이 걱정하던 것과 달리 성찬이의 입은 꽤나 무거운 것 같았다. 하기야 어디에 말한다고 해도 믿어주지도 않았겠지만…….

어쨌거나 이야기를 좀 해서 그런지 묵은 체증이 싹 내려갔다고 할까? 내심 걱정하고 있던 문제가 그리 크게 불거지지 않으리란 것을 알고 나니 기분이 상쾌했다.

"그러면 기왕 이렇게 된 거 혁진이라도 볼까."

오토바이 위에 올라탄 서린은 오랜 친구 혁진을 떠올렸다. 성찬을 만나서 좋게 이야기로 끝낸 것이 그에게 자신감을 불어넣은 것 같았다. 그러고 보면 계속 세건의 아지트에 틀어박혀서 흡혈귀들의 소지품을 뒤지고 흡혈귀들의 시체에서 피를 뽑는 작업을 벌여와서 그런지 오래간만에 인간답게 친구도 만나고 놀고 싶었다.

"…아직 학교가 끝날 시간이 아니군."

서린은 시계를 살펴보고 주위를 둘러보았다. 마침 눈에 극장이 하나 들어와서 그는 그곳으로 향했다. 사실 그의 입장에서는 쓸데없이 돌아다녀서는 안 되지만, 오래간만에 나온 지금, 조금 더 자유를 만끽하고 싶었다.

푸드드드득.

서린이 극장으로 향하는 것과 동시에 길가에 앉아 있던 비둘기들이 일제히 날아올랐다.

3

극장에서는 여름을 맞이하여 할리우드의 대작 액션 영화가 걸려 있었다. 하지만 평일 오전이라 그런지 사람은 적고 한산했다. 서린은 표를 끊고 오래간만에 극장에 들어가 앉았다. 세건의 집에는 홈시어터가 설치되어 있고 인근에 민가가 없어서 우렁차게 소리를 틀어놓을 수 있지만 역시 영화라면 극장에서 봐야 제맛이 아니겠는가?

"응?"

티켓을 보고 의자에 앉으려는 그때, 서린은 뭔가 이상한 사람이 앞 열에 앉아 있는 것을 발견했다. 커피색의 피부에 깨끗한 노란 머리가 인상적인 외국인 남자였다.

"……."

요즈음은 외국인만 봐도 경기를 일으킬 정도라 서린은 그를 예의 주시했다. 무슨 씨름 선수 같은 엄청난 덩치에 어울리지 않는 청색 조끼, 그리고 옆에 걸려 있는 표범 가죽 외투를 보니 정말 졸부도 이만저만한 졸부가 아닌 것 같았다.

아무리 보아도 굉장히 수상하다. 혹시 마법사가 아닐까? 서린은 그런 생각을 하고 돌아 나가려고 했다. 하지만 그때 영화가 시작되며 실내의 불이 모조리 꺼졌다.

"……."

서린은 잠시 갈등한 뒤 자신의 자리를 찾아가 앉았다. 아무리 자신의 손을 더럽히고 싶지 않다고 해도 언제까지 피하고 다닐 수만은 없다.

그는 자신의 자리에 앉아서 스크린을 향해 시선을 던지며 청각과 후각은 모조리 그 남자에게 향했다. 진한 향수 냄새가 저 남자에게서 느껴진다. 그리고 미약하지만 피 냄새도 난다. 아무리 보아도 범상한 인물이 아니다. 그렇다면 과연 언제 서린을 향해 움직이게 될까?

영화가 끝나고 엔딩 크레딧이 올라올 때까지 남자는 별다른 움직임을 보이지 않았다. 그는 외려 영화가 끝나자 박수를 치고 있었다.

"브라보. 정말 쓰레기로군, 할리우드는……."

말하는 것과 행동이 전혀 일치하지 않는다. 서린은 그런 남자를 보고 도망치듯 밖으로 빠져나가려 했다. 하지만 밖으로 나가는 손님을 안내해야 할 출구에는 극장 직원 대신 키가 매우 큰 외국인 남자가 기다리고 있었다.

"시작인가?"

서린은 각오를 다지고 품 안에 품고 있는 총을 확인했다. 한세건이 인식 장애의 술법을 걸어주긴 했지만 그것은 어디까지나 총성에 한할 뿐, 직접 보는 것에 대한 대책은 없다.

다행히 지금 극장 안에 있는 이는 저 남자와 서린, 그리고 입구를 막고 있는 이 남자뿐이다. 영사실에는 영사기사가 있겠지만 이 어두운 극장에서 그가 총을 알아볼 수 있으리라고는 생각되지 않았다.

"어이, 꼬마. 우리 주인님께서 널 보고 싶어 하신다."

입구를 막고 있는 남자는 서린이 도저히 알아들을 수 없는 외국어를 구사했다. 하지만 서린은 말을 알아듣지 못해도 그가 무슨 이야기를 하고 있는지 알 수 있었다. 이런 상황에서 가능한 단어가 별로 없다는 게 그나마 다행이랄까?

"싫은데요."

서린은 한국어로 대답했다. 한국어와 스페인어가 서로서로 오고 가자 방금 전까지 영화를 보고 있던 거구의 남자가 일어났다. 그는 자신의 부하들과 달리 유창한 한국어로 말했다.

"흐흠, 한국인 신사분이 싫다고 하시잖나. 그냥 보내 드려."

"그런……."

말도 안 되는 소리다. 그들이 서린을 만나기 위해 들인 공은 대단했다. 서린 자신은 알지 못하지만 성찬과 헤어진 이후는 마법사의 미세한 암시에 걸려서 부지불식간에 극장으로 흘러들어온 것이다. 그런 그를 놓아준다면 마법사들과의 동맹 관계도 바로 깨어질 것이다.

"상관없잖아? 대신 우리랑 놀아줄 사람은 충분하니까."

그 순간 반대쪽 극장 출입구에서 한 남자가 조성찬을 끌고 들어왔다. 이미 성찬은 기절해 있는지 발이 질질 끌린다.

"아니?!"

깜짝 놀란 서린이 성찬을 바라보았다. 대체 이놈들은……. 성찬과 서린이 만났을 때부터 이미 서린의 뒤를 밟았단 말인가?

"당신들 무슨 생각이지?"

"그냥 가도 좋아. 대신 친구랑 이야기를 나누도록 하지. 왜? 공평한 조건 아닌가, 이 정도면?"

"공평 좋아하시네."

서린은 이를 악물고 성찬을 바라보았다. 그를 끌고 온 남자는 서린의 앞을 가로막고 있는 자와 똑같은 복장에 똑같은 모습을 하고 있었다. 아마도 그들 둘은 쌍둥이 같았다.

"그럼 하고 싶은 이야기가 뭔지, 그것부터 들어보도록 하죠."

"이제야 이야기할 기분이 들었나 보이? 우리도 신사라고. 그렇게 나오면 서로서로 문명인답게 대화할 수 있지."

거구의 혼혈 남자는 그리 말하며 자신의 외투를 집어 들었다. 가슴둘레만 해도 어지간한 여자의 키 정도는 될 듯한 저 거구가 한 시트에 앉다니, 최근의 멀티플렉스 영화관은 정말 좌석에 신경을 많이 쓰나 보다.

"일단 내 소개부터 해야겠지, 젊은 친구? 나는 테트라 아낙스 밑에서 종사하고 있는 계승자, 조반니 반테로다."

"……."

조반니 반테로라면 세건에게 들어본 적이 있었다. 세건은 저 자를 주의하라고 몇 번이나 경고했었는데, 그런 그랑 재수 없게 정면으로 부딪쳐 만나 버린 것이다.

"대낮부터 흡혈귀라니, 특이하군요. 대체 어떻게 해서 제가 여기 들어올 것을 알았지요?"

사실 서린은 해가 지기 전에 아지트로 돌아갈 생각이었다. 대낮에 주의해야 할 적은 인간 마법사나 흡혈귀 사냥꾼들뿐, 그래서 내심 방심하고 있었는데 이런 식으로 허를 찔릴 줄은 몰랐다.

"나에게는 태양을 피하는 방법이 좀 있어서 말이야. 그렇게 놀랄 것은 없네, 서린 군. 그리고 자네가 여기에 들어온 것은… 일부러 들어오게 만들었지. 마법에 대해서는 좀 내성을 올리는 게 좋겠어. 사이키델릭 문이라도 하든가 하라고."

조반니 반테로는 능글맞은 태도로 서린에게 다가왔다. 두꺼운 입술, 두꺼운 목, 그리고 전신에서 뿜어져 나오는 위압감이 그가 보통 상대가 아님을 짐작케 해주었다.

서린은 힐끗 고개를 돌려 성찬을 바라보았다. 밖은 아직 해가 떠 있으니까 밖으로 도망만 칠 수 있다면 저놈의 마수를 피할 수 있다. 하지만 성찬은?

"젠장."

성찬을 구해낸다고 하더라도 이후에는 문제가 생긴다. 조성찬은 잠적할 수 없는 연예인이다. 이후에도 녀석을 납치하거나 감금하고 서린을 불러낸다면? 서린으로서는 그에 응하지 않을 수 없다.

"대체 뭘 하고 싶은 거죠?"

서린은 그를 올려다보았다. 그러자 조반니는 히죽 웃었다. 그는 반지를 잔뜩 낀 손을 서린에게 내밀며 말했다.

"편하게 죠라고 불러. 나도 린이라고 부르지."

"당신이 무슨 스탠드입니까? 지랄발광도 삼 파장으로 하시는군요. 빨리 용건부터 말해요."

서린은 그의 손을 잡지도 않고 노려보았다. 그러자 조반니는 머쓱해져서 손으로 머리를 긁었다.

"다른 게 아니라 정신과 기억을 좀 조사해 봐야겠는데 협력해 주겠나?"

"기억?"

"당신의 모친에 대해 지대한 관심이 있어서 말이야. 혹시 기억이 지워져 있거나 해도 우리라면 되살릴 수 있지. 어떤가? 어머니를 만나보고 싶지 않나? 이건 자네에게도 좋은 기회인데."

조반니 반테로가 그렇게 말하는 사이에 엔딩 크레딧이 다 끝났다. 하지만 극장 안에는 청소부도 들어오지 않는다.

"흐음, 싫은데요."

"왜지?"

"당신들은 이미 세계를 어둠 속에서 좌우하는 제왕이라면서요? 그런 제왕치고는 수단이 너무 조잡해요. 당신들에게 협력해 봤자 내가 빛 볼 일은 별로 없겠군요. 이 정도면 훌륭한 거절 사유 아닌가요?"

서린은 기절해 있는 성찬을 바라보며 그렇게 말했다. 그러자 조반니는 놀랐다는 듯 박수를 쳤다.

"…그건 정말 멋지군."

"그리고 사족을 덧붙이자면 나는 엄마 찾아 삼천리의 마르코가 아니에요. 그렇게 어머니를 찾고 싶은 생각도 없으니까 선심 쓰는 척하면서 엉겨 붙지 마시죠. 그럼!"

서린은 말을 하던 중에 즉시 품에서 총을 빼 들어 조반니에게 겨누었다. 하지만 이게 웬일인가? 방금 전까지 그의 앞에서 박수를 치고 있던 조반니의 모습이 사라진 것이다.

"아니?"

깜짝 놀란 사이에 뭔가 차가운 것이 서린의 관자놀이에 닿았다. 깜짝 놀란 서린이 옆을 돌아보니 그곳에는 조반니가 두꺼운 금색 리볼버를 겨누고 있었다.

"나름대로 패기도 있군, 친구. 마음에 드는걸?"

서린은 무슨 일이 일어났는지 도저히 알 수 없었다. 방금 전의 그것은 움직여서 피하고 옆을 잡은 것인가? 하지만 그런 것 같지는 않다. 세건과 훈련을 할 때도 종종 옆이나 뒤를 잡히지만 그런 것과는 전혀 느낌이 다른 움직임이었다. 흡사 사라졌다가 다시 나타나는 듯한 움직임이었다.

저 거구로 그렇게 움직이다니, 만약 조반니가 서린을 죽이고자 마음먹었다면 서린은 진작 죽었을 것이다.

"확실히 우리에게는 제왕의 풍모가 없지. 그거는 인정하네, 친구. 왜냐면 테트라 아낙스계라고 해도 결국 우리는 그 제왕의 하수인에 불과하거든? 호가호위하는 여우가 이따금 호랑이랑 자신을 동일시하는데 어리석은 일이지."

조반니가 손가락을 튕기자 성찬을 인질로 잡고 있던 남자가 그를 놓았다. 조반니는 기절한 성찬에게 다시금 손가락을 튕겼다.

"아니?"

깜짝 놀란 서린이 그것을 막으려고 했지만 그 자신도 조반니의 권총에 제압당한 몸이라 움직일 수가 없었다. 관자놀이로 향한 총구가 거칠게 움직이며 서린의 머리를 강타했다.

"가만히 있어봐."

조반니의 신경질적인 목소리와 동시에 성찬의 모습이 사라졌다.

"이런?!"

눈속임인가? 환술? 아니면 진짜? 일단 눈앞에서 사라지자 서린은 그게 뭐가 무엇인지 도무지 기억해 내질 못했다. 대체 이 흡혈귀의 능력은 뭐란 말인가?

"죽은 건 아니니까 안심해. 원위치에 돌려보냈을 뿐이네."

조반니는 태연히 말하고는 서린의 머리에 손을 얹었다. 솥뚜껑만 한 손이 머리를 쓰다듬자 서린은 발끈하지 않을 수 없었다.

"나름대로 훌륭한 기량이지만, 아직 한참 못 미치는군그래. 정말 자네가 그 릴리쓰의 마지막 자식 서린 맞나? 릴리쓰도 이제는 한물간 모양이군. 이렇게 나약할 수가."

"으윽!"

서린은 홧김에 주먹을 휘둘렀다. 그러나 조반니는 마치 서린이 공격할 것을 알고 있기라도 했다는 듯 뒤로 몸을 빼 서린의 공격을 피하는 한편 깨끗한 미들킥을 날렸다.

미들킥이라 해도 신장 차이가 어마어마한지라 그의 공격은 서린의 머리 높이로 날아들었다. 서린은 본능적으로 위험하다는 것을 느끼고 그의 공격을 피해 뒤로 물러났다. 하지만…….

쯔컥!

정확한 타격음과 함께 서린의 몸이 주저앉아 버렸다. 단 한 발 맞았을 뿐인데 뇌가 진탕 치고 눈앞이 흔들거리더니 전등불을 끈 것처럼 시야가 어두워진다.

깜짝 놀란 서린이 정신을 차렸을 때는 이미 극장 바닥에 엎어진 뒤였다. 이미 세건의 공격으로 많이 경험해 본 것이지만 지금 이놈과의 공방은 수준이 달랐다.

세건은 어찌 되었든 서린을 죽이려는 의도가 없다는 것을 알 수 있지만 이놈은 서린을 죽일지 살릴지, 도무지 알지 못하는 녀석이다.

"쯧쯧쯧, 이래서야 어디 써먹겠나. 입으로 떠드는 것의 반이라도 실력이 있으면 좋을 텐데."

"돈… 어떻게 할까요? 이대로 잡아갈까요?"

"아니, 됐어. 잡아가려면 언제든지 잡아갈 수 있지만… 이런 친구를 데려가서 어디다 쓴다지? 안 그래?"

조반니는 서린이 자신의 기대 이하였는지 툴툴거리며 불만을 늘어놓았다.

"실력 테스트에는 불합격이니 마법사들에게나 주자고. 일단 기억을 좀 뽑아낸 뒤에."

"예."

베르나르도 형제는 쓰러진 서린을 일으켜 세우더니 은의 칼날을 서린의 손에 찔러 넣었다. 그들은 그렇게 서린의 팔을 마구잡이로 쑤시더니 철사 등을 이용해서 그 팔을 꿰매어 묶었다.

"으아아악!"

바늘이 팔을 뚫고 지나갈 때마다 서린은 비명을 질렀다. 이건 정말 경험해 본 적 없는 부류의 끔찍한 고통이다. 깜짝 놀란 서린은 몇 차례나 몸부림 쳤지만 그때마다 매질이 날아들었다. 이제 다음 상영이 시작될 시간인데도 극장에는 아무도 들어오지 않아서… 누구도 그들의 폭행과 고문을 막을 사람이 없었다.

"이거이거, 한세건이란 놈도 별거 없는 거 아냐?"

"글쎄요."

베르나르도 형제는 실망한 주인에게 확답을 하지 않았다. 그렇지 않아도 한세건에 대한 그들의 평가는 운 좋게 쇠락한 진마를 주워 먹다시피 해서 잡고 진마사냥꾼이라고 뻐기는 애송이… 라는 인상이 강했다.

"그러면 이동하지."

그들은 피투성이가 된 서린을 질질 끌고 지하 주차장으로 향했다.

4

김성희는 자신의 오컬트 찻집, 아르쥬나에 찾아온 손님을 접대하고 있었다.

"오셨군요, 마스터."

김성희는 초로의 노인을 맞이하며 그렇게 말했다. 그녀가 속한 마법사 길드는 전통적인 스승과 도제의 관계로 이루어져 있다. 비록 그녀가 정식 마법사가 되어서 무시할 수 없는 힘을 지니게 되었다 하더라도 그녀의 스승은 여전히 그녀에게 강력한 영향력을 행사한다.

그리고 설령 그녀와 그녀의 스승, 오스왈드가 사제지간이 아니라 하더라도 위대한 마법사인 오스왈드에게 불손하게 굴 마법사는 없다. 하지만 설마 오스왈드 본인이 직접 올 줄이야? 김성희는 속으로 혀를 찼다. 스승이 직접 찾아온 이유는 안 봐도 뻔하다.

"여기가 너의 작업장이냐?"

오스왈드는 찻집을 바라보며 눈살을 찌푸렸다. 별 가치가 없는, 더러는 모조품도 있는 각종 오컬트 장식에 가격표를 붙인 채 진열하고 테이블을 갖춰서 차를 파는, 이런 곳은 결코 그와 같이 정심한 마법사가 할 짓이 아니다.

김성희는 스승의 품성과 표정으로 미루어 보아 잔소리가 쏟아질 거란 걸 예상하고 즉시 손을 내저었다.

"아, 아뇨. 여기는 그냥 접대용 장소랄까요?"

"그렇다고는 해도 요새는 별로 비의에 신경을 쓰지 않는 것 같구나."

"그야… 뭐, 다들 이때쯤 되면 연구에 식상하게 되잖아요? 진전도 별로 없고."

김성희는 어깨를 으쓱했다. 오스왈드는 자리에 앉아서 김성희에게 앉으라고 손짓했다. 주인은 김성희이지만 그녀는 마치 남의 집에 온 사람처럼 공손히 의자에 앉았다.

"실은……."

초로의 마법사는 자신의 안경을 닦으며 말을 꺼냈다.

"그 세건이라는 인물에 대해서인데."

"예. 무엇이죠?"

"아니, 네가 그에게 정식 절차도 없이 비의를 전달한다는 소문이 들려서 말이다."

오스왈드는 눈살을 찌푸렸다. 중세에 성립되어서 고리타분하기 짝이 없는 마법사들이 보기에 김성희는 도저히 용납될 수 없는 멤버였다. 동양인인 데다가 여성 아닌가? 물론 요즘 세상에야 여권신장이니 뭐니 해서 여기저기 시끄럽지만 서양에서도 여성 차별이 있었던 것은 분명한 사실이다.

하지만 오스왈드는 김성희의 천부적인 재능을 높이 샀다. 그래서 그는 김성희를 마법사로 받아들이는 것은 물론 자신의 직전제자로 삼았다. 하지만 그런 그녀가 감당 못 할 괴물을 만드는 일에 뛰어든 것이다.

"마인 실베스테르와 가까이 지내는 것도 문제였지만… 그 건에 대해서는 이미 합의가 되어 있는 사항이었지. 하지만 이번의 그는 완전히 괴물이지 않느냐?"

그들은 한세건이 테트라 아낙스의 산하 기업 중 하나인 플렉스 메디칼을 습격해 건물을 아예 철거하다시피 하는 것을 보았다. 트럭 한 대분의 TNT를 이용해 건물을 날려 버리고 안의 흡혈귀를 모조리 도륙하는 한세건에 대해서 마법사들은 모두들 걱정했다.

이 광기와 증오에 가득 찬 괴물은 빨리 제거할 필요가 있다는 데 모두들 의견을 같이했던 것이다.

김성희는 스승이 한세건에게 보이는 반응에 놀랐다.

"설마 두려우신 건가요?"

"글쎄다. 두렵다는 감정이 어떤 것인지 모르지만 염려라면 확실하군. 이대로라면 너의 몸을 망치게 된다. 그렇지 않아도 협회에서는 제명하자는 의견이 나오고 있단다."

오스왈드는 침착한 태도로 자신의 안경을 닦았다. 옛날 방식으로 깎아 만든 렌즈와 고풍스러운 안경테는 초기의 안경 형태 그대로라서 지금 보면 마치 장난감 같았다. 김성희는 스승의 안경을 바라보며 솔직하게 대답했다.

"…제가 제명을 두려워하지 않는다면요?"

"그러면 부득이하게 암살자를 보낼 수밖에 없구나. 한세건 건도 그렇지만 지금 이 한국에 있는 릴리쓰의 자식에 대한 것도 있으니."

그는 원망스럽다는 듯 자신의 애제자를 노려보았다. 김성희가 노골적으로 정보를 뿌려대는 바람에 많은 수의 마법사가 한국으로 떠났다는 보고가 그에게도 들어왔다.

마법사들이란 족속은 허영심이나 호기심이 대단해서 이런 일에는 경쟁이 붙게 마련이다. 무방비하기 짝이 없는 릴리쓰의 자식이라니, 마법사들로서는 꼭 얻고 싶은 연구 대상이 아니겠는가?

“이미 젊은 마법사가 많이 들어왔더군요. 로젠크로이츠나 성당 기사단, 프리메이슨……. 어느 쪽 계파인지는 모르겠지만.”

“어리석은 놈들이지. 하지만 과연 네가 그들의 어리석음을 탓할 수 있을지 모르겠구나.”

오스왈드는 그리 말하고 자리에서 일어났다.

“어쨌거나 내가 할 말은 이미 전했다. 이 이상 협회에 피해를 끼친다면 제적하는 것은 물론, 제거할 수도 있다는 걸 알아둬라.”

“예, 명심하지요.”

김성희는 그리 말하고 스승을 돌려보냈다. 오스왈드는 골목길 앞에 세워둔 낡은 리무진에 타고 수행원들과 함께 사라졌다.

“…아, 정말. 이런저런 등쌀에 못살겠군.”

그녀는 스승이 사라지는 것을 확인하고 지하실로 향했다. 오늘은 한 달에 한 번, 한세건의 골수를 재정비하는 날이었다. 흡혈인자에 오염되어 버린 한세건의 골수에 약물을 투여해 강제로 흡혈인자를 사이키델릭 문으로 바꾼다.

이 방법으로 인해서 세건은 흡혈귀가 되는 것을 면했지만 그 결과 심각한 부작용을 겪게 되었다. 핏속에서 계속해서 사이키델릭 문이 생산되면서 평생을 약물중독으로 살아가게 된 것이다.

게다가 그 과정에서 신경 가속 현상이 일어났으니……. 만약 보통 사람이라면 벌써 예전에 죽어버렸을 것이다. 하지만 세건은 놀라운 정신력과 흡혈귀화한 육신의 힘으로 그 부작용을 이기고 아직도 살아 있었다.

하지만 한 달에 한 번, 골수에 약물을 투여하는 관을 교체해 줄 필요가 있었다. 그 작업은 아무리 한세건이 마법을 익히고 염동력을 사용할 수 있다 해도 혼자서 할 수 있는 게 아니다. 그걸 김성희가 대신 해주는 이상, 설사 세건이 적으로 돌아선다고 해도 그 시간은 길어야 한 달. 세건에 대한 통제 정책은 현재로서는 그것밖에 없었다.

"으으음, 그 스승님이라는 마법사는 갔어요?"

수술 환자용 가운을 입고 엎드려 있던 세건은 몽롱한 상태로 김성희에게 물어보았다. 그러자 김성희는 고개를 끄덕였다.

"응."

"후우. 그 늙은이, 나를 잡겠다고 덤벼드는 건 아닌가 했는데."

"뭐, 그 비슷하긴 했지."

김성희는 그리 말하며 세건의 등에 메스를 댔다. 항상 사이키델릭 문에 의해 취해 있는 상태라 세건은 전혀 통증을 느끼지 않았다. 등의 정확한 위치를 찢자마자 세건은 스스로 약물

관을 뽑아냈다. 실리콘으로 만들어진 새하얀 약물관은 벌써 텅 비어 있었다.

"조금만 늦었으면 큰일 날 뻔했군. 갈수록 주기가 빨라지는데?"

김성희는 걱정스럽다는 듯 세건을 바라보았다. 불순물이 섞인 사이키델릭 문을 사용하고 진마들과 싸워온 덕에 세건의 몸은 흡혈귀 중에서도 상당히 강력한 축에 속했다.

진마 유다나 메시아의 계파를 이었다고 할 수 있는 그의 몸은 이미 흡혈귀로서는 최상위에 속한다. 그것은 그만큼 흡혈인자의 생산 속도가 빠르다는 것이었다.

"지금으로 치면 VT 육천 정도 될까요?"

"아마도……. 이 이상 계속 VT가 높아지면 혈액 내의 사이키델릭 문의 농도도 점점 진해져. 그때가 되면 정말 감당 못 할 거야."

사이키델릭 문, 흡혈귀의 피를 정제해서 만드는 마법의 약으로 강력한 환각 작용과 특수한 힘 때문에 인간이 뱀파이어나 다른 괴물을 물리치는 데 있어서 반드시 필요한 약물이다.

하지만 흡혈귀의 피를 정제한다 해도 보통은 희석해서 제작하지 세건처럼 원액 상태 그대로 혈관에서 요동치게 내버려 두지는 않는다. 바로 이 점에서 세건의 몸이 점차로 망가져 가는 것이다.

그것을 체내에서 희석시키기 위해서는 세건이 남의 피를 마셔야 한다. 하지만 세건은 그것을 거부했다. 흡혈귀들을 물리치기 위해서는 수단과 방법을 가리지 않는다. 하지만 남의 피를 마셔서 완전한 흡혈귀가 될 수는 없다. 그것은 절대로 꺾일 수 없는 세건의 프라이드였다.

사실 지금 구차하게 목숨을 부지하고 있는 것도 세건으로서는 백보 양보한 것이니, 이제 와서 흡혈귀가 되라고는 할 수 없었다.

"앞으로 일 년 안에 어떻게든 승부를 봐야겠군요."

세건은 엎드린 채로 중얼거렸다. 물론 터무니없는 말이다. 단 일 년 만에 테트라 아낙스를 무너뜨리겠다니?

"일 년으로는 너무 부족한데."

"마야의 말로는 벌써부터 부분적인 심근경색이 일어난다고 하더군요. 재생력으로 바로 치유되기는 하지만……. 확실히 심장이 삐그덕거리는 게 느껴져요. 일 년도 길게 버티는 거죠."

한세건은 그리 말하며 일어났다. 마야라면 한세건이 따로 애용하는 야매 업자로 모스크바 의대를 졸업하고 한국에는 유흥업소로 팔려 온 비운의 여인이었다. 야매이긴 해도 수술 횟수도 엄청나고 돈도 꽤 많이 모아서 이제는 제법 알아주는 뒷세계 의사가 되어 있었다.

김성희는 세건의 등에 새로운 주입관을 넣고 가제로 피를 닦아냈다. 그것만으로도 상처는 삽시간에 아물어서 다시금 흔적도 없이 사라져 버렸다.

"최대 맥박수가 분당 사백 번……. 심근경색이 아니라 폭발을 해도 이상하지 않잖아?"

세건은 피식 웃으면서 목까지 지퍼를 당겨서 레이싱 슈트을 입었다. 그때 다시 아르쥬나의 황동종이 울리는 소리가 들렸다. 이미 가게는 임시 휴업이라는 간판을 걸어놓았다.

"무슨 일이지?"

세건은 머리카락을 쓸어 올리고 계단을 걸어 올라갔다. 그는 곧 입구에 서 있는 검은 라운드 티 차림의 남자를 보게 되었다. 나이는 세건과 동갑쯤일까? 세건도 키가 작은 편이 아닌데 그의 키는 세건보다 두 뼘이나 더 컸다.

"여어, 당신이 한세건인가?"

취릭!

그 말이 끝나기가 무섭게 그의 목에 도폭선이 감겼다. 세건은 도폭선으로 그를 완전히 감아버린 뒤 끌어당겨서 넘어뜨렸다.

"우왁!"

"네놈은 바본가? 쓸데없는 걸 물어보지 마. 현상범에게 웃으면서 너 현상범 맞지, 물어보다니."

세건은 더 이상 말도 할 필요가 없다는 듯 즉시 스위치를 눌러 버리려 했다. 그러자 김성희가 세건을 말렸다.

"그, 그만둬, 세건."

그녀는 몸을 던지다시피 세건을 막아섰다. 그러자 도폭선에 휘감긴 남자는 감격한 듯 김성희를 바라보았다. 세건은 이 여자가 왜 그러나 싶어서 플러그에서 손을 떼었다.

"그렇지만……."

"가게 바닥을 피로 물들일 셈이야? 아무리 오컬트 카페라지만 그건 도가 지나치다고."

"엥?"

이유가 그거였습니까? 세건은 김성희를 곁눈질로 바라보았다. 그때 그 남자가 일어났다.

"아흠, 으흠. 흠……. 아니, 어쨌든 일단 이야기나 하고 죽읍시다."

"이야기를 하고 나면 원 없이 죽을 건가?"

"설마."

"그럼 지금 뒈져."

세건은 와이어를 당겼지만 그 순간 팅 하고 와이어가 끊어졌다. 텅스텐 코일이 끊어지고 그 남자는 무사히 세건의 손아귀에서 빠져나가 뒤로 물러났다.

"정말 소문대로 미친개로군, 미친개야."

"…네놈에게 그런 말 들을 이유는 없어, 사준."

세건은 와이어를 거두고 그를 노려보았다. 이 도폭선은 인간의 힘으로는 도저히 끊을 수 없는 것이다. 역시 사혁이 그러했듯 그의 동생 역시 평범한 인간은 아닌 듯싶었다. 그러자 사준이 깜짝 놀랐다.

"엥? 어떻게 알았지?"

"네놈 형이랑 너무 닮은 면상을 하고 있으니까."

흡혈귀 사냥꾼이자 라이칸스로프, 그리고 도술사였던 사혁과 지금 세건의 앞에 서 있는 이 남자는 놀라울 정도로 닮아 있었다. 눈은 실눈이지만 올백 머리에 터프한 인상, 날카로운 이목구비 등등……. 사혁과 별다를 게 없어 보인다. 다만 나이 차는 적어도 10살 정도는 나는 것 같다. 세건과 비슷한 정도?

"역시… 형의 애인답군."

사준은 윙크를 하면서 시시덕거렸다.

"……."

세건은 발끈하는 대신 싸늘하게 웃었다. 어지간한 도발은 참아 넘길 수 있지만 사혁에 얽힌 도발은 정말 참기 힘들었다.

"그래서 무슨 생각으로 여기까지 직접 온 거지? 뒈지고 싶어서 작정했나? 어젯밤 꿈에 형이 나와서 부르던가?"

세건은 비아냥거리면서 사준에게 다가갔다. 사준 역시 인간을 벗어난 비인외도의 존재, 월야의 주민이지만 세건의 적수는 아니다. 그럼에도 불구하고 직접 찾아왔다는 건 뭔가 다른 복안이 있어서일 것이다.

"실은… 좋은 정보가 있어서 찾아왔는데 태도가 그렇다면 그냥 가야겠군."

"무슨 정보?"

"당신들의 새끼 늑대랑 조반니 반테로에 대한 건데, 지금쯤이면 당했을 거야, 그 새끼 늑대."

"뭐?"

세건은 어처구니가 없어서 그를 바라보았다. 그는 즉시 수신장치를 켰다. 서린에게 넘겨준 오토바이에는 발신 장치가 부착

되어 있어서 만에 하나 서린이 누군가에게 습격받는다면 그 위치를 알 수 있게 되어 있었다.

"확실히 지금 멈춰 있기는 하군. 하지만 대낮에 흡혈귀들이 무슨 재주로?"

"아이작 계파의 마법사들이 협력해 주니까. 그 정도의 인식 장애 술법이야 별문제가 아니지. 그리고 조반니 반테로에게는 대낮에도 활동할 수 있는 강력한 능력이 있다고. 뭔지 알고 싶지?"

마치 뭐 하나 알았다고 으스대는 어린아이처럼 사준은 생색을 내고 있었다.

"…무슨 생각으로 여기에 온 거지?"

세건은 사준을 노려보았다. 이놈이 이렇게까지 자세히 알고 있는 것은, 자신의 의뢰주의 정보를 판다는 증거다. 그런 놈은 정보 상인이라면 모를까 브로커로서는 가치가 없다.

"그냥 친한 사이가 되고 싶어서 말이지. 아무래도 한국에서 가장 날리는 헌터랑 안면 정도는 터두는 게 좋지 않겠어? 소문에 의하면 사이키델릭 문의 공급을 독점해서 엄청난 거금을 벌고 있다고 하던데. 친하게 지내자고."

한국에 현재 남아 있는 뱀파이어 헌터는 오직 한세건뿐이다. 하지만 뱀파이어의 피를 이용해서 만들어지는 사이키델릭 문은 여전히 시장이 살아 있었다.

그 강력한 환각 작용과 초감각 현상은 오로지 마법적인 마약에서만 나타나는 특성이라 일단 한번 사이키델릭 문에 중독되면 절대로 빠져나올 수가 없었다.

세건은 그 내수 공급 라인을 독점하고 있기 때문에 유구한 역사와 배경을 이용해 돈을 버는 흡혈귀들에 비할 바는 못 되지만 상당한 거금을 벌어들이고 있었다.

그가 사혁의 동생만 아니라면 충분히 납득 가능한 이유였다. 하나 그는 사준, 바로 사혁의 동생이 아닌가? 게다가 정말 돈을 위해서 친하게 지낼 거라면 조반니 반테로 쪽이 훨씬 낫다. 그는 중미의 마약왕, 아무리 한세건이 사이키델릭 문의 한국 공급을 독점하고 있다 하더라도 조반니 반테로에 비하면 새 발의 피요, 바퀴벌레 다리의 박테리아다.

"난 네놈의 안면을 보면 매우 거북한데?"

세건은 노골적으로 사준에게 적대감을 드러내며 글록을 꺼내 그 이마에 겨누었다.

세건도 세건이지만 이놈은 정말 돌았다. 사혁과 세건은 불구대천의 원수, 하늘이 점지해 준 적이라고 할 수 있었다. 삼국지로 치자면 제갈량과 사마중달이랄까? 결국 사혁은 세건의 손에 의해 살해당했다. 그런데 그 동생이 찾아와서 뭐? 친하게 지내자고? 정상적인 사고방식에서 나올 수 있는 반응인가, 이게? 그러자 김성희가 세건을 말렸다.

"그만둬, 세건. 그것보다는 지금 서린을 구출하는 게 중요해."

"아무리 그래도 사혁과는 거북한 사이여서 그 동생이 가져온 정보를 덥석 무는 것은 좀……."

"거북은 거북이가 거북하고. 지금 이대로 내버려 두면 테트라 아낙스에게 릴리쓰에 대한 정보가 들어간다니까. 그렇게 되면 당신들이 서린을 잡아두고 있는 것도 헛되이, 한발 늦게 된다고."

사준의 말은 분명히 일리가 있었다. 세건은 권총을 거두고는 그에게 물어보았다.

"그러면 말해봐. 대체 어떻게 해서 놈들은 대낮부터 서린을 잡았지? 아무리 그놈이 멍청이라지만 한 번 잡혔는데 다시 잡힐 리는 없다고 생각하는데?"

세건은 그래서 서린이 마음대로 나돌아 다니는 것을 허락해 주었다. 사실 어느 정도 트러블은 서린이 직접 헤쳐 나가야 실력이 늘게 마련이다. 그래서 내심 트러블이 일어나길 기대하고 내보냈는데 어처구니없게도 적의 보스가 직접 나서서 낚아채 버린 것이다.

"그야 뭐, 조반니 반테로가 직접 나섰으니까. 마법사들이 암시를 걸어서 극장으로 유인하고 반테로가 나서서 잡아버렸지."

"그게 가능한가? 극장 안은 암실이라고 해도 거기까지 가기 위해서는 일광을 지나야 해."

"그게 가능하니까 문제지. 조반니 반테로에게는 진마 자인처럼 공간 전이 능력이 있어. 게다가 자인과는 비교도 안 되게 발달한 능력이고, 마약왕이란 스케일에 걸맞은 배포와 감각이 있지. 당신도 그를 이길 수 있을지 장담할 수 없다고."

사준은 조반니 반테로의 능력을 알려주었다. 자인이라면 바로 사혁에게 살해당한 진마로 흑선 개항 시절에 일본에 정착해

야쿠자의 조장이 된 놈이다. 확실히 야쿠자 조장 따위보다야 중남미 마약왕 쪽이 더 스케일이 크긴 하다.

“그렇다면 녀석은 확실히 진마급이군. 텔레포트라, 골치 아픈데.”

텔레포트는 흡혈귀들의 혈인 능력 중에서도 상당히 고등한 것으로 오로지 진마급의 뛰어난 술자만이 그 힘을 다룰 수 있었다.

조반니 반테로의 얼굴은 아무리 보아도 지성과는 거리가 있어 보이는데 텔레포트를 할 수 있다니……. 의외로 술법에도 뛰어난 재능을 가지고 있음에 틀림없다. 세건은 밖으로 나가면서 사준에게 손가락을 까딱였다.

“따라와. 당신을 아르쥬나에 남겨둘 수는 없어.”

김성희는 뛰어난 마법사이긴 하지만 근거리 전투 능력은 전무하다시피 하다. 사혁의 패거리였으니 라이칸스로프임에 분명한 사준과 근거리에서 붙게 된다면 김성희가 살해당할 것이 분명하다. 그러니 세건이 어찌 이놈을 아르쥬나에 남겨두겠는가? 사준도 그런 사정을 알고 있는지 시시덕거리며 세건의 뒤를 따라왔다.

“물론이지. 그런데 오토바이 타고 갈 건가?”

“응. 왜?”

“내 차를 타고 가지?”

“돌았나? 무슨 함정이 있는 줄 알고?”

“설마. 나는 당신의 적이 안 된다는 거 잘 알고 있어. 함정을 파도 당신을 대적할 수는 없겠지.”

사준은 의외로 겸손하게 굴었다. 하지만 세건은 그를 믿지 않았다. 방금 전 도폭선을 끊어내는 것, 그것만 보아도 사준이 겸손 떨 레벨은 아니라는 걸 알 수 있었다. 그 경우가 되면 제법 싸움 좀 해봤다는 흡혈귀들도 제정신을 못 차리고 당황하다가 살해당했다. 하물며 이놈은 사혁의 동생이 아닌가?

“그따위 소리를 하는 놈을 믿었다가 발등 찍히면 그건 국보급 바보지.”

“함정이 아니라고. 자, 보라고.”

사준은 자신의 차 뒤를 열었다.

“응?”

사준의 차는 일종의 캠핑카로 뒤에는 오토바이를 세워둘 수 있는 랙이 있었다. 아마도 세건의 오토바이를 저기에 세워두라는 것 같았다.

“이걸로 당신의 오토바이를 나르다가 필요한 순간에 팍 튀쳐나가는 거야. 쾌찬차처럼. 비싼 돈 들여서 산 거니까 한번 해보고 싶을 뿐이라고.”

“쾌찬차……. 안 봤어. 그런 부분도 있었나?”

쾌찬차라면 세건이 태어나기 전의 영화다. 세건은 내키지 않는 듯 말하면서도 자신의 오토바이를 들어서 사준의 차에 실었다.

5

서양의 마법사들이 만든 비밀결사라고 하면 대부분의 사람은 그릇된 인상을 갖는다. 그들은 오로지 파라켈수스의 연금술, 혹은 솔로몬의 서 등에서 사용하는 초환과 소환술 등에 역점을 두는 신비주의자, 그것도 아니면 드루이드 등을 연상한다. 사실 이 정도만 되어도 상당히 신비주의에 박식한 이들이다.

그러나 마법사들에게는 동양의 문화도 상당한 영감을 안겨주었다. 19세기 초 동양, 주로 인도와 중국과의 교류를 통해서 지식인들은 새로운 문물을 습득하게 되었다.

개종하지 않더라도 불교 철학에 관심을 갖는 지식인이 늘어났고 그들의 대부분은 프리메이슨이나 로젠크로이츠 같은 비밀결사에 몸담고 있는 식자였다.

남들에게는 알려지지 않은 비의를 알기 위해 연구에 연구를 거듭하는 이 마법사들이 해외의 문물을 접하는 게 어디가 이상한가? 그리고 또한 합리적인 무기가 있다면 어찌 그것을 꺼려할 것인가? 그리하여 현대에 와서 마법사라는 것은 총화기를 지참하고 동서양의 모든 마법을 총망라한 기괴한 모습이 되고 말았다

그리고 지금, 그들은 한국을 주시하고 있었다.

대한민국은 사실 신비주의자들에게 있어서 그리 매력적이지 못한 나라다. 강력한 무속 신앙을 가지고 있지만 그러한 무속

신앙은 대부분이 직접적인 기복 성향을 가지고 있었다.

믿으면 복이 온다, 혹은 무슨 일을 하면 복이 오고 부귀영화를 누린다는 것은 신비함이 전혀 없는, 비의라고 할 게 못 되는 것이다. 그러다 보니 마법적인 수준에서도 미비한 데다가 일제 치하, 한국전쟁이라는 동란을 겪으며 급속도로 서구화되는 과정에서 그나마 얼마 없던 비의들도 전부 소실하고 말았다.

하지만 환생의 비의를 연구하고 서반아시아계 흡혈귀들을 처음으로 만들어내었다는 전설적인 마법사, 정야가 한국에서 환생했다는 소문이 돌면서 마법사들은 한국을 주목했다.

과연 그 결과 정야를 사이에 두고 강력한 힘을 가진 두 흡혈귀 적요와 창운이 충돌, 공멸하고 말았다.

그 후로 적요와 창운의 계승자가 되기 위한 흡혈귀들의 사투가 벌어졌고 그 과정에서 흡혈귀 사냥꾼, 한세건이 테트라 아낙스의 한국 지부를 괴멸시키는 사건이 벌어졌다.

마법사들은 그때까지도 별로 개입하지 않았다. 비의를 연구하고 힘을 추구하는 그들은 흡혈귀와 인간, 모두에게 있어서 중립적인 존재였다. 아니, 어느 쪽이냐면 오히려 흡혈귀의 편이라고 할 수도 있겠다.

실제로 진마 중 한 명, 팬텀은 원래 강력한 마법사이며 뱀파이어다. 마법사들 사이에서 강력한 영향력을 행사하는 이가 뱀파이어인 시점에서 더 논할 말이 뭐가 있겠는가? 그러한 사법(邪法)의 길에 들어선 이들도 마법사들은 딱히 이단시하거나 경멸하지 않았다. 왜냐면 그들 자체가 이미 사회의 이단아였기 때문에…….

그런 이들에게 있어서 서린은 어디까지나 신비로운 연구의 대상에 불과했다. 강대한 힘을 가진 흡혈귀의 맹주, 테트라 아낙스야 그들이 잡아서 어찌해 보지 못할 테지만 무방비로 사회에서 살아가는 서린과 같은 이는 잡을 수만 있다면 쉽게 그들의 뜻대로 할 수 있었다.

그를 통해서 시원의 마물 릴리쓰를 알 수 있다면 그것은 흡혈인자에 의존하지 않는 새로운 불로불사, 좀 더 뛰어난 영지를 얻을 수 있는 열쇠가 되리라.

조반니 반테로는 피투성이가 된 서린을 마법사들에게 건네주었다. 그들의 동맹이 맺어진 지 하루가 채 지나기도 전에 벌어진 일이라 마법사들도 놀라워하고 있었다. 물론 서린을 극장 안으로 인도하고 극장 안의 사람들을 치워놓은 것은 바로 마법사들의 수완이었다.

하지만 공공장소인 극장에서 단숨에 그를 제압할 수 있었던 것은 조반니 반테로가 기적에 가까운 혈인 능력인 공간 전이를 쓸 수 있었기 때문이다.

공간 전이술, 소위 말하는 텔레포트는 아직까지도 마법에 의해서 구현되지 않았고 오로지 흡혈귀 중 소수의 혈족에게만 주어지는 혈인(血因)의 능력이었다.

혈인 능력이라 하면 그 혈족은 모두들 잠재적으로 공간 전이의 능력을 타고나는 것이니 그리 귀하지 않아 보일지도 모르나 이런 능력은 대개 양날의 칼로서 작동한다.

운용과 개발에서 너무나 어려운 능력을 혈인 능력으로 가지고 있는 흡혈귀들은 자칫 혈족의 능력을 깨우치지 못하는 경우가 있었다. 그 결과 마법사나 헌터, 라이칸스로프들과 비교 우위에서 떨어져 사멸을 거듭, 결국 멸망의 길을 걷게 되고 만다.

이 능력을 가지고 있던 자인 역시 야심만만한 새로운 진마, 사혁에게 패하여 잡아먹히고 말았으니 공간 전이술은 그로써 이 지구상에서 소멸했다고 해도 과언이 아니었다.

그러나 테트라 아낙스는 자인의 사멸까지 예견해 두었는지 이미 50여 년 전에 조반니 반테로라는 새로운 흡혈귀를 만들어 낸 것이다.

"공간 전이로 어둠과 어둠을 이동해 다니면 확실히 대낮이라고 해도 그 제약이 줄어들지. 하지만 설마 텔레포테이션을 저렇게 잘 쓸 줄이야?"

티토는 새삼스럽게 조반니 반테로의 능력에 놀랐다. 마법과 도술, 밀교와 라마교 등에서 행해지는 모든 비의를 뒤져 보아도 공간 전이에 대한 비법은 존재하지 않았다.

그러나 조반니 반테로 역시 그 정도가 한계였다.

"일단 잡기는 했으나 나에게는 기억을 뒤져 볼 능력이 없소. 그래서 말인데 당신들이 해줄 수 있겠소?"

반테로는 그리 말하고 서린을 마법사들의 손에 넘겨주었다. 마법사들은 모두들 놀라고 어처구니가 없어 그를 바라보았다.

이것이 진심이란 말인가? 어렵사리 포획한 피시험체를 이리도 쉽게 마법사들에게 넘겨주다니. 동맹이 애초에 그러한 조건으로 이뤄진 것이기는 하지만 흡혈귀란 원래 인간을 얕잡아 보고 가벼이 여겨 인간과의 약속을 잘 지키지 않는 법이다.

워낙 오래 산 흡혈귀들은 수명이란 굴레를 벗어나지 못하는 인간들을 무시하게 마련이다. 한국적인 의식구조로 설명하자면 제대한 예비역이 군인들을 다 얕잡아 보는 것과 일맥상통한다 하겠다.

"일단 조사를 해봐야 합니다. 약물에 의해서 트랜스 상태에 들어가는지 안 들어가는지, 그걸 알아봐야지요."

라이칸스로프라는 놈들은 육체적인 면에서는 흡혈귀보다 훨씬 뛰어나서 어떠한 약물도 순식간에 분해하는 간 기능을 갖추고 있었다. 아마도 약물에 의한 트랜스 상태는 그리 많이 기대할 수 없으리라.

"하지만 호텔 스위트룸에서 이런 짓을 하게 될 줄이야."

그들은 스위트룸 바닥에 내던져져 있는 서린을 보며 혀를 찼다. 조반니 반테로는 공간 전이술을 사용해 서린을 생포하고는 그대로 자신의 방으로 들어왔다. 이리되면 호텔 프런트에는 걸리지 않게 되니 안전하게 호텔에서 고문 및 심문 작업을 할 수 있었다.

호사스러운 깨끗한 호텔에서 더할 나위 없는 반인륜적 행위가 벌어지는 것이다. 서린은 기가 막혀서 마법사들을 노려보았다.

"또 당신들인가?! 정말 질리지도 않는군! 슬슬 포기하지그래! 이제는 흡혈귀랑 손을 잡고 이 짓거리인가?"

그러자 맥켄리가 코웃음 쳤다.

"포기는 무슨 놈의 포기? 실제로 지금 네놈이 잡혀 와 있지 않은가?"

"젠장!"

서린은 이를 악물고 팔에 힘을 주었다. 굵은 강철 줄로 팔을 꿰매놓았지만 이런 것쯤은 아무것도 아니다. 팔이 찢어지든 말든 힘으로 뜯어버리면 순식간에 재생되어 원래대로 돌아갈 것이다.

하지만 그때 베르나르도 형제의 형인 랜스가 권총을 들어 서린의 머리통을 겨누었다.

"쓸데없는 데 힘주지 마라, 꼬마. 대가리에 구멍 생기기 전에."

"……."

서린은 힘을 빼고 그대로 주저앉았다. 이 상황에서는 도저히 총알을 피할 자신이 없었다. 서린은 역시 경험이 절대적으로 부족했다. 한세건이야 개구리 올챙이 적 생각 못 한다고 서린을 그대로 방치하긴 했지만 과거 한세건은 송덕연이라는 노련한 헌터의 밑에서 제대로 된 헌터가 되기 위해 빡빡한 1년이란 수련 기간을 거쳤다.

기간으로는 고작 1년이지만 모든 생활을 훈련에 짜 맞췄으니 그것은 남들의 5년, 아니, 10년에 필적하는 경험이다.

하지만 서린은 그와 달리 처음부터 라이칸스로프여서 훈련의 필요성을 느끼지 못했다. 또한 세건은 덕연과 달리 체계적인 교육을 할 교육자와는 거리가 멀었으니 이래저래 서린은 자신의 능력을 제대로 쓰는 법조차 몰랐다.

"그러면 일단 약물이나 투입해 보지요."

마법사 중 가장 약물 요법에 뛰어난 파올로가 자백제 앰플을 꺼내 주사기에 채워 넣었다. 하나로 부족한지 그는 곧 다음 앰플을 꺼내서 연거푸 두 병을 주사기 하나에 가득 채워 넣었다. 원래 자백제라는 것이 위험하기 짝이 없는 것이거늘 저 정도 양이라니, 아무리 보아도 이건 죽이려고 작정한 게 분명했다.

"으으윽."

서린은 발버둥 쳤지만 총구가 자신을 겨누고 있는 이상 도망칠 수도 없었다. 그사이 주사기가 그의 팔에 꽂혔다.

"…그러면 일단 약 기운이 돌기를 기다려 볼까."

파올로는 주사기를 빼고 약물이 돌 동안 스탠드를 준비해 서린의 눈을 향해 비추었다. 평범하게 진술을 듣고자 하는 거라면 이 정도로도 충분하다.

트랜스 상태에 빠지게 되면 정신의 방어벽이 허물어지고 정보를 누설함으로써 생기는 득과 실을 모르게 되어 자신의 모든 것을 쉽게 노출하게 된다. 그러나 이 정도로는 결코 안심할 수 없었다.

릴리쓰에 관련된 기억은 봉인되어 있을 확률이 높다. 그렇지 않으면 간단한 최면요법이나 어떤 계기를 통해서 기억이 되살아날 수도 있다. 지금까지 테트라 아낙스의 추적망을 용케도 피한 릴리쓰의 행적을 볼 때 이런 곳에서 그런 머저리 같은 실수를 하지는 않으리라.

그런 기억의 닫힌 부분을 열기 위해서는 좀 더 다른 수단을 필요로 했다. 이제부터야말로 최면술사가 아닌 마법사의 영역인 것이다.

"정신 감응 잘해봐라."

마법사들은 바레이에게 뒤를 떠맡겼다. 바레이는 자신의 품에서 독고저(獨孤杵)를 꺼내어 쥐었다.

"이 자식들, 꼭 이런 위험한 건 나에게 시키는군."

그는 독고저를 바닥에 꽂고는 금줄을 꺼내어 결계를 만들었다. 정신 봉인의 경우 이따금 감응을 통해서 그 속을 엿보려는 자들을 제압하기 위한 강력한 함정이 설치되어 있는 경우가 있다. 함정에 걸리게 되면 정신을 엿보려고 했던 자는 폐인이 되어버린다. 그러한 일을 막기 위해서는 힘을 분산시키는 안전장치가 필요하다.

"끄으으으윽!"

그때 서린이 갑자기 몸부림치기 시작했다. 그는 팔을 꿰매놓은 줄 따위는 아랑곳하지 않고 양팔을 사정없이 당겼다. 우드득 피부가 찢어지면서 피가 튀었다. 하지만 그것도 한순간, 순식간에 상처가 아물면서 수화가 시작되었다.

"크르르르르르!"

수화된 서린은 즉시 손톱을 앞세워 바레이를 향해 달려들었다. 깜짝 놀란 바레이가 독고저를 쥐었지만 인간인 바레이가 늑대 인간을 당할 수 있을 리가 없다.

"이 자식이!"

랜스 베르나르도와 로이스 베르나르도 형제는 권총을 연사해 서린을 쏘았다. 하지만 서린은 아랑곳하지 않고 바레이의 목을 향해 손톱을 휘둘렀다. 맞기만 하면 머리가 통째로 몸에서 분리될 판이다.

쉭.

하지만 이게 웬일인가. 바레이는 자취를 감추고 대신 그 자리에 조반니가 나타났다. 놀랍게도 그는 공간 전이술을 이용, 바레이와 자신의 위치를 바꿔 버린 것이다.

"본색을 드러내셨나, 꼬마! 이 라운드로군!"

조반니는 단순 무식하게 휘둘러대기만 하는 서린의 손톱을 피하고 카운터로 주먹을 서린의 얼굴에 꽂아 넣었다. 휘둘러치는 롱 훅에 이어서 이번엔 왼손 쇼트 어퍼컷, 그리고 스텝을 스위칭하면서 앞으로 내던지듯 꽂는 스트레이트를 연달아 서린의 머리에 적중시켰다.

모두 다 콘크리트조차 박살 내는 흡혈귀의 강타다. 하지만 서린은 그런 공격을 두들겨 맞고도 뒤로 텀블링하면서 착지할 뿐, 별다른 타격을 입지 않은 듯했다.

"크르르르르르르!"

서린은 양탄자에 손톱을 박아 넣고 으르렁거리며 다시금 조반니에게 뛰어들었다. 그런데 그때 조반니가 테이블 위에 놓인 위스키용 얼음 상자에서 얼음을 한 줌 집어 들었다.

쉬쉬쉭!

순간적인 텔레포트. 그 순간 서린의 안구 중 하나가 갑자기 안에서 튀어나온 얼음에 의해 파괴되었다.

"웃샤!"

조반니는 그 순간을 놓치지 않았다. 평상시라면 도저히 안 맞을, 마치 야구 선수가 전신의 힘을 짜내 공을 던지는 것처럼 호쾌한 모션의 강타가 공기를 가르며 서린에게 날아들었다.

빠악!

서린의 턱뼈와 조반니의 주먹 뼈가 동시에 으스러지며 선혈이 튀었다.

"와악!"

티토는 자신을 향해 굴러오는 서린을 피해 옆으로 몸을 날렸다. 거대화된 이 늑대 인간은 뒹굴뒹굴 구르면서 값비싼 낸시 콜잔 브랜드의 소파를 박살 내고 바닥에 나가떨어졌다.

"이런이런… 이거 수리비가 만만치 않겠는걸."

조반니는 부서진 주먹 뼈를 맞추며 투덜거렸다. 하지만 이것으로 승부는 확실해졌다. 라이칸스로프로서 수화해 봤자 지금의 서린은 절대로 조반니의 적이 될 수 없다. 만월이 되더라도 그것은 큰 차이가 없으리라. 이미 압도적인 실력 차가 나니까.

"자아, 그러면 작업을 마무리해 주시오. 이번에는 확실히 할 테니까."

조반니가 턱으로 가리키자 이번에는 베르나르도 형제가 사슬톱을 가져왔다. 벌목용 사슬톱에 시동을 넣은 그들은 서린의 팔다리를 톱으로 잘랐다.

위이이이잉!

이미 완전히 기절한 서린은 톱으로 팔다리를 자를 때마다 비명 대신 몸을 흔들었다. 살과 뼈가 갈리고 피가 튀는 소리가 요란하게 울려 퍼졌다.

"…으엑."

아무리 비위 좋은 마법사들이라지만 그런 모습을 보고 견딜 수는 없는지 대부분이 고개를 돌렸다. 하지만 서린을 무력화시키기 위해서는 가장 좋은 방법이기도 했다. 베르나르도 형제는 그렇게 서린의 사지를 잘라 버리고 케블라 밴드를 이용해 팔다리가 다시 붙지 않도록 서린의 몸통을 둘러쌌다.

"진작 이렇게 했어야 하는 건데."

조반니는 잔인하게 웃으며 마법사들에게 손짓했다. 작업을 계속하라는 무언의 압력이었다.

"그, 그럼……."

바레이는 안색이 창백해져서 다시금 독고저를 잡았다.

세건은 극장 옆에 주차되어 있는 R—1을 발견하고 혀를 찼다. 이미 3회 정도는 상영이 되었을 텐데도 서린은 돌아오지 않았다. 그걸로 미루어 보아 확실히 이상이 생기긴 생긴 것 같았다.

"이 녀석, 대체 어떻게 된 게 늘 당하기만 하는 거야? 정말 하나부터 열까지 챙겨주지 않으면 안 되나?"

원래의 예상대로라면 서린도 슬슬 자기 앞가림 정도는 할 수 있어야 했다. 세건에 비해서 경험은 부족하지만 인간이었던 세건도 자신의 앞가림을 해왔는데 라이칸스로프인 서린이 제 앞가림을 못 한다는 건 말이 되지 않는다.

하지만 처음부터 상대가 조반니 반테로 같은 거물이라는 게 문제였다. 릴리쓰의 자손인 서린은 인간이던 세건과 달리 흡혈귀들의 관심을 한 몸에 받고 있었다. 잡아도 아무런 이득이 없는 인간이었던 세건과 달리 서린은 애초에 남들의 습격을 받을 운명이다. 그 점에서는 세건도 자신의 실수를 인정하지 않을 수 없었다.

"그렇다고는 하지만 이제 와서 내가 애 보기를 해야 하다니, 정말 한심하군."

테트라 아낙스에게 서린을 넘겨주지 않으려면 결과적으로 세건이 하나하나 서린의 앞가림을 해주지 않으면 안 된다. 원래부터 고독한 늑대였던 세건으로서는 정말 돌아버릴 일이었다.

그제야 세건은 자신의 스승, 송덕연의 관대함에 눈떴다. 미숙한 녀석을 하나하나 가르치면서 사람 만든다는 게 이렇게 짜증 나는 일이었다니.

"이제는 내 말을 좀 믿겠나?"

사준은 아무래도 삐쳐 있는지 계단에 앉아서 투덜거렸다. 그는 지금이라도 당장 호텔로 향할 것을 주장했지만 세건은 서린이 정말 납치되었는지를 확인해야겠다면서 끝끝내 이곳으로 온 것이다.

"이대로 밤이 되면 골치 아프다고. 흡혈귀들 상대로 밤이 되길 기다릴 거야? 아무리 그래도 대낮에 싸우는 게 이득 아닌가? 설마 조반니 반테로 따위는 그냥 상대해도 이길 수 있다고 자신하는 건 아니겠지?"

"다 네놈의 신뢰도가 낮은 탓이지. 내가 너의 뭘 믿고 적진 한가운데로 당장 달려가지 않으면 안 된다는 거지?"

그러자 사준은 갑자기 지갑에서 신용카드를 꺼냈다.

"신용 사회란 말야. 이런 플라스틱 카드 한 장을 믿고 고가의 상품을 제공하기도 하는 거야. 그렇기 때문에……."

"신용 불량자가 넘쳐 나지."

세건은 사준의 말을 잘랐다. 어찌 되었거나 이로써 서린이 납치되었다는 것은 기정사실이 되었다. 사준은 세건에게 기어코 생색을 내야겠는지 으스댔다. 아무래도 이놈은 유치한 면에 있어서는 딱 제 형을 닮았다.

"어때, 이제 조금은 고맙다는 생각이 드나?"

"조반니 반테로에게 협력하던 놈에게? 웃기는군. 따져 보면 마법사 놈들도 그렇고 흡혈귀 놈들도 그렇고 네놈 소행이 아닌가?"

"하여튼 남 탓은. 그러니까 이 나라가 통일을 못 했지."

사준은 투덜거리며 주차장 사이를 걷다가 문득 길가에 쓰러져 있는 청년을 발견했다. 야구 모자를 눌러쓴 채 숨을 가쁘게 몰아쉬고 있는 그를 발견한 사준은 깜짝 놀라서 다가갔다.

"어이, 정신 차려. 무슨 일이야?"

"으으윽……."

세건은 혹시 서린인가 하고 다가가 보았지만 그는 서린이 아니었다. 하지만 왠지 얼굴이 눈에 익었다.

"도와주세요. 얼른 경찰에 신고를 해야 해요. 으윽."

"엥? 무슨 일인데?"

도둑놈이 제 발 저린다고, 경찰이란 소리가 나오자 사준과 세건 모두가 움찔 놀랐다. 그러나 그는 이들의 미묘한 반응을 눈치채지 못했는지 자신의 이야기를 계속했다.

"친구가 외국인들에게 납치당했어요."

"외국인? 무슨 헛소리지?"

세건은 알면서도 짐짓 딴청을 피웠다. 흡혈귀나 마법사나 다들 외국계가 많아서 모르는 사람들이 보면 무슨 외국인 인신매매단쯤으로 보이게 마련이다.

"윽……."

아마도 갈비뼈가 부러졌는지 그는 가슴을 움켜쥐었다. 세건은 그를 내려다보고 고개를 절레절레 저었다. 하필이면 목격자를 만들다니, 정말 운이 없어도 이렇게 없을 수가 없다.

세건은 아직 암시만으로 사람의 기억을 흐리게 만드는 등의 능력이 없었기에 입을 막기 위해서는 죽여 버릴 수밖에 없다. 과연 이 녀석이 어디까지 봤을까? 물론 괜히 쓸데없는 이야기는 해봤자 미친놈 취급만 받을 테니까 굳이 손을 쓸 필요는 없다.

이놈이 서린의 친구만 아니라면……. 하지만 친구나 아는 사람에게 정체를 들키면 이야기가 다르다.

"경찰에게는 알려봤자 소용없어. 여기서부터는 네가 관여할 영역이 아니다. 당장 병원에 가서 치료나 받는 게 좋아."

"…아, 당신은?"

"시끄러워. 더 이상 할 말은 없다. 알겠어? 오래 살고 싶으면 집에 가서 몸조리나 잘해."

세건은 그를 내버려 두고 사준의 차로 돌아갔다. 덕분에 확실히 서린이 납치되었다는 것은 알 수 있었다. 사준의 정보가 어느 정도 신뢰성이 있다는 것도…….

"이제야 내 말을 믿어주시나?"

사준은 뭐가 좋은지 실눈으로 실실 웃으면서 세건에게 물어보았다.

"닥쳐, 배알도 없는 놈. 어떻게 형을 죽인 놈에게 제대로 된 정보를 줄 수 있지?"

"뭔가 굉장히 엉뚱한 불만을 품고 있는 것 같은데?"

그는 자동차에 시동을 걸며 투덜거렸다.

6

서린은 고열과 환각에 시달리고 있었다. 팔과 다리를 잘리고, 약물을 투여받은 그는 자신의 정신에 직접 속삭이는 목소리를 따라서 옛 기억을 헤맸다.

"빨리 좀 해봐."

해가 떨어지면서 마법사들은 불안에 떨었다. 오늘은 만월이 떠오르는 날. 만월 아래에서 라이칸스로프는 거의 무적의 힘을 가지게 된다. 물론 밤은 흡혈귀의 시간이기도 하다.

조반니의 서린에 대한 우세를 볼 때 아무리 만월이라 해도 서린은 상대가 되지 않을 것이다. 그러나 마법사들로서는 귀중한 정보를 얻어낼 기회를 놓치게 된다. 약물로 서린을 좌우할 수 있는 것은 해가 떨어지기 전이다.

쉬이이익!

그때 갑자기 서린으로부터 빛이 발해졌다. 예상대로 그의 정신에는 강력한 항마 봉인이 되어 있어서 그 정신으로 직접 말을 걸 경우 정신 자체를 붕괴시키게 되어 있었다.

하지만 바레이가 쳐놓은 금강구계진(金剛九界陳)에 의해서 항마 봉인의 힘이 흩어짐으로써 바레이는 그 함정으로부터 무사할 수 있었다. 섬광이 결계를 따라 흐르며 바레이의 몸을 둥글게 감쌌다.

"휴우! 이제 겨우 봉인을 해제했군."

바레이는 식은땀을 흘리며 조심스럽게 정신을 집중했다. 이중이나 삼중으로 봉인이 설치되어 있을 가능성도 있기 때문이었다. 하지만 서린에게 걸린 봉인은 그게 처음이자 마지막이었던 것 같았다. 바레이는 정신을 집중한 채로 넋이 나간 서린에게 물어보았다.

"네 이름은 뭐지?"

"서린……."

"그 전에는 뭐라고 불렀지?"

"이사카 베르게네프… 롯시니 베르게네프."

서린은 아무런 저항 없이 자신의 아명을 말했다. 어린 시절을 러시아에서 보낸 그는 역시 다른 이름을 가지고 있었다. 그것을 시작으로 바레이는 최면 퇴행을 시작했다.

"그러면 베르게네프, 지금 너는 어디에 있지?"

"…모르겠어."

"주위를 둘러봐도 모르겠어?"

"으응, 온통 눈……. 그리고 검은 숲이야."

서린은 정말 어린아이처럼 그렇게 말했다. 맥켄리가 한국어를 약간이나마 할 수 있어서 그걸 통역해 주었다.

"혹시 주위 사람들은 뭐라고 하는데?"

"이르쿠츠크……."

이르쿠츠크라면 시베리아 한복판이나 다름없다. 아이를 키우기에는 별로 좋은 곳이 아니지만 사업에 관심이 많은 사람들은 자주 가는 곳이다. 사업차 이르쿠츠크로 떠난 서린의 아버지가 릴리쓰와 만나서 관계를 가졌다면 있을 법한 이야기이다.

"네 아버지는 누구지, 베르게네프?"

"아직은 없어."

"그럼 어머니는?"

"…내 어머니는……."

그 순간 갑자기 서린의 몸이 덜컥 흔들리기 시작했다. 목과 머리는 가만히 있는데 마치 몸이 반란을 일으킨 것처럼 스스로 덜그럭거린다. 케블라로 만들어진 밴드가 투두둑 뜯어지는 걸로 보아 보통 힘으로 이러는 게 아닌 것 같다.

"젠장, 뭐야?"

"함정에 걸린 건가?"

마법사들은 갑자기 발악하는 서린을 보고 깜짝 놀라서 물러났다. 라이칸스로프가 무심결에 팔만 휘둘러도 사람은 죽는다. 하물며 지금은 만월, 이때는 주의해야 했다.

"역시 저항이 심하군! 완전히 지워져 있어서 그런가!"

바레이는 이를 악물고 정신을 집중했다. 그러나 그때 유리창이 깨지고 아직 다 지지 않은 붉은 태양이 실내로 일광을 뿌렸다.

"큭!"

조반니와 베르나르도 형제는 깜짝 놀라서 그늘 쪽으로 몸을 피신했다. 비싼 돈을 주고 단 패널형 블라인드가 깨지고 총탄이 안으로 들어왔다.

"미친 새끼……."

맞은편 빌딩 위에는 검은 레이싱 슈트의 청년이 USAS—12를 들고 이쪽을 바라보고 있었다. 흑표범을 연상시키는 날렵한 근육질의 몸매에 트레이드마크라고 할 수 있는 녹색 블리치의 머리칼, 그리고 쏠 테면 쏘라는 듯 서서 총을 겨누고 있는 오만방자한 모습. 그 모든 것이 저자가 한세건임을 알려주었다.

"저 자식이!"

그때 조반니가 일어났다. 그는 금도금된 50구경 매그넘 리볼버를 양손에 쥐고 씨익 웃었다.

"이런, 이런. 꽤 급한 손님인 것 같군."

베르나르도 형제도 선글라스를 쓰고 창백한 긴 머리칼을 늘어뜨렸다. 이들은 아직 해가 떨어지기 전임에도 불구하고 본격적으로 싸우려는 것 같았다.

"당신들 미쳤어?"

태양에 노출된 흡혈귀들은 급격하게 힘을 잃게 되고 결국은 죽는다. 흡혈인자는 일광에 의해서 급속히 파괴되며 엄청난 고열을 내는데 이 고통은 정말 이루 말할 수 없는 것이라고 한다. 하지만 조반니는 대수롭지 않다는 듯 마법사들에게 외쳤다.

"당신들은 어서 빨리 정보나 캐내시오. 그동안 저놈은 내가 맡을 테니까."

조반니는 그리 말하며 호박색의 안경테를 가진 큼지막한 선글라스를 쓰고는 시가를 입에 물었다. 그는 그렇게 시가를 입에 물고 손가락을 햇살 쪽으로 향했다.

화르르륵!

손가락의 피부가 타면서 불이 일어나자 그는 그것을 시가에 대고 담배를 빨아 불을 붙였다. 그는 손가락을 옷에 휘휘 비벼서 불을 끄고 맛나게도 담배를 빨았다.

사준은 호텔까지 세건을 안내하고 거기서부터는 스스로 하라며 떠나 버렸다. 하긴 자신의 의뢰주였던 조반니를 팔아먹은 셈이니 이 이상 세건과 협력하진 못할 것이다.

세건은 사준을 보내준 뒤 근처의 빌딩으로 가 오토바이를 타고 계단을 올라갔다. 고층 건물일수록 비상계단은 잘 쓰지 않아서 세건은 수월하게 건물 옥상 위로 올라올 수 있었다.

조반니가 머물고 있는 룸이 어디인지는 몰랐지만 일단 올라와서 호텔을 살피자 일목요연했다. 빛이 전혀 들어오지 않는 패널식 블라인드가 굳게 닫혀 있는 룸이 아니고 어디겠는가?

"…별일이 없어야 할 텐데."

세건은 드럼식 탄창에 슬러그탄을 끼우고 USAS를 장전했다. 그러고는 즉시 쏘아서 블라인드를 박살 내버렸다.

"역시……."

블라인드와 유리창이 산산조각 나며 드러난 호텔의 룸 안쪽에는 피투성이가 된 서린이 멍한 눈으로 바닥에 쓰러져 있었다. 그의 주위에 있던 마법사들과 흡혈귀들이 놀란 토끼 눈을 하고 이쪽을 바라보았다. 하지만 세건이 서 있는 위치는 일광을 감수하지 않으면 저쪽에서 응사할 수 없는 곳이다.

"그러면 가볼까."

세건은 옥상 위에 세워둔 바이크 위에 올라탄 뒤 요란하게 시동을 걸었다. 그는 브레이크를 잡은 채 액셀러레이터를 당기면서 기어를 저단으로 바꾸었다. 그와 동시에 브레이크를 놓자 옥상 면에 타이어 타는 냄새가 요란하게 풍기며 오토바이가 질주했다.

세건은 그대로 반대편 벽으로 달려가는 것과 동시에 파워 슬라이드로 돌아서 아슬아슬하게 유턴했다.

부아아아앙!

갑자기 오토바이 엔진음이 울려 퍼지자 마법사들은 설마 하고 맞은편의 빌딩을 올려다보았다. 세상에 어떤 미친놈이 빌딩과 빌딩 사이를 오토바이로 날아온단 말인가?

하지만 그때 건물 너머로 사라졌던 세건이 다시 그들의 눈에 들어왔다. 설마 했지만 그는 정말로 오토바이를 이용해 호텔을 향해 날아들었다. 얼추 재봐도 약 30미터는 떨어진 거리를 세건은 계단 출구인 승강구의 경사면을 이용해서 도약, 그대로 날아온 것이다.

"이런."

반테로는 기다렸다는 듯 일광 아래로 나오는 것과 동시에 골드 리볼버를 쥐고 세건을 향해 총알을 퍼부었다. 세건 역시 오토바이 위에서 USAS—12를 들고 슬러그탄을 마구 쏘아댔다. 하지만 조반니는 전혀 피하지 않고 그 총탄을 전부 몸으로 받았다.

퍼억!

조반니의 거구가 흔들리더니 주춤주춤 뒤로 물러났다. 슬러그탄을 이렇게 몸으로 받아내다니, 상식 이상의 터프함이다. 그런 조반니를 덮치기라도 하듯 세건과 오토바이가 뒤따라 날아들었다.

챙그랑!

얼마 남지 않던 유리창이 산산조각으로 깨지고 오토바이가 호텔 플로어에 멋지게 착지했다. 세건은 뒷바퀴가 호텔 플로어에 착지하는 것과 동시에 옆으로 쓰러지며 오토바이를 미끄러뜨려 조반니에게 오토바이를 날리다시피 했다.

사실 조반니의 총격도 허사가 아니라서 이미 연료통에 불이 붙어 있는 상태라 이 오토바이는 언제 폭발할지 몰랐다.

끼기기긱!

방금 전까지 무시무시한 속도로 허공을 날아오던 오토바이는 서스펜션의 탄력을 이용해 플로어에 닿는 순간 종으로 회전하며 조반니를 향해 돌진했다.

"Oh shit!"

조반니는 즉시 공간 이동을 펼쳐 오토바이를 피했다. 그러자 뒤에서 멍청히 서 있던 티토가 세건의 오토바이에 충돌, 앞으로 홱 굴렀다.

"으아아악!"

단 한 번의 충돌로 두 다리가 모조리 다 부러졌다. 티토는 비명을 지르며 앞으로 고꾸라졌다. 그래도 오토바이에 깔려서 딸려 가지 않은 것만도 천만다행이다. 오토바이는 호텔 벽면에 충돌해 벽을 뚫고 복도로 튀어 나갔다.

만약 저 오토바이에 끌려갔으면 벽과 오토바이 사이에 끼어서 그대로 즉사했을 것이다.

"젠장, 안 되겠군. 여기서 정신 집중할 수 있으면 바로 열반에 들어 해탈해 버리겠다. 나는 붓다가 되고 싶진 않다고."

바레이는 독고저를 품에 챙기고 일어났다. 이 상황에서는 도저히 암시 등을 이용해 정보를 빼낼 수 없다. 조용한 곳에서 공들여 가면서 세공해도 모자랄 판에 이런 전쟁 통이 되어서야…….

탕탕탕…….

베르나르도 형제는 양손에 베레타를 들고 세건을 향해 총격을 벌였다. 하지만 한세건은 능숙한 솜씨로 소파 뒤로 들어가 소파 너머로 도폭선을 날려 곡사 공격을 감행했다.

베르나르도 형제는 대칭적으로 좌우로 갈라져 도폭선을 피해냈다. 그때 소파 뒤에 숨어 있던 세건이 일어나며 USAS—12로 슬러그탄을 연달아 쏘았다.

퍽퍽!

샷건으로 쏘는 게 맞나 싶을 만큼 정확한 사격이었다. 베르나르도 형제 중 랜스가 그 공격에 맞고 날아가 방문을 부수고 복도로 굴러떨어졌다. 하지만 그렇게 나가떨어진 랜스는 잠시 후 벌떡 일어나더니 성큼성큼 방 안으로 걸어 들어오며 쌍권총으로 불을 뿜었다. 확실히 이놈들은 지금까지 보아온 흡혈귀들과는 차원이 다른 존재였다.

"와우! 대단한데, 미스터 한!"

조반니는 이 상황에서도 신이 나서 공기를 텔레포트시켜서 세건을 노렸다. 육체 안에 강제로 공기를 주입당하면 그 위치에 따라서는 즉사할 수도 있다.

하지만 세건은 손으로 지면을 짚고 텀블링하면서 텔레포트 되는 공기를 피하는 한편 물구나무선 채로 한 손으로 USAS—12를 쏘는 트릭 샷을 펼쳤다.

인간이라면 권총으로도 하기 힘든 터무니없는 짓이지만 세건은 한 팔로 500킬로그램짜리 I빔도 받아내는 괴물이다. 어떤 상황에서, 어떤 총이라도 맞출 수 있도록 자신의 육체를 극한까지 단련한 인간 이상의 마물, 그가 펼치는 트릭 샷은 인간들의 저격보다도 더 정확했다.

총탄은 정확하게 로이스 베르나르도의 어깨를 맞혔다. 로이스 베르나르도의 몸이 뒤로 붕 뜨나 싶었는데 그놈은 허공에서 자세를 잡고 두 다리로 직접 지면을 밟고 미끄러질 뿐이었다.

대체 이놈들은 터미네이터라도 된단 말인가? 세건은 기가 막혀서 발로 침대를 차 뒤집었다.

“My Heart shakes like a machine gun… naive heartbeat shot it’s groove.”

그 순간 세건의 심장이 격렬하게 가속했다. 봉인되어 있던 심장이 고속으로 움직이면서 동시에 신경계도 가속된다. 주위의 시간이 느리게 흐르고 총성과 말소리 그 모든 것이 늘어진 테이프를 재생하는 것처럼 느리게 들렸다.

투칵!

조반니가 발사한 50구경 매그넘 탄이 세건의 발차기로 솟아오른 침대를 꿰뚫고 세건의 미간을 향해 날아들었다. 하지만 세건은 고개를 젖혀서 그 총탄을 피했다. 그리고 섬광 같은 솜씨로 양손에 글록을 쥐고 옆으로 몸을 날린 채 총알을 퍼부었다.

조반니는 깜짝 놀라서 양팔로 얼굴을 가리고 방어 자세를 취했으나 몇 발이 팔뚝 사이로 파고들어서 그의 미간에 명중했다.

휘리릭!

세건은 손도 짚지 않고 잘 장식된 스위트룸의 벽에 붙더니 팔짱을 끼고 내려섰다. 권총에서 탄창이 스스로 튀어 나가는 것과 동시에 다음 탄창이 자동으로 포치에서 빠져나와 밀려 들어간다. 세건이 양팔을 펼치자 덮개가 자동 전진하며 탄이 장전되었다.

스스스스스스슥!

세건을 중심으로 새카만 망령들이 형상화되었다. 그 모습을 본 순간 조반니는 아연실색했다.

그는 지금까지 자신이 진마들에 비해서 뒤떨어진다는 생각은 단 한 번도 한 적이 없었다. 사멸한 고대 흡혈종으로부터 샘플을 얻어내어 현대적인 유전공학 기술과 마학을 집결해 태어난 게 바로 그다.

지금까지의 흡혈귀와는 차원이 다른 새로운 종이라고 할 수 있는 그는 라이칸스로프들을 상대로 연전연승을 거두며 자신이야말로 새로운 진마임을 확신했다. 하지만 이 순간… 그는 한세건에게서 흘러나오는 살기에 압도당했다.

지금까지 단 한 번도 느낀 적 없는 공포감……. 그것이 너무나 짜릿해서 조반니는 웃음을 주체하지 못했다.

"크크크큭. 쓰으으읍, 대단한데. 미스터 서와 달리 한은 정말 평판 이상이야."

조반니는 부러진 선글라스를 버리고 이마에서 흐르는 피를 핥았다.

원래 인간이라는 것은 그동안 보던 것과 전혀 다른, 생소한 것을 보게 되면 당황하게 마련이다. 더구나 그 생소한 것과 목숨을 걸고 싸워야 하면 더더욱……. 하지만 세건은 전혀 당황하지 않았다. 그때 그들 위로 물줄기가 쏟아져 내렸다.

퍼엉!

티토를 치고 지나갔던 세건의 오토바이가 불타오르며 스프링클러가 작동했다. 이미 조반니의 골드 매그넘에 맞아서 박살나다시피 한 오토바이가 기어코 터져 버린 것이다.

랜스 베르나르도는 선글라스를 벗어 던지고 기관단총을 꺼내 들었다. 하지만 그 순간 세건이 총구를 그에게 향했다.

탕탕!

단 두 발에 정확하게 랜스의 양쪽 안구가 파열되어 버렸다. 깜짝 놀란 랜스는 자신의 얼굴을 팔로 막았지만 이미 자체 가속을 건 세건의 앞에서는 너무나 느려 터진 움직임이었다.

가속된 세건의 지각 능력은 너무나 빠르기 때문에 총이 블로우백되는 것을 눈으로 확인하고 방아쇠를 당겨야 할 정도였다.

탕탕탕!

총성이 울릴 때마다 바늘처럼 예리하게 급소마다 총탄이 박혔다. 방탄조끼로 보호되지 않는 목울대를 통해 목뼈를 부숴 버리고 방어하려고 든 팔의 팔꿈치 관절에 총탄을 꽂아 넣어 총알 한 발로 팔을 골절시킨다.

세건은 아예 여기서 적의 수를 줄이기로 작정했는지 도폭선을 풀어서 랜스에게 날렸다.

"이런 제기랄."

다급해진 조반니는 텔레포트를 이용해 랜스를 피신시켰다. 이러는 사이에 경찰들이 몰려오고 있었다. 역시 고급 호텔이라 그런지 경찰 출동이 너무 빠르다.

"안 되겠군. 우린 튀자."

바레이는 다리가 부러진 티토를 부축하고 동료들에게 말했다. 모두들 그 순간은 하나가 되어 재빨리 그 장소를 벗어났다. 고래 싸움에 새우 등 터진다고 이대로 있다가는 한세건과 흡혈귀들 싸움에 말려서 명줄이 끊어질 판이다.

하지만 엘리베이터도 이미 불통이 되어 있었다. 스프링클러가 작동한 덕분에 화재 경보가 발동, 비상등만 켜지고 엘리베이터는 이동하지 않는다.

"내려가야겠군."

마법사들은 아쉽다는 듯 복도를 바라보고 계단을 향해 달려갔다.

7

"야! 그만 자고 일어나."

한세건은 기둥을 등지고 바닥에 쓰러진 서린을 와이어로 묶어서 끌어 왔다. 서린은 사지가 절단된 채 케블라 밴드에 묶여 있었는데 아직도 쇼크 상태인지 몸을 덜컥덜컥 흔들고 있었다.

세건이 케블라 밴드를 풀자 기다렸다는 듯 서린의 잘린 팔다리가 바닥을 미끄러져 와 그 육신에 들러붙었다. 오늘이 만월이라 그런지 재생력이 매우 강해져 있었다.

하지만 서린은 깨어나지 못했다.

"이 자식들, 대체 무슨 짓을 했길래."

세건은 바닥의 유리 파편을 들어서 적들을 살펴보았다. 랜스 베르나르도와 로이스 베르나르도, 그리고 조반니도 슬슬 활력을 되찾아가고 있었다. 얼마 지나지 않으면 해가 완전히 떨어지고 밤이 된다. 지금도 저렇게 터프한 놈들인데 밤이 되면 어떻게 될까?

아까 전에 심장의 봉인을 풀었을 때 녀석을 없앴어야 했는데……. 놈들은 공간 이동을 사용해서 즉시 전선을 이탈했다가 다시 나타나는 방법으로 시간을 끌었다.

놈들도 세건에게는 겁을 집어먹었는지 전황이 고착 상태가 되어버린 것이다. 결국 세건은 심장을 재봉인하고 서린을 챙겨서 이탈하기로 마음먹었다. 항상 눈에 보이는 흡혈귀는 다 죽여왔던 세건으로서는 유례없는 일이었다.

애애애앵!

밑에서는 사이렌 소리가 요란하다. 세건이야 이미 버린 몸이라지만 여기서 서린까지 말려들게 할 수는 없었다. 이 녀석은 아직 사람이나 흡혈귀나 단 한 명도 죽이지 않은 몸이니까.

"…응?"

세건은 자신이 이상한 생각을 하고 있다는 것을 깨달았다. 사실 역으로 생각하면 서린을 자신과 마찬가지로 막가게 하는 게 더 낫다. 그렇게 되면 이 녀석도 눈에 불을 켜고 자신을 지키려고 할 테고 더 이상 세건이 하나하나 챙겨줄 필요도 없을 것이다.

입장이 절실해져 봐야 정신을 차린다……. 이것은 비단 인간에게만 적용되는 것이 아니다. 더 이상 돌아갈 길이 없어지면 서린은 월야의 주민으로서 훌륭하게 살아갈 것이다.

"아니, 아니지."

세건은 고개를 가로저었다. 비록 그렇다 하더라도 이 녀석을 월야의 주민으로 완전히 탈바꿈시켜서는 안 된다는 생각이 들었다.

세건과 이 녀석은 상황이 다르다. 세건은 그 자신이 원해서 덕연과 실베스테르에게 애원하다시피 해 헌터가 되었다.

스스로 모든 것을 버리고, 스스로 퇴로를 끊고, 자신의 살마저 잘라내면서 스스로 헌터가 된 그와, 가족들에게 피해를 끼치기 싫어서 이 세계로 온 서린과는 마음가짐에서부터 차이가 난다.

여기서 만약 서린에게 돌아갈 길이 없어진다면 어쩌면 이놈은 인간을 잡아먹는 괴물이 될지도 모른다. 그것만은 막아야 하지 않겠는가?

"적을 더 늘리고 싶지 않을 뿐이야. 결코 네놈이 예쁘다거나 그래서 봐주는 건 아니다."

세건은 그렇게 중얼거리고 일어났다. 어찌 되었든 밤이 되기 전에 조반니와 베르나르도 형제에게 한 방 먹여주지 않으면 서린을 데리고 달아나는 것은 불가능에 가깝다. 세건도 더 이상 서울을 불바다로 만들고 싶은 생각은 없으니까.

"그러면 슬슬 승부를 내볼까?"

세건은 벽의 기둥 밖으로 뛰쳐나왔다. 그 순간 베르나르도와 조반니의 총격이 재개되었다. 하지만 세건은 기둥 밖으로 뛰쳐나오는 페인트 모션을 취하면서 반대쪽으로 몸을 턴, 몸을 굴리면서 나오는 것과 동시에 비스트를 놈들에게 쏘았다.

"아니!"

아무리 터프한 놈들이라고 해도 비스트의 마탄을 맞고 멀쩡할 놈은 없었다.

"크아악!"

로이스 베르나르도가 비스트의 총탄에 스쳐 맞았다. 그것만으로도 그의 상반신의 20%가 통째로 날아가 버렸다. 랜스와 조반니는 엄폐물로 삼고 있던 기둥으로부터 뛰쳐나와 세건을 향해 다시금 총격을 가했다.

하지만 세건은 총알을 맞아 벌집이 된 테이블 옆으로 넘어지듯 몸을 날리는 것과 동시에 도폭선 와이어를 휘둘렀다. 지면에 산산조각 난 채 널려 있던 유리조각을 쓸듯이 와이어가 지나가자 유리 파편들이 일어나며 일광을 안쪽으로 반사했다.

"칵!"

흡혈귀들이 일광에 놀라서 주춤거리는 순간 세건은 일어나며 비스트를 쏘았다.

"정말 놀랍군!"

조반니는 다시금 공간 전이술을 펼쳐 그와 랜스를 아래층으로 피신시켰다. 저 공간 이동술만 없었다면 저놈들은 벌써 예전에 세건의 손에 죽었을 것이다.

"까다로운데……. 자인보다도 컨트롤이 더 뛰어나군."

세건은 이를 악물고 쓰러진 서린에게 다가가 케블라 밴드를 이용해 서린을 자신의 몸에 묶었다. 만월이라 서린이 발광이라도 했다가는 자칫하면 목을 물어뜯길 수 있지만 지금은 그런 걸 신경 쓸 때가 아니다.

"너, 나 물기만 해봐라! 그냥 놔두나!"

세건은 으름장을 놓으면서 서린을 몸에 묶었다. 호텔 아래를 내려다보니 이미 닭장차가 두 대나 몰려와 있고 경찰기동대가 출동했는지 기동 차량들도 보였다. 강남대로 쪽으로는 완전히 도로가 봉쇄되어 있는 데다가 몰려든 경찰들도 상당하다. 인간이라면 도저히 여기서 빠져나갈 수 없을 것이다.

"나 혼자라면 뛰어내려도 괜찮지만 이놈이 문제군."

세건은 기절한 서린을 매단 채 아래를 살펴보았다. 경찰들 한가운데로 뛰어내리면 서린의 인생은 종치게 된다. 그렇다고 멀리 도약하자니 서린을 매단 채로 그런 걸 할 수 있을지 의심스럽다.

그렇게 세건이 우물쭈물하는 사이에 경찰들이 계단을 따라 올라오는 소리가 들려왔다.

"…에라, 모르겠다."

세건은 테이블보를 들어서 서린을 둘둘 말아버렸다. 이렇게 하면 누가 봐도 서린을 알아볼 수는 없을 것이다. 세건은 그렇게 테이블보로 서린을 만 뒤 그것을 다시 케블라 밴드를 이용해 자신의 등에 맸다.

"그러면 가볼까!"

경찰들은 이번에야말로 한세건을 잡을 수 있을 거라고 확신했다. 물론 지금 호텔에서 난동을 부리고 있는 범인이 한세건이라는 증거는 아직 어디에도 없었다. 그러나 도시 한복판에서 이런 대형 사고를 치는 놈이 그놈밖에 더 있겠는가?

그래서 경찰들은 신속하게 출동, 이번에야말로 한세건을 잡아서 그간의 오명을 씻어내고자 했다. 하지만 퇴근 시간의 강남대로는 그야말로 지옥이었다.

"뭐 하는 거야? 경찰 헬기 띄워! 이번에도 놓치고 싶어?"

한세건 사건을 담당하고 있는 박 형사와 강 형사는 현장에 도착하자마자 상부에 경찰 헬기를 띄울 것을 요청했다. 하지만 상부는 미온적인 반응이었다. 비록 오토바이를 타고 호텔 외벽을 들이받은 미친놈이라지만 그놈이 한세건이라는 증거는 없다는 것이다. 게다가 아직까지 정확한 사상자는 나오지 않았다.

"…미친 쉐리들. 다 쓸어버려야 해."

박 형사는 투덜거리며 무전기를 내려놓았다. 그런데 그때였다.

갑자기 호텔 외벽의 창문이 깨지고 검은 레이싱 슈트의 남자가 웬 허연 포대 같은 걸 업고 호텔 밖으로 뛰어내린 것이다. 모두들 깜짝 놀라서 비명을 질렀지만 그는 옆 건물의 옥상으로 손쉽게 뛰어내렸다.

"아?!"

그는 다시금 건물의 옥상과 옥상을 폴짝폴짝 뛰어서 꽉 막힌 도로에 발이 묶여 있는 경찰들을 비웃기라도 하듯 콘크리트 정글 너머로 사라져 버렸다. 경찰들은 모두들 닭 쫓던 개 지붕 쳐다보는 꼴로 고층 빌딩들을 올려다보았다.

"…저 새낀 무슨 스파이더맨인가?"

경찰관 한 명이 하늘을 올려다보며 바보 같은 소릴 중얼거렸다.

한세건은 서린을 매달고 한참을 달려서 겨우 경찰들의 포위망을 빠져나갈 수 있었다. 사람들 눈이라는 건 의외로 무서운 것이라 아무리 인식 장애술을 펼쳐도 그중 몇 명은 알아보게 마련이다. 그래서 세건은 사람들의 눈을 피해 블록과 블록을 뛰어다녀야 했다. 그렇게 얼마나 갔을까?

"으으윽."

세건의 등에 매달려 있던 서린이 꿈틀거리며 움직였다. 깜짝 놀란 한세건은 발을 헛디뎌서 5층 건물 높이에서 지상으로 추락하고 말았다.

콰당당!

"으엑, 젠장……."

세건은 바닥에 떨어져서 바동거렸다. 역시 조반니와의 싸움에서 멋대로 머신 건 하트를 사용한 것이 문제였다. 원래는 머신 건 하트를 사용해 단숨에 그들을 제압하려고 했었지만 공간 이동술을 가진 조반니는 일격 이탈에 특화된 놈이라고 할 수 있었다. 그래서 전황이 고착된 동안 괜히 세건의 몸만 좀먹은 것이다.

"그러고 보니까 아직 피도 안 뺐지."

세건은 그런 생각을 하고 있다가 문득, 뭔가가 다시금 등에서 버둥대는 것을 느꼈다. 그제야 세건은 자신이 떨어지면서 서린을 깔아뭉갰다는 것을 깨달았다.

"…이것은 엔터테인먼트입니다. 하지만 위험하지요. 절대로 집에서 흉내 내지 마세요."

세건은 프로레슬링에서 나오는 경고 문구를 따라 하며 즉시 케블라 밴드를 풀어서 서린을 풀어주었다. 상처를 입은 채 만월을 맞이한 라이칸스로프는 높은 확률로 강제 수화된다. 그리고 서린은 아직 수화된 상태에서 자신을 제어할 수 없었다. 즉 굉장히 높은 확률로, 서린이 세건에게 덤벼들 수 있었다. 일단 간격을 확보하지 않으면 위험하다.

"나 참, 돌아버리겠네."

세건은 심장을 움켜쥐고 숨을 헐떡였다. 조반니와의 싸움은 확실히 세건에게 부담을 주었다. 그런데 이제 와서 서린까지 덤벼들면……. 뭐, 서린의 경우는 조반니 등에 비하면 너무나 쉬운 상대이니 걱정은 되지 않는다.

하지만 그때 서린이 신음하더니 벌떡 일어났다.

"윽."

다행히 세건의 등에 매달린 채 지면에 떨어진 것은 그리 큰 부상이 아닌 것 같았다. 5층 높이에서 메다꽂았는데도 부활하다니, 역시 만월 아래의 라이칸스로프는 매우 강력해지는 것이다.

"일어났나? 다행이네, 수화하지 않아서."

"어라? 여기는 어디죠?"

서린은 의아하다는 듯 세건을 바라보았다. 골목 옆으로는 벌써부터 취한 사람들이 말 그대로 인파를 이루며 쓸려 가고 있었다.

"이제 정신이 들었나? 몸은 괜찮아?"

"아, 예."

서린은 세건을 의아하다는 듯 바라보았다. 평상시와 달리 꽤나 걱정하는 태도라서 그렇다. 언제나 자신의 손으로 서린을 반쯤 죽이던 세건이 이렇게 걱정하다니, 왠지 수상하다.

"뭔가 켕기는 거 있어요?"

"캥거루?"

세건은 딴청을 부렸다. 서린은 의심스러운 표정으로 몸을 일으켰지만 그 순간 전신이 욱신거렸다.

"으아아아아, 아파."

"음, 녀석들이 네 사지를 전기톱으로 갈라놨더라고. 아플 만도 하지."

"그, 그래요?"

서린은 세건의 말을 들으며 자신의 팔다리를 살펴보았다. 과연 절단되었던 흔적이 있었다. 서린은 끔찍한 기분이 들어서 몸서리를 쳤다.

"으으, 정말 너무한데요."

세건은 약간 찔리는지 헛기침을 하더니 질문을 던졌다.

"험, 험험, 그나저나 별일은 없었어? 녀석들이 약물을 투여한 것 같은데."

만약 테트라 아낙스 쪽에서 서린을 고문했다면 대체 어느 정도의 정보를 알아 갔을까? 세건은 그것을 알아둬야 했다. 그러지 않으면 애써서 서린을 확보하고 있음에도 불구하고 한발 뒤처질 뿐 아니라, 자칫하면 테트라 아낙스가 서린에게 흥미를 잃을 가능성도 있었다. 테트라 아낙스의 경우 서린 그 자체보다는 서린이 알고 있는 정보를 더 높이 칠 테니까.

"아, 그게……. 실은 뭔가가 떠오른 것 같기도 하고."

서린은 지끈거리는 머리를 짓눌렀다. 속에선 갑자기 열불이 뻗쳤다. 또다시 적에게 당해서 세건의 도움을 받다니, 자신의 한심함에 구역질이 날 정도다. 그래서 그는 혼미한 머릿속을 억지로 헤집어서 기억을 끌어냈다.

"뭔데?"

"이르쿠츠크요."

"이르쿠츠크? 흠, 어린 시절 기억이 조금 살아났나 보군. 하지만 이르쿠츠크가 얼마나 넓은지 알고 있어? 그리고 벌써 몇 년인데……. 릴리쓰가 그 자리에 남아 있을 리 만무하지."

세건은 냉정하게 정보를 파악했다. 이르쿠츠크에 릴리쓰가 있었다는 정보 정도로는 아무런 쓸모도 없다. 세건은 내심 안심했다. 아직 테트라 아낙스가 제대로 된 정보를 가져가진 못했으리라.

"역시 그렇지요?"

"그리고 다른 건……."

"이름 정도요."

서린은 쭈뼛거리며 이야기를 꺼냈다. 정보를 캐낼 때의 세건은 역시 무서웠다. 세건은 눈동자를 푸르게 불태우며 반문했다.

"이름?"

"예. 롯시니 베르게네프와 이사카 베르게네프라는 이름인데요. 둘 중 하나가 제 이름인 것 같아요."

"흠, 네 이름이라고? 성이 제대로 붙어 있는 걸 보면 정교회

교구 기록에 남아 있을지도……. 이르쿠츠크에는 교회가 얼마 없을 테니까 조사하는 데 그리 오랜 시간이 걸리진 않아. 설마 그것도 녀석들에게 말했나?"

"예."

"오, 맙소사. 아주 제대로 엿 먹었군."

세건은 입술을 깨물었다. 물론 그렇다 해서 바로 릴리쓰를 찾을 수는 없을 것이다. 서린 본인만이 알고 있는 숨겨진 정보와 기억은 아직도 많이 있다. 교구 기록만으로 릴리쓰를 찾을 수 있다면 마법사들도 흡혈귀들도 벌써 진작 그녀를 찾았으리라.

"좋아, 일단은 어떻게 해서든지 돌아가자. 이 레이싱 슈트는 못 입고 다니겠군. 경찰 검문에 걸릴 테니. 아르쥬나로 갈까?"

세건은 그리 말하고 레이싱 재킷을 벗어서 안의 장비들을 제거하고 쓰레기통에 던져 버렸다.

第7夜

Another Witch #1

1

TV에서는 리츠 칼튼 호텔 습격사건이 상세하게 나오고 있었다. 외국의 유망한 사업가인 조반니 반테로 씨가 의문의 무장괴한에게 습격당했으나 다행히 사상자는 없었다는 게 뉴스의 주요 골자였다. 세건은 토스트를 집어 들고 버터를 바르면서 TV를 바라보며 실소했다.

"…마약왕이 사업가? 대한민국도 참… 멋지군."

정말 몰라서 저렇게 말했을 수도 있고, 그게 아니면 무슨 뒷공작이 있을 수도 있었다. 어쨌거나 조반니 반테로가 선량한 피해자 운운하다니, 세건으로서는 속이 뒤집혀져 창자가 벌떡 일어설 일이었다.

"그나저나 알아는 봤어요?"

세건은 그의 마스터인 김성희에게 물어보았다. 그녀는 고개를 으쓱할 뿐이었다.

"러시아정교회가 디지털화되어 있는 줄 알아? 그렇게 쉽게 자료를 찾아내게? 게다가 이름 하나만 가지고 뭔가를 알아낸다는 건 불가능해."

"그건 그렇군요."

세건은 토스트를 입으로 가져가며 아직도 침대에 쓰러져 자고 있는 서린을 바라보았다. 역시 어젯밤에 나르다가 5층 빌딩에서 바닥으로 메다꽂은 게 좀 마음에 걸린다. 만월을 수화하지 않고 무사히 지나갔으니 망정이지 자칫 잘못했다면 다시 수화했을 것이다.

"그러면 녀석을 데리고 한번 이르쿠츠크로 가볼까나……."

"지금 여건에서는 좀 많이 무리 아니야?"

김성희는 헛기침을 하면서 그렇게 물어보았다. 세건에게는 아직도 많은 적이 있고 경찰들도 지금 눈에 불을 켜고 그를 잡으려고 하고 있는 중이다. 이 상황에서 무사히 빠져나가기란 정말 어려운 일이다.

"좀 잠잠해질 때까지 기다려야겠군요. 그사이에 이미 테트라아낙스 놈들은 먼저 가서 갖가지 함정을 깔아두고 기다리고 있을 텐데."

"어쨌거나 서린이 매우 중요한 카드긴 하구나. 다들 저렇게 난리인 걸 보면. 얼른 한 사람분의 헌터로 키워놓지 않으면 점점 관리하기 힘들어질 거야."

김성희는 요사이 세건이 걱정하고 있는 부분을 지적했다. 서린은 너무나 약하고 한심해서 이대로는 도저히 월야의 세계를 살아갈 수가 없었다. 그냥 헌터나 마법사에게도 당할 판국에 그를 노리고 있는 이들은 죄다 거물급이니 얼른 빨리 가르쳐서 적어도 옛날의 세건 정도로는 만들어놓아야 한다. 하지만 그것도 불가능하니 원…….

"그래요. 제가 가르치는 데는 소질이 없어서……."

세건은 말꼬리를 흐렸다. 하긴 실베스테르도 가르치는 데에는 소질이 없어서 덕연에게 세건의 교육을 위탁했었다. 게다가 그때 당시 세건의 열의에 비하면 서린은 목숨을 위협받고 있는 주제에도 무사태평이었다.

"후후후, 우리 세건이가 아주 임자를 제대로 만났구나."

"꽤나 기뻐하시는 것 같습니다?"

"그야 그렇지. 애물단지 하나 끌어안고 끙끙대는 꼴이 아주 보기 좋은걸? 그 전에는 너무 비인간적이었어, 너."

"…애물단지라면 이미 하나 끌어안고 있었는데요? 이걸로 둘이 된 거죠."

세건은 김성희를 바라보며 손가락을 빨았다. 즉 그에게는 김성희도 애물단지 중의 하나라 이 소리였다.

"그러면 앞으로 어떻게 할 거야? 러시아로 떠나는 배라도 잡아줄까?"

"아직 됐어요. 릴리쓰를 끌어낼 수 있으면 그것도 좋겠지만 그보다는 흡혈귀들이나 원 없이 박멸해 보죠. 경찰이 잠잠해질

동안은…….”

세건은 리모컨을 잡고 TV를 꺼버렸다. 조반니 반테로가 피해자네 뭐네 하는 것은 아무래도 감당하기 힘들었다.

“아무래도 사준이랑 만나봐야겠군요.”

“사준? 그 사혁 동생?”

“예, 녀석을 좀 볶아봐야 뭔가가 나오겠어요. 이 상황에서는 솔직히 좀… 버거워서.”

세건은 버겁다는 표현을 썼다. 진마사냥꾼이 된 이래, 세건은 항상 흡혈귀들을 학살해 왔지 이번처럼 대등하게 싸워본 적이 없었다. 그것은 자신의 구역으로 적을 끌어들였든, 그게 아니면 적진으로 세건이 쳐들어갔든 모두 다 매한가지였다.

오랜 세월 동안 위협적인 적이 없이 배만 불려온 흡혈귀들은 이빨 빠진 사자나 다름없었다. 그들에게는 증오가 부족했고 세건에게는 그게 있었다.

세건에게 부족한 것은 이빨과 발톱이었지만 그것도 흡혈귀화가 되는 과정에서 주어졌다. 그 덕분에 세건은 진마사냥꾼으로서 흡혈귀들을 확실히 사냥해 버리는 사냥꾼이 될 수 있었다.

하지만 조반니는 질적으로 다른 놈이었다. 테트라 아낙스가 라이칸스로프와 싸우기 위해, 그리고 그들 자신의 능력을 시험하기 위해 만들어낸 신세대 흡혈귀, 고대 혈족의 계승자는 애초에 투견으로 길러진 놈이다.

세건이 황야의 늑대로서 사자를 잡아먹고 살아야겠다고 다

짐한 괴물이라면 그놈은 호랑이 사냥을 위해 사냥꾼이 몇 대에 걸쳐 교배한 사냥개요, 투견이다. 저런 놈들이 조반니를 포함해 여섯이나 있다는 사실이 세건의 마음에 걸렸다.

"그러면 말 나온 김에 쇠뿔 당기듯 단숨에 뽑아버리죠. 가겠어요."

"서린은 어떻게 할까?"

"오늘은 자고 싶은 대로 자게 내버려 둬요. 아무래도 많이 피곤할 테니까. 이럴 때는 쉬는 것도 훈련이죠."

세건은 그 말을 남기고 밖으로 나갔다.

서린이 깨어났을 때는 벌써 정오가 다 되어 있었다. 서린은 기지개를 켜고 침대에서 일어나서 주위를 둘러보았다. 아무래도 그동안 자던 곳이 아니다. 벽에서는 바트 심슨이 스케이트보드를 타고 우후! 라고 외치고 베개는 아기 곰 푸가 배를 내밀고 드러누워 있었다.

왠지 아이 방 같은데 침대 사이즈는 성인용이다. 그 외에도 뭔가 수상한 느낌의 인테리어가 가득하다.

"…특이한 곳이네."

서린은 하품을 하고 TV를 켰다. 처음부터 연예 프로가 나왔는데 거기에는 젠의 리드싱어인 조성찬이 늑골 골절로 병원에 입원했다는 것이 나오고 있었다.

비디오자키인지 뭔지 하는 요상한 삐삐 머리의 여자가 들어오지 말라는 병원 관계자를 밀어내고 침대에 누워서 끙끙대는 조성찬을 찍기 위해 기어코 들어가는 장면이 TV를 통해 전국으로 방송되고 있었다.

"저런… 역시 남의 돈 따먹고 사는 게 보통 일이 아니구나."

서린은 성찬을 동정하며 채널을 돌렸다. 그래도 저렇게 살아있는 걸 보니 다행이다.

여하튼 빨리 조반니나 마법사들을 정리하지 않으면 계속 주위 사람들에게 피해를 주게 된다. 마법사들이 그의 여동생에게도 다시금 손을 댈지 몰랐다. 물론 그날 이후 여동생에 대한 정보는 세건이 가장 철통같이 관리하고 있었다. 도청 기록, 감시 카메라, 그 외에 각종 도구로 입수한 정보를 검토하면 영은이가 납치당한 뒤 최대 15분이면 그 사실을 알 수 있었다.

"으음, 샤워나 할까?"

서린은 일단 화장실로 향했다. 남의 집에서 허락 없이 샤워를 하는 것은 어지간히 뻔뻔하지 않고서는 할 수 있는 일이 아니지만 몸에서 피 냄새가 나는데 가만히 있는 것은 더더욱 뻔뻔한 일이다.

서린은 그렇게 샤워를 하려고 옷을 벗어놓다가 문득 찢어진 윗옷 주머니에서 삐져나온 편지 봉투를 발견했다. 그제야 그는 아버지의 편지에 생각이 미쳐서 편지 봉투를 뜯어보았다.

안에는 짤막한 편지와 뭔가의 나뭇잎을 코팅한 책갈피 같은 게 들어 있었다.

편지의 내용은 이러했다.

'사랑하는 나의 아들아. 이 못난 아비를 떠나면 외국에 보내고 걱정 많이 했을 거라 믿는다.

나는 지금 콜롬비아의 커피 농장에서 일하고 있단다. 사실 별것도 아닌데 여기서는 내가 군경험자라고 많은 대우를 해주는구나. 게다가 회계나 사무 일에도 적성을 보여서 그런지 이곳 노동자들과는 상당히 격차가 있는 월급을 준단다.

아직 시작은 힘들지만 이대로라면 좋은 결과가 있을 것 같아서 매우 기쁘다. 너도 혹시 커피를 마시게 되면 이 아버지가 지킨 농장에서 수확한 것일지도 모르니 염두에 두렴. 하하핫.

녀석, 공부는 잘하고 있겠지? 비록 네가 애들을 많이 때려서 공고에 가긴 했지만 이 아버지는 아들을 믿는다. 평상시도 열심히 공부하는 네 모습을 생각하니 이국 타향의 낯설음도 그리 어렵지 않구나.

참, 여기서 새로운 친구를 사귀게 되었단다. 중개업자인 박 사장이라는 사람인데 이 사람도 한국에 자식을 두고 왔다고 해서 이야기를 자주 나누곤 한다.

여기는 숙소에 이따금 도마뱀도 들어오고 하는 데다가 말라리아 모기가 심해서 항상 신경을 써야 한다고 한다. 다행히 농장에서는 항상 정기검진을 해서 별로 걱정할 건 아니구나.

여기 농장주는 이 일대에서 아주 평판이 높은 사람인데 조반니 반테로라고 한단다. 적지만 첫 월급은 네 통장으로 송금했다. 지금은 얼마 안 되지만 집세 내고 생활하는 데 보태 쓰고, 나중에 점점 월급이 오른다니까 기대하고 있으렴.

이대로라면 빚도 어느 정도는 갚을 수 있을 것 같다. 영은이랑 사이좋게 지내고 언젠가 꼭 우리 가족 다시 웃으면서 만나도록 하자.

추신 : 보낸 것은 친구가 준 부적이란다. 행복을 부르는 부적이라는데 나보다는 너에게 더 필요할 것 같구나.'

서린은 편지를 읽으면서 자꾸 눈물이 흐르는 것을 주체할 수 없었다. 하지만 그렇게 편지를 읽다가 농장주의 이름에 눈이 멈췄다.

"…설마?"

동명이인이겠지, 설마 이런 우연이 있을라고. 서린은 그렇게 생각하며 일단 넘겼다. 그러나 목에 무슨 복숭아 씨앗이라도 걸린 것처럼 속이 답답한 게 아닌가?

우연이니 뭐니 해도 생각해 보면 조반니 반테로는 마약왕이라고 불리는 인물이다. 마약왕이라고 불리려면 농장을 많이 소유해야겠지? 그러다 보면 자연히 도표가 그려진다.

이 정도 되면 이제 이것은 우연의 일치가 아니라 필연이다. 그렇게 생각한 서린은 얼른 샤워를 하고 옷을 갈아입은 뒤 아래층으로 내려가 보았다. 그곳에는 카운터를 보고 있는 김성희와 주방에서 일하는 아르바이트 학생이 서린을 바라보고 있었다.

"어머, 벌써 일어났니?"

"아, 저기, 김성희 씨?"

"누나라고 불러도 돼."

"아, 예. 누님. 저기 혹시 이거 뭔지 아세요?"

서린이 부적을 들이밀자 그녀는 그걸 보더니 깜짝 놀라는 게 아닌가? 그녀는 그걸 접어서 남들 눈에 보이지 않게 서린에게 건네주었다.

"어디서 구했니?"

"아버지가 편지로……."

"후우, 용케도 통과했구나. 이건 코카 잎이야."

"……."

그 순간 서린의 정신은 부도수표를 내고 대공황에 빠져들었다. 아니, 코카 잎을 부적이라고 줘? 물론 콜롬비아에서는 그게 일반적인지도 모르겠지만 이런 걸 선물로 줬다면 거기 사실 커피 농장이 아니라 마약 농장인 거 아닌가? 게다가 농장주가 조반니 반테로라니?

"…이거 참 장난이 아니군요."

서린은 부들부들 떨었다. 피해망상이긴 하지만 정말 이 순간은 운명이 자신을 괴롭히고 있는 게 아닐까 하는 생각이 들 정도였다. 자신이 릴리쓰의 자손이라는 게 이렇게 원망스러울 수가 없었다.

"어떻게 한다……. 아버지를 잘 부탁한다고 선물이라도 사 들고 찾아가야 하나."

정신적 공황이 극도로 달해서 이제는 아예 '사장님 댁에 뇌물 바쳐야겠어요' 모드가 되어버린 서린이었다. 그런 서린을 보고 김성희는 웃으면서 물어보았다.

"뭐, 중남미에서는 흔하니까. 너무 걱정하지 마."

"아니요, 사실은 그게 저……."

서린은 그리 말하며 아버지의 편지를 건네주었다. 잠시 후 김성희도 한숨을 푸욱 내쉬었다.

"…정말 기막힌 일이구나. 어쩌다가 이렇게 되었니?"

"저도 잘 모르겠어요. 아, 이럴 때가 아니군……."

서린은 가게 문밖으로 걸어 나갔다. 아무래도 이 일에 대해서는 닥터 강에게 따져야겠다.

"그러면 다녀오겠습니다!"

서린은 그 말을 남기고 밖으로 나갔다. 김성희는 서린을 말리려고 했지만 세건도 딱히 서린을 잡아두라고는 하지 않아서 그냥 내보내고 말았다.

2

병원은 여전히 파업 상태였다. 물론 일부 진료는 계속되고 있지만 닥터 강의 평상시 성격상 다른 의사가 한 명이라도 노는데 제 발로 나와서 병원 일을 할 리 만무했다. 어차피 놀아도 먹고사는 데 지장 없는 인간이라고 했겠다… 아쉬울 게 뭐 있겠는가?

그래서 서린은 처음으로 닥터 강의 집으로 향했다. 그 인간이 주소를 알려주긴 했지만 지금까지 단 한 번도 찾아가 본 적 없는 곳이었다. 처음에는 의외로 서울 밖, 김포와 인천 사이여서 이 인간이 왜 그러나 싶었는데… 오토바이를 타고 계속 달리다 보니 저 먼발치에서도 보이는 삐까번쩍 으리으리한 오피스텔이 있는 게 아닌가?

층수를 헤아려 보니, 어허… 이거 최상층이네? 서린이 깜짝 놀라 건물 외곽에서 그 모습을 바라보니 최상층은 무슨 호텔 스카이라운지처럼 전면 유리창으로 되어 있는데 그걸 펜트하우스라고 하던가?

절로 욕이 입에 붙었다. 의사가 아무리 돈을 많이 버는 '사(師)'자 붙는 직업이라고 하지만 이건 좀 아니다. 보통 의사들은 이런 곳에서 살지는 못할 것이다.

서린은 오피스텔 앞에 멈춰서 주저 없이 최상층으로 올라가는 엘리베이터 버튼을 눌렀다. 엘리베이터의 문이 열리자 그 앞에는 딸랑 문 한 짝이 있었는데 이는 이 한 층이 죄다 닥터 강의 소유라는 뜻이었다. 강의찬… 대체 이 인간은 뭐란 말인가?

서린은 불쾌한 표정으로 벨을 눌렀다. 그러자 안에서 닥터 강의 목소리가 들려왔다.

"문 열려 있어."

서린이 문을 열어보니 과연 열려 있었다. 이 인간은 대체 무슨 생각이지? 서린은 그렇게 투덜거리며 안으로 들어갔다. 안을 보니까 정말 축구는 무리지만 핸드볼 정도는 가능하지 않을까 싶은 엄청난 넓이의 거실이 펼쳐져 있었다. 강 박사는 그 한 구석에서 컵라면의 잔해들을 잔뜩 쌓아두고 게임기를 붙잡고 있었다.

"오, 너냐? 오래간만이네? 어서 와라."

"…지금 뭐 하시는 거예요?"

"피파. 재밌어. 해볼래?"

강 박사는 그렇게 말하면서 게임기의 컨트롤러에서 손도 떼지 않고 어깨를 으쓱해 보였다. 완전 폐인의 모습이다. 대체 이런 인간이 어떻게 의사가 될 수 있는 거지?

"아뇨."

서린은 고개를 도리도리 젓고 얼른 예의 코카 잎을 코팅한 것을 꺼냈다.

"이게 뭔지 잘 아시죠?"

"몰라. 원예엔 별 관심이 없어서."

"정말 몰라요?"

"진짜."

강 박사는 성의 없는 태도로 대답하면서 정지시켜 놨던 게임을 다시 시작했다. 그러자 서린은 이마에 핏줄을 세우며 그의 옆에 앉았다.

"정말… 손님이 왔는데 게임만 하는 법이 어딨어요?"

"내 방 꼴을 봐라. 그럼 뭐 대접해 주랴?"

"아니, 그건 아니고……. 할 이야기가 있다니까요?"

그러자 강의찬 박사는 고개를 절레절레 젓더니 다시 게임을 정지시키고 서린을 돌아보았다.

“제발 좀 살려주라. 왜 그런데?”

“제 아버지가 간 농장, 정확히 뭐 하는 곳이에요?”

“뭐긴? 아주 유용한 고부가가치 기호 식품을 생산하는 농장이지.”

“…커피를 말하는 거예요, 코카인을 말하는 거예요?”

“둘 다. 농장 지배인이 한국군 출신 하나 수배해 달라고 해서 보내줬는데 왜? 대접이 시원찮대?”

강 박사는 대체 뭐가 문제냐는 듯 서린을 흘겨보았다. 어째서 이런 말을 하면서도 서린이 뭘 문제 삼는 건지 모를 수 있을까? 서린은 기가 막혀서 발끈했다.

“마약 농장에 경호원으로 보내다니! 그게 말이나 돼요?”

“러시아에 용병으로 보내는 것보다는 낫잖아? 러시아는 진짜 실력이 있어야 한다고. 마피아가 들끓어서.”

“아아, 그래요?”

서린은 뻔뻔하게 대답하는 강 박사를 노려보며 할 말을 잃어버렸다. 강 박사는 게임기 조이패드를 잡고 어깨를 들썩거리며 다시 게임을 시작했다.

“게다가 거기는 마약왕 조반니 반테로의 구역이야. 조반니 반테로를 함부로 습격할 이는 없어. 진짜 위협은 농장 근로자들이지.”

“참 장하시군요. 대체 어떻게 그쪽하고 선이 닿을 수 있어요? 대한민국의 의사가?"

"유학 갔을 때 친구가 좀 있었거든."

"하아……."

서린은 머리를 벅벅 긁었다. 이런 엿 같은 경우는 살아오면서 처음 겪어본다. 불같이 화내고 싶지만 강 박사는 정말 태연스러워서 화낼 기분도 사라진다.

"그러면 정말 아무 생각 없이 그냥 보낸 거 맞죠?"

"그래. 왜? 무슨 일이 생겼어?"

"아니, 아무것도 아니에요."

서린은 그렇게 말하고 일어나다가 차곡차곡 포개져 있는 컵라면 용기에 충돌했다. 깜짝 놀란 서린이 즉시 움직여 컵라면 용기를 세웠다.

"…이제 결혼도 좀 하고 이런 거 말고 제대로 된 걸 드시죠? 집 안에서 핸드볼 경기를 할 수 있으면 뭐하나. 매일같이 컵라면 처먹고 살면서……."

서린은 기왕 내친김에 컵라면 용기들을 싱크대로 가져가 한 번 씻고 차곡차곡 포개놓은 뒤 쓰레기들을 정리했다. 콜라 페트병도 그 우악스러운 악력으로 잘게 찢어서 포개놓으니 부피가 팍 줄어든다.

서린은 걸레와 걸레봉도 찾아서 바닥 청소를 했다. 이러고 있는데도 집주인이라는 인간은 엉덩이를 들썩거리며 게임기 앞에 앉아 있다가 이렇게 말하는 것이었다.

"난 칼슘정제와 종합 영양제를 먹으니까 상관없어."

"그게 의사가 할 말이에요?"

"실용주의자의 할 말이지!"

"영양은 그렇다 치고 운동은요?"

"하루에 한 시간씩 스쿼시하고 검도를 하고 있지."

"어디서요?"

서린이 그리 중얼거리며 벽을 보니 벽에 공 자국이 선명하다. 핸드볼을 할 수 있는 집이니 어쩌니 했는데 정말로 집에서 스쿼시쯤은 하는 모양이었다. 서린은 유구무언… 갑자기 가슴 벅찬 감동을 느끼고 말았다.

"이런 십팔사략."

서린은 결국 쌓여 있는 빨래까지 세탁기에 넣고 돌렸다. 그러고는 여전히 게임을 하고 있는 강 박사에게 말했다.

"탈수까진 시켜놓고 갈 테니까 게임 끝나면 꼭 빨랫줄에 널어놔요. 세탁기 통이랑 같이 썩어버릴지도 모르니까."

"우리 집 세탁기는 항균 처리되어 있어서 괜찮아."

"퍽이나 그러시겠습니다."

서린은 투덜거리며 강 박사의 오피스텔을 빠져나왔다.

어쨌거나 강 박사의 태도를 보아하니 정말 모르는 것임에 분명했다. 강 박사는 워낙 뛰어난 거짓말쟁이라서 거짓말을 해도 전혀 긴장하거나 그런 기색이 없어서 서린의 후각이나 그런 것으로는 쉽게 알아낼 수가 없지만… 하는 짓거리를 보니 무슨 말이 필요하랴?

세건은 사준의 집 앞에 멈춰 섰다. 브로커의 집답게 큼지막한 낡은 창고를 개조해서 집으로 만든 곳이었는데, 그 앞에는 큼지막하게 개 조심이라는 팻말이 붙어 있었다.

"…응?"

세건은 개 조심 팻말 밑에 쓰인 깨알같이 작은 글씨에 집중했다. 거기에는 '선물 안 사 온 사람은 사절' 이라는 말이 적혀 있었다.

"어쭈?"

세건은 어처구니가 없어서 피식 웃었다. 하지만 그는 오토바이를 뒤로 돌려서 오던 길에 있던 대형 할인점으로 갔다. 그는 거기서 포대로 파는 개 사료를 사서 오토바이 뒤에 싣고 달려와 다시금 사준의 집 앞에 섰다. 그러고는 큰마음을 먹고 문을 벌컥 열었다.

그러자 곧 수십 마리 개가 각자 짖어대며 세건을 향해 달려들었다.

"아니?"

세건은 깜짝 놀랐다. 개가 정말 각 종류별로 다양한데 그 수가 40마리가 넘었다.

"아, 모두들 조용, 조용. 어라라. 세건 아냐? 무슨 일이냐?"

실눈의 사준은 히죽거리며 슬리퍼를 질질 끌고 나타났다. 세건은 일단 손에 들고 있던 개 사료 포대를 건네주었다.

"오오… 뭔가를 아는군, 자네. 고마워. 잘 쓸게."

"개가 좀 많군."

세건은 그렇게 중얼거리며 창고를 살펴보았다. 창고 앞에는 천막이 쳐져 있고 대나무 평상이 있었는데 그는 그 평상 위에 앉아서 컴퓨터를 두들기고 있었다.

"…열라 특이하군. 개털은 괜찮아?"

"완전 수냉식 컴퓨터라고. CPU, 비디오카드, 마더보드, 본체 할 것 없이 모두 다. 그러니까 개털이 문제 될 리 없지."

"그건 참 다행이군. 물은 뭐 쓰는데?"

"그냥 우물물 써."

"갈바닉 부식 안 일어나?"

"재킷을 갈아주면 되지. 까짓것 몇 푼 한다고."

세건은 신기하다는 듯 사준의 컴퓨터를 바라보았다. 그러자 사준이 히죽 웃으며 평상에 앉으라는 시늉을 했다. 세건은 그의 곁에 앉아서 자신에게 몰려드는 개들을 바라보았다.

"이놈들! 평상엔 올라오지 말라고 했지!"

사준이 개들에게 으르렁거리자 개들은 끙끙거리면서 세건에게 매달렸다. 세건은 아무 생각 없이 개들을 쓰다듬으며 사준을 바라보았다.

"내가 왜 왔는지 알겠어?"

"모르겠는데? 조반니 반테로에게서 서린은 빼앗았잖아?"

이 녀석, 역시 대부분의 정보는 알고 있는 모양이었다. 세건은 사준을 노려보다가 개들을 바라보았다. 다들 제각각인 개들은 여전히 세건 앞에서 꼬리를 살랑살랑 흔들며 앉아 있었다.

"녀석 꽤 세던데."

"똑같은 이야기를 하는군. 조반니 반테로는 너에게 맞은 게 아파서 돌아가시겠다고 엄살떨더라."

사준은 거리낌 없이, 마치 오랜 친구라도 되는 것처럼 세건의 말을 받아넘겼다. 세건은 기가 막혀서 피식 웃었다.

"거참, 아프면 그냥 돌아가 뒈져 버리지 생긴 것도 거북하게 생긴 게 왜 살겠다고 발버둥이야?"

"쯧, 생긴 것 갖고 너무 뭐라고 하지 마. 그도 그렇게 생기고 싶어서 생겼겠어? 게다가 보다 보면 귀여운 인상이라니까 그러네."

세건은 사준의 눈을 정면으로 바라보았다. 조반니가 귀여워 보여? 눈의 폭은 좁지만 귀여움에 대한 폭은 한없이 넓은 놈인가 보다.

"여하간 그래서?"

슬슬 본론으로 들어가자는 이야기 같아서 세건은 정색을 하고 말했다.

"녀석들의 움직임을 알아야겠어."

"오오, 이것 참……."

사준은 머리를 긁적이다가 세건을 돌아보았다.

"뭘 제시할 건데?"

너무나 원초적인 질문이라서 세건은 약간 당황했다.

"돈이면 어때?"

스스로 생각해도 바보 같은 소리다. 사준 이 녀석은 돈을 벌기 위해 일하고 있지만 결코 돈이 목적인 놈은 아니다. 사혁도 그러했듯이 이놈은 뭔가 더 큰 것을 바라고 있는 놈임에 분명하다.

과연 사준은 세건의 말에 한숨을 푹 내쉬었다.

"휴우, 못 말리겠군, 정말. 지금 그걸 말이라고 하는 건가? 마약왕을 적으로 돌리면서 돈을 주겠다고? 그건 별로 매력적이지 못한데. 하물며 테트라 아낙스도 그렇고. 이봐, 비스트. 진마사냥꾼이면 진마사냥꾼답게 뭔가 파격적인 걸 거 없어?"

"파격적인 거라면 뭐? 개밥?"

세건은 개들을 물러가게 하면서 물어보았다. 그러자 사준은 배를 붙잡고 웃었다.

"하하하하하핫. 그, 그것도 매우 매력적이긴 한데 말야. 뭐 이를테면 릴리쓰를 잡게 되면 나에게도 좀… 연구할 거리를 준다거나."

"굉장히 추상적인 보상이군. 그런 거에 만족할 수 있나?"

"아아, 좋잖아. 원하는 건 뭐든지 만들어내는 능력, 마법사라면 관심을 보이지 않을 수 없지. 테트라 아낙스를 만들어내는 마녀라니… 아하핫."

"……."

세건은 의외라는 듯 사준을 돌아보았다.

"마법사였나?"

"몰랐나? 이래 보여도 전통 있는 성당 기사단의 도제라고."

"가족들이 참 다들 한가락 하는 모양이군."

세건은 기가 막혀서 그를 바라보았다. 형은 도사에 동생은 마법사라. 대체 가정교육을 뭐로 받았길래 이런 형제가 될 수 있는 것일까? 세건은 문득 중얼거렸다.

"정말 가정교육을 판타지로 받았나 보군?"

"응? 뭐라고?"

"아니, 아무것도 아니야. 그러면, 릴리쓰의 연구를 할 기회를 준다는 것으로 타협을 보겠나?"

사실 세건에게 있어서 릴리쓰야 어찌 되어도 좋은, 결국 타도해야 할 적이다. 그리고 릴리쓰를 잡게 되면 그다음은 마법사들 차례다. 어둠의 세계를 완전히 없애 버리겠다고 맹세한 그에게 있어서 릴리쓰를 마법사들에게 넘겨준다는 건 별 의미가 없는 약속이기도 하다.

그런 약속 하나로 이놈은 자신의 목숨마저 위험한 이중 계약을 하겠다고 하는 것이다. 세건으로서는 도저히 이해가 가지 않지만 그에게는 김성희와 비슷한 면모가 있었다. 마법사로서 비의 연구를 너무 오래 하다 보면 찾아오는 광증일까?

가만히 있으면 중간은 갈 것을 괜히 쓸데없이 무모한 짓에 고개를 들이민다. 좋게 말하면 모험 정신, 실험 정신이고 나쁘게 말하면 철이 없는 것이다.

"오케이. 사실 나 같은 말단이야 이래저래 조직 안에서 놀아봐야 어디 릴리쓰 머리카락이라도 구경이나 하겠어? 그렇다고 흡혈귀들이랑 거래해 봐야 그놈들이 나 챙겨줄 것 같지도 않고. 이럴 때는 역시 로또 복권 사는 셈 치고 당신 같은 인간에게 거는 거지."

"……."

나의 신뢰도는 로또 복권 한 장 정도의 신뢰도란 말인가? 세건은 그리 생각하면서 피식 웃었다. 그런 것치고는 위험부담이 너무 크다. 조반니 반테로가 마약왕이 될 수 있었던 것은 그가 흡혈귀라는 것도 크게 작용했지만 코나 다스턴 일가를 해치울 때 손속에 정이 없었기 때문이었다. 그런 놈에게 잘못 걸리면 사준의 목숨이 남아날 리가 없다.

이러니저러니 해도 사준과는 신뢰로 얽히고 싶지 않았다. 그래도 처음 예상과 달리 너무나 독기 빠진 대화가 되어서 세건은 내심 실망했다.

"그런데 개를 좋아하나 보지? 개가 왜 이렇게 많아?"

세건은 북적거리는 개집을 바라보았다. 다 나무로 손수 만들었음에 분명하다. 손재주가 좀 있다 해도 저 정도 많은 걸 만들려면 이만저만 손이 많이 가는 게 아닐 텐데? 하지만 사준은 팔짱을 끼고 말했다.

"별로 좋아하지는 않는데."

"않는데?"

"요새 불황이라서 그런지 사람들이 키우던 개를 많이 버리더라고. 그래서 그런 놈들을 하나둘씩 끌어오다 보니까 이렇게 됐어."

"나중에 키워서 잡아먹게?"

"그렇지 않아도 개장사들이 나에게 팔라고 난리인데 말야."

사준은 그렇게 투덜거리다가 세건에게 말했다.

"그러면 정보는 메일로 공유하도록 하자고. 아, 혹시 점심 안 먹었나?"

"적지에 와서 음식에 입을 댈 만큼 바보는 아니야."

세건은 그렇게 말하고 일어나서 문밖으로 걸어 나갔다. 그러면서 문득 자갈 세 개를 들어서 집의 그늘진 곳을 향해 하나씩 던졌다.

"시대착오적인 놈들이랑 개나 잘 키우고 있어. 연락 기다리지."

세건은 그 말을 남기고 오토바이에 올라탔다. 그러자 그림자 속에서 검은 옷의 남녀 셋이 마치 유령처럼 나타났다. 방금 전까지는 육안으로 도저히 볼 수 없던 이들이 갑자기 나타난 것이다.

그들은 각각 강철로 주조한 육모곤을 쥐고 가면을 쓰고 있었는데 세건이 그들의 은신을 발견한 것을 매우 놀라워하는 눈치였다.

"역시… 소문 이상이군요."

그들은 세건에게 솔직히 감탄을 표했다. 그러자 사준은 미소를 지으며 평상 위에 벌러덩 드러누웠다.

"…이런. 역시 형님을 죽여 없앤 남자답군. 아무래도 저 친구는 그냥은 못 죽이겠지?"

그러자 곧 호시탐탐 기회를 노리던 개 한 마리가 펄떡 뛰어서 평상 위에 있는 사준에게 올라탄 뒤 마구 혀로 핥았다.

"우악… 하지 마, 인마. 야! 평상에 올라오지 말라고 몇 번이나 이야기해야……."

사준은 팔을 허우적거리며 개들을 겨우겨우 떼어냈다.

3

마법사들은 근처 공원에서 멍하니 다음 지시를 기다리고 있었다. 브라질리아에 있는 아이작 계파 마법사 길드에 연락을 넣은 게 어제, 그래서 수뇌부가 상황을 파악할 때까지 잠시 행동 대기 시간이 있었다.

"보나 마나 계속 접촉하라고 하겠지?"

티토는 홀쭉해진 얼굴로 투덜거렸다. 세건의 오토바이에 치여서 다리가 완전 작살난 그는 흡혈귀의 피로 다리를 재생시킬 수 있었다. 하지만 밤새 꼬박 앓아야 했다.

사실 그들은 한세건과는 도저히 얽히고 싶지 않았다.

조반니 반테로와 베르나르도 형제의 능력은 이미 일반적인 흡혈귀를 초월한 단계였다. 그러나 한세건은 그런 흡혈귀 셋을 상대로도 우월한 전투를 벌였다. 물론 해가 완전히 떨어지기 전이라 조반니 반테로 쪽에 핸디캡이 있었다고는 하지만 노 핸디캡 매치라고 했다 하더라도 크게 변한 건 없었으리라.

"아마도 귀환 같은 건 나오지 않겠지……. 그 영감들이 실무에 대해서 뭘 알겠어. 다들 자기가 젊었을 때는 잭 더 리퍼랑 맞짱을 떴느니 그런 헛소리나 해대지."

앤소니는 투덜거리며 아이스크림을 혀로 핥았다. 그러자 바레이가 물어보았다.

"롯시니 베르게네프에 이사카 베르게네프라……. 이사카가 혹시 아이작 아닌가? 이삭(Issac)?"

이삭이라면 바로 그들의 계파명과 일맥상통한다. 그러나 동료들은 다들 부정적이었다.

"야곱의 아버지? 아닐걸. 잘은 모르지만 아마 이자크일 거야."

"이사카는 일본인 이름 아냐?"

"이르쿠츠크에서 한국인인지 일본인인지 알 게 뭐겠어?"

"생각해 보니까 총 만드는 곳 같기도 하고."

"아니, 혹시 율리시즈에 나오는 지명 이름 아니던가?"

그들은 그렇게 의견을 나누고 다시 벤치에 앉아서 한숨을 내쉬었다. 또다시 한세건 같은 괴물과 충돌할 걸 생각하니 없던 위장병이 도질 지경이다.

사실 그들이 바라는 명령은 한국을 포기하고 바로 이르쿠츠크로 날아가 롯시니와 이사카 베르게네프란 이름으로 교구 기록을 뒤져 보라는 것이다. 동방정교회가 꽉 잡고 있는 러시아다 보니 이슬람교도가 아닌 이상 필연적으로 교회에 세례 등의 기록이 있을 것이다. 그러다 보면 대부나 그때 당시 신부를 통해서 어머니에 대한 것을 알 수 있지 않겠는가?

하지만 그다음은?

역시 서린 본인이 없어서는 이야기가 되지 않는다. 하다못해 좀 더 정보를 빼냈어야 한다. 그렇다면 상부에서는 그들을 이르쿠츠크로 보낼 리 없다. 목표는 여전히 서린의 확보……. 그러면 또 세건과 조반니 등의 괴물들과 함께해야 하는 것이다.

"아아… 테트라 아낙스는 벌써 러시아로 사람 파견했겠지?"

"젠장, 경마나 하러 갈까?"

경마라면 사족을 못 쓰는 티토가 벌떡 일어났다. 그러자 마법사들은 다들 하품을 하면서도 티토의 뒤를 따랐다. 그 모습은 영락없는 백수의 그것이었다.

해가 떨어지자 한세건은 다시 무기를 장비했다. 산화은 함량이 높은 세라믹스 나이프는 왼쪽 어깨에, 글록은 양쪽 다리에, 비스트는 등허리에, USAS—12를 들고 너클샷을 장착하는 것으로 세건의 일반 무장이 끝난다.

도폭선은 유폭을 방지하기 위해 마법을 걸어서 레이싱 재킷과 벨트 포치, 허리띠나 소매 등에 넣는데 가장 긴 것이 30미터 한 개, 나머지는 대개 9미터나 3미터짜리로 되어 있다.

이 일반 무장만 해도 이미 흡혈귀 100여 마리는 전멸시킬 수 있는 엄청난 무장이다. 그는 그렇게 무장을 하더니 TV를 켜놓고 책을 보고 있던 서린을 발로 걷어찼다. 서린은 자신이 깎은 파인애플을 포크로 찍어 먹으며 책을 보다가 갑작스런 세건의 발길질에 놀라 일어났다.

"일어나, 인마."

"아, 왜요? 또 순찰이에요?"

"아니. 이제 시비 걸러 간다. 너도 와."

세건은 서린에게 화를 냈다. 그러자 서린이 어깨를 으쓱해 보였다.

"엥?"

"네놈은 너무 약해. 솔직히 내가 인간일 때보다 더 약한 것 같다. 그래서야 계속 내가 네놈 뒷바라지를 해야 하잖아. 이게 대체 뭔 꼴이야?"

세건은 요즘 그것 때문에 스트레스를 많이 받고 있었다. 차라리 적이 귀찮게 하면 죽여 없애기라도 하지, 아군이 귀찮게 하는 데야 방법이 없었다. 하지만 서린은 태연하게 이리 말하는 게 아닌가?

"뭐긴 뭐예요, 완전히 임자 만난 거죠. 다 형의 업보가 불러온 결과……."

세건은 분을 참지 못하고 서린의 얼굴에 발차기를 넣으려 했지만 도중에 멈췄다. 아무래도 서린의 몸 상태는 그리 좋지 않았다. 괜히 장난 삼아서 쓸데없는 대미지를 입히면 정작 중요할 때 몸이 맛이 가버리는 경우가 있었다.

"아하하, 저는 어디까지나 훌륭한 생리학자들의 말을 인용해서 그대로 활동하고 있다고요. 운동으로 부하를 주면 그 부분에 휴식을 취해줘야 근육이 성장한다잖아요."

"네 신진대사가 남들보다 훨씬 빠르다는 건 염두에 안 두고 있지?"

세건은 서린을 노려보며 그리 물어보았다. 그러자 서린은 손뺵을 딱 쳤다.

"아하, 그렇구나."

세건은 한숨을 푹 내쉬었다. 이 녀석, 인간일 때는 가난 속에서 어떻게든 공부해서 인생 고쳐 보겠다고 열심히 살더니만 월야의 세계로 들어오니까 완전히 맛이 가버렸다. 어차피 막가는 인생 아예 막나가 버리자 하고 망가지는 인간들을 못 본 건 아니지만 이런 식으로 나가는 놈은 정말 보다 보다 처음 본다.

"너 그래서 인간으로 돌아갔을 때 행정고시나 제대로 치겠어?"

오죽하면 세건이 이런 헛소리까지 해야 하는가? 일단 서린은 행정고시를 칠 놈도 못 되고… 서린이 인간 생활로 돌아간다는 건 릴리쓰도 테트라 아낙스도 다 박살 나거나 아니면 서린이 테트라 아낙스처럼 확고부동한 자리를 차지해야 가능한 일이다.

그 전까지는 계속해서 서린을 노리는 놈들의 공격 때문에 일상생활이 불가능할 것이다.

"……."

서린도 그걸 알고 있지만 지적하지는 않았다. 세건은 서린을 질질 잡아끌었다.

"일단 환술 내성 훈련부터 해야겠다. 인간 마법사들 손에 농락당하는 일이 없도록. 따라와."

"아, 그건 좋죠. 저도 마법사들은 대비할 수 있어야지요. 그런데 대체 뭐에 시비를 걸려고 그래요?"

서린은 환술 대비 훈련이라고 하자 눈이 번쩍 뜨이는지 따라왔다. 사실 그동안 벌어진 어처구니없는 일들은 죄다 서린이 마법사들의 환술에 너무 쉽게 걸리면서 일어난 일이 대부분이다.

인적 없는 드문 곳으로 환술을 써서 유인해 낸다거나 암시를 걸어서 갑자기 영화관에 들어가게 만든다거나 한 뒤 공격하는 마법사들의 수법에 백발백중으로 걸려서야 도저히 미친 달의 세계에서 살아남을 수 없다.

"뭐긴 뭐야, 흡혈귀지. 인간에게 시비 걸어서 뭐하게."

"예? 흡혈귀요? 설마 조반니나 그런 놈은 아니겠죠? 그리고 흡혈귀들에게 시비 거는 게 왜 환술 대비에 도움이 되죠?"

"흡혈귀들은 기본적으로 약간의 환술을 쓰거든. 인간들을 현혹하는 미혹술이라고 해야 하나? 그런 이야기는 좀 알고 있겠지?"

세건은 한숨을 쉬며 그리 말했다. 그러자 서린은 눈을 빛내며 물어보았다.

"형도 할 수 있어요?"

"약간은."

"해보세요… 가 아니라 괜찮아요. 그냥 가죠."

서린은 왠지(?) 세건이 화가 나 있는 것 같아서 즉시 레이싱 슈트를 입었다. 서린의 경우는 무장이라고 해봐야 테크나인(Tec—9)이라는 기관단총 하나만을 주로 썼다.

세건이 흡혈귀들도 요새는 방탄복을 주로 입고 다니기 때문에 9㎜ 권총탄을 쓰는 테크나인은 별로 먹히지 않을 거라고 주의를 줘도 서린은 그것을 애용했다. 역시 마리아에게 받은 선물이라는 점 때문인 것 같았다. 그래서 세건은 혹시 몰라서 도청 장치나 발신기가 있는지 조사해 보았지만 그런 것은 없었다.

"미치겠네."

세건은 한숨을 푸욱 내쉬었다. 역시 실베스테르는 현명했다. 만약 실베스테르가 직접 세건을 가르쳤다면 지금의 세건이 그러하듯 스타일을 팍 구겼을 것이다.

세건과 서린은 오토바이를 타고 서울로 향했다. 서린은 커브에 너무 약해서 세건의 속도를 도저히 따라가지 못했기에 세건은 서린에 맞추어 속도를 낮춰야 했다.

그렇게 서울에 도착한 세건과 서린은 오토바이를 가까운 주차장에 세워놓고 밤의 서울로 뛰쳐나왔다.

"공원, 다리 밑, 하여튼 인적이 드물거나 뭔 짓을 해도 별로 놀라지 않을 곳. 그런 곳에서 녀석들이 사냥을 할 가능성이 높아. 알겠어? 일단 흡혈귀 색적부터 시작하자. 머릿속에는 항상, 내가 흡혈귀라면 어디서 어떻게 사냥할까를 염두에 둬! 그걸 알면 쉽게 찾을 수 있어."

세건은 그렇게 명해두고 공원 쪽으로 소리도 없이 달려갔다. 서린은 그런 세건을 보고 혀를 찼다. 그도 한세건이 어떻게 헌터가 되었는지는 주위 사람들에게 들어서 알고 있었다. 일 년 동안 자신이 인간이라는 것을 포기한 듯한 강훈련을 통해서 완전히 헌터로 다시 태어났다는 이야기라든가, 스스로를 마약에 중독시켜 가면서까지 흡혈귀를 살해하고자 하는 증오의 화신이라든가…….

하지만 그런 세건과 달리 서린에게는 확고한 동기가 없었다. 물론 자신을 노리는 적들이나 가족을 노리는 이들로부터 자신과 가족을 지키고 싶다.

그렇지만 그것은 복수에 비하면 너무나 나약한 동기다. 게다가 서린은 세건처럼 모든 것을 버리고 자신의 긍지와 의지만 남길 수는 없었다. 그에게는 이미 가족이 있으니까.

"…참, 형도 대단하다니까."

서린은 투덜거리며 주위를 둘러보았다. 자신이 흡혈귀라면 어디에서 습격할지 생각해 보라고 했지만 서린은 도저히 감을 잡을 수 없었다.

"그래도 사람이 적게 돌아다니는 곳이겠지?"

세건은 이런저런 생각을 하며 골목길 쪽으로 향했다. 그렇게 얼마나 걸어갔을까? 문득 누군가가 자신의 뒤를 따라온다는 느낌이 들어서 그는 즉시 앞으로 달려갔다.

"정말 형은 대체 무슨 생각인 거야."

생각해 보면 서린이야말로 적들에게 노려지는 표적이다. 그런 표적이 남을 사냥하겠다고 돌아다니다니 이 무슨 웃기는 일이란 말인가? 물론 세건의 성격상 그렇다고 서린을 계속 지켜주고 있기도 뭐하긴 하겠다.

세건에게 있어서는 라이칸스로프 역시 흡혈귀와 마찬가지로 증오해 마지않을 적이므로……. 아무리 릴리쓰와 관련된 귀중

한 존재라고 하지만 서린을 계속 지켜주는 것만으로도 스트레스가 팍팍 쌓이고 있는 것이다.

"…누구냐?"

서린은 골목으로 돌아서는 것과 동시에 품에서 테크나인을 뽑아 들었다. 그러자 곧 그의 머리 위에서 작은 소녀의 목소리가 들려왔다.

"어머, 이제는 제법 헌터티가 나네?"

"엥?"

깜짝 놀란 서린이 고개를 들어 보니 그곳에는 금발의 소녀가 새하얀 원피스를 입고 담벼락 위에 서 있었다. 어둠 속에서 밝게 빛나는 금발과 새하얀 원피스가 더할 나위 없이 신비한 느낌을 주었다.

그녀는 바로 진마 마리아. 댐드 원의 리더 메시아가 죽자 그 뒤를 계승한 그녀의 누이였다.

'이거 참, 형이 흡혈귀를 찾으라고 한 걸 생각하면… 분명히 찾은 것 같기는 한데…….'

찾았다기보다는 발견당했다고 하는 쪽이 더 어울린다는 게 문제다. 서린은 마리아를 올려다보며 물어보았다.

"무슨 일이야?"

"…서린!"

마리아는 갑자기 담벼락에서 뛰어내려 서린의 앞에 섰다. 그러자 그녀로부터 부드러운 향기가 물씬 풍겼다. 서린은 깜짝 놀라서 방어 태세를 취했지만 마리아는 새치름한 표정을 지어

보일 뿐 공격은 하지 않았다.

"서린! 대체 그 마수랑 손을 잡으면 어쩌자는 거야? 그 마수는 라이칸스로프에게도 용서가 없다고. 언젠가는 서린도 죽여 버릴걸?"

"아, 그야 그렇기는 하지만 알고 보면 세건 형도 불쌍한 사람이야."

서린은 자기 자신도 모를 소리를 했다. 만약 세건이 들었다가는 정말 그날로 서린을 죽여 버릴지도 모르는 말이었다.

서린은 내심 자신의 말에 스스로 놀라고 있었다. 하지만 그의 말에 놀란 것은 서린만이 아닌 듯했다. 마리아 역시 새하얗게 질려서 서린을 바라보고 있었으니까. 그녀는 너무나 놀라서 말까지 더듬었다.

"가, 갑자기 무슨 소리야, 그게. 그 녀석은 사혁과 함께 내 언니를 죽였단 말야."

"아아, 그야 좀… 그렇긴 하지만."

서린은 볼을 긁적였다. 어쨌거나 지금은 이럴 때가 아니다. 만약 한세건이 돌아오다가 이 꼴을 보면 마리아는 물론이고 서린까지 한꺼번에 살해해 버릴지도 모른다. 그래서 서린은 손을 모아서 싹싹 빌었다.

"마리아, 부탁이야. 제발 피해줘. 지금 세건 형이랑 같이 순찰 나온 거거든. 잘못해서 세건 형한테 걸리면 큰일 나!"

"대체 왜 그러는데? 무슨 약점이라도 잡혔어?"

마리아는 여전히 이해를 못 하겠다는 듯 눈을 반짝였다. 푸른색의 눈동자가 반짝이는 그 모습은 마치 보석과 같았다. 게다가 물어볼 때마다 고개를 살짝 옆으로 젖히고 눈을 반짝이면서 정면으로 쏘아보는데 그 태도나 행동이 모두 다 귀엽기 짝이 없다.

하지만 이런 여자애라고 해도 흡혈귀라면 역시… 한세건과 만나게 해서는 안 되겠지?

"아니, 그런 건 아닌데 입장이 난처하달까… 박쥐가 되었달까."

서린은 횡설수설하면서 마리아에게 자신의 '복잡함'을 전달하려 했다. 그러자 마리아는 한숨을 내쉬었다.

"조반니 반테로랑 싸웠다는 소문이 있던데 어떻게 된 거야?"

"아, 그거는 좀……. 지금 그런 이야기 할 시간 없다니까."

서린은 너무 답답해서 속이 타들어가는 느낌을 받았다. 하지만 마리아는 팔짱을 끼더니 볼이 부어서 흥 하고 고개를 돌렸다. 고개를 돌리는 행동도 정말 그림 같다.

"…그래도 그렇지, 전화는 또 왜 그렇게 안 하는 거야. 흥."

아마도 전화를 잘 안 하는 것에 삐쳐 있는 것 같았다. 하지만 서린이 어떻게 전화를 할 수 있겠는가? 세건과 같이 생활을 하고 있는데……. 그나마 다행인 것은 세건이 마리아의 전화번호를 알아냈음에도 불구하고 그쪽으로 전화를 걸지 않는다는 것 정도?

"제발 살려주라. 너 지금 일부러 이러는 거니? 그야 난 지금 세건 형이랑 같이 살고 있으니까 도저히 전화할 여건이 안 되어서 그러는 거지."

서린은 그렇게 말하며 싹싹 빌었다. 그러자 마리아가 문득 미소를 지으며 물어보았다.

"그러면 잘못했다고 생각하지?"

"응."

"미안하게 생각하지?"

"응응!"

"그러면 언제 한번 따로 만나자. 지금은 바쁜 것 같으니까 나중에. 어때?"

"아, 무, 물론이지!"

"좋았어. 약속이다."

마리아는 서린에게 손가락을 내밀었다. 서린은 즉시 그녀의 손가락에 자신의 손가락을 걸고 약속을 했다. 그러자 마리아는 혀를 낼름 내밀고 훽 뛰어서 집들을 넘어서 사라졌다.

"휴우우우우우……."

서린은 그제야 안도의 한숨을 내쉬고 주저앉았다. 대체 저 계집애는 서린의 수명을 갉아먹어 죽일 심산인지 왜 저렇게 살갑게 군단 말인가? 이미 서린이 세건의 편에 붙었음을 알면서도 저렇게 굴다니…….

"음, 사람 한번 좋다."

서린은 바지를 털고 다시 일어났다. 마리아는 확실히 아무런 사심 없이 서린에게 호의로 접근한 것 같았다. 물론 이 상황에서 아무런 사심도 없는 놈이란 존재하지 않을 것 같지만…….

그렇다 해도 왠지 마리아는 믿고 싶었다. 아마 세건이 보았다면 틀림없이 홀렸다고 화내겠지만 호감을 갖는 건 어쩔 수 없는 것 아닌가?

대체 세건이 이상한 거다. 착한 흡혈귀 나쁜 흡혈귀 가리지 않고 모조리 죽여 버리겠다니, 그건 무슨 심보인지 모르겠다. 언젠가 강력하게 따져 봐야지……. 서린은 그렇게 생각하고 골목을 빠져나왔다.

"…뭐 하다 이제 나오지?"

세건은 이미 흡혈귀 하나를 잡아서 바닥에 눕혀놓은 채 권총을 겨누고 있다가 서린을 바라보았다. 그 순간 세건의 눈동자에 푸른 불이 번쩍 들어오는 게… 흡혈귀든 사람이든 다 잡아먹을 것 같아서 너무나 무서웠다.

방금 전까지 세건에 대해서 자라난 반발심이나 그런 감정은 그 눈길 한 방에 번쩍 날아가 버렸다.

"아, 아뇨. 아하하핫. 아무것도 아니에요."

"참 내, 골목길에서 흡혈귀를 기다리다니 너도 참 이상하구나. 한국은 말야, 술집도 늦게 닫고 또 취침 시간이 엄청나게 늦은 나라라서 주택가 유동 인구가 꽤 돼. 여름도 다가오는데 말야. 그런 거 생각해 둬라, 좀."

세건은 그리 말하고 흡혈귀를 겨누던 총을 치웠다. 그러자 바닥에 쓰러져 있던 흡혈귀가 벌떡 일어나서 세건을 향해 주먹을 날렸다. 이 흡혈귀는 전통적인 클랜에 의해서 만들어진 게 아니라 한국에서 벌어진 진마 항쟁 때 우연히 휩쓸려서 흡혈귀가 된 부랑자였다.

소위 말하는 양산형 흡혈귀랄까? 그 덕에 공격 자세도 너절하고 절도가 없었다.

빡!

세건은 가볍게 카운터를 먹여서 그를 다시 쓰러뜨렸다. 흡혈귀들은 타고난 신체 능력 때문에 힘을 제대로 발휘하지 못하고 인간은 갑자기 증폭된 신체 능력 때문에 기존에 익힌 기술의 자세가 무너지게 마련이다. 갑자기 흡혈귀가 된 인간이나, 처음부터 흡혈귀였던 놈이나, 치밀하게 단련한 한세건 앞에서는 허수아비나 다를 게 없었다.

"나 말고 저쪽이야. 알겠어? 네놈이 이기면 고통 없이 죽여줄 테니까 잘해봐."

그렇게 말한다고 열심히 싸울 흡혈귀가 어디 있겠는가? 서린은 세건의 살벌한 제의에 눈물을 흘리다시피 하며 흡혈귀를 바라보았다. 겁에 질린 부랑자 흡혈귀는 침을 꿀꺽 삼키고 서린을 노려보았다.

살기 위해서 격투를 강요당하는 고대 콜로세움의 투사가 이러했을까? 서린은 불쌍한 생각이 들어서 세건에게 항의했다.

"저기, 꼭 이렇게까지 해야 해요?"

"야!"

그러나 세건은 버럭 고함을 질렀다. 싸우는 와중에 한눈을 팔다니! 과연 방금 전까지 잔뜩 겁을 집어먹고 있던 흡혈귀는 갑자기 안면을 바꿔서 서린을 향해 뛰어들었다. 그 속도는 정말 빨랐다.

"아차!"

깜짝 놀란 서린이 방어 자세를 취했지만 흡혈귀는 발로 서린의 배를 걷어차 버렸다. 별로 아프지는 않지만 서린의 체중으로는 흡혈귀의 타격력을 견딜 수 없었다. 몸이 붕 떠오르자 서린은 깜짝 놀라서 허우적거렸다. 흡혈귀는 그렇게 서린을 띄우고 서린이 뜬 그 순간을 이용해서 즉시 도주했다.

"……."

세건은 말없이 글록을 뽑아 들어서 흡혈귀의 뒤통수를 쏴버렸다. VT도 얼마 되지 않는 저급 흡혈귀는 은 탄환 한 발에 목숨을 잃고 앞으로 굴러 버렸다.

"하아아, 정말 중증이구나. 앞날이 깜깜하다. 내가 대체 전생에 무슨 죄를 지었길래……."

세건은 자신의 얼굴을 손으로 가리고 고개를 절레절레 흔들었다. 혹독한 헌터 훈련도, 인간의 몸을 망가뜨려 가며 흡혈귀와 싸우던 헌터 시절도 다 견뎌낸 그가 처음으로 운명을 원망하며 절망한 것이다.

第8夜

Another Witch #2

1

사람이 달에 올라가 깃발을 꽂고 돌아오는 시대가 되었다. 인간의 영지는 더할 나위 없이 발달해 지구상에 인간이 모르는 곳은 존재하지 않게 되었다. 그러나 세계지도에 여백이 없어지고, 더 이상 신비라 할 것이 남아 있지 않은 현대에 이르러서도 밤이 되어 어둠이 내려오면 인간의 인지를 초월한 존재들이 움직인다.

그렇게 되면 그것은 별세계가 된다. 사람들의 눈을 피해, 사람들의 귀를 현혹시키며 어둠 속에 숨어드는 비인외도(非人外道)의 존재들. 서린 역시 그 일부가 되긴 했지만 그래도 아직은 모든 게 낯설 뿐이다.

"일어나, 이 자식!"

거친 손길이 서린의 머리를 잡고 일으켜 세운다. 서린의 눈앞에서 가로등이 휘청거리며 돌아간다. 그제야 서린은 자신이 쓰러져 있었음을 깨달았다.

철썩!

인정사정없이 따귀를 올려붙인다. 기절한 사람을 깨우기 위함인지 그게 아니면 단순한 화풀이인지 손이 매섭기 그지없다. 고개가 반쯤 꺾일 지경이 되자 서린은 정신을 차리고 눈앞에서 있는 이를 바라보았다.

"아… 형."

그는 자신을 일으켜 세운 이를 바라보았다. 전신을 새카만 레이싱 슈트로 감싼 젊은 청년이 그를 한심하다는 듯 쏘아보고 있었다. 검은색의 눈동자 안쪽에서는 미미하게 푸른 귀화가 타오르고 있었는데 그것은 어지간히 예민한 이가 아니면 알아보기 힘들었다. 하지만 서린에게는 그 귀화가 똑똑히 보인다.

마치 맹수의 눈과 같은 그 눈동자……. 이자야말로 마수라는 별칭을 가지고 있는 흡혈귀 사냥꾼, 한세건이었다.

'이거 화가 단단히 나셨군.'

서린은 세건의 표정을 보고 몸서리를 쳤다.

그동안 쭉 봐온 것이지만 한세건이 서린에게 느끼는 감정은 일종의 억하심정이라고 할 수 있었다. 흡혈귀와 싸우기 위해서 인생을 버리다시피 한 남자의 눈으로 보기에 자신은 너무나 안일할 테니까 그러는 것도 솔직히 이해하지 못하는 바가 아니다.

"네 목을 노리는 놈이 몇인데 저런 저급한 흡혈귀 하나 감당해 내지 못하는 거야! 너는 네 목숨 지킬 생각이 있냐?"

세건은 서린의 멱살을 잡고 다시금 따귀를 치려고 손을 들었지만, 갑자기 손을 멈추었다. 스스로 생각해 봐도 너무 감정이 격해져 있다고 생각되어서일까? 세건은 호흡을 가다듬으며 손을 내렸다.

투둑!

세건이 손을 놓자 서린의 목덜미에서 단추 몇 개가 떨어져 내렸다. 서린은 옷소매를 바로 잡고 약간 불만스러운 듯 세건을 흘겨보았다.

"내가 한눈판 게 잘못이라는 건 알아요. 하지만 갑자기 적 앞에 내던져 놓고 잘 안 됐다고 성질을 내다니, 너무하는 거 아니에요?"

서린은 그동안 세건을 보아와서 세건의 행동 양식을 어느 정도 알고 있었다. 세건은 폭력적이고 잔인하면서도 충동적이고 경건한… 굉장히 복잡한 모습을 보이고 있지만, 그 모든 것에 우선시되는 것은 바로 세건 자신의 가치관이었다.

세건은 자신의 가치관에 어긋난다면 그 자신조차 용서하지 않기 때문에 이런 식으로 서린이 항의를 할 때마다 자신의 가치관과 자신을 대조해 본다. 과연 세건은 분노를 거두고 잠시 상황을 분석했다.

"뭐, 뭐야? 그 정도가 내던져진 거냐? 적들이 너 좋을 때만 쳐들어오는 게 아니잖아!"

세건은 서린의 항의가 정당하지 않다는 것을 알아차리고 말했지만 이 정도면 이미 발등의 불은 끈 셈이다. 서린은 딴청을 피우며 고개를 돌렸다.

그때 그의 눈에 한 남자가 들어왔다. 언제 빨았는지 짐작조차 가지 않는 허름한 양복, 바짓단 위로 올라온 양말과 덥수룩한 수염 등 아무리 보아도 거지나 부랑자로밖에 보이지 않는 남자가 전봇대 옆 쓰레기봉투를 끌어안고 쓰러져 있었다.

그의 등 쪽에는 비닐 팩이 몇 개 꽂혀 있었는데 휴대용 펌프에 의해서 피가 뽑혀 나오고 있었다.

"아니! 지금 뭐 하고 있는 거예요?!"

깜짝 놀란 서린은 그 남자에게 다가갔다. 그때 역한 피 냄새가 그의 코를 찔렀다. 펌프에 의해서 뽑혀 나오는 약물 처리된 신선한 피와는 달리 공기 중에 노출되어 산화되는 비릿한 혈향. 서린은 눈살을 찌푸리며 남자의 모습을 살펴보았다.

"…으윽, 이건."

가까이 다가가서 본 남자의 머리는 피투성이가 되어 있었다. 보통 인간이라면 살아남지 못할 중상인데, 남자는 아직도 미약하게나마 숨을 쉬면서 헐떡이고 있었다. 서린은 즉시 그에게 다가가 등에 달라붙은 비닐 팩을 빼내려 했다.

"멈춰!"

한세건은 기가 막혀서 서린을 바라보았다. 그러자 서린은 세건을 돌아보았다.

"대체 지금 이게 뭐 하는 거예요? 산 사람 피를 뽑다니, 적십

자사도 아니고. 아, 물론 사람은 아니고 흡혈귀겠지만 피를 갈취한다는 점에서는 흡혈귀랑 하등의 차이가 없잖아요!"

모 단체에 대한 터무니없는 비방이 섞여 있기는 하지만 서린의 말은 타당하다. 사람의 생피를 뽑아낸다는 것은 서린의 입장에서는 도저히 용납할 수 없는 행위였다. 하물며 상대는 부상자가 아닌가.

"후우, 네놈의 안일함에는 정말 질려 버리겠군."

한세건은 이마를 손가락으로 누르며 고개를 저었다. 그는 서린의 손목을 잡더니 확 끌어당기는 것과 동시에 허리를 감아서 바닥으로 내던졌다. 깜짝 놀란 서린은 공중에서 균형을 잡으려고 했지만 세건이 그를 휘두르는 힘은 범상한 것이 아니었다.

빼억!

서린은 바닥에 나가떨어지는 것과 동시에 전신이 으스러지는 듯한 고통을 느꼈다. 세건은 그렇게 서린을 바닥에 내던지고 목을 무릎으로 짓누른 채 그를 내려다보았다. 가로등이 세건의 뒤에서 빛을 비추어서 서린이 보기에는 새파란 맹수의 눈동자가 그림자 안에서 나란히 불타고 있는 듯했다.

"네놈이 사람이 좋아서 그런 건지, 멍청해서 그런 건지는 내 알 바가 아니다만… 적어도 흡혈귀들에 대해서는 동정하지 마. 동정은 오로지 강자만의 권리다. 알겠냐? 쓰레기 같은 녀석."

차가운 총구가 서린의 이마에 겨누어졌다. 인간의 몸으로 혹독한 밤을 넘겨온 그로서는 서린의 모든 행동이 눈에 거슬릴 수밖에 없었다. 이미 막강한 힘을 가지고 있으면서도 그것을 활용할 줄 모르고 안일한 행동으로 자신을 위험에 처하게 만들다니…….

더더욱 환장하게 만드는 것은 지금으로서는 이놈을 죽게 내버려 둘 수 없다는 것이다. 세건은 지금까지 무언가를 지키거나 보호한 적이 없었다. 오로지 빼앗는 자, 파괴하는 자로서 기득권을 지키려 하는 흡혈귀들을 습격하고 죽여왔다.

그런데 이제는 이런 애물단지를 지켜야 하는 것이다. 눈앞에 있는 것만으로도 짜증이 치솟아 오르는데.

"쓰레기라고요? 나도 나름대로 노력하고 있다고요."

서린은 몸을 바동거리며 일어나려 했다. 세건이 무릎을 치우자 서린은 겨우 일어나서 세건을 노려보았다. 마치 사춘기 소년이 부모에게 반항하는 것처럼, 반항기 가득한 눈으로 세건을 노려보고 있었다.

"네놈의 그걸 노력이라고 한다면… 국회의원들은 애국하느라 분골쇄신하고 있다고 할 수 있겠군."

세건은 비아냥거리며 흡혈귀에 다가가 비닐 팩을 뽑아냈다. 마치 자동차 정비 공장의 컴프레서 밸브가 뽑혀 나오는 듯한 바람 소리와 함께 흡혈귀의 몸이 천천히 붕괴되었다.

세건은 그렇게 붕괴되는 흡혈귀를 내버려 두고 혈액 팩을 배낭에 넣었다.

"흡혈귀는 사람의 피를 빨고… 흡혈귀 사냥꾼은 흡혈귀의 피를 빠는군요."

그 모습을 지켜보던 서린은 경멸을 숨기지 않았다. 피를 빠는 행위 자체가 사악해서 흡혈귀를 비난해야 한다면 지금의 세건 역시 그 비난의 대상이다. 물론 세건에게는 그러한 항변이 먹혀들지 않을 것이다. 그는 선과 악을 초월해서 오로지 흡혈귀를 증오할 뿐이니까.

"그래. 서로서로 물고 무는 괴물들만이 가득한 곳이지. 너도 예외는 아니야. 아니, 너야말로 그 괴물들 사이에서 진골(眞骨)이라고 할 수 있지."

세건은 그리 말한 뒤 손목시계를 살펴보았다.

"일출이 얼마 남지 않았군. 이 이상 돌아봤자 별 의미는 없어. 철수하지."

반론을 허락하지 않는 단호한 태도였다. 하긴 서린은 세건의 말에 반론할 수가 없었다. 분명히 그는 라이칸스로프의 증식을 위해 릴리쓰가 낳은 자식이니까. 세건이 말한 대로 괴물 중의 진골이라는 표현은 백번 옳다.

"나라고 좋아서 된 게 아닌데……."

서린은 세워둔 오토바이를 향해 걸어가며 쓰레기 더미 옆에 쓰러져 있는 흡혈귀를 바라보았다.

저자 역시도 원해서 흡혈귀가 된 게 아니다. 그저 흡혈귀들이 습격하기 쉬운 대상이다 보니까 흡혈귀에 의해 오염되어서 흡혈귀가 된 불쌍한 영혼일 뿐.

하지만 세건은 용서 없이 그를 살해하고 쓰레기 더미 옆에 내던져 놓았다. 일출과 함께 그 육신이 재로 변하고 나면 그가 입고 있던 옷만이 넝마가 되어 쓰레기 더미 옆에 남을 것이다. 그리되면 누구도 그를 기억하지 못하고 이 일은 묻혀 버리겠지.

이런 일은 아마도 앞으로도 계속될 것이다. 서린은 그 사실을 가슴속에 새기고 세건의 뒤를 따라갔다.

창밖에서 벌레들이 타 죽는 소리가 들려왔다. 세건은 집 곳곳에 벌레들을 유도하는 자외선 유도등을 설치하고 그걸로 벌레들을 태우고 있었다. 덕택에 집 자체에는 벌레가 그리 많지 않은 편이다.

"후우."

서린은 머리 위에 수건을 얹은 채 창문을 통해 그 모습을 바라보았다. 제 죽을 팔자도 알지 못하고 불빛에 현혹되어 날아드는 벌레들이 철망에 닿을 때마다 바직 하는 전기음이 들려온다. 서서히 동녘이 밝아오는데도 벌레들은 쉬지 않는다. 하긴 근처에 숲이 있다 보니 벌레가 들끓는 것도 무리는 아니다.

"후우우우우."

서린은 다시금 땅이 꺼져라 한숨을 내쉬었다. 방금 전에 죽어버린 그 흡혈귀의 모습이 눈에 달라붙어서 도무지 떨어지려고 하지 않았다. 처참하게 살해당하는 흡혈귀들의 모습을 그때 처음 본 것도 아니다. 분명히 며칠 전, 바로 이곳을 향해 흡혈귀 일개 중대가 진군해 온 적도 있었다.

그때 세건은 그들을 잔혹하게 살해해서 모조리 피를 뽑아버리고 시체도 남김없이 태워 버렸다. 그뿐인가? 세건은 서린에게 시신들을 모조리 뒤질 것을 명했고 서린은 그에 따랐다.

산더미처럼 쌓여 있는 시신들을 뒤지며 그들의 소지품을 끄집어내는 작업은 정말 끔찍했다. 피가 엉겨 붙은 수첩이라든가 살점이 그대로 묻어 있는 만년필이라든가…….

하지만 서린은 별 감각 없이 그러한 일을 끝마칠 수 있었다. 타고난 야수라고 할 수 있는 서린은 피나 살점 등에 생리적인 거부감을 느끼지 않았기 때문이다. 게다가 적들은 자신의 의사를 가지고 이곳으로 쳐들어왔으니 세건의 항전은 일종의 정당방위라고 할 수 있었다.

하지만 이번의 경우는 다르다. 햄버거힐을 연상시키는 그 참혹한 광경보다 단 한 명의 부랑자가 쓰레기 더미를 끌어안고 죽어 있는 게 더더욱 슬프다. 악의를 가지고 죽이기 위해 몰려든 이와 달리 그는 어디까지나 피해자에 불과했다.

노숙자나 부랑자는 흡혈귀들의 좋은 먹이가 된다. 그중에 일부 어수룩한 흡혈귀는 자신의 성질을 피해자에게 감염시키고 그 결과가 바로 그였다. 아무런 영문도 모른 채, 그저 본능적으로 햇빛을 피해 다녔을 그 남자를 생각하니 서린은 마음이 아팠다.

잘 이야기하면 말이 안 통할 상대도 아니었을 텐데 한세건은 그런 그를 용서 없이 죽여 버렸다. 그뿐인가? 아무리 흡혈귀의 피가 쓸모 있고 돈이 된다고 하지만 그에게서 피를 뽑다니.

"젠장!"

서린은 자신의 방을 돌아보았다. 책꽂이가 딸려 있는 큼지막한 책상과 침대, 책상 위에 놓여 있는 컴퓨터, 그리고 공조형으로 만들어진 에어컨 등…….

모든 가재도구가 서린이 살던 집에 비할 바 없이 좋았다. 하지만 이 모든 것이 흡혈귀의 피로 이뤄진 것이라 생각하니 견딜 수가 없었다.

"…아무래도 안 되겠어."

세건이 혐오스럽다거나 증오스러운 건 아니다. 흡혈귀를 증오하느라 자신마저 갉아먹는 세건을 보고 있자면 그 행동 자체가 너무나 자기희생적이어서 차마 미워할 수가 없었다.

설령 흡혈귀의 피를 팔아서 돈을 번다 하더라도 그것은 세건에게 있어서 목적이 아니라 어디까지나 수단이다. 돈벌이를 위해서 흡혈귀를 죽이는 게 아니라 흡혈귀를 죽이기 위해서 돈을 번달까? 그렇게 해서 살해당하는 흡혈귀도 불쌍하지만 살해하는 한세건 역시 불쌍하기는 매한가지이다. 하지만 보는 것 자체가 고통스러울 정도가 되면 역시 부담이 될 뿐이다.

그래서 서린은 마리아를 만나보기로 했다. 함정이라는 생각도 들긴 하지만…….

정말 서린을 속여 넘기거나 강제로 잡을 생각이었다면 서린과 마리아가 대면한 그 순간에 이미 승부가 났다. 지금의 서린은 평범한 흡혈귀 한 명도 상대하지 못할 만큼 나약하니 마리아가 마음만 먹었다면 서린을 생포하는 것도 순간이었을 터.

2

다음 날 해가 뜨자 세건은 훈련을 끝마치고 잠자리에 들었다. 서린은 세건이 잠자리에 드는 것을 확인하고는 즉시 밖으로 나왔다. 한때는 세건이 서린의 집을 도청하기까지 했지만 같이 살게 된 지금은 역으로 많이 풀어주었다.

세건은 자신의 원칙에 충실하기 때문에 일단 같이 살게 된 이상 개인의 사생활이나 그런 것을 침해하지 않았다. 참 웃기는 일이었다. 남남일 때는 거리낌 없이 도청을 하다가도 같이 살게 되면 그냥 내버려 둔다는 게……. 그런 게 세건의 원칙이라니 다행이긴 하지만 서린으로서는 도저히 이해할 수가 없었다.

물론 그렇다고는 해도 아예 풀어줄 수는 없는 것이어서 서린의 몸 곳곳에는 발신 장치가 되어 있었지만, 그나마도 다 서린의 동의를 얻은 것들뿐이다.

"진짜 특이한 성격이라니까."

서린은 차고 옆에 세워둔 오토바이의 사슬을 풀었다. 마리아와 연락하기 위해서는 전화를 해야겠는데 집 전화나 핸드폰으로는 할 수가 없다. 그래서 나가서 공중전화로 연락할 생각이었다.

서린이 오토바이를 끌고 길로 나가자 맞은편 전봇대 위에 앉아 있는 까치들이 요란한 소리를 냈다. 한때는 손님이 오는 걸 알려주는 고마운 새로 알려졌지만 요새는 배를 따 먹고 전기를 합선시키는 몹쓸 놈으로 알려져 유해 조류가 된 상태다. 서린은 까치들을 올려다보았다.

바람은 시원하고 구름은 느릿느릿 하늘을 흘러간다. 햇빛이 강해서 하늘의 색이 바랬지만 바람은 정말 상쾌했다. 새들은 지저귀고 국도 옆에 자란 송림이 그늘을 드리운다.

이런 한적한 곳에 있다 보니 어젯밤의 일이 마치 꿈인 것 같았다. 하지만 이 평화로운 교외의 곳곳에 세건이 설치한 감시 카메라와 센서, 능동형 폭탄과 무기고 등이 설치되어 있으니, 서린은 자신이 처한 상황을 다시금 되새길 수 있다.

서린은 오토바이를 끌고 길을 따라 달리다가 곧 큼지막한 할인 마트 하나를 발견했다. 그 옆에는 가구 할인 매장이 붙어 있는데 서울에서 살던 서린으로서는 대체 주위가 온통 논밭인 이런 곳에서 어떻게 대형 할인점과 가구 양판점이 장사가 되는지 알 수가 없었다. 그 앞에 마침 공중전화 박스가 있어서 서린은 거기에 멈춰 섰다.

"…이 전화도 도청되는 거 아닐까."

전화선 옆의 케이블을 따고 녹음 장치나 송신 장치 등을 통해서 집으로 송신시키면 도청도 별문제가 안 된다. 그리고 세건은 도청 마니아인지 그리 필요 없다고 생각되는 곳에도 도청 시설을 설치해 두는 경우가 많았다.

서린은 그런 생각이 들어서 잠시 주춤했지만 그렇다고 더 멀리 가고 싶지도 않았다. 망설이다가 동전을 넣고 번호를 누르니 잠시 후 웬 남자가 받았다.

—여보세요……. 누구십니까?

마리아에 비하면 어눌한 한국어였다. 게다가 전화를 받는 목소리에 약간 긴장한 기색이 있다. 서린은 뭐라고 말해야 할지 모르는 어색한 상황이라 문득 이렇게 말하고 말았다.

“아, 저기. 거기 마리아네 집이지요?”

그 순간 전화 반대편의 사람이 말이 없어졌다.

“아…….”

서린 자신이 생각해 봐도 이건 뭔가 아니다. 마치 친한 친구네 집에 전화 거는 것처럼 말하다니……. 말한 자신이 황당해 미치겠는데 듣는 쪽은 오죽하겠는가?

잠시 후 전화기 너머로 소녀의 웃음소리가 들려왔다.

—아하하하핫! 뭐야, 그게. 새로운 인사야?

마리아는 뭐가 좋은지 밝게 웃으며 전화를 받아 들었다. 웃음소리가 워낙 천진난만해서 서린은 혹시 TV에서 무슨 광고라도 크게 틀어둔 게 아닐까 의심했다. 하지만 확실히 전화를 받은 이는 마리아 본인이다. 인형처럼 귀여운 소녀가 저리도 기쁘게 웃어주다니, 왠지 서린도 기분이 좋았지만 한편으로는 부끄럽기도 했다.

“우, 웃지 마! 사람이 실수할 수도 있는 거지 말야.”

—그야 그렇기는 하지만 실수했으니까 웃겨서 웃는 거 아냐. 안 그래? 실수를 안 했으면 웃지도 않았을 거야.

“음, 그도 그렇군… 이 아니라 아직 안 잤어? 흡혈귀들은 보통 해가 떠 있을 때는 자잖아?"

서린이 그렇게 물어보자 마리아는 다시금 웃었다.

만약 흡혈귀들이 해가 지자마자 바로바로 활동을 정지한다면 여름 같은 때는 활동 시간이 11시간도 안 되는 경우가 생긴다.

흡혈귀들의 수면 시간은 인간과 비슷하거나 그 이하인 게 보통이고 그때 그들은 햇빛이 차단된 자신들의 쉼터에서 문화생활을 즐기거나 휴식을 취한다. 물론 이것은 어디까지나 삶의 여유가 있는 고급 흡혈귀들의 경우다.

—그렇게 되면 잠꾸러기가 된다고. 너무 많이 자는 것도 건강에 좋지 않아.

"그런가? 그러면 잠 안 자면 뭐 하는데?"

사실 이런 걸 묻고 싶어서 전화한 것은 아니지만 왠지 대화하는 그 자체가 즐거워서 서린은 시시콜콜한 것을 물어보았다. 그러자 수화기 너머의 마리아는 또다시 킥킥거리며 말했다.

—주로… 거기 마리아네 집이지요? 라고 걸려오는 전화를 받지. 후훗.

"거참, 하지 말라니까 그러네. 그만, 그 이야기는 지금 당장 기억에서 지워. 별로 재밌는 것 같지도 않은데 계속 우려먹고 그래?"

서린은 보일 리도 없을 텐데 수화기를 붙들고 손을 내저으며 난리를 쳤다. 하지만 마리아는 서린이 그러면 그럴수록 신이 나는지 계속 놀려댔다.

—그렇지만 지금까지 살아오면서 한 번도 그런 소릴 들어본

적이 없는걸? 너무너무 재밌단 말야.

"전화가 발명된 지 얼마나 지났다고……. 한 번도 그런 소리 못 들어본 게 당연하지!"

—그래도 한 세기는 되는걸. 역시 서린은 세기에 한 번 나올까 말까 한 바보인 거네. 좋겠다. 나도 한 세기에 한 번 나올까 말까 하는 뭔가가 되고 싶어. 바보는 사양이지만.

"저기… 그만 놀리고 슬슬 본론으로 들어가자. 이거 공중전화거든? 젠장, 돈 달라고 성화네."

서린은 전화기에 다시 동전을 투입했다. 그러자 마리아가 정색을 하고 물어보았다.

—본론이 따로 있었단 말야? 나는 그냥 린이가 전화해 준 게 반갑고 해서…….

"윽."

이런 귀여운 소리를 하다니.

서린은 깜짝 놀라서 말문이 막혔다. 대체 이 아이는 왜 이렇게 다정하게 구는 것일까? 본 지 얼마나 되었다고. 의심이 가는 게 당연하지만 그래도 나쁜 기분은 아니다.

"음, 어쨌거나 이야기를 들어보고 싶어. 그쪽의 제안이라는 것을 말이지."

사실 한세건의 제안을 따랐을 때 서린은 내심 둘을 저울질해 보았다. 마리아야 귀엽고 예쁜 여자의 모습을 하고 있지만 기실 흡혈귀이고 세건은 아무리 흉악하고 잔혹한 모습을 보인다 해도 인간이다.

그래서 전혀 생리가 다른 흡혈귀들과 공조하는 것보다는 인간 쪽이 더 낫겠지 하는 생각에 세건을 택한 것도 크다. 뭐, 그 상황에서는 사실 서린이 무슨 선택을 했든 간에 별로 변할 게 없었겠지만.

그러나 한세건의 행동이나 사상 등은 도저히 서린으로서 감당하기 힘든 부분이 많았다. 밉지는 않지만 보기가 괴로울 정도로 처참하고 비인간적이랄까?

—…혹시 우리가 서린을 이용하거나 납치할지도 모른다는 생각, 해본 적 없어?

마리아는 문득 진지한 어조로 그렇게 물어보았다. 서린이 생각하고 있는 바를 정확하게 찌른, 정문일침의 발언이었다. 그렇지만 본인이 이런 식으로 물어보다니……. 그 말투는 마치 혼날까 봐 조마조마하면서 사실을 털어놓는 어린아이와 같아서 왠지 가슴이 뭉클했다.

"아주 없다고 하면 거짓말이지만… 그럴 생각이었다면 진작 할 수 있었잖아? 그것도 두 번이나."

—으응. 그렇게 말해주니까 기뻐. 그러면 오늘 일곱 시는 어때?

"일곱 시?"

여름이라 해가 아직 떠 있을 시간이다. 그런데 그 시간에 만나자고 하다니, 서린은 의아해서 반문했다.

"괜찮겠어? 요즘은 해가 좀 긴데?"

—응, 괜찮아. 나를 다른 흡혈귀랑 같이 보지 말아줘. 이래

보여도 대단히 훌륭한 진마님이니까.

전화기 너머로 으스대는 걸 보니 그다지 걱정할 것은 아닌가 보다. 그렇기는 해도 대낮에 돌아다닐 수 있는 흡혈귀라니? 하지만 생각해 보면 조반니가 서린을 습격했을 때도 해가 쨍쨍한 대낮이었다. 진마 정도 되면 어느 정도 태양광에 대한 대책이 있는가 보다.

"훌륭은 어디가? 뭐, 괜찮다니 알았어. 그 시간에 만나기로 하고, 그럼 어디로 가면 되지?"

—서울 근처에 놀이공원이 있잖아. 서울랜드였던가? 뭔가 이름 짓는 센스는 영 아닌데. 뉴욕이면 뉴욕랜드고 도쿄면 도쿄랜드인 거야?

"나에게 묻는다 해도… 뭐라고 대답할 수가. 그런 식으로 치면 뉴욕제과나 독일제과 같은 빵집도 좀 그런 이름이지?"

—하여튼 이름이야 어찌 되었든 예전부터 가보고 싶긴 했어. 그러니까 거기서 만나자. 일곱 시야. 정확하게 지켜야 해?

"일곱 시… 알았어. 목숨 걸고 나가도록 하지."

서린은 그렇게 말하고 전화를 끊었다. 반쯤은 농담으로 한 말이지만 세건을 따돌리고 무사히 나갈 걸 생각하면 정말 목숨을 걸어야 할지도 모른다. 게다가 옷에 붙어 있는 발신기는?

"…도청 장치는 안 붙어 있으니까 상관없겠지만. 으음, 위험한데."

만약 세건이 서린의 의도를 알아채고 쫓아오게 된다면 마리아와 세건이 맞닥뜨리게 된다. 그렇게 된다면 철천지원수인 둘은 즉시 싸움을 벌일 텐데, 이렇게 되면 서린의 입장이 매우 난처해진다.

자신을 믿고 나온 마리아가 세건의 손에 의해 죽게 된다면 서린은 죄책감으로 잠을 이루지 못할 것이다. 뭐 양쪽이 사생결단을 내지 못하고 유야무야된다 하더라도 세건과 마리아가 만나는 일만은 목숨을 걸고 막아야 한다.

"그러면 나도 좀 자둬야겠다."

서린은 시계를 바라보며 오토바이 위에 올라탔다.

서린이 깨어나 보니 이미 세건은 아침 훈련을 하고 있었다. 나폴레옹이 하루에 네 시간 정도를 잔다고 했는데 서린은 처음엔 그게 거짓말이려니 생각했었다. 하지만 한세건은 하루에 세 시간 삼십 분 이상을 자는 날이 없었다.

"내 참… 지극정성이셔."

서린은 칫솔을 입에 물고 눈을 비비며 지하실로 향했다. 벽에 설치된 스피커들에서는 각 지역에서 흘러들어 오는 도청된 자료가 8배속으로 재생되고 있었다.

공백이 길 경우는 자동으로 뛰어넘으면서 8배속으로 재생하니 서린으로서는 도대체 무슨 소리인지 알 수가 없었다. 그 속에서 유일하게 정상적인 속도로 재생되는 것이 하나 있었는데 그것은 바로 해기사(海技士) 필기시험 강좌였다.

"으음, 형도 참 열심이우. 도대체 수배된 몸으로 어떻게 하려고 자격증 시험 강좌를 틀어놔요? 훈련하고 도청한 거 다 체크하면서 저게 귀에 들어와요?"

"하면 된다."

세건의 대답은 단순 명료했다. 그는 권총을 잡고 마치 서부극의 카우보이처럼 빠르게 뽑아서 표적에 정확하게 조준하는 연습을 하고 있었다. 빠르게 휘두르는 팔이 멈추는 순간, 절도 있는 동작으로 미동도 없이 멈춰 선다.

표적을 향해 정확히 멈춰 서는 총구. 그 순간순간의 기세가 시퍼런 칼날과 같다. 굳이 실탄을 넣고 방아쇠를 당겨가며 확인해 볼 것도 없이 명중했을 거라는 느낌이 든다. 그리고 그때마다 확실하게 총에 장착된 레이저 사이트가 표적을 맞춘다. 바늘 하나 꽂을 수 있을 만한 포인트를 정확하게 맞추는 그 모습을 보니, 이 짓거리를 얼마나 많이 했는지 알 수 있었다.

"세상에! 대체 이건 어떻게 하는 거예요?"

"하면 된다니까. 너처럼 애초에 인간의 능력을 벗어난 놈들이 훈련을 거듭한다고 생각해 봐. 왜 못 하겠어?"

세건은 그리 중얼거리며 이번에는 몸을 움직이며 트릭 샷 연습을 시작했다. 한 팔로 몸을 지탱하면서 한 손으로 쏴도 표적이 정지되어 있는 이상은 백발백중이다.

그래도 아까 전과는 달리 움직이는 표적에 대해서는 빗나가는 게 많이 생긴다. 그러나 그것도 표적이 작아서 그렇지 사람만 한 크기라면 절대 빗나가는 일이 없을 것이다. 인간을 초월한 초감각에 더해서 잠자는 시간, 먹는 시간을 아까워하는 세건의 집요함이 일궈낸 기적이랄까?

"후우. 너도 슬슬 씻고 식사하고 몸 풀어둬. 훈련해야 하니까."

세건은 훈련용 레이저 건을 내려놓았다. 그제야 정신을 차린 서린은 과감하게 말을 꺼냈다.

"아, 형. 그런데 저기… 나 누구 만날 약속이 있는데……."

"누구? 혹시 친구냐?"

세건은 의외라는 듯 서린을 바라보았다. 학교도 그만두고 이리로 온 놈이 누구를 만난단 말인가? 예전 같으면 화를 냈겠지만 이제는 너무나 익숙해져서 별로 화도 나지 않는다.

"응. 뭐, 그렇다고 할 수 있죠."

서린은 마리아를 친구라고 해야 하나 잠시 고민하다가 그렇게 대답했다. 역시 세건은 잔소리를 했다.

"나 참, 지금 네가 함부로 남을 만나고 다닐 처지가 아니잖아? 네가 민간인을 만나면 민간인도 위험해진다."

"그래도 뭐… 계속 흡혈귀들이 나만 따라다니는 것도 아닌데 괜찮지 않아요?"

"이봐, 흡혈귀 중에는 예지 능력을 타고나는 놈들도 있어. 그렇기 때문에 백번 주의해도 부족하단 말이야. 대체 몇 시에 어디서 만나는데?"

"일곱 시에 서울랜드 정문이요."

"엥?"

세건은 다시 한 번 놀랐다. 일곱 시면 해가 떠 있기는 하지만 곧 떨어질 시간이다. 그런데 서린은 이렇게 뻔뻔스럽게 말하고 있는 게 아닌가?

"…일곱 시면 곧 해가 떨어지잖아! 무슨 생각이야 대체? 흡혈귀들이랑 단체 미팅하고 싶냐? 못 나간다!"

세건은 고개를 절레절레 저으며 반대 의사를 표명했다. 그러나 서린도 집요했다. 이미 약속을 한 이상 안 나갈 수 없다. 미생지신(尾生之信)이라는 고사성어에도 나오듯이 여자와의 약속은 홍수가 나든 태풍이 불든 꼭 지켜야 하는 것이다.

"그래도 나갈래요. 약속한 거니까 도중에 깨기도 그렇잖아요?"

"그러면 나도 같이 나가지."

세건이 그렇게 제안하자 서린의 얼굴에서 핏기가 싸악 가셨다. 하지만 서린의 몸속에는 이미 구렁이가 아홉 마리는 서식하고 있는지라 금세 능글맞은 태도로 돌변했다.

"그건 좀……. 그 나이 되어서 그러고 싶어요?"

서린의 시선에 은근슬쩍 깔보는 기색이 섞이는데 마치 동생 미팅 가는 데 끼워달라고 한 형을 쳐다보는 듯하다. 세건은 그 눈초리에 발끈했다.

"뭐가 어쩌고 어째? 너랑 같이 나가서 뭐 어쩌겠다는 게 아니라 뒤에서 미행하겠다니까. 그게 아니면 나가서 십중팔구 습격받을 텐데, 네가 네 몸 간수나 제대로 할 수 있단 말야?"

"그렇다고 계속 형에게 내 몸 간수해 달라고 할 수도 없잖아요? 애초에 형은 나를 미끼로 쓸 생각이었으면서. 미끼로 쓸 거면 강물에 던져야 한다니까요."

서린은 혹시 세건이 마구 반대할까 봐 조마조마하면서도 내색하지 않고 잘 구슬렀다. 그러자 세건은 팔짱을 끼었다.

"나 참, 대체 누구랑 만나는데 이제는 강물에 던져 달라고 발악을 하지? 내가 나서서 폐가 되고 만나는 장소가 서울랜드라면… 여자냐?"

"예."

서린이 간결하게 대답하자 세건의 말문이 막혔다. 그는 잠시 무표정한 채 팔짱을 끼고 있다가 반문했다.

"여동생이 아니라? 진짜 다른 여자야?"

"네."

"너 대체 언제 여자 친구가 있었냐? 내 정보에 의하면 없었던 것 같은데."

세건이 기겁하며 물어보았다.

서린의 집을 도청하고 해서 교우 관계나 그 외 인간관계도 흥신소 빰을 일곱 대는 때릴 만큼 철저하게 조사했다. 하지만 여기서 갑자기 여자 친구라니? 서린은 내심 찔리지만 능청스럽게 받아넘겼다.

"어제 없었다고 오늘도 없으란 법은 없지요. 형처럼 어두컴컴한 지하실에서 혼자 아무리 몸매를 다듬어봤자……."

"누가 몸매를 다듬어! 나, 나는 그러려고 운동하는 게 아니란 말야."

"하지만 단백질 보충제를 먹는 이상 그런 변명은 별로 의미가 없지요. 사실은 소모가 많아서 보충하려 한다고 해도 재활용 쓰레기 수거차가 와서 단백질 보충제 통을 거둬 갈 때 그 사람들이 우리를 뭐로 보는 줄 알아요?"

물론 세건이 보충제를 먹는 것은 항상 칼로리 부족에 시달리면서도 식욕이 별로 없는 그가 가장 쉽게 에너지를 보충할 수 있기 때문이지, 몸매를 다듬어서 여자에게 인기를 끌겠다느니 그런 생각은 전혀 없었다. 서린도 그걸 알고는 있지만 언젠가 한번 호되게 놀려먹고 싶은 부분이었다. 그걸 지금 써먹게 된 것이다.

과연 세건은 그 지적에 너무나 당황해서 우물쭈물하고 있었다.

이때가 찬스다! 서린은 즉시 옷장으로 걸어갔다.

"아, 어쨌거나 갈게요. 그러니까 옷 좀 빌려 입어도 되죠?"

"좋아, 어디 한번 마음대로 해봐라. 단 발신기는 가져가고. 한번 호된 맛을 봐야 네놈에게도 모티베이션이라는 게 생기겠지!"

세건은 그리 말하면서도 걱정되는지 조반니와 마법사 일당을 감시하기 위한 구역 카메라를 켰다. 벌써 몇 개는 발각되어서 파괴당했는지 검은 화면으로 나온다. 하지만 그래도 아직 감시하는 데는 부족함이 없다.

인간이 지켜보면 시선을 느끼겠지만 기계가 지켜보는 것에는 그런 느낌을 받지 못한다. 게다가 세건이 설치한 것은 다들 저가의 CMOS 화소 카메라로 구동부에서 소리가 나지 않기 때문에 화질이나 화각은 열악해도 쉽게 발각되는 것들이 아니다.

세건은 그 화면들을 보면서 서린에게 당부했다.

"명심해 둬. 이 녀석들 외에도 다른 흡혈귀들이 널 노리고 있으니까, 만약 습격이라도 받게 되면 무조건 인파 속으로 피해. 아무리 마법에 뛰어나다고 해도 많은 사람을 상대로 제대로 펼친다는 것은 너무 힘든 일이니까. 그리고 저격 피하는 방법은 배워뒀지?"

"우, 형! 마치 초등학교 입학하는 자식 보내는 부모 같아."

"이 경우는 네놈이 그 초등학생이 된단다, 이 자식아!"

말이 끝나는 것과 동시에 주먹이 날아갔다.

3

서린은 버스에서 내리며 투덜거렸다. 목뼈가 부러진 건 금방 재생이 되긴 했지만 아직도 목 안의 신경이 완전 동조를 이루지 못했는지 전신이 저렸다. 한세건에게 말을 할 때마다 목숨을 걸어야 하다니.

하지만 세건이 저렇게 나오는 것도 이해가 안 가는 건 아니다. 이러니저러니 주먹질을 하고 어쩌긴 해도 걱정해 주는 건 확실하니까 기분이 썩 나쁘진 않다.

다만 세건의 경우는 아무리 잔정이 쌓여 있어도 정작 결단의 순간에는 서린을 죽여 버릴 게 틀림없는 놈이기 때문에 걱정해 준다거나 신경 써준다고 해서 감동받다가는 나중에 호되게 당할 것이다. 주먹 한 방으로 목을 분질러 버리면 아무리 신경 써준다 해도 감동받을 리 없지만.

"젠장, 정말 저러고 어떻게 사냐? 뭐 나름대로 재미있게는 사는 것 같지만 그래도 너무하잖아?"

서린은 놀이공원의 입구를 향해 걸어갔다. 야간 개장 시즌이라 그런지 지금 이 시간에도 놀이공원 앞은 사람으로 득시글거렸다. 시계를 바라보니 아직 약속 시간까지는 30분이나 남아 있었다.

"정말 미생지신이라고. 삼십 분 먼저 나오다니 원……."

그는 세건에게 빌린 옷을 매만지며 자동차 유리에 자신을 비춰 보았다. 목을 넘어서 아래턱까지 감싸는 롱 넥 조끼에 백색과 흑색이 대비를 이루고 있는 힙합 바지였다.

세건이 늘 레이싱 재킷과 슈트만 입기에 이런 게 없을 줄 알았더니만 옷장을 열어보니 옷이 제법 되었다. 별로 입고 다니지도 않을 거고 누구에게 보여줄 것도 아니면서 이런 걸 사들이다니.

흡혈귀 피 팔아서 돈이 많이 남는 모양이지? 아니면 혹시 나르시스트? 서린은 그런 생각을 하며 키득키득 웃으며 벤치에 앉았다.

"세건 형이 괜히 겉멋이 들어서 느끼한 것만 빼면 인물이야 나무랄 데 없지. 후후."

만약 흡혈귀 사냥꾼이 되지 않았다면 나름대로 놀기 좋아하는 평범한 청년이 되었을지도 모르겠다. 아니지, 어쩌면 성찬이처럼 연예인이 되었을지도? 그런 걸 생각하면 괜히 마음이 아프다. 하나 서린이 세건을 동정한다는 건 정말 주제 넘는 짓이다. 세건이 그 사실을 알면 서린을 살려두지 않을 테지.

아마도 그래서 서린은 세건을 보기 괴로운 것 같았다. 그런 상념에 잠겨 있을 때 누군가가 서린의 등 뒤에서 말을 걸었다.

"어머, 벌써 나왔어?"

"그러는 너야말로."

서린이 고개를 돌려보니 거기에는 새하얀 원피스 드레스를 입은 금발의 소녀가 양산을 들고 서 있었다. 챙이 굉장히 넓은 모자 밑으로 빠져나온 금색의 머리칼에는 제비꽃 빛깔의 리본이 곱게 매어져 있는데 그 모습은 정말 현대사회에서 보기 쉽지 않은 모습이었다.

서부영화도 아닌 21세기의 서울에 원피스 드레스를 입은 백인 소녀라니……. 사람들의 시선을 한눈에 끌지 않을 수 없으리라. 과연 지나가는 사람들이 발길을 멈추고 자신과 마리아를 쳐다보는 게 느껴진다.

"…이런, 무슨 생각이냐?"

서린은 머리칼을 쓸어 올리며 한숨을 내쉬었다. 그러자 마리아는 삐졌는지 흥 코웃음을 쳤다.

"내 언니는 매일 나를 보고도, 심지어는 서로의 몸, 혈액 순환계를 연결하는 혈관 공유를 했어도 내가 꾸미고 나오면 예쁘다, 예쁘다 소리를 빼먹지 않았다고. 린은 너무 무심해."

"혈관 공유?"

"흠, 설명하기 애매하구나. 혹시 인공투석은 알아? 신부전증 환자들이 인공신장에 연결되어서 피 안의 노폐물을 거르는 건데.”

“어.”

“그거랑 비슷해. 난 너무 어린 나이에 뱀파이어로 각성해서 몸 여기저기에 부담이 많이 가니까 언니가 이따금 나와 몸을 외과적으로 연결해서 내 몸을 조정해 줬지.”

“그, 그거 괴롭겠구나.”

“별로, 육신의 괴로움보다는 마음이 더 아프지. 내가 온전하기만 했어도 그렇게 언니에게 부담을 주진 않았을 텐데 말야. 반편이 흡혈귀이면서도 진마라니, 추악한 괴물도 이렇게 추악할 수가 없지.”

서린은 어처구니가 없어서 그녀를 바라보았다. 겉으로 보기에는 아무리 보아도 10대 초반의 어린 소녀 같은 모습이라고 해도 그녀는 이미 수백 살을 넘게 산 흡혈귀이다. 그런데 하는 짓은 영락없는 어린애가 아닌가?

“으음, 추악하다니 무슨 소리야. 넌 예뻐.”

“진짜?”

옆구리 찔러서 절 받는 주제에 예쁘다니까 기뻐한다. 여자들이란……. 서린은 속으로 그렇게 생각하며 마리아에게 손을 내밀었다.

“여기는 사실 이야기하기엔 별로 좋은 곳이 아닌데. 온 김에 놀아야겠지.”

“응.”

이렇게 기뻐하는 모습을 보자니 별로 할 말이 없다. 과연 이

꼬마 아가씨가 세건의 방법과 달리 서린에게 미래를 열어줄 수 있을까? 대안이 있는 걸까?

서린은 매표소로 향하며 물어보았다.

"그런데 어떻게 태양 아래로 돌아다닐 수 있는 거야? 신기하네. 다른 흡혈귀들은 죽어버리는 것 같더니."

그러자 마리아는 손가락을 세우고 까딱까딱 흔들었다. 마치 물어봐 주길 바라고 있었다는 듯한 태도다.

"그건 말이지, VT 재생력이 태양에 의해 소모되는 양보다 많으면 가능해. 역시 태양 정도는 극복할 수 있어야 진마라고 불릴 자격이 있지."

"VT? 그건 또 뭔 소리야?"

"으음, 그 한세건이 아무런 말도 안 했어?"

"전혀."

사실 말해주기는 했지만 전혀 기억나지 않는다.

서린은 세건에게 있어서 그렇게 좋은 학생이 못 되었으니까. 그런 주제에 스승에게 책임을 떠넘기다니 무책임하기 짝이 없지만 마리아는 어차피 세건을 싫어했으니 되레 좋아했다. 세건의 불성실함을 발견했다는 기분일까? 마리아는 신이 나서 설명했다.

"그러니까, VT라는 건 흡혈인자를 말하는 거야. 이게 바로 흡혈귀의 생명력이라고 할 수 있지. 흡혈귀들은 다들 어느 정도의 VT를 가지고 있고 이 흡혈인자가 흡혈귀의 몸을 인간과 다른 것으로 변이시키고 재생시키거든. 문제는 이게 태양광 아래에 노출되면 급속도로 파괴되어서 결국 죽음에 이르게 된다는 거지. 하지만 비스트도 정말 불성실하네. 그런 기초적인 걸 가르쳐 주지 않다니."

"아, 뭐 바빴나 보지. 어쨌거나 그러면 너는?"

서린은 약간 양심의 가책을 받으며 마리아에게 질문을 던졌다. 그러자 마리아는 자랑스럽게 말했다.

"나는 태양광에 의해 파괴되는 속도보다도 더 빨리 VT를 재생시킬 수 있는 데다가 몇 가지 마법으로 몸을 지키기 때문에 약간 몸 상태가 안 좋은 정도야. 인간으로 치면 빈혈 같은 느낌일까?"

"그럼 확실히 무리한 거네. 그런데 왜 해가 떠 있는 시간을 약속 시간으로 정하고, 더해서 삼십 분이나 일찍 나온 거야?"

"아, 걱정해 주는 거야, 지금?"

"걱정이고 나발이고, 당연한 거잖아?"

서린이 정색하자 마리아는 입을 가리고 후후후 웃었다. 그 모습이 너무나 귀여워서 쓰러질 지경이다.

'아, 이런 여동생이 있으면 얼마나 좋을까? 아니지. 난 이미 여동생이 있지. 영은이도 이렇게 귀여운 맛이 있으면 좋으련만.'

그러나 어찌 되었든 상대는 흡혈귀의 영주. 방심할 수 없다. 서린은 다시금 물어보았다.

"대체 왜 그렇게 무리하는 거야? 조금 더 늦게 나와도 될 텐데."

"그렇지만 그러면 공원이 곧 닫는걸. 아무리 야간 개장이라고 해도 밤새도록 영업하진 않을 거 아냐?"

"아, 그, 그야……."

서린은 말문이 막혀 버렸다.

4

놀이공원 안은 사람들로 득시글거렸다. 방학이 시작되어서인지 곳곳은 중고등학생들, 대학생들로 붐볐다.

"그러면 놀이기구를 탈 거야?"

서린은 각종 어트랙션들을 바라보며 마리아에게 물어보았다. 인간에 비해 균형 감각이 발달하고 육체가 강력한 서린은 높은 데에 대한 공포감이 없었다. 어지간한 높이에서 떨어진다고 죽을 리도 없고 반응 속도가 빨라서 떨어지는 순간에 두렵다거나 그런 느낌을 받지도 않았다. 흥분되는 게 없달까? 그러다 보니 어트랙션을 통해 재미를 느끼기 힘들었다.

"저거 탈래."

하지만 마리아는 서린과 다른지 아니면 고집을 부리는 것인지 롤러코스터의 줄 앞에 섰다. 서린은 그런 그녀를 보고 피식 웃었다.

"뭐… 타고 싶다면 타면 되지만… 키가 될까?"

"흥! 나 그렇게 작지 않아."

"재보자."

서린은 놀이기구 옆에 설치된 신장 측정용 막대에 다가가 마리아를 세워보았다. 다행히 마리아는 제한 신장보다는 훨씬 컸다.

"우와, 정말이네. 그런데 마리아, 키가 얼마나 되지?"

"백사십삼 센티미터."

"서양 애들은 동양하고 비교되지 않게 성장이 빠르다고 했는데. 그런 걸 보면 엄청 어렸을 때 흡혈귀가 된 거구나."

서린이 그렇게 말하자 마리아는 약간 기분이 상했는지 턱을 당겼다.

"서린은 뭔가 착각하고 있는데, 옛날에는 식량 사정이 그리 좋지 않았기 때문에 체구가 지금 애들처럼 크지 않았어."

"그렇다고는 해도……."

그렇다고는 해도 어린 나이에 흡혈귀가 된 것은 사실이 아닌가? 하지만 마리아는 고개를 저었다.

"난 태어날 때부터 흡혈귀나 다름없었어. 너무 신경 쓰지 마."

"그래."

"그럼 키가 되니까 탈 수 있는 거겠지?"

마리아는 신이 나서 롤러코스터로 향했다. 서린은 어깨를 으쓱하곤 그녀의 뒤를 따랐다.

그렇게 몇 차례 놀이기구를 번갈아가면서 타고 나니 야간 퍼레이드가 시작할 시간이 되었다. 마치 어린이날에 자식들 손에 끌려 나온 부모처럼 마리아를 따라 여기저기 뛰어다니던 서린은 노점에서 솜사탕을 사 들고 마리아와 함께 사람들 사이에 섰다.

퍼레이드와 동시에 곳곳에서 불꽃과 레이저 광선이 하늘을 수놓았다.

"자아. 마리아, 이런 거 먹을 수 있지?"

"아, 고마워."

"뭘 별말씀을. 레이디에게 봉사하는 것이 나의 기쁨이지요."

서린은 능청스럽게 대답하면서 마리아의 곁에 섰다. 이 작은 여자아이가 흡혈귀의 영주라니, 지금도 믿어지질 않는다. 지금도 퍼레이드를 굉장히 기쁜 눈으로 바라보는 게 아닌가?

그런 그녀와 달리 서린은 퍼레이드에서 돌고 있는 무용수들이나 직원들을 보며 저들은 월급이 얼마일까, 저렇게 하고 먹고살려니 애로 사항이 꽃피겠구나, 혹시 나중에 무슨 인간극장 같은 데에 나와서 삶의 애환을 논하지 않을까 하는 현실적인 생각이 앞섰다.

"…그런데 '그'는 어때?"

마리아는 솜사탕을 입으로 가져가며 넌지시 서린에게 물어보았다. 그라면 분명히 세건을 말하는 것일 테지만 그렇게 물어서야 질문자의 의도가 확실하지 않다. 서린은 눈썹을 치켜들며 반문했다.

"어떠냐니?"

"같이 살고 있잖아, 요즘. 혹시 뭔가 고문하거나 세뇌하거나 그러지는 않겠지?"

세건에 대한 흡혈귀들의 인식이 어떤지 잘 알 수 있는 대목이었다. 사실 서린도 그런 인식에 반대할 생각은 없다. 세건은 분명히 필요한 정보를 얻기 위해서는 수단 방법을 가리지 않으니까.

다만 세건이 원하는 정보가 흡혈귀들의 일반적인 인식과 다른 것이기에 서린을 고문하거나 그러지 않을 뿐이다. 서린은 하하하 웃으며 고개를 저었다.

"그렇지는 않아. 뭐랄까, 세건 형은 더더욱 폭넓게 생각하고 있어서……."

언젠가 서린도 세건에게 물어본 적이 있었다. 왜 릴리쓰의 자식인 자신을 이용해서 릴리쓰를 찾을 생각을 하지 않느냐고. 월야를 파멸시키고자 하는 세건으로서는 릴리쓰야말로 가장 먼저 처리해야 할 마(魔)가 아닌가? 하지만 세건의 답변은 단순명료했다.

'어차피 흡혈귀들을 다 죽여 없애면 릴리쓰는 반드시 나온다.'

거참, 장기적인 안목이며 거시적인 시각이로다. 한 치 앞밖에 볼 줄 모르는 흡혈귀들과 서린은 반성해야 할 것이다.

세건은 서린을 이용해 흡혈귀들을 끌어낼 수 있을 만큼 끌어내고 모조리 죽여 버리겠다는 목적으로 서린과 함께하는 것이지, 직접적으로 릴리쓰를 찾기 위해서 서린을 필요로 하지 않는다. 어차피 세건의 목적을 달성해 나가면 필연적으로 릴리쓰가 세건의 앞에 나타날 테니까. 한세건이라는 이는 그런 인물이었다.

서린은 웃어야 할지 울어야 할지 몰랐던 그때를 떠올리며 실소했다.

"그래? 흐음, 평상시엔 그럼 뭐 하고 지내는데?"

"세건 형? 그냥 훈련과 공부의 연속이지. 그렇게 무미건조하게 사는 사람은 처음 봤다니까."

서린은 그렇게 말하면서 마리아를 힐끗 쳐다보았다. 한세건의 이야기를 할 때면 마리아는 꾸중 들은 아이처럼 뾰로통해졌다.

진마라는 위치에도 불구하고 그녀는 한세건을 제압하기는커녕 그에게 자신의 소중한 부하들을 잃었다. 그렇다면 지금 당장 한국을 떠나야 할 텐데 언니의 복수를 하겠다는 일념 때문인지 한국을 떠나려 하지도 않는다.

하지만 이대로 한국에 있어봤자 그녀가 세건을 죽일 수 있을 거라고는 생각되지 않는다. 빈틈없는 세건에 비하면 마리아는 아직 철없는 어린아이일 뿐이다.

"그렇다면 서린은 어쩔 거야?"

"그, 글쎄올시다? 마리아는 어떻게 했으면 좋겠는데?"

"나는 그냥, 나와 같이 가줬으면 하는데. 비, 비록 내가 흡혈귀이긴 하지만 서린이 무사할 수 있도록 지켜줄게. 원한다면 릴리쓰를 찾는 걸 도와줄 수도 있고. 아니면 그냥……."

마리아는 말을 더듬으며 서린의 표정을 훔쳐보았다. 서린이 거절하면 어쩌나 조마조마해하는 모양이다. 약간 상기된 새하얀 피부나 잡티 하나 없는 푸른 눈동자는 마치 잘 만들어진 인형과 같았다. 하지만 이번에는 도저히 귀엽다느니 뭐 그런 외형적인 것에 신경 쓸 상황이 아니다.

도저히 이해할 수 없는 일이다. 만약 서린이 마리아를 따르게 된다 해도 마리아에게는 별로 득이 없지 않은가?

서린을 노리고 있는 것은 마리아뿐만이 아니다. 만약 서린이 마리아의 뜻에 따라 그녀를 따라가게 된다면 서린을 노리던 다른 흡혈귀들이 그녀와 반목하지 않겠는가?

"…대체 그래서 네가 얻는 건 뭔데?"

퍼레이드를 보는 사람들 사이에서 서린은 언성을 높였다. 그러자 마리아는 우물쭈물 대답했다.

"그야… 사실 나도 리림에게는 관심이 있으니까. 조금은 연구를 해야겠지."

"조금은? 난 이해가 안 되는데. 나는 심지에 불붙은 다이너마이트나 다름없어. 세건 형이 나를 받아들인 건 바로 내가 폭탄이라는 점 때문이지만… 세건 형처럼 맛이 간 인간이 아니고서야 대체 심지에 불붙은 다이너마이트 같은 녀석을 왜 필요로 한단 말이야? 조금 연구하려고?"

서린의 언성이 높아지자 옆의 사람들이 서린과 마리아를 힐끔힐끔 쳐다보기 시작했다. 서린은 입을 다물고 마리아에게 손을 내밀었다. 마리아는 서린의 의도를 파악하지 못하고 어쩔 줄 몰라서 우물쭈물했다. 그러자 서린은 마리아의 손을 잡아끌었다.

"따라와."

"아, 그렇지만……."

그때 몇몇 남자가 서린의 앞을 가로막았다. 운동 좀 했는지 다들 어깨가 딱 벌어져 있고 눈매가 날카롭다. 무슨 대학의 운동 서클이 단체로 왔는지 태반이 남자였다.

"어이, 당신 지금 그 아이에게 뭐 하는 거야?"

"애가 싫어하잖아."

역시 어딜 가나 이런 사람들이 있게 마련이다. 아마도 서린이 무슨 인신매매범이나 유괴범쯤으로 보인 모양이다. 세상 아직 썩지 않았어, 살 만한 곳이야. 그런 생각이 들지만 지금은 방해된다.

"제 배다른 동생이에요."

서린은 약간 어색한 어조로 그렇게 말했다.

사실 마리아는 게르만계고 서린은 슬라브와 몽골리안 혼혈이다. 이들이 남매가 되려면 무슨 궁정 음모 서사극 한 편쯤은 쓸 수 있는 가계도가 나와야 한다.

하지만 일반 사람들이 게르만계인지 슬라브계인지 뭐 아나. 피부가 희면 다 미국인인갑다 하고 생각하게 마련이니까.

서린 역시 혼혈아란 티가 꽤 심하게 나기 때문에 둘이 남매라면 아귀가 들어맞는다. 게다가 적당히 한국어 못 하는 티를 내니까 뭐 할 말이 없을 정도다. 서린의 능글맞음은 이미 구렁이 일개 소대 급이 되어 있었다. 그래도 혹시 모르니 남자들은 마리아에게 확인 차 물어보았다.

"지, 진짜입니까?"

한참 어린 소녀에게 존댓말을 하다니……. 하지만 마리아의 용모나 복장 등이 비범하기 때문에 사람들을 압도하는 힘이 있었다. 아니면 용모나 복장이 아니라 정말 진마로서의 품격이란 게 있을지도? 마리아는 서린의 손에 끌려가면서도 고개를 끄덕였다.

"예. 우, 우리 오빠예요."

"…들었죠?"

서린이 반문하자 남자들은 모두들 할 말이 없어서 물러났다. 서린은 마리아를 이끌고 대관람차로 향했다. 퍼레이드 시간이라 불꽃놀이며 레이저쇼를 구경하기 위해 대관람차에는 사람이 많이 몰려 있었다.

"왜 이런 곳에? 저거 타는 거야?"

"응. 저 안이면 이야기하기 괜찮겠지. 어쨌거나 좀 제대로 이야기해 봐. 난 납득이 안 되니까. 테트라 아낙스랑 너는 같은 편이 아니었어?"

흡혈귀의 맹주 테트라 아낙스는 모든 것을 예지하고 인간들의 마음을 조종하며 그로써 흡혈귀들을 인간들의 이목으로부터 지켜낸다. 정보와 마음을 통제하는 테트라 아낙스의 힘이야말로 그들을 흡혈귀의 맹주로 만들어준 원동력이다.

그래서 흡혈귀인 마리아가 테트라 아낙스의 기본 방침에 반하는 움직임을 보이는 것은 이해하기 힘든 일이었다.

하지만 마리아의 생각은 달랐다.

그녀의 언니, 메시아는 테트라 아낙스에 협력하는 친테트라 아낙스 파의 흡혈귀였고 흡혈귀로서의 힘도 강력했다. 결코 이 동방의 작은 나라에서 살해당할 이유가 없었다. 그리고 그런 그녀의 죽음 정도는… 테트라 아낙스가 예지했을 것이다.

하지만 테트라 아낙스는 정작 중요한 정보는 자신들이 독식할 뿐, 결코 남들에게 알려주는 법이 없었다. 아니, 어쩌면 의도적으로 정보를 은폐했을 수도 있다.

“테트라 아낙스는… 흡혈귀들이 한국에서 살해당할 걸 알고 있었어. 하지만 그들은 자신들의 입김이 닿는 석세서들로 흡혈귀 계파를 재편성하기 위해서 일부러 그 사태를 묵인했지. 그 결과 내 언니가 살해당한 거야. 그러니까 나는 테트라 아낙스에 협력하지 않을 거야.”

마리아의 말이 진실인지 어떤지는 모르지만 그녀가 그렇게 생각하고 있다는 사실만은 분명한 것 같았다.

하지만 플렉스 메디칼이 한국에 투자한 금액은 2,000억 원이 넘었다. 한국 본사 빌딩만 800억짜리 건물이었고 온양 근처에 설치한 플랜트와 연구 시설 등에 직원들 복지 후생을 위한 시설 등을 설치하다가 세건에 의해서 파괴당하고 철수하고 만 것이다.

본사가 철수하긴 했어도 대행사들을 통해 플렉스 메디칼제의 약들은 여전히 한국에 유통되고 있다. 그렇다 해도 한국에서 플렉스 메디칼이 입은 타격은 막대하다.

흡혈귀들의 사회 쪽으로 보면 그 타격은 더더욱 심각했는데 플렉스 메디칼 한국 본사의 빌딩이 든 보험 역시 테트라 아낙스의 입김이 닿아 있는 보험사였기 때문이다.

보험사의 수신고를 늘리기 위해 아무 생각 없이 자신들의 계열사에 보험을 들어놨다는 증거였다. 만약 한세건이 건물을 폭파할 것까지 예지했다면 보험사는 다른 곳으로 두었어야 정상이 아닐까?

물론 무한한 삶이 가져다주는 채권 이득만으로도 부자가 될 수 있는 흡혈귀들이 돈에 집착하지 않으리란 건 쉽게 생각할 수 있다. 그러나 그렇다고 해도 세건이 테트라 아낙스에게 입힌 피해는 막대하다. 물질적인 피해도 피해지만 정신적인 측면은 이루 말할 수 없다.

흡혈귀의 맹주씩이나 되는 이가 그런 불명예를 일부러 당하면서까지 흡혈귀 사회를 재편할 필요가 있었단 말인가?

"마리아, 그러면 너 위험하지 않아? 혹시 살기도 힘든 거 아냐?"

서린은 갑자기 걱정되어서 그녀를 바라보았다. 그러나 마리아는 주먹을 불끈 쥐었다.

"아직 나에게는 언니가 물려준 재산이 있어. 경영권은 경영진에게 줬고 몇 가지 지분은 테트라 아낙스와 팬텀 등에게 빼앗겼지만 아직도 채권과 주식, 권리서가 남아 있거든? 다 합치면 미국 달러로 백억 달러쯤 하려나?"

마리아의 언니, 진마 메시아가 700년간 모아온 부가 약 100억. 보통 인간은 꿈도 꾸지 못할 엄청난 금액이다. 한화로 100억이래도 눈이 돌아갈 판인데 미화로 100억이라니? 서린은 깜짝 놀라서 마리아를 돌아보았다.

"…잠깐. 백억?"

"응."

마리아는 고개를 끄덕였다.

"마리아, 나랑 결혼해 줘."

"……!"

마리아는 깜짝 놀라서 서린을 바라보았다. 그러자 서린은 피식 웃으며 손을 내저었다.

"아, 아니, 농담이야. 하하핫. 아, 진짜. 농담은 좀 농담답게 받아쳐 주는 맛이 있어야지, 그렇게 정색을 하고 놀라면 어떻게 해? 하지만 백억이라……. 으음, 아하하핫! 로또를 한 천 번 정도 맞으면 될까?"

"…서린은 저질이야."

마리아는 어처구니가 없다는 듯 그렇게 말했지만 화를 내지는 않았다.

"하지만, 음, 농담으로라도 청혼받은 건 이번이 처음이야."

"그야 아무리 보아도 법적으로 결혼할 수 있는 나이 같지는 않으니까. 실제야 어찌 되었든 간에 말야."

서린은 피식 웃으며 마리아의 손을 잡아끌었다. 슬슬 밀려 있던 줄이 빠져나가고 서린과 마리아가 탈 차례가 된 것이다. 아르바이트생임이 분명한 공원 관리인이 서린과 마리아를 보고 둘인지 물어보았다.

"그러면 즐거운 하루 되십시오."

자유이용권을 확인한 아르바이트생은 파블로프의 개가 종치면 침을 흘리듯 습관성 인사를 하고 다음 사람으로 향했다. 서린과 마리아는 대관람차 안에 들어가서 서로 마주 보고 앉았다.

"음……. 자, 그러면 이야기가 또 다른 데로 샜는데, 대체 왜 나에게 이렇게 잘 대해주는 거야?"

"응?"

"난 늘 그게 궁금했어. 내가 릴리쓰의 자손이라고 쳐. 음, 아니, 아마도 확실하겠지. 여하간 릴리쓰의 자손이 그렇게 가치가 있다는 건 알겠어. 날 잡겠다고 대단한 괴물들이 우르르 몰려들고 하는 걸 보면 말야. 그렇지만 마리아는 다르잖아? 왜 나에게 그냥 접근하는 거야? 그리고 내가 세건 형이랑 같이 살고 있으니 위험하다는 생각 안 했어? 사실 난 지금도 발신기를 달고 있다고."

"발신기?"

마리아의 표정이 일순 돌변했다. 그녀로부터 차가운 한기가 뿜어져 나오며 어둠이 스멀스멀 피어오른다. 원래 새하얗던 피부가 더더욱 하얗게 변하고 푸른 눈동자에서는 안광이 뻗어 나온다. 그 위압감은 흡사 턱에 차가운 칼날이 들이밀어진 것 같았다.

역시 민감한 주제였나? 그러고 보면 역시 마리아가 진마이기는 하다. 방금 전까지는 귀엽기 그지없더니만 살기를 발하는 순간에는 주위의 공기가 얼어붙는 것 같다. 하지만 서린은 이

상황에서도 태연하게 굴었다.

"응. 형이 그거 없으면 절대 내보내 주질 않거든. 뭐, 도청 장치는 없지만."

"아, 그런 거야?"

역시 마리아는 이해가 빠르다. 그녀는 자신이 쓸데없는 것에 반응했다는 걸 깨닫고 부끄러워하며 살기를 거두었다.

발신기는 어디까지나 세건이 걸어둔 보험이지 서린이 자발적으로 마리아를 함정에 빠뜨리고자 한 게 아니라는 걸 알아챈 것이다. 하지만 마리아가 이해가 빠르고 손이 늦게 나가는 성격이라 망정이지… 세건 같았으면 벌써 주먹과 발이 날아들어서 서린을 반쯤 죽여놨을 것이다.

"아, 저기… 미, 미안."

마리아는 갑자기 울 듯한 표정을 짓고 사과를 했다. 하긴 그녀는 서린에게 그런 모습을 보여주고 싶지는 않았을 것이다. 서린은 피식 웃으며 손을 내저었다.

"괜찮아, 괜찮아. 뭘 그런 걸 가지고."

"으응. 아니, 그래도……."

"아, 마지막 불꽃놀이가 시작되었는데?"

서린은 고개를 옆으로 돌려서 하늘을 수놓는 불꽃놀이를 지켜보았다. 퍼레이드의 끝을 알리는 마지막 불꽃놀이를 바라보며 그는 싱글싱글 웃었다. 아무리 그래도 역시 마리아는 서린에게 너무 친절하다. 이런 아이라면 서린을 속여서 뭘 얻어내고자 하는 건 아니리라.

"무엇보다 부자고 말이지."

"응?"

"아니, 아무것도 아니야. 하하핫."

서린은 대관람차의 창밖을 바라보며 히죽거렸다. 그러자 마리아는 다시 불만스러운 표정을 지었다.

"서린은 맨날 딴청이야."

"아니아니, 됐어. 뭐, 이야기는 잘 알아들었으니까. 고마워, 마리아."

세상이 온통 그를 이용하려 하는 판에 마리아만은 순수한 호의로 다가왔다는 사실을 확인했기에 서린은 고마워했다. 왜 호의를 가지게 되었는지는 의문이지만 그걸 물어보는 건 실례가 될 것 같다.

"흥! 왜 갑자기 감사하는 거야? 방금 전까지 엄청 의심한 주제에. 쳇."

마리아는 서린의 태도가 돌변하자 다시 새침해졌다. 그 모습이 영락없는 어린아이라 서린은 왠지 안심이 되었다. 흡혈귀라고 해도 악인이 있는가 하면 선인이 있고 각각의 개성이 있다는 것을 다시금 확인하니 방황하던 마음도 어느 정도 정리가 되었다.

"하하핫. 그래, 제의는 고맙지만 사양할래."

마리아를 따라가게 된다면 그녀에게 주어지는 부담이 너무 크다. 게다가 그렇게 되면 한세건은 과연 서린을 용서할까? 아마 절대로 용서하지 않을 것이다.

세건에게 미움받고 싶지도 않고 마리아에게 부담 지우고 싶지도 않다. 그렇다면 결국 지금 이 상황이 가장 낫지. 하지만 마리아는 도저히 서린을 이해할 수가 없었다.

"응? 아니, 왜? 그는 위험해. 광기의 화신이란 말이야. 게다가… 그는 필요가 없어지면 널 죽일 텐데도?"

"그야……. 뭐 지금도 말 한마디 잘못하면 바로 날 한 번씩 죽이긴 하지만 말야. 그래도 뭐랄까, 본바탕은 그리 나쁜 것 같지 않더라고."

"바탕이 나쁘지 않다? 바탕이 나쁘지 않으면 지금 미쳐 있는 인간이 다시 착해지기라도 한대?"

"아아, 그래도 뭐 다 이해의 범위 안이랄까."

마리아는 서린의 말에 기가 막혔다. 그녀가 알고 있는 한 한세건은 인간이라고 해서 사정 봐주는 놈이 아니었다. 그런데 그게 이해의 범위라고? 그렇다면 서린의 이해 범위는 통신위성 한 대분의 수신 범위와 맞먹는 게 아닐까?

"대단하다, 서린."

마리아는 엄지손가락을 세우지 않을 수 없었다. 서린은 한숨을 내쉬며 마리아의 손을 잡았다.

"그리고 마리아, 부탁인데 세건 형을 피해. 어차피 세건 형은 인간이야. 한 세기를 넘게 사는 네 입장에서는 그냥 내버려 둬도 앗 하는 순간 사라지잖아."

"그렇기 때문에 더더욱 내버려 둘 수 없는 거야. 이대로 시간이 지나서 그를 놓쳐 버리게 되면 내 언니의 죽음은 어떻게 보상받지?"

마리아는 한숨을 내쉬었다. 이러니저러니 해도 서린은 이미 마음을 굳힌 것 같았다.

"마음을 완전히 정한 거지?"

"응."

"그러면 다음번에 만날 때… 우린 적이 되는 거야?"

어느 정도 엄포성 발언이지만 서린은 피식 웃을 뿐이었다.

"난 그러고 싶지 않은데. 마리아는 그러고 싶어?"

서린의 능청스러움에 마리아는 두 손 들고 말았다.

"정말… 같은 편도 아니고 적도 아니고. 그런 게 어딨어?"

"그래도 우린 친구가 될 수 있을 거라고 생각해. 마리아는 안 그래?"

서린은 그렇게 말하며 자리를 털고 일어났다. 대관람차는 슬슬 한 바퀴를 돌아서 마침내 제자리로 돌아왔다.

"응. 그랬으면 좋겠다."

마리아는 웃으면서 서린과 함께 대관람차를 내려왔다. 그녀는 허리 뒤로 팔을 돌려서 깍지를 끼고 빙글 돌면서 서린을 돌아보았다.

"오늘 정말 재밌었어."

"응, 나도. 하지만 마리아, 아무리 태양광에 죽지 않는다 하더라도 다음부터는 그렇게 무리하지 마."

"다음부터는?"

마리아는 서린의 말을 듣고 깜짝 놀라서 반문했다. 그러자 서린은 히죽 웃으면서 볼을 긁적였다.

"그래, 다음부터는."

"……."

마리아는 눈을 내리깔고 잠시 생각에 잠겼지만 이내 미소로 화답했다.

"응!"

"그러면 나갈 때까지 같이 가자. 자, 팔짱."

"응."

마리아는 신이 나서 서린의 팔을 끌어안았다.

第9夜

Glare

1

자재가 쌓여 있는 공사장에 사람들이 모여 있었다. 특이하게도 태반이 외국인이었다. 노르만계, 게르만계, 앵글로 색슨계, 아프리카계, 네이티브 아메리칸계……. 인종 전시장이라고 해도 과언이 아닐 만큼 많은 인종이었다.

그들 사이에 노르만계의 백발 청년이 토관 위에 앉아서 풍선껌을 불고 있었다. 야구 모자를 눌러쓴 그는 콧잔등에 밴드를 붙이고 반짝이는 귀걸이를 하고 있었는데, 잘 보아야 10대 후반이나 20대 초반 정도로밖에 보이지 않는다.

진짜 오래 입어서 여기저기 헤진 청바지를 입고 밑창이 유달리 두꺼운 스니커를 신은 그는 풍선껌을 불면서 동료들을 체크해 보았다.

"…다 왔나?"

"그런 것 같은데."

그 옆에는 하나하나 정성스럽게 본드로 머리칼을 붙여 만든 힙합 머리의 흑인이 투덜거리고 있었다.

"돈 없어 죽겠어. 비자가 관광 비자라서 일도 못 하겠는데, 처리할 거 다 처리했으면 돌아가지?"

그들은 흡혈귀 클랜 중 가장 개방적이라고 자부하고 있는 에스프리였다. 토관 위에 앉아 있는 청년이 바로 이들의 리더라고 할 수 있는 진마 아르곤이다. 다른 흡혈귀 진마들이 오랜 세월 동안 재물을 모아 부자가 되어 있는 반면 아르곤은 별다른 일 없이 되는대로 살아왔기 때문에 에스프리는 모든 흡혈귀 클랜 중에서 가장 가난했다.

한국에서의 활동도 극히 미비했는데, 이는 그들의 활동을 지탱해 줄 만한 자금이 없기 때문이었다. 돈 없으면 인간이나 흡혈귀나 서러운 것은 마찬가지다.

"그러면 물어보지. 릴리쓰의 자손이 한국에 있다는데 한번 봐야겠다는 자는 손 들어봐."

아르곤은 클랜의 구성원들에게 그렇게 물어보았다. 하지만 모두들 서로서로의 눈치만 볼 뿐 누구도 손을 드는 이가 없었다. 상명하복인 다른 흡혈귀 조직들과 달리 자유의사를 존중하다 보니 항상 이렇다. 아르곤은 모자를 벗어서 손가락에 꽂고 빙글빙글 돌리면서 한숨을 내쉬었다.

"정말 다들 해도 해도 너무하는군. 뭐, 어제오늘 있던 일도 아니지만."

그는 토관 옆에 세워둔 장도를 집어 들더니 끈을 잡아서 등에 메었다. 자신 혼자서라도 뭔가 일을 벌이겠다는 의사표시였다.

"아르곤 혼자서 충분하잖아? 다른 애들이 돕겠다고 나서봐야 방해만 될 뿐이니까."

"그럴 거면 왜 클랜인 거지? 온라인 게임 같이 하는 애들도 이것보다는 더 단결력이 있겠다. 좋아, 싫다는데 강요할 필요도 없지. 그러면 다들 철수하도록 해. 배랑 여권은 구해뒀으니까 빠져나갈 사람들은 빠져나가고."

아르곤의 말이 끝나자 흡혈귀들이 상자를 가져오더니 그 안에 있는 여권과 티켓을 나누어 주었다. 흡혈귀들은 그것들을 받아 들더니 안도의 한숨을 내쉬었다. 아르곤은 못내 아쉬운지 허리띠를 잡고 자신의 클랜원들을 내려다보았다.

"정말 다들 오래 사는 데에만 집착해 가지고. 그렇게 살면 재미가 없잖아? 삶이란 건 원래 험난해야 재미있는 법인데 이건 뭐."

그러나 그때 그의 귀에 누군가의 발소리가 들려왔다. 아르곤은 풍선껌을 입에서 꺼내서 10대 소년이 교실에 껌 붙이듯 토관에 딱 붙인 뒤 등에 매고 있던 장도(長刀)를 빼 들었다.

스르릉!

새하얀 냉기가 뿜어져 나오는 장도가 모습을 드러냈다. 칼날에 검푸른 파문이 있고 칼등은 두텁다. 칼등의 옆을 따라서는 기다란 혈조가 나 있는데, 그 혈조는 고동에 가까운 부분에서는 두 갈래로 갈라져 있고 칼날 끝으로 가면 갈수록 얇아진다.

칼의 코가 되는 부분은 예리하게 다듬어져 있다. 모든 면에서 볼 때 이 도가 범상치 않은 물건이라는 것을 알 수 있었다.

휘이이잉!

바람이 불어오며 공사장의 안전망이 펄럭거린다. 그때 공사장 입구로 선글라스를 쓴 남자가 걸어 들어왔다.

그는 진한 다갈색 피부를 가진 남방계 아시아인이었는데 머리는 노랗게 염색해서 화사해 보일 지경이었다. 하와이안 남방을 걸치고 반바지를 입고 있는 그 모습은 영락없는 관광객이다. 하지만 이곳은 관광객이 올 만한 곳이 못 된다.

"누구냐?"

흡혈귀들은 모두 그를 보며 경악했다. 아르곤 이외에 그의 접근을 알아챈 이가 없다니, 흡혈귀의 이목을 속일 정도면 이 만저만한 괴물이 아니리라. 하지만 그는 자신을 험악한 표정으로 바라보는 흡혈귀들을 무시한 채 손을 흔들며 아르곤에게 인사를 했다.

"어이! 아르곤! 이봐, 그렇게 칼을 빼 들다가 만약에 경찰에라도 걸리면 어쩌려고 그래?"

"언제 한국에 들어왔지, 아그니?"

아르곤은 상대가 흡혈귀, 아그니임을 알고 장도를 거두었다.

아그니는 남아시아계 흡혈귀로 미얀마와 캄보디아 등지에서

활약하는 단독형 흡혈귀였다. 클랜을 만들지 않고 모든 힘을 독식하려 하는 그 성격은 테트라 아낙스의 지배를 거부하기 때문에 아르곤과는 어떤 의미에서는 일맥상통하기도, 어떤 의미에서는 대립하기도 했다.

하지만 아무리 눈엣가시라 해도 진마들은 어지간해서는 서로 싸움을 하지 않았다. 그들이 싸우게 되면 둘 중 하나는 반드시 죽게 되므로.

아그니는 능청스럽게 아르곤에게 다가왔다. 흡혈귀들이 놀라서 그를 제지하려 했지만 아르곤은 손을 저어 그들을 막았다.

"나도 릴리쓰의 자손에게는 관심이 있어서 말야. 어때? 도움도 안 되는 부하들 대신 나랑 손잡는 게? 한세건이란 놈을 잡는 데 나만큼 특화된 녀석도 없을걸?"

아그니는 자신 있게 가슴을 두들겼다. 발화 능력을 특기로 가지고 있는 그는 폭탄을 주 무기로 쓰는 한세건에게 있어서는 천적이라고 할 수 있었다. 폭탄을 발화시키면 제아무리 뛰어난 능력을 가진 흡혈귀 사냥꾼이라도 제힘을 발휘하지 못할 터. 아그니의 말대로 그야말로 흡혈귀 사냥꾼, 한세건을 잡는 데 특화된 자였다.

하지만 아르곤은 고개를 가로저었다.

"이봐, 혼자서도 잘한다고 지금까지 그렇게 설쳐 댔으면 혼자서 잘해보라고. 괜히 나를 끌어들이지 말고. 게다가 나는 그 한세건이란 친구를 죽일 생각은 없어."

비록 흡혈귀라면 상관없이 이빨을 드러내는 광견이라고 해도 아르곤은 한세건을 막을 이유가 없었다. 테트라 아낙스의 체제 전복을 꿈꾸는 그로서는 한세건과 같은 와일드카드가 많으면 많을수록 좋았다. 게다가 아르곤은 아그니를 신뢰하지 않았다.

"정말 좋은 기회라는데도 그러는군."

그의 말은 마치 TV 홈쇼핑에 나오는 쇼핑호스트의 상투적인 멘트와 닮아 있었다. 자신의 상품성을 판다는 점에서는 태생적으로 같으니 당연한 결과다.

"엿이나 먹어."

아르곤은 아그니를 향해 가운뎃손가락을 들었다. 단순한 제안의 거부치고는 지나친 반응이지만 아그니는 화를 내지 않았다. 욕먹는 데 익숙지 못하면 큰 악당이 되지 못하는 법. 그런 의미에서 아그니는 대물이라 하겠다.

그때 하늘에서 번개가 번쩍이더니 곧 먹구름이 몰려들었다. 본격적인 장마가 시작되려는 모양이었다.

마리아와 만나고 돌아온 뒤로 서린은 세건이 자신을 예의 주시하고 있다는 것을 알게 되었다. 도청을 하거나 그런 것 같지는 않지만 역시 대충은 짐작하고 있는 것일지도 모른다. 하지만 세건 성격에 마리아를 만났다는 걸 알게 되면 가만히 있을 것 같지는 않은데 왜 서린을 가만히 두는 것일까?

"흐으음."

세건은 심각한 표정으로 컴퓨터 앞에 앉아 있었다. 장마라비는 주룩주룩 쏟아지는데 에어컨디셔너는 열심히 제습을 위해 돌아간다.

전자 제품이 많은 세건의 작업장은 습기를 천적으로 여기고 있으니 당연한 일이다. 서린으로서는 약간 춥지 않나 싶었지만 세건의 분위기상 그런 말을 꺼낼 수가 없었다.

저렇게 심각한 표정을 하고 있을 때는 안 건드리는 게 상책이지. 가뜩이나 찔리는 것도 많은 판국에 뭐라고 했다가는 목숨이 위험하다.

"역시 아무래도 내 손에 걸리지 않은 미친놈이 있나 보군."

이런저런 정보를 검토하던 그는 결론을 내렸다. 노숙자들에게 식사를 제공하는 자선단체 등의 자료나 증언을 토대로 검토해 본 결과 여전히 흡혈귀가 노숙자들을 습격하고 있다는 결론이 도출되었다.

거리의 흡혈귀 상당수를 죽여온 세건에게 있어서 이는 당돌한 도전이었다. 그에게 있어서 흡혈귀 박멸이 성스러운 사명이라면 이는 성전을 유린하는 이교도의 흙 묻은 구두였다. 하지만 서린은 그런 사실을 이해하지 못하는지 눈을 동그랗게 뜨고 반문했다.

"형보다 더 상태가 안 좋은 놈이 있어요?"

"……."

세건은 발을 들어서 의자에 앉아 있는 서린의 머리를 찼다. 그러자 서린은 세건의 발에 맞으면서도 고개를 끄덕였다.

"그렇지, 역시 형보다 더 미친 놈은 없을 거야. 내가 경솔했어."

"요즘 많이 개기는구나. 뭔가 할 말이라도 있냐?"

세건은 얼굴 근육에 경련을 일으키면서까지 억지로 웃고 있었다. 그렇게 웃으니 정말 무서웠다.

"…아, 아니요."

서린은 고개를 저었다. 사실 마리아와 만난 이후로 서린은 흡혈귀 사냥에 대한 입장을 다시금 정리해 보고 싶었다.

흡혈 본능에 충실하게 인간들을 사냥하는 이가 있는가 하면 흡혈귀라고 해도 선량한 부류가 있다. 서린은 그것들을 구별하고 싶었다. 하지만 그런 이야기를 갑자기 꺼내면 그렇지 않아도 눈치가 빠른 세건이 뭔가를 알아챌지도 모른다.

"허튼소리 할 시간이 있으면 훈련이나 좀 하지그래. 아니면 하다못해 어린 시절의 기억을 떠올리든가."

세건은 서린에게 으름장을 놓았다.

롯시니 베르게네프와 이사카 베르게네프라는 단어를 가지고 이르쿠츠크로 조사원을 파견하기 위해 세건은 1,300만 원이라는 돈을 써야 했다.

하지만 그가 알아낸 것은 그 이름이 앙가라 강 상류에 위치한 까야라는 작은 마을에 베르게네프란 군인의 자식으로 등록되어 있고 4세 때 홍역으로 사망했다는 사실뿐이었다.

릴리쓰로 추정되는 베르게네프의 두 번째 아내는 심한 우울증을 앓다가 투신자살한 것으로 기록에 남아 있었지만 과연 사실일지 어떨지는 모른다.

이런 얼마 안 되는 정보를 위해 1,300만 원이나 쓴 세건의 심경은 그다지 좋지 않았다. 테트라 아낙스의 조사원들과 충돌할 가능성도 있었으니 그만한 거금을 주는 것은 당연했지만, 애초에 서린이 기억을 떠올리면 다 끝날 일이 아닌가!

하지만 서린은 전혀 기억해 내지 못했다.

"그게… 너무 어린 시절인데 기억이 떠오를 리가."

"그러냐?"

세건은 한심하다는 듯 코웃음 쳤지만 어쩔 수 없는 것은 어쩔 수 없었다.

그 후 김성희와 협력해서 서린에게 다시금 최면을 걸어보았지만 한번 최면을 당해서 기억의 일부가 해제된 이후에는 내성이 생겼는지 잘 걸리지 않았다.

하긴 일반인도 너무 어린 시절의 기억은 잘 못하는 법인데 서린은 아예 기억에 봉인이 걸리고 기억을 조사하려는 이의 정신을 태워 버리기 위한 강력한 함정형 마법까지 걸려 있는 상태다. 이렇게 보안이 철저하게 되어 있는데 쉽게 기억을 엿볼 수 있을 것 같지는 않다.

그러고 보면 그 남미에서 날아온 마법사들의 실력은 세건이 생각했던 것과는 달리 상당히 출중한 것 같았다. 김성희조차 보지 못할 만큼 강력한 봉인으로 보호되고 있는 서린의 기억을 일시나마 엿볼 수 있었다니.

김성희가 뛰어난 마법사이긴 하지만 모든 방면에 다재능통하지는 못했다. 그에 반해 아이작 계파의 마법사들은 한 명 한 명은 그리 뛰어나지 않지만 대신 각자의 계열에 특출한 이들을 모아서 팀을 편성, 그들을 한국으로 보낸 것이리라.

서로 간에 신뢰가 있다면 더할 나위 없이 합리적인 구조라 하겠는데……. 세건에게는 그 방면으로 도움받을 수 있는 이가 없었다.

기억을 되살리는 것은 당분간 보류인가? 세건은 한숨을 내쉬고 의자에 앉았다. 그는 깍지를 낀 채 초췌한 눈초리로 서린을 바라보더니 물어보았다.

"네가 해보지 않겠냐?"

"예? 뭘요?"

"그 녀석을 잡아봐. 민간인을 마구 죽여 버리는 흡혈귀를 잡는 정의의 사도라면 너도 불만이 없겠지?"

그는 머리를 짓누르며 그렇게 말했다.

세건은 흡혈귀의 선악을 가리지 않는다. 흡혈귀 살해를 일상적으로 범하는, 아니, 의무적으로 범하는 그에게는 커다란 아이러니가 있었다. 역설적으로 그는 살생을 증오하고 그것을 정당화하는 것을 혐오하기 때문에 악한 흡혈귀니까 죽여도 괜찮다는 식의 발상을 용납하지 못했다.

그럼에도 불구하고 흡혈귀를 죽여야 했기에 그는 흡혈귀의 선악을 판단하지 않는다. 누군가가 선하고 악하기 때문에 죽여 버린다는 오만한 판단을 내리는 대신 먹이를 사냥하는 맹수의 심정으로 전력을 다해 밤을 달린다.

먹이가 선하든 악하든 관계없이, 자신의 목숨을 걸고 흡혈귀를 사냥하는 것이야말로 세건의 도덕심을 마비시키고 자유로이 살상할 수 있는 힘을 주었다.

하지만 서린은 세건이 아니다. 그는 세건처럼 혐오와 경멸로 자신을 마모시키지도 않았고 그저 릴리쓰의 자식이란 이유로 아무런 동기 없이 월야의 세계에 들어오게 되었다. 그에게 있어서 유일한 동기라 할 수 있는 것은 바로 자기 보전이었고, 세건이 그를 지켜주는 한 그는 자신의 힘으로 싸워야 할 이유를 가지지 못했다.

그게 세건을 미치게 만들었다. 자신이 지켜주지 않으면 서린은 죽는다. 하지만 그가 서린을 지켜주고 있는 한 서린은 하염없이 늘어져서 세건에 빌붙어 살 뿐이다.

마치 백수 자식을 둔 부모의 심정 같았다. 먹여주지 않고 재워주지 않고 밖으로 내쫓자니 죽어버릴지도 모르고, 그렇다고 먹여주고, 재워주고, 입혀주면서 집에 두자니 인간이 피폐해지는 데다가 폐가 이만저만이 아니다.

아직 20대 초반에 결혼도 해본 적 없는 세건이 어째서 이렇게 커다란 혹을 달고 살아야 한단 말인가?

"아이, 왜 또 그렇게 어두운 표정을 지어요? 형, 좀 웃고 살아요. 근심을 털고 살아도 짧은 인생인데 뭘 그렇게……."

그 근심의 원흉인 주제에 서린은 활달하게 웃으며 세건을 위로했다. 세건은 서린을 밀어내면서 말했다.

"여하튼 간에 홈리스들을 습격하고 있는 이놈의 활동 패턴을 분석했으니까 너는 오늘부터 순찰을 돌아. 인간을 죽여대는 놈이 상대라면 너도 싸울 마음이 나겠지? 나는 그런 식은 절대로 인정하고 싶지 않지만 동기를 부여한다는 점에서는 이런 방식도 괜찮을지 모르지."

"…설마, 누가 사람 죽이고 싶어서 환장한 것도 아니고. 아무리 구실이 있다고 해도 싸우고 싶어 하는 사람은 없어요."

서린은 정색을 했다. 설령 인간을 살해하는 살인자를 본다고 해서 바로 그 살인자를 죽이려 드는 인간은 없는 법이다. 물론 세건이 비아냥거리기 위해서 그렇게 말한다는 것은 알 수 있었다.

"사람이 아니라 흡혈귀야."

"인간처럼 생각하고 인간처럼 감정도 있는데 사람이나 다를 바 없죠."

사람을 사람답게 하는 것은 생각의 힘이다. 흡혈귀에게도 생각이 있다면 그 마음은 사람의 것이리라. 그러나 세건은 그런 서린을 비웃었다.

"그렇다면 너는 식물인간은 인간으로 보지 않겠군, 서린."

"그것과는 사정이 달라요."

"사정이야 다르겠지. 하지만 세상이 언제 네 편한 대로 사정 봐주든? 자, 비옷을 챙겨놨으니까 얼른 입고, 당장 나가!"

세건은 떠밀다시피 서린을 밀어냈다. 그러자 서린은 할 수 없다는 듯 밀려나며 비옷을 걸치고 기관단총을 몸 안에 숨기며 투덜거렸다.

"알겠어요. 그런데 형, 대체 왜 갑자기 이렇게 나를 몰아내는 거예요? 그 조반니인가 뭔가 하는 흡혈귀가 아직도 저를 노리고 있을 텐데?"

"도저히 못 참아서 이런다, 왜?"

세건이 그렇게 말하자 서린은 갑자기 아하 하고 손뼉을 치더니 고개를 끄덕이며 다가와 세건의 어깨를 툭툭 쳤다. 그러면서 마치 뭐든지 다 이해한다는 옛날 얄개물의 고교 교사처럼 느끼한 어조로 말했다.

"음, 역시. 형, 나를 몰아내고 야한 거 보려고 그러는 거죠? 포르노 동영상이나 뭐 그런 거? 으음, 내가 또 그런 맘 다 알죠. 같은 남자끼리잖아요? 별로 숨길 것 없어요. 못 참겠으면 솔직히 말하고 해도……."

"……."

세건이 갑자기 활짝 웃었다. 물론 정말 웃겨서 웃는 것 같지는 않았다.

"네가 오늘 죽고 싶어서 염통이 팔딱거리는구나."

"하하하. 서, 설마요."

서린은 도망치듯 집 밖으로 달려 나갔다.

2

장대비가 거세게 쏟아지고 있었다. 마치 신문 배달부처럼 투명한 비닐 비옷을 입은 서린은 비를 피해서 지하도로 걸어왔다. 서울역 앞의 지하도는 장맛비를 피해 들어온 홈리스들로 북적거렸다. 지하도의 상인들은 그런 부랑자들을 노골적으로 싫어했지만 매정하게 내쫓는 이는 없었다.

서린은 그런 이들을 바라보며 볼을 긁었다.

"하여튼 형도 참."

비가 오는 날이면 흡혈귀들이 대낮에도 활동할 수 있다. 하지만 노숙자가 많은 곳은 사람의 유동량도 많게 마련이라 대낮부터 흡혈귀 사건이 일어나지는 않을 것이다. 그럼에도 불구하고 세건이 서린을 밖으로 내보냈다면 이건 정말 낚시다. 서린을 미끼로 흡혈귀를 낚으려고 하는 것이 틀림없다.

"내가 떡밥도 아니고 원."

서린은 투덜거리며 디지털 녹음기를 꺼내 들었다. MP3 포맷으로 음성을 녹음하는 이 디지털 녹음기는 노숙자들의 이야기를 녹음하기 위해서라기보다는 좀 더 수월하게 말을 걸기 위한 소품이었다.

하지만 일반적인 노숙자를 인터뷰해 봐야 얻을 게 없다. 뭔가 좀 그럴듯한 사람이 없을까? 서린은 이리저리 돌아다니다가 문득 종이 상자를 접고 있는 노숙자 한 명을 발견했다.

왠지 모르지만 심장 뛰는 소리나 몸에서 나는 땀 냄새 등이 긴장되어 있다는 느낌을 주었다. 아마도 뭔가 불안해할 일이 있는 것일지도? 서린은 그런 예감을 받고 그에게 다가갔다. 그는 계단 옆에 쌓여 있는 종이 박스를 접다가 서린이 다가오자 퀭한 눈으로 그를 돌아보았다.

그 순간 그에게서 악취가 풍겨 오르는데 사람 잡을 정도다. 하지만 서린은 악취보다는 그 사람의 몰골에 더 눈이 갔다. 눈이 겁에 질려 있고 심장박동도 불규칙하다. 목면으로 만든 장갑을 끼고 있는데 그 손이 덜덜 떨리고 있다.

얼굴은 씻지를 않아서 개기름이 줄줄 흐르는데 그는 그 손으로 얼굴을 쓰윽 문지르며 서린을 돌아보았다.

"무슨 일이지, 학생?"

"아, 저기, 인터뷰를 좀 해도 될까요?"

"인터뷰? 흥, 뭔데 그래?"

노숙자는 주위를 힐끔힐끔 쳐다보며 서린에게 다가왔다. 아무렇게나 자란 머리에서 쉰내가 화악 몰려들어서 서린은 눈살을 찌푸렸다.

"하, 학교에서 숙제 비슷한 거라서요."

서린이 그렇게 얼버무리자 노숙자는 피식 웃었다.

"흥, 요즘 학교는 정말 이상하군. 이런 나를 뭐하러 인터뷰하겠다고……. 뭐, 좋아. 이만 원을 내면 응해주지."

남자는 두 손가락을 펼쳐서 가격을 제시했다. 겁에 질려 있으면서도 그렇게 가격을 제시하는 것을 보니, 이 남자도 어지간히 뻔뻔한 것 같았다. 서린은 놀라서 반문했다.

"예? 이만 원이요?"

"학생이 그 정도 돈도 없어? 응? 뭐 싫으면 말고."

물론 서린에게는 그만한 돈이 있었다. 하지만 인터뷰하는 걸로 2만 원을 받겠다니. 서린은 왠지 기분이 나빠져서 고개를 돌렸다.

"…음, 다른 사람 알아봐야겠네요."

서린이 그렇게 돌아서자 노숙자 남자는 서린의 어깨에 손을 얹었다. 싫으면 말라더니 정말 돌아서자 생각이 바뀐 모양이었다.

"…이거 왜 그래. 알았어, 알았어. 깎아서 만 원에 해주지. 이봐, 나도 먹고살아야 하잖아, 응?"

그 말도 일리가 있다. 서린은 잠시 궁리해 보다가 타협하기로 했다.

"음, 알았어요. 만 원 드릴게요."

"먼저 줘."

남자는 바로 때가 꼬질꼬질 낀 장갑을 펼쳐서 손바닥을 드러냈다. 고무 코팅이 되어 있는 장갑의 손바닥은 이미 원형을 알아보기 힘들 정도로 해져 있었다. 서린은 그 손바닥을 바라보며 아연실색했다.

"저를 바보로 아세요?"

"약은 녀석이군. 그렇게 못 믿어서야 쓰나?"

노숙자 남자는 종이 박스를 질질 끌고 지하도의 한 면으로 가더니 그 박스를 바닥에 놓았다. 그러고는 옆에 쌓아둔 군용 담요를 펼쳐서 종이 박스 위에 두르고 그 위에 앉았다.

"어이, 학생도 앉지?"

"아, 예."

서린은 남자가 권하는 대로 자리에 앉으며 녹음기를 작동시켰다.

"그러면 우선 성함하고 어째서 여기에 있는지 말씀해 주세요."

"성함? 난 김수원이고, 어째서 서울역 앞에 거지꼴로 나자빠져 있냐 하면… 사업이 망해서지. 너무 당연한 이야기인가? 나이래 봬도 대학물 먹은 놈이야."

물론 다들 알고 있는 이야기였다. 사업하다 실패해서 노숙자된 사람 중에 교육 수준이나 지식수준이 높은 사람도 많다. 하지만 서린은 놀란 척해 주면서 물어보았다.

"아, 예. 어느 대학 나오셨어요?"

서린이 과거에 대해서 물어보자 그는 신이 나서 이야기했다. 그 말하는 데에 어찌나 성의가 있던지 흡사 물어봐 주길 원하고 있던 것 같다.

"내가 좀 공부를 잘해서 인하공전 기계과 나왔지. 학점도 잘나왔다고. 사이에 군대도 다녀왔지만 난 학생 시절에 장학금 안 받아본 적이 없어. 선후배 관계도 좋았고. 마침 선배가 거자동차 부품 금형을 파서 먹고살았는데 같이 일해보지 않겠냐고 해서 사업을 시작했지. 처음에는… 그래, 좀 잘됐어. 그리고 마침 그 선배가 이민 가면서 사업체를 거의 거저나 다름없이 넘겨줬지. 나이 서른 되기 전에 자기 사업체를 가지고 떵떵거리면서 사는 거, 그거 아무나 하는 거 아니었어."

그는 고개를 들고 자신의 과거를 회상하듯 눈을 지그시 감았다. 하지만 그때 그의 이마로 물방울이 떨어졌다. 지하도로 스며든 빗물이 떨어진 것이었다. 그는 욕지거리를 내뱉으며 자리를 옮겼다.

"…그런데 어쩌다가 이렇게 되었죠?"

서린은 약간 주저하면서 물어보았다. 그러자 그는 버럭 화를 냈다.

"아, 이런 젠장. IMF 때 어음이 막혀 가지고 덜컥 부도가 난 거야. 그래서 지금 이 모양 이 꼴이지. 거 공부 어지간히 잘해서 소용없어. 사업하면 집안 말아먹기 딱 좋고. 젠장, 그 공장 재산세 낼 때는 칠억 넘는다고 했는데, 빚 때문에 법원 경매될 때 얼마에 팔렸는 줄 알아? 일억 구천만 원에 팔렸어. 빌어먹을. 그렇게 해서 어떻게 빚을 갚으라는 거야?"

원래 서린은 그에게 적당히 말을 걸면서 요즘 이야기를 들어보려고 했지만… 듣다 보니 왠지 남의 일이 아니다. 서린은 진지한 태도로 녹음기를 잡고 물어보았다.

"그럼 가족은요?"

"마누라는 망한 지 석 달쯤 뒤에 애 둘 데리고 도망쳤어. 아들이랑 딸 하나씩 있었는데. 마누라 도망칠 때 데리고 갔으니 잘살든가 아니면 어디 고아원에 있겠지. 이러니저러니 해도 내가 데리고 사는 것보다는 낫잖아? 어린 나이에 이런 데서 굴러봐. 젠장, 누구는 부모 잘 만나서 어린 나이에 호강하면서 사는데 그 아이들은……. 어휴, 담배 있냐?"

그는 울화통이 터지는지 가슴을 두들기다가 서린에게 손가락을 꼼지락거리며 물어보았다. 서린은 정색하며 손을 내저었다.

"학생이 무슨 담배예요."

"거참, 내숭 떨기는. 됐다, 내 거 피우지."

있으면서 달라고 한 거였나?

서린은 어처구니가 없어서 그를 바라보았다. 그는 동료 노숙자들의 등살 때문인지 양말 사이에 숨긴 담뱃갑을 꺼내서 열었다. 안에는 담배가 세 개 정도 들어 있었는데 그는 그중 하나를 꺼내서 코밑에 대고 음미하듯 냄새를 맡았다. 하지만 서린은 그런 그를 보고 한마디 해주지 않을 수 없었다.

"다 좋은데, 지하도는 금연이에요."

"아, 진짜 시끄럽게 구네. 알았다. 빨리 물어보고 만 원이나 줘."

"예예. 그러면… 친척이나 부모님 같은, 그런 사람들은 어때요?"

"내 빚이 얼마인데. 부모님 찾아뵙고 그러면 다 짐이야. 내가 부모님이랑 친척 찾아다니면 빚쟁이들이 그 사람들을 가만히 내버려 두겠냐? 빚쟁이들 독해. 다 빌려 쓴 내가 잘못이기는 하지만."

남자는 담배가 급해졌는지 말을 서둘렀다. 하지만 서린은 다시 물어보았다.

"음, 생활하는 데 불편한 점은 없나요?"

"솔직히 이런 말 안 하려고 했는데, 이따금 싸움하거든? 이게 참 웃겨. 여기 오기 전에는 먹을 것 갖고 싸우는 거 군대에서도 안 한 짓인데, 보면 여기서 또 먹을 것 가지고 싸워. 그리고 왜 노숙자들 사이에서도 잘 배운 인간, 못 배운 인간, 경상도, 전라도, 이런 걸로 무지하게 싸워. 염병, 돌아버리지. 겨울에는 추워서 돌고. 그래도 요새는 술만 안 먹으면 뒈지진 않아. 교회 등에서 봉사 활동 하는 사람이 있어서."

"그런데 요즈음에 자주 죽는 사람 생기지 않나요?"

서린이 넌지시 찔러보자 갑자기 남자의 움직임이 굳어버렸다. 노숙자는 퀭한 눈으로 서린을 바라보며 입을 떡 벌렸다. 역한 입 냄새가 습도 높은 차가운 공기를 꿰뚫고 서린에게 달려들었다.

"그건……."

"예?"

"아니, 어떻게 그걸……."

남자는 말을 더듬고 있었다. 역시 이자는 뭔가를 알고 있음에 틀림없다. 서린은 녹음기를 켰다.

"말해주세요."

"…이거 말하다가 내가 정신병원 가는 거 아닌가 모르겠네."

"괜찮으니까 말해주세요."

"그래, 상관없겠지. 그러니까 이건 지난주에 있었던 일이야."

노숙자는 자신이 보았던 일을 이야기했다.

새벽 무렵, 근처 고깃집을 돌면서 사람들이 먹다 남긴 소주병을 회수하던 그는 뭔가에 홀린 듯이 골목으로 걸어 들어가는 동료 노숙자를 보았다.

왜 저러나 싶어서 그를 따라서 골목 안을 살펴보았는데, 그곳에는 아무리 보아도 이상한 새카만 어둠이 있었고 그 어둠 속에서 녹색의 불꽃 같은 눈동자가 나타났다는 것이다. 마치 승냥이나 들개의 눈동자 같아서 너무 놀란 그는 들고 있던 병들도 내팽개치고 정신없이 달려서 도망쳤다고 한다.

"최근 들어서 사람들이 자주 실종이 되는데… 아무도 이런 말을 안 들어주는 거야. 거참, 미칠 지경이지. 하긴 나도 남이 이런 소리 하면 미쳤다고밖에는 해줄 말이 없지만 말야. 그 개 같은 눈깔이 원흉임에 틀림없다니까."

"음, 알았어요."

서린은 그의 이야기를 듣고 세건의 예측이 정확했음을 알 수 있었다. 그는 지갑을 열어서 약속한 만 원짜리를 한 장 꺼낸 뒤 잠시 망설이다가 다시 지폐 한 장을 더 꺼내어 그의 손에 올려주었다.

"아이쿠. 이거 고마우이, 학생."

남자는 떨리는 손으로 그 돈을 받아 들더니 좋아라 웃어댔다.

서린은 비옷을 입고 다시 지하도 밖으로 나왔다. 일단 소기의 목적을 달성하기는 했다. 이 근처에서 흡혈귀가 사람을 습격하고 있음은 의심할 여지가 없다. 그렇지만 문제는 어떻게 녀석을 찾아내는가 하는 것인데.

"정말 사냥꾼이라는 거 못 해먹을 일이군."

위치도 모르는 놈을 찾기 위해 길거리를 하염없이 헤매야 하다니. 게다가 이 경우는 되레 역습을 당할 수도 있는 게 아닌가? 하지만 그렇다고 돌아갈 수도 없다. 세건이 내쫓다시피 한 이상 확실히 하는 모습을 보여주지 않으면 안 된다.

방금 전까지 우박처럼 쏟아져 내리던 빗줄기가 점차로 약해지고 있었다. 하지만 하늘에는 구름만이 가득하니 비가 그칠 것 같지는 않다. 서린은 그 빗속에 서서 신호등을 바라보고 있었다. 그때 그는 맞은편에서 굉장히 튀는 외모를 한 청년을 발견했다.

"어라?"

새하얀 머리칼을 뒤로 묶고 야구 모자를 눌러쓴 백인 청년이었다. 비가 쏟아지고 있는데도 상관없다는 듯 풍선껌을 불고 있는데, 입고 있는 옷은 오래 입어서 자연스럽게 해진 진즈와 라운드 티, 거기에 어울리지 않게 기타 케이스를 등에 짊어지고 있었다.

그러면서도 한 손으로는 우산을 들고 있는데 어딘지 모르게 경쾌한 느낌을 주는 이였다.

"흐음?"

맞은편에서 신호를 기다리고 있는 사람 중에서 유달리 눈에 들어오는 자다. 그때 서린은 뭔가 가슴이 쿵쾅거리는 것을 느꼈다. 왠지 저자를 보는 순간 심장이 마구 뛴다. 너무 급격히 뛰어서 흉통조차 느껴질 정도다.

"뭐, 뭐야. 내가 반하기라도 한 건가?"

서린은 가슴을 감싸 쥐고 그를 바라보았다. 불길한 느낌이 등골을 타고 흘러내린다. 전신의 솜털이 곤두서며 위험을 알려주고 있었다.

그때 마침 신호등이 바뀌었다. 서린과 같이 보도블록 위에서 있던 사람들은 마치 출발 신호음을 들은 육상 선수들처럼 앞서거니 뒤서거니 하며 앞으로 걸어갔다. 기타 케이스를 들고 있는 백발의 외국인 청년 역시 여유로운 걸음으로 이쪽을 향해 걸어온다.

서린은 잠시 망설이다가 큰마음을 먹고 앞으로 걸었다. 다행히 저쪽은 아직 서린을 인식하지 못했는지 고개를 까닥까닥 리듬에 맞추어 흔들면서 경쾌하게 걸어오고 있었다.

서린은 평정심을 되찾고 그를 스쳐 지나갔다. 하지만 그때였다.

"이런."

야구 모자의 청년이 손을 뻗어서 서린의 뒷덜미를 잡았다. 비록 세건이나 다른 흡혈귀들과의 싸움에서 약한 모습을 보이긴 했지만 서린은 지금까지 단 한 번도 인간에게 기습을 당한 적이 없었다.

뛰어난 청각과 후각, 그리고 육감이 상대방의 움직임을 완전히 체크해 주었으니까. 하지만 이 남자의 움직임에는 냄새도 소리도 없었다.

"아!"

"조심!"

그가 서린을 확 당기자 그 순간 오토바이 한 대가 서린이 있던 자리를 빠르게 치고 지나갔다. 만약 그 자리에 그대로 있었다면 그대로 치일 뻔했다. 하지만 대체 왜? 아직 신호가 바뀌려면 많이 남아 있어야 하지 않나?

그러나 서린은 곧 놀라고 말았다. 어느새 신호는 빨간색으로 바뀌어 있고 백인 남자와 자신을 제외하고는 모두들 건너편으로 넘어간 뒤였다. 마치 뭔가에 홀린 듯한 느낌이다.

"이런, 이런. 이게 다 시민 정신이 부족한 탓이야."

그는 그렇게 중얼거리고 중앙선에 서서 지나가는 차들을 피했다. 서린 역시 그의 옆에서 차를 피하지 않을 수 없었고, 지나가는 운전자들은 서린과 백인 남자에게 욕설을 퍼부었다.

"하, 한국어에 능통하시네요?"

"아, 여섯 달 전부터 배웠거든? 내가 좀 머리가 좋지."

그는 모자챙을 살짝 들고는 서린을 정면으로 응시했다. 차가운 녹회색의 눈동자가 칼날처럼 서린에게 날아든다. 서린은 이 작자가 바로 지금 상황을 만들어낸 장본인이라는 것을 알았다.

하지만 사람들 눈도 많은데 여기서 어떻게 할 수는 없으리라. 그래서 그는 떨리는 가슴을 진정하고 신호가 바뀔 때까지 중앙선에 서서 그를 곁눈질로 살펴보았다. 옆에 서 있으니 자연히 얼굴이 보인다. 그는 풍선껌을 불다가 서린이 자신을 쳐다보자 주머니에서 풍선껌을 꺼냈다.

"너도 하나 필요해?"

"아뇨, 됐어요."

"그래? 사양할 필요 없는데."

그는 아쉽다는 듯 다시 주머니에 풍선껌을 찔러 넣었다. 그러고는 우산을 들어서 서린과 자신의 중간쯤을 받쳤다.

부아아아앙!

차들이 지나가는 소리가 요란한데 두 남자가 중앙선 위에 서서 한 우산을 받치고 있는 꼴이라니! 서린은 어처구니가 없어서 그를 바라보았다.

"당신… 혹시 흡혈귀인가요?"

"음, 이봐. 그런 질문을 일상적으로 하고 다니나? 그랬다가는 정신병원행일 텐데?"

노르만계 백인 남자는 서린의 말을 듣고 기막히다는 듯 반문했지만 부정하지는 않았다. 서린은 그가 긍정했다고 치고 다시금 물어보았다.

"그럼 여기에서 노숙자들을 습격하는 건 당신인가요?"

서린이 그렇게 물어보자 남자는 풋 웃어버렸다. 그는 못 말리겠다는 듯 입을 손으로 가리고 웃어댔는데, 포니테일이 정말 말꼬리라도 되는 것처럼 출렁거렸다.

"아, 정말, 바크 녀석. 이목을 끌라고 했더니만 그래도 아주 미친개는 아닌 모양이야?"

"예?"

"여기를 습격하고 있는 놈은 내가 아니야. 뭐, 조금 부추기긴 했지만 나도 이런 결과를 원한 게 아니라고. 다행히 조반니 일당이랑 투닥투닥해 주는 바람에 목적이야 달성했지만."

조반니라면 조반니 반테로를 말하는 것이리라. 서린은 조심스럽게 몸을 움직여 겨드랑이 밑의 홀스터에 꽂아둔 기관단총을 확인했다. 그러나 역시 노골적인 행동이었을까?

갑자기 한기가 서린의 등골을 타고 흘렀다. 그가 유심히 쏘아보는 것만으로도 전신이 부들부들 떨리고 몸에서 힘이 빠져나간다. 마치 전신이 사슬에 묶인 듯한 기분이다. 눈빛만으로 이렇게 제압할 수 있다니, 무슨 사안(邪眼)이라도 가졌단 말인가?

"도시 한복판인데 적당히 하지? 아니면 도시 한가운데에서 총격전을 벌일 각오가 되어 있나?"

"이런."

서린은 손을 몸 안에서 빼고 다시 그를 바라보았다. 그러자 그는 싱긋 웃으면서 악수를 청했다.

"흠, 네가 서린이겠지? 이렇게 만나게 되다니 우연이네."

"우연 좋아하시는군. 대체 당신은 누구지?"

서린은 그의 손을 무시하고 물어보았다. 그러자 그는 머쓱해진 손을 거두며 풍선껌을 크게 부풀렸다.

"나는 음… 지금 시대의 이름은 에이릭 호가드야. 하지만 다들 아르곤이라고 부르지. 반갑군, 릴리쓰의 자식 서린."

"이, 이쪽은 전혀 반갑지 않아! 당신 대체 무슨 목적이지? 우연히 만나다니! 보나 마나 날 미행한 거겠지?"

서린이 그렇게 따지고 들자 아르곤이라고 자신을 소개한 그는 기가 막혀서 눈을 크게 떴다. 곧 그는 손을 절레절레 저으며 코웃음 쳤다.

"너 도끼병 있냐? 정말 우연히 만났다니까 그러네. 내가 무슨 스토커인 줄 아나? 나 좋다고 쫓아다니는 자는 많아도 내가 아쉬워서 누구 꽁무니 쫓는 일은 없었다. 릴리쓰의 자식이라고 다들 대단하다, 대단하다 노래를 하니까 정말 자신이 대단한 줄 아나 보지?"

졸지에 서린이 무슨 망상증 환자가 되어버렸다. 서린은 깜짝 놀라서 반문했다.

"…아, 대단한 거 아닌가?"

이번엔 아르곤이 할 말이 없어졌다. 그들은 잠시 서로를 멍청히 바라보다가 누가 먼저랄 것도 없이 피식 웃었다.

"그것참."

아르곤은 고개를 휘휘 저었다. 아직도 신호는 바뀌지 않았다. 슬슬 바뀔 때가 되었을 텐데? 서린은 신호등을 힐끗힐끗 쳐다보며 아르곤에게 물어보았다.

"당신은 그럼 왜 여기에? 역시 여기서 사람을 습격하는 흡혈귀랑 무슨 관계가 있는 건가?"

"좋을 대로 생각해. 내가 일일이 설명해 줄 의리는 없잖아?"

그렇게 말하긴 했지만 그건 관계가 있다는 소리나 다름없었다. 우연히 대낮에 흡혈귀를 만난다는 게 어디 쉬운 일인가? 아마도 이 아르곤이란 흡혈귀는 사람들을 습격하는 그 흡혈귀와 모종의 관계가 있고 그래서 여기서 마주쳤으리라. 어쩌면 노숙자에게 인터뷰를 하는 서린을 발견하고 의도적으로 접근했을 수도 있다.

"뭐, 좋아. 어디 네 존재를 보여줘 봐. 일단 이야기는 거기서부터 하자고. 아무리 백짓장도 맞들면 낫다지만 에스프리는 가난하고 힘이 없어서, 그만큼 신중해야 하거든?"

아르곤은 그렇게 말하더니 모자를 벗었다. 그 순간 서린의 눈앞이 환해지면서 주위가 새하얗게 달아올랐다. 시신경이 불타는 듯한 아픔과 함께 눈앞이 멀어져 간다.

그때 그의 귀에 시각장애인용 음성 안내가 들려왔다. 아마도 신호가 바뀐 모양이다.

깜짝 놀란 서린이 눈을 뜨니 이게 웬일인가? 그는 애초에 자신이 서 있던 곳에서 한 걸음도 벗어나 있지 않았다. 횡단보도를 건너다 아르곤을 만나고, 그와 함께 중앙 차선에 서서 차들을 피하고 있던 것조차 애초에 환상이었던 것이다.

맞은편의 보도블록 위에 서 있던 아르곤은 손을 들어서 서린에게 인사를 해 보이고는 횡단보도를 건너는 대신 인파 속으로 사라져 갔다. 서린은 우두커니 서서 아르곤이 사라지는 모습을 지켜보았다.

3

아르곤은 한적한 건물 옥상에 올라서서 주위를 둘러보았다. 여기저기 비둘기들이 똥을 싸놓아서 새하얗게 변한 곳이라 발

디딜 틈이 없을 지경이었다.

"아, 기분 정말 야릇하군. 젠장."

그는 어쩔 수 없이 비둘기 똥을 밟고 옥상에서 서린을 내려다보았다. 서린은 어리둥절한 표정으로 주위를 둘러보고 있을 뿐, 아르곤의 위치를 발견하지 못한 것 같았다.

아르곤은 고개를 절레절레 저었다. 릴리쓰의 자식이라고 해서 테트라 아낙스와 마찬가지인 괴물일까 생각했는데 서린은 그저 어수룩한 민간인일 뿐이었다.

"이래서야 정말 리림인지조차 의심스럽군."

테트라 아낙스만큼의 괴물이길 바란 것은 아니지만 그렇다고는 해도 저렇게 어수룩하다니. 아르곤은 풍선껌을 불면서 목에 건 목걸이로 손을 가져갔다. 아이러니컬하게도 흡혈귀인 그의 목에는 은으로 만든 십자가가 걸려 있었다. 그는 그 십자가를 어루만지며 생각에 잠겼다.

그때 문득 옥상의 방화문이 쾅 열리며 흑색 레이싱 슈트를 걸친 녹색 머리칼의 청년이 올라왔다. 문짝이 부서져 있는 걸 보니 열쇠로 셔터를 여는 대신 부숴 버렸음에 틀림없다.

"당신이 진마 아르곤, 틀림없겠지?"

"그야 물……."

아르곤은 그렇게 대답하다가 몸을 뒤로 휘익 젖혔다.

타앙!

총탄이 바람을 가르며 그의 위를 아슬아슬하게 스쳐 지나갔다. 물어보는 것과 거의 동시에 공격하다니. 심리의 허를 찌르는 그 공격으로 보아 상대는 정말 전투에 능숙한 놈 같았다.

한국에 이런 놈이 남아 있다면, 그것은 아마 한세건이리라.

"그럼 당신이 한세건이겠군."

아르곤은 빙글 돌아서 옥상 난간에 섰다. 비에 젖은 새똥에 미끄러지는 느낌이 정말 안 좋았기 때문에 절로 인상이 찡그려진다.

"이거 진짜 거물이 걸려들었군. 이 정도라면 서린의 어수룩함을 참아준 보람이 있는걸?"

세건으로부터 새카만 망령들이 치솟아 올랐다. 그와 함께 빗줄기 속에서 그의 눈동자가 푸르게 타오른다. 아르곤은 세건을 보고 깜짝 놀라서 팔을 휘저었다.

"이봐, 잠깐! 문명인답게 이야기나 좀 하지? 보자마자 다짜고짜 갈겨대다니, 말로 해결될 일도 그렇게 처리하나?"

아르곤은 한세건에게 잠시 대화를 하자는 뜻을 표명했지만 대답으로 날아온 것은 발길질이었다. 채찍 같은 하이킥이 아르곤의 목을 향해 날아들었다. 아르곤은 그런 세건의 공격을 막아냈지만 적중하는 순간 몸이 옆으로 튕겨 나갔다.

좌르르르륵!

빗물이 튀며 아르곤이 옥상 위 벽에 부딪혔다. 하지만 아르곤의 자세는 흐트러지지 않았다. 새똥이 가득한 옥상 위를 미끄러졌는 데도 옷에 오물 한 점 묻지 않았다.

하지만 세건은 자신의 공격이 무위로 돌아가든 말든 전혀 동요하지 않고 기계적으로 다음 공격을 펼쳤다. 새카만 도폭선이 허공을 가르며 아르곤에게 날아들었다.

"성질 한번 급하군."

아르곤은 투덜거리며 팔을 휘둘렀다. 그 순간 그로부터 새하얀 한기의 돌풍이 일어나 주위를 휩쓸었다.

쿠르르르르르르르르!

"아니?!"

세건의 도폭선이 그 기세를 못 이기고 튕겨 나온다. 아니, 건물 옥상 위에 고여 있던 빗물이 높이 3미터 정도로 비산하며 단숨에 세건을 향해 덮쳤다.

팍!

그러나 세건은 방금 자신에 의해 떨어져 나간 방화셔터를 발로 차서 세우고 그것을 방벽으로 아르곤의 바람을 막아냈다. 주위가 급속도로 얼어붙으며 비가 우박으로 변했다.

쉬이이익!

냉기의 바람을 꿰뚫고 무언가가 날아든다. 세건이 방화문을 세운 채 몸을 숙이니 칼날이 종잇장처럼 방화셔터를 뚫고 쑤욱 들어온다. 만약 숙이지 않았더라면 그대로 머리로 칼날이 들어왔으리라.

치이익!

세건이 손가락을 뒤틀자 망령들이 지면으로부터 솟아나 일제히 팔을 들었다. 곧 그들은 마치 주인에게 물건을 바치는 종처럼 새카만 칠흑의 검을 공손하게 세건에게 바쳤다. 세건은 검을 받아 들고는 역시 방화문을 향해 검을 휘둘렀다. 아르곤의 장도와 세건의 대검이 동시에 휘둘러지며 방화문을 갈라 버렸다.

떵그렁!

산산조각 난 방화문이 콘크리트 지붕 위를 구르며 요란한 소리를 냈다. 아르곤은 세건이 휘두른 검을 보며 감탄사를 터뜨렸다.

"오오! 녹티스로군!"

세건은 아무런 대꾸 없이 녹티스를 한 손으로 고쳐 잡고 왼손으로 글록을 뽑아 들었다. 그러나 그때 아르곤이 장도를 하단으로 놓았다가 빠르게 중단베기로 바꾸며 세건에게 뛰어들었다.

"크!"

세건이 즉시 녹티스를 들어 공격을 막았지만 한 손으로 막기에는 너무나 빠르고 강한 공격이었다. 세건은 그대로 튕겨 나가 투신 방지를 위한 옥상 철망에 충돌했다. 하지만 세건은 그렇게 날아가는 와중에도 글록을 들어 아르곤을 향해 쏘았다.

투투툭!

그러나 그때 아르곤의 앞에 투명한 원판 30장이 나타나 세건의 총탄을 막아냈다. 얼음으로 만들어진 각 원판 하나는 지름이 30센티미터 정도로 아르곤의 주위를 떠다녔는데, 놀랍게도 대부분의 총탄은 원판 3장 이상을 뚫지 못했고 가장 많이 뚫은 것도 6장이 한계였다. 소총탄이라면 모를까 역시 권총탄으로는 얼음 몇 장 뚫기도 쉽지 않았다.

“흐읍!”

아르곤은 마치 지면을 끌듯이 팔을 늘어뜨린 채 달려와 철망에 충돌한 세건을 향해 손톱을 휘둘렀다.

“음!”

세건은 머리 윗부분의 철망을 한 손으로 잡고 평행봉 운동을 하듯 빙글 돌아서 철망 꼭대기에 올라서 아르곤의 공격을 피했다. 백색의 빛이 손톱의 궤적을 따라 그려지며 철망이 단숨에 찢어지고 주위로 냉기가 펴져 나간다.

투투툭!

세건은 철망 위에서 아르곤의 머리를 향해 총을 쏘았다. 하지만 이번에도 역시 투명한 얼음판이 이동해 세건의 공격을 막아냈다.

아무리 대단한 반사 신경을 가진 흡혈귀라 하더라도 공격을 회피하는 것과 동시에 반격하는 세건의 공격을 막아낼 수 있을 리 없다. 그런 게 가능하다면 예지력을 타고나는 테트라 아낙스의 오라클들뿐이다.

이놈에게는 단순한 흡혈귀들과 다른 뭔가가 있었다. 남의 계통 능력을 훔친 것일까? 그게 아니면 마법과 비술로 스스로의 능력을 발전시킨 것일까? 어느 쪽이라 해도 두려운 상대다.

하지만 세건은 모든 상황에 대해서 반응할 수 있도록 자신을 훈련시켜 왔다. 설령 공격이 먹히지 않는다 해도 놀라서 주저

할 이유는 없다. 어차피 흡혈귀들을 상대로 하는 이상 그들이 무슨 능력을 가지고 있든 간에 잡지 않으면 안 되니까!

세건은 도폭선을 뻗어서 아르곤이 방어용으로 두르고 있는 얼음들을 휘감았다. 그러고 플러그를 누르자 폭염이 치솟으며 얼음들을 모조리 두 동강 냈다. 총탄으로는 도저히 뚫을 수 없는 것이었지만 도폭선 앞에서는 너무나 무력했다.

"이런!"

아르곤은 방패막이 사라지자 세건에게 총을 쓸 기회를 주지 않기 위해 다시금 뛰어들었다. 아르곤은 흡혈귀가 휘두르는 것일까 의심될 만큼 검술이 뛰어나서 세건으로서도 양손으로 검을 잡고 맞서지 않으면 안 되었다.

그는 글록을 바닥에 떨어뜨리고 녹티스를 양손으로 잡은 채 자신에게 날아드는 아르곤의 검을 막아냈다.

카강!

불꽃이 튀며 검이 충돌한다. 세건과 아르곤의 팔에서 동시에 근육이 끊어지고 혈관이 파열하며 피가 튀었다.

"강한데!"

아르곤은 솔직히 감탄하며 세건을 향해 다시금 종으로 검을 휘둘렀다. 피하기엔 너무나 빠르고 막아내자니 위험하다. 세건은 철망의 그물코에 오른발을 끼고는 아르곤의 검을 흘리기 위해 비스듬히 녹티스를 세웠다.

하지만 아르곤의 장도는 정확하게 세건의 칼날에 충돌해 다시금 세건의 팔에서 피를 뽑아냈다. 아르곤의 팔과 세건의 팔뚝에서 다시금 선혈이 튀어 바닥을 적셨다.

콰직!

세건의 발이 걸려 있던 철망이 충격을 이기지 못하고 우그러지며 건물 안쪽으로 무너졌다. 세건은 철망이 무너지는 것과 동시에 옆으로 몸을 날리며 비스트를 뽑았다. 이것 한 발이면 아무리 진마라도 고꾸라질 게 틀림없다. 하지만 아르곤도 옆으로 몸을 날려 세건을 따라왔다.

"……!"

세건은 자신과 거의 동시에 같은 방향으로 뛰어든 이 흡혈귀를 보고 놀라지 않을 수 없었다. 포니테일의 백발이 흩날리고 야구 모자 속에 빛나고 있는 녹회색 눈동자가 드러났다.

이놈은 지금 동네 야구에서 만루 홈런을 친 소년처럼 화사하게 웃고 있었다. 목숨을 건 싸움을 즐기는 타고난 파이터랄까? 장생하며 자신의 영역을 지키기에만 급급한 다른 흡혈귀들과 달리 이놈은 진짜 싸움꾼이다.

"젠장!"

세건은 비스트의 방아쇠를 당기는 대신 총신과 녹티스를 교차해 십자형 방어를 했다. 그런 세건의 방어 위로 아르곤은 거침없이 장도를 휘둘렀다. 그 무게가 일반적인 일본도의 두 배는 됨직한 장도는 세건을 날려 보내 옥상 벽에 충돌시켰다.

콰앙!

콘크리트 벽이 허물어지며 세건이 안으로 굴러떨어졌다. 아르곤은 그런 무모한 공격을 하고서도 공중에서 빙글 몸을 돌려 멋지게 지상에 착지했다.

'이런, 정말 만만치 않은데!'

세건은 혀를 찼다. 지금까지 상대한 흡혈귀는 대부분 나태하기 짝이 없는 이들이었다. 하지만 아르곤의 검술은 아무리 타고난 괴력을 가진 흡혈귀라 해도 수련 없이는 불가능한 경지다. 흡혈귀 가운데에도 이런 녀석이 있다니, 솔직히 감복했다.

쉬이이익!

지면을 따라서 눈보라가 달려든다. 세건은 손으로 땅을 짚고 일어나 그것을 피했다.

팡!

계단 벽면에 충돌하자 눈보라가 튀며 극심한 냉기가 주위를 휘감는다. 체온이 급격하게 떨어지자 자신의 혈관 안에 흐르는 피가 뜨겁게 느껴진다. 직접 맞은 것도 아닌데 이 모양이라니, 이 냉기는 위험하다.

두세 발 적중당하면 체온이 급격히 강하될 테고 그렇게 되면 아무리 흡혈귀든 라이칸스로프든 간에 무시무시한 체기능 저하를 겪게 된다. 그렇게 되면 아르곤의 칼날 앞에 살해당할 뿐이다.

쉬이익!

두 번째 냉기가 날아든다. 옥상으로 향하는 계단은 환기가 잘 안 되는 곳이라 이렇게 계속 공격당하게 되면 직격당하지 않더라도 곧 기능 저하가 생길 것이다. 하지만 뛰쳐나가면? 아르곤은 세건이 뛰쳐나오길 기다리고 있을 터.

그렇다면 지금 당장 이 자리를 피해야 한다. 계단 아래로 뛰어 내려가서 좀 넓은 곳으로 이동해 재정비해야 한다. 아르곤의 전법이 근거리와 중거리에 초점이 맞춰져 있는 것을 안 이상 총으로 승부해야 한다.

하지만 세건은 아직까지 흡혈귀에게 등을 보이고 달아난 적이 없다.

쉬이익!

냉기가 다시금 날아들었다. 이번에는 피하지도 못할 만큼 빠르다. 방금 전의 두 번은 세건의 타이밍을 빼앗기 위해 일부러 느리게 던진 것이다. 야구로 치자면 체인지업이랄까?

세건은 이를 악물고 녹티스를 들었지만 냉기가 녹티스에 충돌한 순간 확산되며 눈을 덮쳤다. 고형적인 것을 막아내는 것이라면 낫겠지만 냉기라는 것은 공기든 물이든 간에 매질을 통해서 전파된다. 막대한 양이 아니면 무의미하고 의복 등을 통해서 방어가 가능하지만 만약 앞의 두 가지 조건이 갖춰져 있지 않다면 막거나 피하기조차 불가능하다.

"아!"

그 결과가 바로 이것이다. 세건은 눈앞이 깜깜해지는 것을 느끼며 뒤로 한 걸음 물러났다. 안구에 냉기가 정면으로 달려들면서 단숨에 눈이 멀어버렸다. 얼굴에 물을 끼얹은 것보다 더 심하다. 눈을 뜰 수가 없고 억지로 눈을 뜬다고 해도 앞이 보이지 않는다. 그리고 그 순간 아르곤이 장도를 들고 세건에게 달려들었다.

하지만 세건은 눈이 보이든 보이지 않든 간에 녹티스를 양손으로 잡고 확신에 찬 동작으로 검을 치켜들었다. 주위는 콘크리트 벽으로 공간이 한정되어 있다. 그것이 세건에게 피할 공간을 주지 않았지만, 또 그만큼 적의 공격도 단순화시킨다. 세건이 큰 타격을 입었다는 것을 알아차리고 적이 덤벼들 때, 역으로 그의 목덜미를 물어뜯는다!

철컥!

칼자루와 검신이 마찰하며 쇳소리를 냈다. 그 순간 아르곤의 칼날이 세건을 향해 날아들었다.

쉬이익!

검과 도가 허공에서 서로 맞물렸다. 그는 검을 세워서 목을 노리고 날아드는 아르곤의 장도를 쳐내는 것과 동시에 전광석화처럼 내리그었다. 좁은 통로이기 때문에 검을 튕길 때 주위의 콘크리트 벽이 몸을 지탱해 주어서 아르곤의 검세에 밀리지 않았다. 갑자기 칼끝에 묵직한 느낌이 드는 것과 함께 피 냄새가 코를 찔렀다.

"큭!"

아르곤은 경악하며 뒤로 물러났다. 다 잡았다고 생각한 상대가 눈이 먼 상태에서도 검을 휘둘러 아르곤의 쇄골을 잘라 버린 것이다. 그제야 그는 이게 함정이라는 것을 알아차렸다. 소위 살을 주고 뼈를 벤다던가?

아르곤은 자신의 눈앞에 있는 흡혈귀 사냥꾼에게 감탄했다. 지난 4세기 동안 그에게 이만큼 위협적인 존재는 사법사 팬텀밖에 없었다. 인간의 몸으로 이 정도의 경지에 이르다니, 아르곤은 왠지 분한 느낌마저 들었다.

"이런 젠장, 이대로 싸우다가는 둘 중 하나가 죽어야 끝나겠군."

아르곤은 뒤로 물러나며 즉시 자신의 피를 회수했다. 지면에 떨어진 피가 마치 무중력상태의 물방울처럼 공기 중으로 날아올라 아르곤의 상처로 도로 스며들었다. 그와 동시에 상처가 재생을 시작했다.

"으음."

세건은 천천히 밝아지는 눈앞을 확인하며 옥상으로 걸어 나왔다. 한때는 위험했었지만 방금 전의 반격이 성공함으로써 승기는 다시 세건에게 기울었다. 그러나 세건이 심장의 봉인을 풀지 않았듯이 아르곤도 아직 자신의 진짜 실력을 드러내지 않았다.

"…아무래도 오늘은 이 정도로 하지. 테트라 아낙스의 체제를 전복시키기 위해서 너 같은 와일드카드는 많이 필요해. 네 입장에서도 굳건한 체제보다는 전복된 다음의 불안정한 때가 더 좋지 않나? 흡혈귀들끼리 서로서로 죽이고 없앤 다음에 상대하면 편할 텐데?"

아르곤이 그렇게 말하자 세건은 멈춰 섰다. 적으로서 싸움을 하는 이상 쓸데없는 이야기는 가급적 삼갔지만 이번만은 참을 수가 없었다.

"어처구니없는 야심가로군, 네놈은."

테트라 아낙스를 전복시키기 위해서 흡혈귀 사냥꾼마저 이용하겠다? 그런 소리를 저렇게 뻔뻔스럽게 내뱉다니.

하지만 매력적인 제안이란 것도 사실이다. 테트라 아낙스의 지배력은 철옹성과 같고 그에 대항하는 세력은 미약하다. 여기서 세건이 반(反)테트라 아낙스의 흡혈귀들을 잡아봤자 흡혈귀 전체의 박멸을 위해서는 되레 마이너스일 뿐이다.

"야심? 테트라 아낙스를 무너뜨리고 모든 걸 지배한다라……. 그런 생각을 안 해본 것은 아니지만 그것도 견디기 힘들 만큼 따분할 것 같군. 내가 테트라 아낙스에 대항하는 것은… 그래, 굳이 말하자면 거기에 산이 있기 때문이라고나 할까? 강력한 기존 세력이 있으면 그걸 전복시키는 재미가 꽤 쏠쏠하거든. 좋잖아? 타오르는 혁명의 불꽃. 혁명 만세!"

아르곤은 그렇게 중얼거리더니 세건의 움직임을 감지하고 손을 뻗었다. 세건은 역시 말을 시켜놓고 비스트로 한 방 갈길 생각을 하고 있었는지 그에게 총을 겨누었다.

"…끈질기군, 정말. 그렇게까지 해야 되겠어?"

"미안하지만 이게 나의 행동 원칙이라. 흡혈귀와 타협 따위는 있을 수 없다. 네 제안, 재미없는 건 아니지만 원칙은 원칙이라서."

"아무리 그래도 혼자 몸으로 테트라 아낙스와 대항할 셈인가? 너야말로 터무니없는 야심가로군그래?"

아르곤은 다시 장도를 들고 세건을 노려보았다. 그러자 세건은 피식 웃었다. 아르곤의 말은 분명히 합리적이다. 하지만 세건이 그런 합리를 따졌다면 애초에 이렇게 비인외도의 길을 걷지도 않았을 것이다. 아무리 가족이 몰살당했다 한들, 모든 것을 외면하고 평범한 인간으로서 살아갔겠지. 세건은 방아쇠를 당겼다.

그와 동시에 아르곤도 세건에게 손을 뻗었다.

4

서린은 방금 전의 상황을 보고하기 위해 핸드폰을 꺼냈다. 가난한 아르바이트생 시절에는 없었지만 한세건이 마련해 주었다.

'세건 형은 매일같이 폐휴대폰을 수거해서 원격 폭탄 제어기나 감시 카메라로 개조하던데 이것도 뭐 이상한 거 달려 있으려나?'

그렇게 생각하면 찝찝하지만 있는데 안 쓸 수는 없다. 서린은 찝찝함을 떨치기 위해 핸드폰을 바지에 쓱쓱 사과 닦듯 문지르고 나서(아무 의미도 없지만) 세건에게 전화를 걸었다. 하지만 전화기 너머로 들려오는 소리는 핸드폰이 꺼져 있어 음성사서함으로 연결한다는 녹음된 목소리뿐이었다.

"뭐, 뭐야?"

서린은 깜짝 놀라서 전화기를 들어보았다. 세건에게 전화가 되지 않다니. 이런 일은 없었다. 일부러 전화기를 껐을지도 모른다. 서린에게 어디까지나 자력으로 이 사태를 해결해 보라는 그의 의사 표명일지도 모른다.

하지만 지금은 상황이 안 좋아도 너무나 안 좋다. 아르곤이라는 흡혈귀가 풍기던 불길한 분위기는 그가 신분이 높은 흡혈귀라는 것을 증명하고 있었다. 살기를 띤 마리아조차 어린아이처럼 보일 정도의 불길함, 아마도 진마급의 흡혈귀이리라.

제아무리 세건이 서린을 훈련시키기 위해 내보냈다고 해도 아르곤 같은 존재가 달라붙어 있다는 것을 알면 서린을 철수시키리라.

아니, 침착해지자. 세건이 서린을 홀로 방치했을 리는 없다. 한세건은 서린을 이용해 흡혈귀를 낚으려 하는 자. 그렇다면 설령 핸드폰을 꺼놨다 하더라도 어딘가에서 서린을 지켜보고 있으리라.

요컨대 이것은 시험인 것이다. 마치 어린아이들 수학여행 때으레 하는 담력 시험 같은 거랄까? 하지만 진짜로 목숨이 오락가락한다는 점에서 그것과는 비교하지 못할 스릴이 있다.

"자력으로 해야 해."

서린은 입술을 깨물고 걸어 나갔다. 위기가 다가왔을 때야말로 자신을 시험하고 자신의 가치를 높여야 한다. 사실 세건을 놀려먹는 재미가 쏠쏠하긴 했지만 계속 한세건에게 빌붙어 살

수도 없는 일이다.

세건은 필요에 의해서 서린을 지켜주고 있을 뿐이다. 그에게 계속 아양 떨고 장난친다고 해서 뭔가가 바뀌지는 않는다.

"하지만… 하다못해 세건 형의 근심을 좀 덜어줘야지."

그는 그렇게 중얼거리며 걸었다. 어찌 되었든 적의 위치를 모르는 이상 발로 뛰는 것밖에 수가 없다. 원시적인 수단이지만 그 효과는 확실하다.

그때 그는 갑자기 공기가 달콤해지는 것을 느끼고 고개를 들었다. 하늘에서는 계속 비가 쏟아지고 있는데 갑자기 공기가 변한다. 그는 자신이 마침내 적의 영역에 완전히 들어왔음을 알게 되었다.

"이건……."

아직 밤도 되지 않았는데… 벌써부터 영역을 확장했단 말인가?

서린은 조심스럽게 품에서 삼단봉을 꺼냈다. 총을 꺼내고 싶은 마음이 굴뚝같기는 하지만 행여 행인이 보고 수상히 여길까 두려워서 그렇게는 못 하겠다. 뭐, 그런 식으로 치면 삼단봉도 위험하기는 마찬가지이다. 남들이 보면 퍽치기로 의심할 수 있겠지.

하지만 이 농밀한 향기는 서린의 마음을 마비시켰다. 남들의 시선 따위는 문제가 되지 않는다. 이제 곧 모퉁이를 돌아서면 바로 적이 있을 것 같았다.

도심의 한가운데……. 한옥으로 이뤄진 골목길은 곳곳이 유명한 한식집이었다. 비가 쏟아지고 있어서 손님은 별로 없는 듯하지만 그래도 아직 사람들의 발소리, 말소리, 숨소리가 들려온다.

이런 한복판에서 사람을 죽여왔단 말인가?

서린은 불쾌감을 참지 못했다. 집 안에서는 사람들이 고기를 구우며 술잔을 나누고 있고 그 옆의 골목에서는 흡혈귀가 인간을 잡아먹는다. 눈앞이 캄캄해지고 가슴속에서 새카만 불안과 증오가 샘물처럼 솟아난다.

아마도 세건이 원한 것은 이러한 반응이리라. 물론 그렇다고 해서 서린은 세건의 뜻대로 싸울 생각은 없었다. 서린이 지금 싸우려 하는 것은 어디까지나 세건이 그렇게 해주길 원하고 있기 때문이다. 말하자면 어버이날에 카네이션을 사서 가슴에 달아주는 것 같은, 그런 뜻이랄까?

하지만 이 냄새는 대체… 시큼시큼하면서도 너무나 달다. 입에 침이 고이면서도 본능적으로 혐오감을 느끼게 된다.

"여긴가?"

서린은 모퉁이를 돌아보았다. 하지만 그곳에는 아무것도 없었다. 그저 텅 빈 파란 대문의 집이 하나 있을 뿐. 서린은 안도의 한숨을 내쉬며 삼단봉을 내렸다.

"…다행이다."

만약 정말 여기에 흡혈귀가 있다면 어쩌나 하는 생각을 했던 서린은 안도의 한숨을 내쉬었다. 세건이 원하는 일이니까 어떻게든 싸우긴 해야겠지만 그렇다고 무언가를 죽인다는 것은 상상도 할 수 없었다. 하지만 그러면 또 초췌해진 세건을 봐야 한다. 왠지 그런 것은 싫다. 이런 복잡한 감정이라니.

"크으으으으."

하지만 그때 서린의 머리 위에서 뭔가가 으르렁거렸다. 깜짝 놀란 서린은 반사적으로 삼단봉을 들었지만 그 순간 머리가 찡하고 울렸다. 적의 공격이 삼단봉을 타 넘고 서린의 머리를 가격한 것이다.

"크!"

검술을 제대로 훈련하지 않은 이상 칼이나 막대 같은 것으로 적의 공격을 완전히 막는다는 것은 지극히 어려운 일이다. 서린은 세건에게 훈련받기는 했지만 역시 별로 성의가 없었기 때문에 몸에 익혀두지를 못했다.

서린은 뒤로 물러나며 적을 찾기 위해 고개를 들었다. 이마에서 흘러내린 피가 눈으로 흘러 들어가 눈앞이 보이지 않는다.

"크윽!"

서린은 아무렇게나 삼단봉을 휘두르며 적을 잡으려 했지만 적은 그런 서린을 비웃기라도 하듯 요리조리 피하며 그의 주위를 맴돌았다.

퍽!

이번엔 몸통에 뭔가가 날아들었다. 창자가 끊어질 듯한 고통과 함께 몸이 떠올랐다.

좌아아아악!

빗물이 고여 있는 비탈길 아래로 미끄러졌다. 서린은 즉시 고여 있는 빗물로 눈을 훔쳐 내고 일어났다. 아직도 앞이 잘 안 보이긴 마찬가지지만 그래도 아까 전보다는 낫다. 끈적끈적한 피가 눈꺼풀 사이에 달라붙어 있는 것보다는 물이 낫지.

"젠장!"

손에 쥔 삼단봉을 살펴보니 완전히 휘어 있었다. 역시 이런 호신용 막대로는 사냥을 할 수 없다. 사냥꾼의 도구는 자신의 몸을 지키기 위한 것이 아니라 상대를 죽이기 위한 것이어야 한다. 서린은 주저 없이 총을 꺼내고 안전장치를 풀었다.

"크으으으으!"

상대는 짧은 머리의 백인 남자였다. 그는 건물 위에 서서 퉤 하고 뭔가를 뱉어냈다. 자세히 살펴볼 것도 없이 그것은 인간의 손가락이었다.

"하… 하하하하하하."

무섭다. 대체 세건은 어떻게 저 모습을 보고 싸울 수 있는 거지? 서린은 가슴속에서 치솟아 오르는 공포에 뒷걸음질을 했다.

냉정히 생각해 보면 저것은 마리아의 발끝에도 미치지 못하는 저급한 흡혈귀이다. 하지만 마리아가 분노했을 때, 서린은 그것을 무마시킬 자신이 있었다. 아무리 마리아가 분노한다 해도 서린은 그녀를 믿고 있었다.

하지만 이것은 차원이 다르다. 저것은 과연 인간이었는지도 의심스러운 추악한 형상으로 변해 있었다. 이마에는 핏줄이 솟아 있고 눈은 모세혈관이 다 터져서 흰자위가 없을 정도였다.

"왔군, 네놈이……. 그래, 그의 말이 옳았어."

그는 알 수 없는 말을 중얼거렸다. 서린으로서는 도저히 알아듣지 못할 외국어. 하지만 그 와중에도 그가 기뻐하고 있다는 것을 알 수 있었다. 이것은 함정인가?

"부디 나에게 네 피를 맛보게 해다오! 릴리쓰의 자식!"

철컥!

안전장치는 풀려 있다. 서린은 총을 장전하고 그에게 겨누었다. 적은 총구가 자신에게 향해 있는데도 두려워하지 않는다. 그는 입을 벌리고 혀를 날름거리며 서린을 마치 음식처럼 바라보고 있었다.

"근원의 피. 테트라 아낙스의 것은 아니지만 네게는 근원이 있어. 그럴까, 우리의 어머니 릴리쓰의 자손? 이 달이 광기를 뿌려대는 것은 네 어미의 패악이다."

광기에 물든 흡혈귀는 알아들을 수 없는 소리를 하며 다시금 서린에게 달려들었다. 공격은 빠르고 치명적이었지만 너무나 엉성했다. 서린은 몸을 굴리며 그의 공격을 피했다.

끼이이잉!

기괴한 소리가 귀와 머리를 때렸다. 깜짝 놀란 서린이 물러나 자신의 귀를 만져 보니 안에서 피가 흐른다. 소리만으로 고막이 찢어지다니?

"크크크크큭! 왜지? 왜 멈추는 거지, 릴리쓰의 자손!"

무슨 소린지 알아듣지도 못할 언어를 지껄이며 백인 남자는 다시금 서린에게 뛰어들었다. 공중제비를 넘으며 혀를 늘어뜨리고 핏발 선 눈동자로 서린을 노려보며 그는 다시금 손을 휘둘렀다. 서린은 물러나며 그의 공격을 피했지만 그때마다 머리가 깨지는 듯 아프다.

쉬익!

소리에 고통받으며 휘청거리는 서린을 향해 그는 발을 밀어찼다. 무술에서 배운 발차기가 아니라 무작정 휘두르는 어설픈 발차기이지만 소리 때문에 자신의 몸도 가누지 못하는 서린은 그것을 피할 수 없었다.

"커억!"

서린은 다시 비탈길 옆으로 미끄러져 계단을 몇 차례 굴러 밑에 떨어졌다. 미니 트럭 한 대가 길을 달리다가 갑자기 튀어나온 서린에 놀라서 급정거했다. 하지만 빗물 때문에 트럭이 미끄러지며 트럭이 서린을 덮치고 말았다.

"크윽!"

서린은 손을 들어서 트럭의 범퍼를 받아냈다. 몸이 미끄러지며 주르륵 밀려나기는 했지만 무사히 트럭이 멈춰졌다.

"세상에!"

트럭을 운전하던 아줌마는 놀란 눈으로 서린을 바라보았다. 달리는 트럭을 한 팔로 받아내다니, 아무리 제동 중이었다지만 이럴 수가 있을까?

"괜찮아요?"

아줌마가 트럭에서 나오기 위해 문을 열려고 한다. 하지만 그때 계단 위에서 흡혈귀가 뛰어내렸다. 깜짝 놀란 서린은 이를 악물고 트럭을 양손으로 잡았다.

"나오지 마요!"

서린이 전력을 다해 트럭을 밀어내자 트럭이 뒤로 2미터 정도 밀려나며 아슬아슬하게 흡혈귀를 피했다. 서린은 트럭을 밀쳐 내고 그 자리에 대신 착지한 흡혈귀를 향해 돌격했다.

"하하하하하핫! 한은 안 왔나?"

그 흡혈귀는 한세건의 이름을 부르며 손톱을 휘둘렀다. 다시금 기괴한 바람 소리가 났지만 서린은 고함을 지르며 그에게 달려들었다.

빡!

서린의 주먹이 흡혈귀의 안면을 가격했다. 인정사정없이 휘두른 것이라 단 일격에 그의 턱을 부숴 버렸다. 하지만 흡혈귀는 서린의 주먹을 맞고 고개를 돌리면서 그 회전을 살려 돌려차기를 했다. 서린은 팔을 들어서 그것을 막아냈지만 그 순간 그의 몸이 다시 떠올랐다.

쾅!

담벼락에 몸이 충돌했다. 흡혈귀나 라이칸스로프나 체중에 비해 힘이 강력하기 때문에 대부분의 타격은 아래에서 위로 비스듬히 가하는 것이 좋다. 위에서 아래로 내리찍으면 타격의 반작용으로 자신의 몸이 떠버리기 때문이다.

"크으윽."

서린은 몸을 뒤집으며 다시 총을 잡았다. 그 격투전 속에서도 멜빵에 매달려 있던 기관단총은 여전하다. 멜빵 때문에 흔들려서 옆구리에 들이박아 멍이 들기도 했지만 어쨌든 지금 이 총이 달려 있다는 게 중요하다.

살기 위해서는 이걸 쏴야 한다.

하지만 손가락 끝에 와 닿는 차가운 방아쇠의 느낌이… 견딜 수 없이 아프다. 당겨야 할까? 당연히 당겨야 한다. 눈앞의 괴물은 서린을 죽이려고 한다. 살해당하지 않으려면 서린이 저놈을 죽이는 수밖에 없다. 자신이 죽어주면서까지 지켜야 할 가치는 없다.

하지만 그렇게 해서 방아쇠를 당기게 되면… 그때는 정말 돌이킬 수 없는 곳으로 가는 게 아닌가? 서울 한복판에서 총을 쏘게 된다면 그다음은 계속해서 이 월야의 주민으로서 살아야만 하는 게 아닐까?

설령 다시금 인간 세상으로 돌아갈 수 있다고 하더라도 과연… 서린은 자기 자신을 용서할 수 있을까? 살기 위해서는 어쩔 수 없었다고 자신에게 거짓말을 반복하며 살 수 있을 것인가?

솔직히 말해서 그가 여기에 들어온 것은 그저 세건이 슬퍼하기 때문이었다. 어찌 되었든 그의 환심을 사고 싶었다. 그에게 보살핌 받고 있었으니까 어떻게든 보답을 하고 싶었다.

하지만 실제로 총을 들게 되니 전신이 떨려온다. 남의 환심을 사기 위해서 이런 불법적인 무기를 들고 다른 누군가를 죽인다니……. 어떻게 이렇게 방정맞은 생각을 할 수 있단 말인가?

서린은 자신이 밟고 있는 땅의 가치, 자신이 디딘 한 걸음의 무게를 느끼며 전율했다. 세건은 어떻게 이런 세계로 스스로 발을 들이밀 수 있었을까?

그렇게 주저하고 있을 때 다시금 적이 서린에게 쇄도했다. 서린과 한 방씩 주고받기는 했지만 서린의 주먹은 적의 턱을 부쉈고 적의 돌려차기는 서린을 띄웠을 뿐이다.

객관적으로 보자면 서린의 공격이 훨씬 유효했다고 할 수 있다. 하지만 상대방은 타격에 개의치 않고 달려들었다. 마치 상처의 고통을 모르는 광전사처럼 달려드는 그 모습에 서린은 질려 버리고 말았다.

"으윽!"

서린은 지면에 손을 대고는 앞으로 몸을 텀블링하면서 휠킥(Wheel kick)을 시도했다. 동작이 워낙 큰 공격이긴 하지만 앞뒤 물불 안 가리고 덤벼드는 적에게는 효과적이었다.

빠악!

흡혈귀가 집 한 채 높이 정도로 치솟아 올랐다. 썩어도 준치라고 역시 육체적인 능력은 라이칸스로프인 서린이 절대적인 우위를 점하고 있다. 서린은 즉시 균형을 되찾고 공중으로 떠오른 적을 향해 뛰어들었다.

콱!

공중에서 아직 균형을 회복하지 못한 상대의 머리를 강하게 움켜쥐고 전봇대를 향해 메다꽂았다. 전기 작업을 위한 철심에 몸이 처박히면서 피가 튀고 살점이 찢어진다.

서린은 녀석의 머리를 잡고 이번엔 반대쪽 벽으로 집어 던졌다. 주차된 차량에 처박히면서 도난 경보기가 울부짖었다. 하지만 서린은 차량에 처박힌 적을 향해 인정사정없이 발차기를 날렸다. 승용차가 번쩍 들렸다가 쿵 떨어지니 도난 경보기도 울음을 뚝 그쳤다.

"크아아아아."

"하아, 하아."

서린은 심장이 쿵쾅거리는 것을 느끼며 겨우겨우 숨을 돌렸다. 그동안 계속 당하느라 몰랐는데, 역시 서린 자신이 괴물이긴 괴물인 모양이었다. 무아지경의 상황 속에서 오히려 적을 압도할 줄이야!

하지만 이제 어쩐다?

세건이 이 자리에 있었다면 즉각 숨통을 끊어버리라고 했겠지만 역시 죽이긴 싫다. 그렇다고 그냥 내버려 두자니 눈에 보일 만큼 상처가 빨리 재생되는 적이 불안하다.

"크크큭, 아직 새파란 애송이군."

상대는 다시금 움직였다.

서린은 반사적으로 발을 들어 다시금 걷어찼지만 아까 전과 달리 이번엔 적이 신속하게 움직여 서린의 발을 피했다. 아마도 서린의 공격을 예상하고 있었던 모양이다. 하긴 방금 전과 똑같은 수를 썼으니 안 먹히는 것도 당연하다. 그러나 한 번 피했다고 해서 서린의 우세가 뒤집어지지는 않는다. 즉시 자세를 바로잡고 다시 반격하면…….

퓩!

하지만 문제가 생겼다. 서린의 발이 자동차 옆면을 뚫고 들어가 버린 것이다. 문짝은 우그러져서 발이 들어갔는데 빼내려고 하니 철판이 다리를 갉아먹는다.

“이런!”

옆으로 빠져나간 흡혈귀는 서린을 향해 팔을 뻗었다. 갑자기 그 팔이 늘어나며 기괴한 창으로 변했다.

“윽!”

서린은 문짝을 뜯어내서 창을 향해 다리를 휘둘렀다. 철로 만든 자동차 문짝이 뚫렸지만 그 순간 서린이 문을 비틀자 팔이 걸려서 그 이상 들어오지 않았다.

“어?”

그러나 그다음 순간 서린의 몸이 빙글 돌았다. 아래쪽에서 흡혈귀의 두 번째 팔이 날아와 다리를 훑어버린 것이다. 위에만 신경 쓰느라 아래쪽에서 당하고 말았다.

서린은 손을 뻗어서 지면을 한 손으로 받치고 몸을 틀어 착지했다. 하지만 방금 전에 아래쪽을 당한 다리가 골절당했다.

“…젠장!”

게다가 그 소리는 여전히 난다. 근처의 유리창이 파르르 떨리고 귀가 아프다. 한 번 재생된 고막이 다시금 찢어지는지 피가 귓속에 들어찼다. 서린이야 어차피 재생하니까 상관없지만 다른 인간들은 괜찮은 건가? 그러고 보니 방금 전의 미니 트럭을 몰던 아줌마는?

서린이 놀라서 뒤를 돌아보니 다행히 차 안은 멀쩡한 것 같았다. 유리창이 그 소리를 차단하는 것 같았다. 하지만 표정을 보아하니 완전히 무사한 것 같지는 않았다.

하긴 눈앞에서 괴물들이 싸우고 있는데 당연한 일이리라. 그녀는 달아나기 위해서 계속 시동을 걸고 있었지만 서린이 한 번 야무지게 밀어낸 관계로 트럭에 이상이 생겼는지 시동이 잘 걸리지 않았다.

"크으, 신경 쓰이나?"

녀석은 팔을 들어서 미니 트럭의 앞 유리창을 향해 날렸다. 서린은 그 녀석의 움직임을 보고 깜짝 놀라서 손을 뻗었다. 이 녀석! 주위 사람을 죽여 버릴 셈이다!

"놔둘까 보냐!"

손아귀가 찢어지며 선혈이 흐른다. 칼날을 맨손으로 잡아낸 것과 마찬가지랄까. 칼슘 변이가 일어난 팔뼈가 칼날처럼 서린의 손아귀를 찢어발겼다. 하지만 그렇다고 손을 놓을 수는 없다.

콰직!

서린이 힘을 주자 녀석의 팔이 부러져 나갔다. 역시 아무리 해도 근본적으로 육체의 성능 면에서는 서린이 월등히 앞선다. 하지만 그 순간 적의 발차기가 다시 서린의 몸통에 적중되었다.

"쿨럭!"

한눈을 팔아도 너무 팔았다. 서린의 몸이 붕 뜨면서 계단에 충돌했다. 재수 없게도 계단 모서리가 등골에 정통으로 충돌하면서 허리뼈가 빠져 버렸다.

"이, 이런!"

방심했다! 그렇게 말을 들었는데도 또 한눈을 팔고 말았다. 이길 수 있는 적인데 순간의 방심으로 치명적인 부상을 입어버린 것이다. 서린은 깜짝 놀라서 몸을 움직이려 했지만 하반신이 이미 완전히 마비되어 버렸다. 신경이 지나는 척추를 당했으니 당연한 결과다.

"크크크크큭!"

흡혈귀는 상황을 알아챘는지 조소하고 있었다. 보다 더 뛰어난 육체적 능력과 무장을 갖춘 서린이 질 이유는 없었다. 하지만 그럼에도 불구하고 지금 흡혈귀의 공격에 의해 치명상을 입고 말았다. 게다가 지금은 그를 지켜주다시피 하던 세건도 보이지 않는다.

"으으으윽!"

서린은 기관단총을 들었다. 하반신이 움직이지 않는다면 상반신으로 쓸 수 있는 무기를 써야 한다! 하지만… 방아쇠에 손가락이 닿는 순간 다시금 공포가 가슴속에서 치솟아 올랐다. 마치 한 방울의 잉크가 떨어져 물을 물들이는 것처럼, 서린의 가슴속으로 떨어진 공포는 이윽고 전신으로 확산되었다.

5

쏴아아아아!

빗줄기는 지칠 줄 모르고 쏟아지고 있었다. 서린이 몸을 기대고 있는 계단을 따라 폭포수 같은 물줄기가 흘러내린다. 한번 고였던 물이 뚝담을 따라 흐르며 장쾌하기까지 한 물소리를 낸다. 서린은 그 소리를 들으며 조심스럽게 총구를 흡혈귀에게 겨누었다.

"…쏘지 않는 건가?"

그때 차가운 목소리가 서린의 뒤에서 들려왔다. 깜짝 놀란 서린이 고개를 들어보니 계단 위에 한 남자가 앉아 있었다. 청바지와 라운드 티 차림의 백색 포니테일, 틀림없이 자신을 아르곤이라고 소개했던 남자였다.

"후우우우."

그는 입에 담배를 물고 있었는데 마치 사창가의 창녀들처럼 지친 표정으로 담배를 빨고 있었다. 폐활량이 상당한지 빨아들이는 순간 담배가 맹렬하게 타면서 재로 변했다.

서린을 마주 보고 있던 흡혈귀는 아르곤을 발견하고 놀라서 고개를 들었다.

"네가 왜?"

"켈록켈록, 젠장할."

아르곤이 기침을 하자 새파란 연기가 코와 입에서 튀어나온다. 그 연기 속에서 시커먼 망령들의 데스마스크가 보였다.

"크… 역시. 심흑(深黑)의 마탄(魔彈)이라. 정말 제대로 맞았군, 아직도 몸이 엉망인데. 하마터면 뒈질 뻔했군."

그는 몸통을 감싸 쥐며 물이 고인 위로 담배를 떨어뜨렸다. 치익 하면서 담뱃불이 꺼졌다.

"당신… 나를 죽이러 왔나!"

서린이 고개를 들어서 그를 바라보았다. 그때 흡혈귀의 팔이 다시금 움직이며 서린의 목으로 날아들었다. 깜짝 놀란 서린이 팔뚝을 들어 그의 공격을 막자 선혈이 튀었다.

"으윽!"

칼날과 같은 흡혈귀의 팔이 서린의 목을 자르기 위해서 쇄도한다. 하지만 서린의 팔뼈를 꿰뚫지 못한다. 서린은 피를 흘리는 팔로 정확하게 녀석에게 총을 조준했지만… 역시 방아쇠를 당기지 못했다.

"뭐야? 흡혈귀도 죽이지 못하나?"

아르곤은 그 모습을 보며 의아해했다. 분명히 방아쇠만 당기면 맞을 거리임에도 불구하고 서린은 공격하지 않는다. 아르곤은 궁금해졌는지 계속해서 서린을 내려다보았다.

그 모습에서 아직 끼어들 생각이 없다고 판단한 서린은 자신의 팔을 갉아먹으며 공격해 오는 흡혈귀를 노려보았다. 근거리라서 조준선을 재볼 것도 없이 방아쇠를 당기기만 하면 맞는다.

게다가 지금 적은 서린을 죽이려 하고 있다. 그뿐만이 아니다. 저 흡혈귀는 인간도 많이 죽인 놈이다! 서린이 죽인다고 해서 도덕적인 문제가 생기는 상황도 아니다!

하지만… 정상적인 인간이 연쇄살인마를 만났을 때 '정의를 위해서' 라든가 '저놈은 사람을 많이 죽였으니까' 라는 이유로 죽이겠다고 덤벼들지는 않는다. 설령 자신의 목숨이 위험해진다 하더라도……. 서린 역시 마찬가지였다.

무작정 세건의 환심을 사기 위해 그의 명령에 따르긴 했지만 막상 적을 앞에 대하고 나니 도저히 죽일 수 있을 것 같지 않다. 죽이고 싶지 않다. 그게 자신의 손이 더럽혀지는 것을 두려워하는 것이라는 걸 잘 알고 있다. 이건 결국 손을 더럽히고 싶지 않다는 단순한 이기심에 불과하다.

세건과 달리 가족이 모두 다 살아 있기 때문에, 지켜야 할 가족과 돌아가야 할 세계가 있기 때문에 그는 자신의 손을 더럽히고 싶지 않았다. 아무리 세건이 그를 한심하게 여기고 때로는 지친 눈으로 바라보며 애통해하더라도 할 수 없는 것은 할 수 없는 것이다!

그렇지만 대체 그의 몸은 언제까지 버틸 수 있는 것일까? 만약 이러다가 죽기라도 한다면 그건 참 웃기는 죽음일 것이다.

"젠자앙!"

서린은 힘을 주어서 자신의 팔을 자르고자 하는 흡혈귀의 팔을 밀어냈다. 그 순간 흡혈귀의 팔이 부러지며 나가떨어졌다. 믿어지지 않는 일이었다. 미는 것만으로 저 흡혈귀의 팔을 부러뜨리다니? 서린은 놀라서 자신의 팔을 바라보았다. 방금 전에 있던 상처도 이미 씻은 듯이 나아가고 있었다.

"아니?"

갑자기 재생 속력이 가속한다. 깜짝 놀란 서린이 일어나 보니 하반신도 기능을 회복하고 움직이기 시작한다. 등골이 다시 원위치로 돌아간 것이다.

하지만 흡혈귀도 다시금 상처를 재생시키며 광소를 터뜨렸다. 노란 금발이 빗물을 튀기며 스스로 나풀거리고 그 아래 흰자위가 전부 붉게 물든 눈이 광기를 발산한다. 팔 한두 번 날리는 타격으로는 저놈을 멈출 수 없다. 숨통을 끊기 전에는 아무리 승산이 없어도 덤벼들 것이다.

"그, 그만둬!"

서린은 재생이 가속화되면서 힘이 충만해 오는 자신의 몸에 두려움을 느끼며 물러났다. 지금 이건 뭐지? 마치 누군가가 싸우라고 명령하는 것 같았다. 적에 대한 공포감은 빠르게 사라지고 몸의 세포 하나하나가 모조리 활성화된다.

"무, 무슨 일이지?"

갑자기 흉폭한 기운이 가슴속으로부터 치밀어 오른다. 서린은 깜짝 놀라서 시계를 바라보았다.

"그렇군! 월출인가?"

그것도 만월이다. 하지만 지금까지 몇 번의 만월을 겪었어도 이렇게 급격한 변화는 없었다. 그러던 것이 지금은 왜? 왜 이렇게 강력한 반응을 보이는 것이지?

"크아아악!"

흡혈귀는 재생한 팔로 서린을 공격하는 한편 바닥에 떨어진 자신의 팔을 입에 물었다. 하지만 방금 전의 공격에서 보았던 예리함이 없다. 지금의 서린에게 있어서는 모든 공격이 하품이 날 정도로 느린 동작에 불과했다.

서린은 그의 공격을 피해냈다. 도중에 팔이 꺾이며 궤도가 크게 변했지만 서린은 그런 공격을 피하며 손톱을 휘둘렀다.

스칵!

단숨에 흡혈귀의 팔이 잘려 나간다. 마치 중금속에 중독된 환자와 같다. 손만 대면 부러지고 박살 난다. 만월 아래에서, 흡혈귀는 서린의 적수가 되지 않는다.

원래부터 육체적인 능력에서는 서린이 적을 상회하고 있었지만 지금에 와서는 상대도 되지 않는다. 흡혈귀들이 인간을 가지고 놀다 죽일 수 있듯이… 지금의 서린은 흡혈귀조차 가지고 놀 수 있을 정도였다. 이런 능력을 가지고 흡혈귀에게 당한다면 그건 자살이라고밖에 설명할 수 없으리라.

"그만둬! 승산이 없는데 왜 자꾸 덤비는 거야!"

하지만 역시… 흡혈귀를 죽이지는 못하겠다. 만약 세건이 지금의 서린을 본다면 뭐라고 할까? 역시 한심한 놈이라고 하겠지?

"왜 죽이지 않지?"

그때였다. 머리 위에 있던 아르곤이 나직이 중얼거리는 게 들려왔다. 깜짝 놀란 서린은 그제야 아르곤의 존재를 인식했다. 그래! 저 녀석이 있었지! 흡혈귀와 자기 생각에 몰두하느라 방금 전 본 계단 위의 흡혈귀를 까맣게 잊고 있었다.

아르곤은 자리에서 일어나 서린을 내려다보았다.

"목숨이 노려지고 있잖아? 역으로 네가 저 녀석을 죽인다고 해서 누구도 비난하지 않아. 그리고 저 녀석은 이미 백여 명에 가까운 사람을 죽였다. 여기서 네가 저놈을 동정해서 살려주기라도 한다면 저놈에 의해서 수많은 희생자가 새로 나올 뿐이야."

"…그렇지만."

"그렇지만 뭐? 남을 살해하고 이미 이성조차 남아 있지 않은 흡혈귀가 살 가치가 있다는 것인가? 아니면 손을 더럽히고 싶지 않다는 건가? 지금 이 순간 네가 손을 더럽히지 않으면 수많은 인간이 죽게 될 텐데."

"그, 그렇지. 그건 그렇지만, 알고 있어도 못 하겠어!"

서린이 솔직하게 답하자 아르곤은 계단을 훌쩍 박차고 뛰어내려 그의 앞에 섰다. 새하얀 머리칼에 차가운 녹회색 눈동자, 그리고 창백할 정도로 하얘서 몇몇 부위에는 푸른 정맥이 얼핏 비친다.

전체적으로 차가운 인상의 흡혈귀이다. 하지만 지금은 마치 장난꾸러기 소년처럼 웃고 있었다. 뒤집어쓴 야구 모자에 얼굴에 붙인 밴드가 더더욱 그렇게 보이게 해주었다.

"릴리쓰의 아들이 그런 말을 하면 안 되지이. 하지만 이 상황이 되도록 안 죽이는 걸 보면 괜한 소리는 아닌 모양이군."

그가 지면에 내려서자 흡혈귀는 놀라서 그에게서 물러났다.

아르곤의 머리카락이 바람도 없이 허공에 흩날리고 차가운 녹회색 눈동자가 흡혈귀를 쏘아본다.

갑자기 주위의 기온이 급격히 떨어지고 아르곤으로부터 무시무시한 위압감이 뿜어져 나왔다. 서린이 처음 아르곤을 보았을 때 느꼈던 그 불길한 공포가 이번엔 주위 전부를 지배했다.

"꺄아아악!"

트럭을 몰던 아줌마는 새된 비명을 질렀다. 하지만 아르곤이 손을 들자 그녀는 마치 시간이 정지된 것처럼 멍청히 핸들을 잡고 섰다. 그뿐만이 아니다. 아르곤을 중심으로 강력한 힘의 파동이 맥박 치며 주위로 확산되었다.

"아르곤, 무슨 속셈이지? 왜 이제 와서 끼어드는 거냐!"

"생각이 바뀌었어. 나는 질풍노도의 시기를 사는 변덕쟁이거든?"

아르곤은 그렇게 중얼거리며 주머니에서 풍선껌을 꺼내 입에 넣었다. 그는 껌을 씹으면서 콧잔등에 붙인 밴드를 떼어냈다. 그걸 손으로 꾸깃꾸깃 구겨서 아무렇게나 뒤로 던져 버린 그는 팔짱을 끼고 혼자 고개를 끄덕이면서 중얼거렸다.

"어차피 상처를 입어서 피가 필요하기도 하니까……."

"크윽!"

흡혈귀는 본능적으로 아르곤이 지금 자신을 먹어치울 심산이라는 것을 알아차렸다. 그는 즉시 자신의 몸을 변이시키고 파괴의 소리를 내며 아르곤에게 달려들었다. 깜짝 놀란 서린은 자신의 귀를 손으로 막았지만 아르곤은 대수롭지 않다는 듯 가만히 서 있었다.

"위, 위험해!"

아르곤은 마치 뭔가에 홀린 것처럼 가만히 서 있었다. 그런 그의 목을 향해 흡혈귀의 팔이 낫처럼 변하여 날아들었다. 이대로라면 아르곤이 당할 판이다!

하지만… 과연 그럴까? 아르곤이 풍기는 분위기와 위압감은 결코 여느 흡혈귀가 범접할 만한 것이 아니다.

아니나 다를까.

"지옥에 가서 내 자리나 봐둬라!"

아르곤이 손을 휘두르자 공기가 폭발하는 굉음이 터져 나왔다. 아르곤에게 뛰어들던 흡혈귀는 마치 폭탄에 맞은 것처럼 양팔이 산산조각 나며 뒤로 나가떨어졌다.

목이 잘려서 머리가 호박처럼 굴러떨어지고 몸이 반으로 접히며 뒤로 넘어갔다. 등의 가죽만이 남아서 애처롭게 상반신과 하반신을 연결할 뿐, 뼈와 근육은 이미 모조리 끊어졌다.

내장이 곤두서며 몸통에서 튀어나오는데 그 모습은 마치 대야에 담아둔 미꾸라지들이 요동치는 것과 같았다. 다른 게 있다면 새빨간 피로 젖어 번들거린다는 것 정도? 하지만 그렇게 요동치는 것도 잠시, 상처가 급속하게 얼어붙으며 새하얀 냉동육으로 변했다.

정말 꿈에 나올까 두려운 모습이었다.

"…흡혈귀를 죽이려면 이 정도는 해야지. 쿨럭쿨럭."

아르곤은 기침을 하면서 흡혈귀에게 손을 뻗었다. 그러자 흡혈귀의 몸체로부터 피가 뽑혀 나오더니 마치 무중력 공간을 유영하는 물방울처럼 허공에 떠서 아르곤에게 날아들었다. 아르곤은 그 피를 손바닥으로 빨아들이고는 고개를 절레절레 저었다.

"사람을 좀 많이 먹어서 쓸모가 있을까 했더니, 역시 정신병자 놈은 쓸데가 없군. 피가 정순하지 못해."

"…이, 이봐."

서린은 경악해서 아르곤을 바라보았다. 대체 뭐란 말인가, 이놈은? 흡혈귀가 흡혈귀를 먹어치우다니? 서린은 기가 막혀서 아르곤에게 물어보았다.

"너희 같은 편이 아니었어?"

"누가 같은 편이야? 내가? 이놈의? 웃기지도 않는 농담이군, 그건. 좀 분발해 봐. 쿨럭쿨럭, 젠장, 이렇게 당해보긴 흡혈귀가 된 이래 처음이군."

아르곤은 그렇게 말하며 다시 기침을 했다. 그는 그러면서도 억지로 풍선껌을 불었다.

거 기침하면서 그런 건 좀 하지 말지? 서린이 그렇게 생각하며 바라보자 그는 포켓에서 풍선껌을 꺼내어 서린에게 건네주었다.

"아이 참, 나도 무심하기는. 그렇게 씹고 싶었으면 말을 하지."

"아니야!"

서린은 발작하듯 고함을 빽 질렀다. 하지만 아르곤은 '내 다

안다'는 것처럼 측은히 여기는 표정을 하면서 억지로 서린의 손에 풍선껌을 들려주었다.

"인간으로 태어났다면 자신의 손을 더럽히지 않겠다는 그 마음, 훌륭하다고 본다. 하지만… 릴리쓰의 자손으로 태어난 이상, 네 손을 더럽히지 않으려면 다른 누군가가 대신 피를 묻혀야 하지."

서린은 깜짝 놀라서 아르곤을 바라보았다. 그때 그의 눈앞이 흐려졌다. 가로등의 불빛이 흔들거리며 주위의 공간이 일그러진다.

"아니……."

서린은 바닥에 주저앉았다.

"설교는 나도 질색이야. 하지만… 네 그 마음이 어디까지 변하지 않는가, 그것도 보고 싶군."

아르곤은 그 말을 남기고 몸을 돌렸다. 흔들리는 시야 속에서… 그는 웃음을 남기고 사라졌다.

쏴아아아아아.

잠시 약해졌던 빗줄기가 다시금 거세진다. 그제야 서린은 천천히 몸을 일으켰다.

"…아니, 학생! 갑자기 뛰어나오면 어떻게 해!"

트럭을 몰던 아줌마는 연신 경적을 울리고 있었다. 서린은 깜짝 놀라서 계단 위로 피했다. 그러자 그녀는 아무 일 없었다는 듯 차를 몰고 사라진다.

"이런."

서린은 멀어지는 트럭을 바라보며 혀를 내둘렀다. 방금 전까지 사시나무 떨듯 떨던 아줌마가 아무 일 없었다는 듯 사라지는 것으로 보아 그사이에 아르곤이 손을 쓴 모양이다.

아까 전에 횡단보도에서 만날 때도 그렇고 지금 이때도 그렇고… 아르곤의 수완이 어느 정도인지 상상도 가질 않는다. 저런 능력이 있다면 정말 미합중국 대통령의 목도 따버릴 수 있겠다. 행동이 미적미적해서 적인지 아군인지 알 수는 없지만 적어도 지금 이 순간은 서린을 살려두고 있었다.

아지트에 돌아오고 나니 새벽이 되어가고 있었다. 서린은 물이 뚝뚝 떨어지는 옷을 털어내고 욕탕으로 달려갔다. 하지만 욕탕 앞의 바구니에는 이미 세건의 옷이 아무렇게나 담겨 있었다.

"돌아왔냐?"

피로에 젖은 세건의 목소리가 욕탕 안에서 들려왔다.

"세건 형?"

서린은 멍청히 서 있다가 문득 문에 손을 대보았다. 잠겨 있지는 않다.

"…뭐 하는 거야?"

서린은 문을 열고 고개를 안으로 들이밀었다. 세건은 욕탕 안에 몸을 담그고 있었다.

"욕탕은 내가 쓰지. 샤워할 거라면 해."

세건은 물에 얼굴까지 담그며 그렇게 말했다. 평상시도 늘 그래왔지만 오늘따라 유달리 피로가 쌓인 모습이다.

서린은 안에 들어와서 샤워기를 틀었다. 뜨거운 물이 즉각적으로 쏟아져 나왔다.

"표적은?"

"…죽긴 죽었어. 내가 죽인 건 아니지만."

서린은 물줄기 아래에 서서 눈을 감은 채 중얼거렸다. 따듯한 물줄기가 쏟아지자 빗물에 젖어서 체온이 내려간 몸에 다시금 활력이 돌아온다.

그때 세건이 다시금 물어보았다.

"그렇다면 끝장을 낸 건 아르곤인가?"

"어?"

"맞나 보군."

서린은 깜짝 놀라서 세건을 돌아보았다. 그러고 보니 세건의 상태가 어딘가 이상하다. 외상은 없어 보이지만 왜 저러는 거지? 그러고 보니 아르곤도 잠깐 사이에 부상을 입었다.

"혹시 형? 그런 놈하고 싸운 거야?"

"물론."

아르곤과 서로서로 공격을 주고받았다. 외상이야 곧 치료되었지만 내상은 극심하다. 에스프리의 조직이 미약함에도 불구하고 여전히 명맥을 유지할 수 있는 이유는 단순명쾌했다. 진마 아르곤이 그만큼 뛰어난 인물이라는 것이다.

"하지만… 나 없이도 용케도 살아서 돌아오다니, 잘했다."

"…어?"

서린은 깜짝 놀라서 세건을 바라보았다. 지금 칭찬한 건가? 그러나 세건은 욕조에 기대어 눈을 감았다.

"어이, 형."

"…좀 자두지. 상처를 입어서 쉬지 않으면 안 돼. 적당히 하고 나가봐."

"지금 뭐라고 했어? 분명히 잘… 뭐라고 한 것 같은데 잘 안 들려서."

서린이 그렇게 능청을 떨자 세건은 욕조에 손을 넣더니 물을 퍼서 찌익 하고 서린에게 쏘았다.

"으아악! 뭐, 뭐 하는 짓이야. 기껏 샤워했더니만 형의 육수(?)를 쏘다니."

"육수?"

"뜨거운 물에 고기를 담그면 그게 바로 육수지."

"…네가 오늘 뒈져 봐야 정신을 차리겠구나."

세건은 그렇게 말했지만 욕조에서 나오지는 않았다. 평상시와 달리 매우 지쳐 보이는 모습이라 서린은 갑자기 덜컥 겁이 났다. 아르곤과 싸워서 부상을 입었다면… 그 상처가 매우 클 것이다. 겉보기로는 큰 외상이 없어 보이지만 안은 얼마나 망가져 있는지 모르는 것이다. 혹시 저러다가 세건이 죽는 건 아닐까?

하지만 잠시 후 세건은 코를 골기 시작했다. 욕조에 드러누워서 코를 골고 있는 모습을 보니 안심이 된다. 코까지 골 정도면 죽지는 않겠지.

"나 참… 이런 데서 잠들면 나중에 물이 식으면 감기 들 텐데."

서린은 그렇게 중얼거렸지만 세건의 일은 세건이 알아서 할 것이다. 그렇게 생각한 서린은 욕탕 밖으로 나갔다.

"그러면 굿나잇."

第10夜

Friend

1

사준은 흥신소를 통해서 입수한 정보를 모아 영어로 번역 작업까지 끝마쳤다. 이 모든 걸 해결하는 데는 채 반나절이 걸리지 않았다. 서린에 대한 사전 조사는 이미 오래전에 끝냈지만 조반니 반테로가 비싸게 사준다니 재정리하지 않을 수 없었다.

"이런 전개로 가면 이제 본격적으로 납치 활극의 시작인가. 큰일이로다, 큰일이로다."

사준은 자료집을 모아서 투덜거리며 걸어갔다. 사실 서린의 성격상 그를 불러내는 건 어렵지 않다. 아무나 붙잡고 죽여 버린다고 협박만 하면 알아서 튀어나올 것이다. 하지만 그러면 정보 상인이 장사를 할 수가 없지 않은가?

"그래서 후후훗, 몇 가지 정보는 미리 빼뒀지."

조반니 반테로 손에 이미 들어가 있다시피 한 서린의 아버지는 자료에서 제해뒀다. 아마 이걸로 나중에 서린에게 감사를 받게 되지 않을까? 사준은 그런 생각을 하며 키득거렸다.

"몹쓸 분이시군요."

사준의 옆자리에서 운전하던 청년은 어깨를 으쓱해 보였다.

"뭐가?"

"아니, 어차피 정보를 넘겨주면 그 흡혈귀가 사람을 납치하고 협박할 거 아닙니까. 그러면 굳이 손에 있든 말든 신경 쓰지 않고 다 알려주는 게……."

"무슨 소릴 하는 거야? 이런 건 장사의 기본이라고. 예를 들어서 내가 홈쇼핑에서 디스크닥터 같은 걸 판다고 쳐. 집에서 복대 가지고 해도 충분합니다, 헬스클럽에서 쓰는 허리보호대 같은 거로도 충분합니다, 란 소리를 할 리가 없잖아? 아니면 그렇게 돈 처들여서 오래 살구 싶수? 하늘이 정한 대로 살다 뒈지시우! 이렇게 말할 수도 없고."

"돈이 그렇게 궁한 것도 아니잖아요?"

"무슨 소릴 하는 거야! 우리 멍멍이들이 얼마나 먹어대는데! 아우 귀여운 멍멍이들! 생각하니 또 참을 수가 없군. 기다려라, 이 아빠가 오늘도 열심히 벌어 가마."

"별로 좋아하지 않는다고 했으면서……."

운전하던 이는 한숨을 내쉬었다. 한세건 앞에서는 별로 좋아하지 않는다고 말한 것을 기억하고 있는 모양이다. 그러자 사준이 정색하며 돌아섰다.

"뭔 소릴 하는 거야! 세건은 적이야! 언제 나에게 이빨을 들이밀어도 이상하지 않은 놈이라고. 그러니까 소중한 것은 감춰두는 게 좋아."

"…그럴까요?"

저 한세건이 개를 인질로 사준을 협박한다? 머릿속으로 그런 그림을 그려보면 아무리 보아도 이건 촌극이다.

"그렇지만 이 녀석은 정말 특이하군."

"아, 그놈 말이군요."

사준이 넘겨준 파일을 검토하던 여성 마법사가 고개를 끄덕였다.

"잘하면 아주 미친개 하나 태어나겠는걸?"

"아니죠. 이 녀석은 이미 날 때부터 미친개인걸요?"

그녀는 립글로스를 칠한 얇은 입술로 거리낌 없이 과격한 말을 내뱉었다. 그들은 파일을 덮었다. 조반니 반테로도 상당히 미친 놈이니 이런 좋은 거리를 그냥 넘기지 않으리라.

"미친놈이 미친개를 월야로 이끈다라, 이래저래 피바람이 불겠군."

사준은 파일을 모아서 다시 서류 봉투에 넣었다.

혁진은 한강 공원 벤치에 앉아서 한숨을 내쉬고 있었다. 밤이 되자 유람선은 불을 밝히고 한강 위를 흐른다. 하지만 비가 쏟아져 내린 뒤라 강물이 탁해져 있어서 도저히 유람선다운 분위기는 나지 않는다. 똥물 위를 떠가는 쪽배가 불을 밝히든 물을 밝히든 알 게 뭐란 말인가?

그래도 연일 계속해서 내린 비 때문에 날씨가 좀 수그러들어서 오늘 밤은 공원에서 인라인을 타고 자전거를 타는 사람이 많이 보였다.

내일부터는 혹서가 시작된다고 일기예보가 말하고 있으니 오늘 더 즐겨야겠다는 심산일까? 오늘따라 유달리 한강 공원에 사람이 많아 보였다.

"좋겠다."

혁진은 인라인을 타고 다니는 사람들을 바라보며 턱을 괴었다. 저런 걸로 미끄러지는 단순 행위로도 기뻐할 수 있단 말이지?

혁진은 저런 건전한 레저 스포츠로는 도저히 자신의 심심함을 달랠 수 없었다. 폭력에 중독되고 생각이 많은 그는 오직 서린을 상대할 때만 아무런 생각 없는 고교생이 될 수 있었다. 그래서일까? 서린이 학교를 그만두고 자취를 아예 감춰 버린 요즈음은 너무 따분해서 견딜 수가 없다.

"어이, 혁진아. 왜 그래?"

친구들, 아니, 정확히 말하자면 부하들이 혁진에게 다가왔다. 다들 걱정스러운 눈으로 혁진을 바라보고 있었다. 만약 꼬리가 달려 있다면 꼬리라도 흔들 것 같은 표정이다.

악명을 떨치고 있는 최혁진에게 완전히 굴복해 버린 녀석들이다. 서린처럼 혁진과 대등한 존재로, 우정을 나눌 대상이 못 된다. 이런 녀석들과는 아무리 놀러 다녀도 결코 마음이 채워지지 않는다. 그럼에도 불구하고 함께 어울려 다니는 것은 이들이 혁진의 도구로서 쓸모가 있기 때문일 뿐이다. 최혁진은 한숨을 내쉬며 그들의 호의를 무시했다.

"내버려 둬."

"역시 마눌님이 학교를 그만둬서 그런가 보구만."

녀석 중 한 명이 정확하게 원인을 꿰뚫어 보았다. 하지만 호칭이 너무나 마음에 들지 않는다.

"뒈지고 잡냐?"

"설마. 하하핫."

혁진의 위협에 다들 찔끔찔끔 물러났다. 저렇게 화를 내다니, 만약 그들이 모르는 이였다면 추측이 틀렸다고 생각하기 쉬웠다.

하지만 서린이 학교를 그만둔 뒤로 혁진이 한숨을 내쉰다는 것은 다들 잘 알고 있는 사실이었다. 혁진은 그 전까지는 서린과 함께 다니느라 밤놀이에 소홀했지만 최근 들어서는 자주 모습을 나타냈다. 이런저런 정황을 볼 때 서린과 연결 짓지 않는 게 이상하다.

"그런데 대체 왜 그 범생이에게 혁진이 달라붙은 거지?"

녀석들은 혁진이 상대해 주지 않자 지들끼리 떠들어댔다.

"몰라."

"소문에 의하면 혁진이가 범생이에게 깨졌다는데."

"설마? 최혁진은 아마레슬링 대회에도 나가고 집이 또 도장이잖아. 어지간한 놈이 상대가 될까?"

운동부도 없는 학교지만 혁진은 마치 운동부 학생처럼 열심히 운동하고 있었다. 하지만 이 녀석들은 혁진이 운동하는 것을 마치 싸움하기 위해 운동하는 것으로 여기고 있는지 늘 싸움 이야기로 귀결되었다. 괜히 소년지 만화에 학원폭력물이 하나둘씩 끼어 있는 게 아닌 것이다.

"중학생 때 고등학생을 잡았지!"

"여하튼 뭔 상관이냐. 혁진이가 돌아온 것만 해도 다행이지."

"그래그래, 잘됐다. 나는 정말 이제 다 때려치우고 착한 어린이가 되려나 했어."

아이들은 최혁진의 귀가 닿지 않을 만한 거리에서 그렇게 떠들어댔다. 최혁진은 한숨을 내쉬며 웃옷에서 담배를 꺼냈다.

"…젠장, 돌아버리겠군."

그는 담배 한 개비를 꺼내서 물고 라이터로 불을 붙였다. 그걸 본 한 녀석이 의아하다는 듯 물어보았다.

"너 담배 끊지 않았었냐?"

"그랬지."

혁진은 한숨을 내쉬었다. 이 녀석들도 귀찮다. 좀 조용히 혼자 있는 게 더 나을까? 하지만 그렇다고 혼자 있으면 더더욱 궁상스러워지기 때문에 그럴 수는 없었다. 경험상 기분이 가라앉을 때는 남들에게 성질을 부리더라도 함께 있는 게 더 나았다.

"…그런데 왜 이제 와서 다시 피우는 거야?"

"시끄러워. 왜 이래라저래라 잔말이야? 네가 내 마누라라도 되냐?"

혁진은 담배를 입에 물고 있다가 갑자기 기침을 했다. 오래간만에 피는 거라 그런지 몸에 잘 안 받았다.

"하하하핫!"

그때 그런 혁진의 옆을 웬 남녀가 크게 웃으면서 지나갔다. 아마도 공원에 나온 커플인 듯했다.

"그러니까 말야, 내가 그때 녀석에게 한 방 크게 먹였다고. 아무리 선배라도 그렇지 술 취하고 이게 뭡니까 하고 말야. 그러니까 녀석이 날 꼴아보더라고. 하지만 뭐… 내가 원래 한가락 했었거든."

적당히 허풍이 섞인 무용담에는 알코올의 기운이 느껴졌다. 여자도 적당히 취해 있었다. 아마 어디 근처 호프에서 맥주라도 빨다가 바람 쐬러 나온 모양이지? 혁진은 그런 생각을 하며 벤치에서 일어났다.

"…야?"

"할 생각이냐?"

주위의 아이들은 혁진의 눈빛이 변한 것을 보고 오싹한 기분이 들면서도 그를 따라왔다. 혁진은 피식 웃으며 그들을 돌아보았다.

"오늘도 좀 놀아볼까?"

모두들 그 의미를 알아듣고 의미심장한 표정을 지어 보였다.

끼리리리릭!

철골에 박힌 고리 사이로 쇠사슬이 미끄러진다. 마찰되며 당겨지는 쇠사슬 아래에는 캐주얼복을 입은 남자가 매달려 있었다.

"크아악!"

남자의 비명 소리가 어두운 창고 안에 울려 퍼진다. 목에는 쇠사슬이 걸려 있고 발이 바닥에 닿지 않는다. 영락없는 교수형인데 천천히 들어 올리고 있는 탓인지 목이 부러지지 않았다. 몇몇 불량 학생이 전력을 다해 쇠사슬을 당기자 그의 몸이 더 높이 들린다.

"조심해. 흔들거리면 목뼈가 부러질 수 있어. 살인자가 되고 싶은 건 아니겠지?"

최혁진은 아이들 사이에 앉아서 하품을 하며 중얼거렸다. 살인이야 하고 싶은 마음이 굴뚝같지만 법이 법이다 보니까 죽이지 않을 뿐이다.

그들은 그렇게 몇 초 동안 남자를 매단 다음에 천천히 사슬을 놓아서 그를 다시 지상으로 내려놓았다. 허공에서 바동거리다가 겨우 발이 땅에 닿는 걸 확인한 남자는 눈물 콧물을 흘리며 숨을 몰아쉬었다.

"헉, 헉… 헉!"

나름대로는 잘생긴 남자인데 이렇게 만드니 완전히 물에 빠진 생쥐 꼴이 되었다. 하지만 그렇다고 이 고문이 끝난 것은 아니다. 다시금 사슬을 당기자 남자의 발이 하늘로 떠올랐다.

"으아아악!"

남자의 비명 소리가 창고 안에 다시 울려 퍼졌다. 그 끔직한 소리는 말로 형언하기 힘들 정도였다. 어지간히 원수지지 않고서는 그런 소리를 들으며 이런 잔인한 고문을 계속할 수 없으리라. 하지만 혁진은 계속해서 아이들을 독려했다.

이들은 우연히 한강변에서 만난 커플일 뿐이다. 약간 술에 취해 있었는지 남자가 한때 자기가 좀 잘나갔다고 허풍인지 진짜인지 모를 말을 하며 폼을 잡았던 게 눈에 거슬려서 혁진은 그들을 잡아서 여기까지 끌고 온 것이다.

철골로 만든 창고 입구는 굳게 잠겨 있지만 합판이 썩어서 생긴 쥐구멍은 사람이 들락날락하기 충분한 크기였다.

그들은 이 창고 안에서 그들만의 린치를 가하기 시작한 것이다.

"그, 그만해! 제발! 무슨 짓이야! 너희는 다 미쳤어!"

남자와 같이 있던 여자는 양쪽 콧구멍에서 동시에 피를 흘리면서 비명을 질렀다. 하지만 혁진은 코웃음 쳤다. 그만하란다고 그만둘 거였으면 애초에 시작도 하지 않았다.

"어떻게 할까?"

혁진을 따라온 아이들은 약간 불안해하며 물어보았다. 서린이 학교를 그만두고 난 뒤로 처음 모인 그들인데 혁진은 안 본 사이 더더욱 극심하게 거칠어져 있었다. 학교 앞에서야 착실한 학생인 양 시치미를 뚝 떼고 있지만 역시 서린이 떠난 이후로 상처를 많이 받은 모양이었다.

"…좋아, 좋아."

혁진은 이를 악물었다. 이런 일을 벌일 때는 서로 본명을 부르지 않는다. 목격자를 죽여 버릴 것도 아닌데 이름을 말해줘서 괜히 경찰들이 추적하기 좋게 만들 수는 없는 일이다.

그리고 여자만 끼면 모를까 여자와 남자가 같이 걸리게 되면 아무리 심한 짓을 당해도 높은 확률로 신고하게 된다. 하지만 아무리 극심한 사건이라고 쳐도 최근 서울 곳곳에서 일어나는 수많은 강력 범죄 때문에… 이런 일은 도리어 꼬리를 잘 밟히지 않는다.

뭐, 이것도 다 혁진이 애써서 아이들을 훈련시킨 덕이다. 친구 간에는 훈련이라는 게 없겠지만, 혁진은 아이들을 하나하나 훈련시켜서 증거가 잘 남지 않도록 신경, 또 신경 썼다.

하지만 그래도 이 녀석들은 무슨 일을 벌이기 전에 꼭 혁진에게 물어본다. 물론 그것은 어떻게 해야 하는지 몰라서 묻는 게 아니다. 주도자인 혁진에게 모든 책임을 넘기고 자신들은 양심의 가책을 조금이라도 줄여보겠다는 일종의 몸부림이었다.

혁진은 혀를 차며 그들을 노려보았다.

"어떻게 하긴, 네놈들 좆 달린 사내새끼 맞냐? 계속해서 흰소리 해대는 걸 보니 아랫도리가 허전한가 보지. 돌려 버려."

혁진이 그렇게 말하자 기다렸다는 듯 아이들이 여자에게 달려들었다. 사슬을 당기던 아이들도 여자 쪽이 더 끌리는지 천천히 사슬을 풀어서 남자를 바닥에 내려놓았다.

"쿨럭! 크악… 크웨엑!"

목에 힘을 주고 버티고 있던 그는 발이 지면에 닿자마자 앞으로 고꾸라지며 나동그라졌다. 혁진은 그 모습을 보고 한숨을 내쉬었다.

역시 이 녀석들은 오합지졸이다. 누구 한 명은 저 남자를 관리해 줘야 하지 않겠는가? 이런 상황에서 남자가 도망쳐서 경찰이라도 부르게 되면 난리가 난다. 그 유명한 테러범 한세건도 아니고 일반인이라면 경찰과의 추격전에서 십중팔구 잡히게 마련이다.

"젠장."

그는 나동그라진 남자에게 다가가 그의 머리채를 잡아 들었다. 남자는 아직도 자신에게 일어난 일을 믿을 수 없는지 어리둥절한 표정으로 그를 바라보았다.

얼굴에는 겁에 질린 표정이 역력하고 몸은 부들부들 떨고 있다. 정상적인 감성의 소유자라면 절로 측은지심이 일어나겠지만 감성과는 담을 쌓은 혁진으로서는 짜증만 날 뿐이었다.

"아, 진짜 못 봐주겠군. 정말 짜증 나. 야, 너. 좋게 말할 때 자살해라."

"쿨럭……."

남자는 무슨 소리냐는 듯 목을 감싸 쥔 채 혁진을 바라보았다. 그러자 혁진이 그 남자의 머리채를 잡고 일으켜 세웠다.

"잘 들어. 네가 지금 여기서 곱게 자살하면 저 여자를 안 돌린다. 하지만… 살고 싶다면 눈 뜨고 잘 봐! 저 여자가 강간당하는 걸 두 눈 똑바로 뜨고 잘 보란 말야, 이 한심한 새끼야!"

최혁진은 그렇게 말하고 남자의 머리를 바닥에 처박았다. 태연하게 길거리를 나다니는 인간들을 보면 배 속에서 뭔가가 부글부글 끓어올라서 견딜 수가 없었다.

아무렇지도 않게 의심도 없이 하루하루를 살아가는 인간들, 그런 놈들은 수족관의 물고기와 같다. 그물로 건져져서 언제 회 쳐져도 이상하지 않은 주제에 뭘 믿고 안심하는 거지?

선의? 도덕? 그런 것은 혁진에게 있어서 똥과 같은 것에 불과했다. 만약 그의 앞에 핵미사일 발사 버튼이 있다면 그는 주저 없이 그것을 눌러 버릴 것이다. 따분하기 짝이 없는 이 바닥에서 잠시나마 벗어날 수 있다면 설사 그 결과로 자신이 죽는다고 해도 상관없지 않은가?

"단지 재수 없다는 이유만으로도 사람을 죽여 버리고 싶어 하는 새끼가 있다는 걸 알아두라고, 알겠냐? 앞에서 알짱거리는 게 재수 없고 짜증 나니까! 뒈져 버려! 내 손 더럽히지 말고 자살해 버려!"

혁진은 쓰러져 있는 남자의 머리통을 무슨 불씨 끄듯 비벼 밟았다.

그때 갑자기 박수 소리가 들려왔다.

"이거이거, 아주 좋은 마음가짐이군!"

외국인들 특유의 어색한 억양과 함께 쇠사슬이 끊어지는 둔중한 쇳소리가 들린다. 모두 깜짝 놀라서 창고 입구 쪽을 보니 누군가가 문을 부수고 좌우로 활짝 여는 게 아닌가?

자동차의 헤드라이트가 그의 뒤를 비추고 있어서 얼굴은 보이지 않는다. 모두들 눈이 부셔서 입구에 서 있는 거구의 남자를 바라보며 허둥지둥했다. 그는 이 더위도 아랑곳하지 않고 표범 무늬 코트를 걸치고 지팡이까지 들고 있었는데, 아무리 보아도 지독한 악당으로밖에 보이지 않았다.

그는 지팡이를 들어서 손아귀에 툭툭 치면서 창고 안을 휘이 둘러보았다. 실루엣만이 제대로 보일 뿐이지만 움직임 자체가 극단적으로 희극적이다. 한국인처럼 말로 모든 걸 해결하는 게 아니라 오버해 가며 보디랭귀지를 써대는 걸 보니 외국인임에 틀림없다.

“매우 좋은 마음가짐이긴 하지만… 너희도 재수 없기는 매한가지인데. 꼬마, 너희의 재수 있음은 누가 보장해 주지?”

“큭!”

그 말을 들은 순간 혁진은 지면을 박차고 그에게 달려들었다. 남에게 들켜서는 안 되는 모습을 들킨 것만도 큰일인데 저 녀석은 뭔가 이상하다. 얼른 이 자리를 빠져나가거나 그게 아니면 저 녀석을 제압하지 않으면 안 된다.

그렇게 생각한 혁진은 즉시 뛰어드는 것과 동시에 왼손을 뻗었다. 일단 레프트 잽으로 시선을 빼앗고 하이킥, 혹은 태클로 싸움을 풀어나갈 셈이었다. 그러나 그 순간이었다.

덜컥!

갑자기 눈앞이 빙글 돌았다.

“아니?!”

불꽃이 번쩍 튄다. 혁진이 레프트를 뻗는 것과 동시에 벌어진 일이었다. 너무나 빨리 벌어진 일이라 혁진은 대체 무슨 일이 일어났는지 알 수 없었다.

투툭!

선지피가 바닥에 쏟아졌다. 대체 무슨 일이지, 이건? 내 피인가?

혁진은 자신의 뺨을 만져 보기 위해 손을 움직이려고 했다. 하지만 콘크리트 더미에 깔린 것처럼 몸이 무겁다. 전혀 움직여지지 않는다. 그때 갑자기 현기증이 엄습했다.

"으윽!"

다리가 풀린 혁진은 그 자리에 주저앉고 말았다. 땅바닥을 바라보고 있자니 검은 뭔가가 바닥에 후드득 떨어져 물들었다. 혁진 자신의 피였다.

그제야 격통이 밀려들었다. 놀랍게도 이 거구의 남자는 그 거구에 어울리지 않는 전광석화 같은 솜씨로 혁진에게 카운터 펀치를 날린 것이었다. 그 공격이 어찌나 깔끔하고 번개 같던지 혁진은 단 일발에 모든 제어력을 잃어버렸다. 죽지 않은 게 용할 정도였다.

"용하군. 아직도 의식이 붙어 있다니."

거구의 남자는 기특하다는 듯 혁진을 내려다보며 턱을 쓰다듬었다. 혁진 자신도 그 점이 용할 지경이었다. 이 남자의 번개 같은 주먹은 지금까지 한 번도 경험해 본 적 없는 성질의 것이었다.

아니… 굳이 있다면 서린의 공격이 비슷하달까?

"…아, 아니!"

학생들은 모두들 질려서 그 모습을 바라보았다. 갑자기 외국 영화에서나 나올 법한 악당이 최혁진을 한 방에 쓰러뜨린 것이다. 모두들 놀라고 겁에 질려서 그를 바라보았다.

"자아, 그러면 청소를 시작해 볼까? 자네 말대로 재수 없다는 이유로 인간을 죽여보자고."

거구의 남자가 손가락을 튕기자 그의 뒤에 조용히 서 있던 두 명의 남자가 나섰다. 약간 창백한 피부를 가진 롱코트의 남자들은 둘 다 동그란 선글라스를 쓰고 있었는데 그 안에서부터 심상치 않은 눈빛이 번뜩였다.

"이, 이런!"

학생들은 모두들 겁에 질려서 무기를 집어 들었다. 창고 안에서 마련한 쇠파이프 등으로 무장한 그들은 분명히 이 세 명의 외국인보다 수가 많다. 하지만 그럼에도 불구하고 뭔가 심상치 않은 기운에 겁을 집어먹고 압도당하고 있었다. 아마도 그것이 바로 본능이리라. 이들에게 절대로 이길 수 없다. 어서 달아나라고 본능이 경고하고 있는 것이다.

"크아!"

그때 한 명이 용감하게 뛰어들었다. 용감이라고 해도 사실은 공포의 스트레스에 져서 뛰어든 것뿐이다. 롱코트의 남자는 그런 그를 보고 피식 웃더니 손을 뻗었다.

콰아악!

선혈이 튄다. 갈고리처럼 굽힌 손가락에서 새하얀 손톱이 돋아나 쇠파이프를 자르고 그걸 들고 휘두르던 사람의 얼굴을 갈라 버렸다. 마치 면도날로 자른 종이처럼 깨끗하게 잘린 피부 속에서 근육과 뼈가 드러나 보였다. 선혈이 튀자 모두들 놀라서 그 모습을 바라보았다.

"아… 아아아악!"

얼굴이 갈라진 이는 자신의 얼굴을 감싸고 비명을 질렀다. 하지만 그때 손톱을 휘둘렀던 남자가 손을 가지런히 모아 손날을 세웠다. 그는 얼굴이 피투성이가 되어 어리둥절해하는 이를 칼로 베듯이 후려쳐 버렸다.

빠각!

목뼈가 뒤틀어지며 피가 튄다. 저건 인간의 완력으로는 도저히 불가능한 행동이다. 손칼로 목뼈가 부러지는 경우야 있겠지만 가죽이 찢어지고 피가 튀다니! 수도라기보다는 마치 도끼로 찍어버린 것 같지 않은가?

"이럴 수가!"

혁진은 깜짝 놀랐지만 몸이 말을 듣지 않는다. 그는 병든 닭처럼 신음하며 힘겹게 고개를 들어서 그 모습을 자세히 보고자 했다. 하나 그 순간 거구의 남자가 혁진의 머리를 밟았다.

"그래, 재수 없다는 이유로 사람을 죽이는 녀석들을 만나보니까 기분이 어떠신가? 새로운 맛인가? 인생, 새로운 걸 경험하면 할수록 성장하는 법이지. 이걸로 자네는 성장한 거야. 좋겠군. 나에게 고맙다는 생각이 들지?"

그는 그렇게 중얼거리며 손을 뻗었다. 그러자 그의 부하로 보이는 두 남자가 그에게 시신을 던져 주었다.

"꺄아아악!"

혁진의 패거리에 의해 잡혀 온 여자와 남자는 찢어지는 듯한 비명을 질렀다. 목이 덜렁거리는 시체를 이 거구의 남자는 아무렇지도 않게 물어뜯고 피를 마셨다.

벌컥벌컥…….

무슨 음료수 CF의 한 장면처럼 맛깔나게 벌컥벌컥 마셔대는 거구의 남자……. 그러고 보면 저 남자는 왠지 운동선수 같았다. 양복이 몸의 근육을 견디지 못하고 새된 비명을 지르고 있다.

저런 몸을 만들려고 대체 얼마나 운동을 해야 했을까? 이런 생각이 들었지만 지금 그가 마시고 있는 것의 용기(?)를 보고 있자니 머릿속이 새하얗게 비어버린다. 이 녀석은 지금 인간의 시체로부터 피를 내어 마시고 있는 것이다.

"카하!"

그는 껍질과 고기만 남아 너덜너덜해진 인간의 시체를 들었다. 쥐어짜도 수분 한 방울 나올 것 같지 않은 처참한 모습이 되자 그는 그 육신을 뒤로 집어 던졌다.

"역시 직접 물어뜯는 게 제맛이지."

"…크으윽. 대, 대체 너희는……."

혁진은 바닥에 주저앉아서 신음했다. 병든 개나 돼지처럼 끙끙거리고 바닥을 긁는다. 그래도 힘이 도저히 나지 않는다. 아마도 방금 전의 일격은 일부러 그를 이런 상태로 만들기 위한 공격이었으리라. 문득 그런 생각이 들었다. 바로 이 참혹한 살인극을 그에게 보여주기 위해서.

그사이에도 아이들은 살해당하고 있었다. 살려달라고 비는 아이의 목을 집어 들어 잔혹하게 비틀어 버린다. 목뼈가 이탈되면서 사람의 몸이 줄 끊어진 인형처럼 축 늘어지는데 그들은 그런 시체의 목을 물어뜯는다.

아직 완전히 기능을 정지하지 않은 심장이 피를 뿜어 올리면 그들은 그것을 탐욕스럽게 빨아들인다. 이미 이건 싸움이나… 그런 걸로 불릴 광경이 아니다.

"꺄아아아아악!"

여자는 참지 못하고 비명을 지르다가 기절했다. 그들이 매달았던 남자 역시 기절한 상태다. 이런 괴물들의 광희난무 앞에 제정신을 유지하고 있을 만한 정신력을 가진 이가 얼마나 될까?

"그런데 꼬마, 살려달라고 빌어볼 생각은 없나?"

거구의 남자는 혁진을 발로 밟은 채 물어보았다. 하지만 혁진은 그게 얼마나 무의미한 일인지 알고 있었다. 이미 다른 사람들을 다 죽여 버린 놈이 혁진을 살려둘 이유가 없지 않은가?

"…살려줘."

하지만 생각과 달리 입에서는 살려달라는 소리가 나온다. 그 말을 들은 남자는 히죽 웃으며 몸을 숙였다.

"그럴 때는 살려주세요, 라고 해야지? 응? 내가 외국인이라서 높임법도 모를 거라고 생각했나?"

"…살려주세요."

혁진은 국어책을 읽듯이 살려달라는 말을 했다. 목숨이 걸려 있다고 하는데도 성의가 도통 보이지 않는다. 하지만 정말 혁진을 죽여 버릴 심산이라면 다른 아이들은 순식간에 쳐 죽였으면서 이렇게 잔소리를 늘어놓을 이유가 없다.

"그러면 자리를 옮기도록 하지. 우선 목격자를 처리하고."

그들은 기절한 여자와 남자를 향해 다가가더니 그들의 목을 물었다. 이번에도 죽여서 없앨 셈인가? 목격자를 처리한다고 했으니 그럴 가능성이 높았다.

하지만 이번에는 아까 전처럼 무식하게 피를 빨아들이지 않았다. 곧 입을 떼니 남녀가 일제히 눈을 떴다. 초점 없는 눈을 뜬 그들은 흡사 유령 같아 보였다. 거구의 남자는 그들의 귀에 뭐라고 속삭인 뒤 손을 뻗어 그들의 눈을 감겨주었다. 그러자 남녀는 다시금 바닥에 풀썩 쓰러져 일어나지 못했다.

그는 그런 작업을 끝내고 혁진을 내려다보았다.

"이들은 너희보다 훨씬 재수가 있는 편이거든, 꼬마? 그러니까 죽이지 않도록 하지. 알겠나? 너희가 얼마나 재수 없는지?"

최혁진은 대꾸하지 않았다. 지금 저자는 이곳의 폭군이요, 지배자였다. 쓸데없이 토를 달아봤자 무자비하게 진압당할 뿐이고 사실 딱히 할 변명도 없었다.

"원래 살려달라는 놈은 살려준 적이 없지만… 네가 서린의 친구라고 하니까 어쩔 수 없이 살려줘야겠지."

"뭐?!"

혁진은 깜짝 놀랐다. 이 외국인의 입에서 설마 서린이란 이름이 튀어나올 줄은 몰랐다.

그러나 그때 갑자기 눈앞에 현기증이 밀려왔다. 아무래도 도저히 제정신을 유지할 수 없을 것 같았다. 주먹의 충격이 몸 안에 계속 쌓여서 정신을 붙잡고 있기가 쉽지 않았다.

"큭!"

혁진은 눈앞이 캄캄해지는 것을 느끼며 의식의 끈을 놓았다.

2

세건은 진마 아르곤과의 격돌 이후 한동안 욕조에서 벗어나질 못했다. 아르곤과의 마지막 격돌에서 맞은 부위가 계속해서 얼어붙는 바람에 온수로 몸을 데우지 않으면 안 되었던 것이다.

다행히 그 효과는 48시간 뒤 사라졌다. 계속해서 얼어붙는 강력한 저주라서 혹시 평생 가지 않을까 걱정한 것에 비하면 빨리 사라진 것이지만 그렇다고 해도 48시간 동안 욕조 속에 있었더니 살짝 돌아버릴 지경이다.

식사도 욕탕에서 하고 잠도 욕탕에서 자야 했으니 이 이틀은 꼴이 말이 아니었다.

"후우."

진마 아르곤, 고대 24계통의 한 계통을 차지한 흡혈귀 가운데 팬텀과 더불어 최강이라고 불리는 이였다. 소문에 의하면 팬텀보다도 더 강하다는 말도 있지만 그것까지는 모르겠다. 한 가지 분명한 것은 아르곤과 승부를 내기 위해서는 분명히 죽음을 각오해야 한다는 것이다. 그만큼 진마 아르곤은 강했다.

"…녀석은 괜찮을까?"

겨우 욕조를 벗어날 수 있게 된 세건은 수건으로 물기를 닦으며 거실로 나왔다. 그는 옷장에서 옷을 꺼내기 위해 자신의 방으로 가던 도중 멈춰 섰다.

"얼씨구?"

세건은 한껏 어지럽혀져 있는 집 안을 바라보고 할 말을 잃었다.

서린이 먹은 과자 봉지와 부스러기가 아무렇게나 널려 있고 컴퓨터는 전원이 켜진 채로 계속 스크린 세이버를 돌리고 있는 데다가 여기저기서 취향에 닿지 않는 음악이 흘러나온다. 그런데 정작 이렇게 어지럽힌 녀석은 보이지 않는다.

"이 녀석이?"

세건은 수건을 빨래 바구니에 던져 넣고 서린을 찾아서 지하실로 향했다. 하지만 그때 그의 귀에 뭔가 이색적인 소리가 들려왔다. 강철 와이어가 사슬과 고리 사이에서 움직이는 소리가 들려오고 있는 것이다. 이런 소리는 바로 그가 운동을 할 때 나는 소리였다. 자신이 할 때 들은 적은 많지만… 남이 하는 걸 듣게 되니 색다르다.

"갑자기 무슨 바람이지?"

세건이 지하실로 내려가니 역시 그곳에는 서린이 운동을 하고 있었다. 서린은 낑낑대면서 1톤이 넘는 웨이트를 다루고 있다가 세건이 들어오자 반가워하며 천천히 내려놓았다.

"후우! 아, 힘들다. 형, 이제 다 나은 거예요?"

그는 수건으로 자신의 땀을 닦으며 세건을 바라보았다.

"…음, 그거야 그런 것 같은데, 내 질문에나 답하지? 갑자기 무슨 바람이 들어서 안 하던 짓을 하지?"

세건은 지하실 벽에 등을 기대고 서린을 바라보았다. 자신의 훈련 방침에 따라주는 것은 좋은 일이지만 왜 안 하던 놈이 이런 짓을 하는 것일까? 혹시 정말로 사람을 죽이는 흡혈귀를 보고 싸울 마음을 먹었다는 것일까?

세건은 그런 생각을 하다가 혀를 내둘렀다. 사람을 죽인다고 갑자기 정의감이 치솟아 올라서 안 죽이던 흡혈귀를 죽일 수 있게 된다니, 그건 흡혈귀보다 더 혐오스러운 존재다. 정의감에 도취되어서 남을 살해할 수 있다는 것은… 쓰레기란 증거나 다름없으니까.

"그야… 형이 늘 훈련하라고 들볶았으니까 하는 거 아니에요. 안 할 때는 안 한다고 뭐라고 하더니만 하니까 또 뭐라고 하다니, 너무하는 거 아니에요?"

서린은 옆구리에 손을 가져가고는 세건을 쏘아보았다.

"아니, 안 하던 짓을 하니까 그렇지. 네가 언제부터 착실한 어린이가 되었다고 그러지? 응?"

세건은 소파에 몸을 던지고 프로틴 초코바에 손을 가져갔다. 달다, 달다 하면서도 계속 먹어대는 것을 보면 나름대로 입에 붙는 모양이었다.

"그런데 대체 어떻게 되었기에 그런 부상을 입은 거예요? 상처 부위가 계속 얼어붙다니… 아르곤의 능력인가요?"

서린은 세건에게 물어보았다. 그 백발의 청년이 세건에게 이런 부상을 입혔다니, 서린은 상상도 되지 않았다.

"아르곤… 녀석의 계통 능력이 온도를 빼앗아 물질을 얼려버리는 거라는 건 이미 익히 알려져 있는 거지. 하지만 그것만이 다가 아니야."

세건은 아르곤과의 싸움을 검토했다. 아르곤의 계통 능력은 분명히 온도를 빼앗는 힘인 것 같지만… 그 외에도 알 수 없는 능력을 많이 가지고 있었다.

게다가 육박전 능력도 상당해서 세건과 격돌 시 녀석이 약간씩 더 우세했다. 아르곤도 세건과 마찬가지로 상당한 슬렌더인데 그렇다는 것은 역시 키가 더 커서 체중이 더 나간다는 것일까?

하여튼 한 가지 분명한 것은 적어도 그 녀석을 이기기 위해서는 세건이 체격을 좀 더 키워야 한다는 것이다. 검끼리 충돌했을 때 밀리지 않을 정도로 체격을 키우지 않으면 격투전에서 우위를 점할 수 없게 된다.

10,000㎉씩 먹어봐야 겨우겨우 현상 유지가 되거나 더 체중이 줄어드는 걸 감안할 때 적어도 12,000㎉는 먹어주어야 할

것 같다.

“그러면 서린, 훈련하는 건 좋은데… 위에 어질러 놓은 것은 네가 치워라.”

세건이 그리 말하고 지하실에 장착된 TV를 켜자 서린은 눈살을 찌푸렸다.

“어차피 청소는 계속 제가 하고 있는걸요? 형은 동거인으로서 자신이 잘못했다고 생각되지 않아요?”

“그래서 월급을 주고 있잖아. 동거인 좋아하네, 나는 네 고용주다. 어딜 맞먹으려고 그래?”

세건은 무뚝뚝하게 대답했다. 서린은 실망했는지 혀를 내밀었다.

“아하, 그랬군요. 칫.”

“정 싫다면 월급을 안 줄 테니까, 아르바이트를 뛰든 피시방에서 초등학생 삥을 뜯든 술 취한 사람 지갑을 들고 나르든 생산적인 일로 돈을 벌든가.”

“앞의 하나 빼고 뒤의 둘은 전혀 생산적이지 못한걸요?”

서린은 그렇게 중얼거리다가 그때 TV에서 나오는 뉴스에 시선을 고정했다. 세건 역시 뉴스에서 나오는 말을 듣고 놀라지 않을 수 없었다. 뉴스에서는 모 창고에서 일어난 끔찍한 시체들을 찍어 보내고 있었다. 곧 장면은 바뀌어 그 피해자들이 다녔다는 학교가 화면에 나왔다.

“제가 다니던 학교군요.”

서린은 TV에서 나오는 학교를 보고 멍한 표정으로 바라보았다.

서린의 주변 인물들이 공격을 받기 시작한 것이다. 흡혈귀들이 계속 노리고 있고, 그들을 죽여 없앤 것도 아니니 언젠가 이런 일이 일어나리라고는 생각했지만 설마 벌써 일어날 줄이야.

세건은 즉시 일어나서 자신의 노트북을 가져왔다. 아니나 다를까, 사준이 보낸 메일이 메일함에서 반짝반짝 빛나고 있었다. 제목은 '어젯밤엔 죄송했습니다'라는 다분히 스팸 메일 같은 것이었지만 보낸 이가 사준으로 되어 있는 것으로 보아 틀림없는 정보 메일이리라.

"내가 욕조에 들어가서 쉬고 있는 동안 온 거로군."

좀 더 일찍 메일을 확인했더라면 이 일을 미연에 방지했을 수도 있었으리라. 하지만 그것은 불가능했다. 아르곤에게 입은 상처는 제대로 정양하지 않으면 위험한 것이었고 그 당시에 세건에겐 다른 선택이 없었으니까.

서린은 멍청한 표정으로 TV에서 흘러나오는 인터뷰를 보고 있었다. 모자이크 처리된 교사가 나서서 실종된 아이들에 대해서 설명하는 부분이 있었는데 혁진의 이름도 거론되고 있었다.

그나마 혁진의 경우는 시체가 남아 있지 않아서 살아 있을 가능성이 있다고 경찰들은 추측하고 있었다.

"혁진이 납치당했군요."

서린은 나름대로 각오를 하고 있었는지 별로 충격받지 않고 침착하게 뉴스를 보았다. 하필이면 운 좋게도, 이런 시기에 혁진이 납치되거나 실종되었을 리 없다. 한두 살 먹은 어린애도 아닌데 실종이라니? 틀림없이 흡혈귀들이나 마법사들이 농간을 부렸을 것이다.

"조반니 쪽이 했을 것 같군. 그래, 어쩔 거지, 서린?"

세건은 메일을 검토하고 일어나다가 심장을 움켜쥐었다. 아르곤에게 당한 상처는 나았지만 후유증은 여전하다. 마치 큰 병을 앓다가 일어난 것처럼 몸이 말을 듣지 않는다.

"좀 더 기다려 보죠."

서린은 세건의 모습을 보고 걱정된다는 듯 그렇게 말했다. 조반니 반테로와 그의 부하들은 꽤나 강력한 적이다. 세건이 만전 상태라면 그리 큰 문제는 없겠지만 그렇지 못한 지금은 위험하기 짝이 없는 함정이다.

"의외로 침착하군. 그건 나도 동감이다."

평상시 흡혈귀와 관련된 사건에 있어서 사태의 추이를 관망하는 등의 굼뜬 모습을 보이지 않던 세건이지만 지금은 서린의 뜻에 동의했다. 최혁진이 잡혀간 이상 언제 어떤 꼴이 될지 모르지만 아직 적의 반응도 모르는데 먼저 움직일 수는 없다.

그리고 저 사건으로 경찰들도 촉각을 곤두세우고 있을 텐데 바로 움직이는 건 별로 좋지 않다.

"그러면 적들은 대체 어떻게 나올까요?"

서린이 그렇게 반문하자 세건은 눈을 감았다.

"보나 마나 한심한 인질극 아니겠어? 너를 불러내기 위한?"

"…그럴까요?"

차라리 그렇다면 혁진이 살아남을 확률이 높지만 과연 그럴까? 마약왕씩이나 되는 인물이 고작 그런 짓 하자고 한국에 왔다는 것은 이해가 되지 않는다. 세건 역시 그 점에는 동의하는지 한마디 덧붙였다.

"다른 생각도 들지만, 그쪽이 아니길 빌어라."

"예?"

다른 생각이라니? 인질극이라면야 서린을 불러내고자 하는 것이니 이해가 가지만 혁진을 달리 이용하는 방법이 있단 말인가? 하지만 세건은 자신이 말해놓고도 제대로 된 설명을 해주지 않았다.

"설마 혁진을 물어서 흡혈귀로 만들지는 않겠죠?"

"테트라 아낙스의 휘하는 제법 엄해서 아무나 흡혈귀로 만들 수는 없어. 인간이란 먹이의 수에 맞춰서 흡혈귀 개체를 통제하는 것이 그들의 취미니까. 조반니가 테트라 아낙스의 지배를 벗어나기 위해 딴마음을 품고 있다고 하더라도 혁진이란 놈에게 엄청난 메리트가 있지 않은 이상 상관의 분노를 사면서까지 흡혈귀로 만들지는 않겠지."

세건의 태도는 침착했다. 테트라 아낙스는 지배자로서 정해진 율법에 충실한 이들이기 때문에 그 원칙에 예외가 있을 리 없다. 그리고 아무리 혁진의 소질이 뛰어나다고 해도 조반니 반테로 정도 되는 인물이 앞뒤 안 가리고 흡혈귀로 만들 만큼 대단한 소질은 아닐 것이다.

흡혈귀에게 있어서 가장 양질의 먹이는 바로 흡혈귀. 그 말은 함부로 흡혈귀를 만들었다가 자신이 잡아먹힐 수도 있다는 것이다. 이러저러한 이유로 의식화된 흡혈귀들은 함부로 자손을 늘려대지 않는다.

여하간 흡혈귀가 되지는 않을 거라는 말에 서린은 안도의 한숨을 내쉬었다.

"그, 그렇다면 다행이군요."

"차라리 죽여 버리거나 구울(Ghoul)로 만들지언정."

방금 전 내쉰 안도의 한숨을 도로 삼키고 싶어지게 만드는 발언이다. 놀란 서린은 눈을 크게 뜨고 반문했다.

"구울이요?"

"조반니 반테로의 두 부하처럼 만드는 거지. 영혼과 한번 연결이 끊어진 육체를 흡혈귀의 피로 다시 연결하는 흑마법의 하나다. 그렇게 되살아난 것들은 좀비의 일종이 되지. 조반니 반테로의 두 부하는 일반적인 구울보다 훨씬 강력하고 자아도 남아 있는 걸로 보아 그 녀석의 형질에는 구울을 만드는 데 특화된 무엇인가가 있다고 봐도 되겠지."

조반니 반테로의 부하, 베르나르도 형제는 일반적인 흡혈귀들보다도 훨씬 강력한 데다가 자신의 이성을 그대로 유지하고 있었다. 이건 일반적인 구울에게는 도무지 없는 특성으로 테트라 아낙스가 무슨 수작을 부려서 조반니에게 준 능력임에 틀림없었다.

"…이래저래 인간이 아니게 되는군요."

"흡혈귀에게 잡힌 이상 그 정도는 각오해. 고양이에게 햄스터를 맡기고 오래 살길 바라면 안 되듯, 녀석들은 인간을 음식으로 삼는 괴물이니까."

그렇게 생각하니 혁진의 안위가 걱정된다. 하지만 서린은 애써 그런 생각을 지웠다. 냉정히 생각해 보면 지금 혁진의 안위가 걱정된다고 해서 적들을 향해 돌격할 수도 없는 일이다.

어찌 되었든 상대는 합법적인 신분이 있고 맨손으로도 충분히 강한 힘을 발휘한다. 만약 서린이 혁진을 구하기 위해 조반니에게 돌격한다면 하다못해 총이라도 들고 가야 하는데, 대한민국에 들어온 마약왕 조반니에게 총을 들고 돌격한다?

바로 경찰이 나서서 형무소에 처넣을 것이다. 세건도 서린을 구출한 이후 호텔이나 그런 곳으로 쳐들어가는 것은 가급적 삼가고 있지 않은가?

서린은 마음을 가다듬고 다시금 세건에게 물어보았다.

"제 주변 인물 중 다른 이들은 괜찮을까요?"

"풍전등화지."

대답하는 데 주저함이 없다.

"그런! 어떻게 좀 해요. 아, 그렇지. 제 여동생 지키듯 감시 카메라도 확장하면 어떨까요? 그런 식으로 하면 납치되자마자 움직여서 바로……."

그러나 세건은 고개를 저었다. 서린의 여동생을 쉽게 체크할 수 있는 것은 그녀의 행동이 워낙에 일정하기 때문이다. 활달한 다른 사람을 체크하려면 감시 카메라나 도청 장치만으로는 무리, 맨투맨으로 미행해야 하는 것이다.

"내가 지킬 수 있는 건 고작해야 한 명 정도야. 두 명만 되어도 양동작전에 의해서 빼앗길 가능성이 있다. 그렇다면 가장 소중한 사람을 지키는 게 옳다. 네게 있어서 가장 소중한 것은 누구지? 혈육이 아닌가? 실제로 피가 통하든 통하지 않든 간에."

"……."

물론 여동생을 지키고 싶은 마음이야 굴뚝같지만… 그렇다고 다른 친구들이 죽게 내버려 두는 것도 싫었다. 단지 자신을 알고 있다는 이유만으로 괴물들에게 습격당해야 하다니.

"어떻게 방법이 없나요?"

"적을 잔혹하게 죽여서 악명을 떨쳐. 그리고 잃을 게 없는 상태가 되는 것도 좋지. 뭘 잃어도 아쉬울 게 없다면 그런 놈하고 싸우고 싶어 하는 녀석은 없을 테니까."

세건의 말은 마치 세건 자신에게 하는 것처럼 들렸다. 서린은 그 말을 자세히 듣다가 한마디 쏘아붙였다.

"아무리 그래도 저는 형처럼 되고 싶지는 않아요."

"…상당히 직설적이구나."

세건도 별로 기대하지 않았는지 무뚝뚝하게 말하며 TV를 껐다.

"여하튼 간에 이제 슬슬 적을 죽이겠다는 각오를 해두는 게 좋아. 살려두면 살려둘수록 네 입장이 나빠지니까."

"…그, 그래요?"

"이제 네가 어영부영하면 네 주위 사람들이 피해를 본다. 이 상황에서도 손을 더럽히지 않겠다면… 지금도 널 별로 좋게 보고 있진 않지만 그 정도 되면 경멸한다."

세건은 조용한 어투로 그렇게 말했다. 이렇게까지 확실히 말하면 그야말로 목을 졸라매는 기분이 들어서 목숨 걸고 지키지 않을 수 없다. 아무리 성질부리고 죽인다는 소리를 입에 달고 다니는 이라고 해도 세건은 서린을 미워하거나 하지는 않았다.

하지만 미워하는 것도 아니라 아예 경멸하겠다니, 그런 단계가 되면 어떻게 될지 상상하고 싶지도 않았다.

"하지만 아르곤은 내가 끝까지 안 죽이고 버틸 수 있을지 보고 싶다고 했는데."

말하고 나니 왠지 실언했다는 생각이 들었다. 아니나 다를까, 세건은 갑자기 발끈해서 그를 노려보았다.

"하아! 좀 나아졌나 했더니 안 되겠군. 너 지금 흡혈귀의 기대를 충족시켜 주기 위해 노력해 보겠다고 말하는 거냐?"

"예? 아, 그, 그럴 리가요."

서린은 열심히 발뺌하며 계단 위로 걸어 올라갔다.

"그러면 슬슬 청소해야지."

최혁진은 서린을 만나기 전부터 이미 망나니로 이름을 날리고 있었다. 그는 초등학생 때부터 뒤에서 패거리를 모집해 적대하는 녀석에게는 조직적인 린치를 가했다. 패거리 내에서의 지배력은 그야말로 확고했고 일대일에서는 또 누구에게도 지지 않았다. 그러면서도 앞에서는 항상 자신을 숨기고 모범적인 모습을 보였다.

물론 아무리 그래도 중구난방이라고 안 좋은 소문은 늘 돌게 마련이었지만 자기 관리가 철저한 혁진을 그저 그런 불량학생으로 보는 사람은 아무도 없었다.

혁진은 그런 자신에게 나름대로 자부심을 가지고 있었고 그런 만큼 자기 단련에도 충실했다.

하지만 그때 서린을 만나게 되었다. 생긴 것부터 특이하고 남들에게 제법 인기도 있던 서린은 당연히 눈엣가시였고 언젠가 한번 버릇을 잡아줘야 할 녀석 중의 하나였다. 그래서 그는 린치를 가하기 위해 애들을 보냈었다.

하지만 결과는 암담했다. 서린은 혼자서 다섯 명이나 되는 아이를 전부 패버렸고 몇 명은 급식용 우유 박스에 충돌, 앞니가 부러지는 중상을 입었다. 그래서 혁진은 서린과 일대일로 싸움을 벌였다.

그러나 서린은 귀찮다는 듯 손바닥 한 대로 혁진을 때려눕혀 버렸다. 그렇게, 외국인 혼혈아의 손바닥 한 번에 뻗어서 일어나지 못하게 되었을 때 그는 깊은 패배감에 사로잡혔다.

자기보다 나이가 많거나 덩치가 확연하게 차이가 나면 그저 그러려니 하겠다만 그런 것도 아니다. 그저 조금 더 키가 클 뿐, 아무런 운동도 하지 않는 평범한 녀석에게 깨진 것이다. 너무나 놀란 혁진은 매번 그 녀석에게 시비를 걸었지만 그때마다 그 혼혈아에게 맞고 쓰러지길 반복했을 뿐이다.

게다가 이 넉살 좋은 녀석은 계속 시비를 걸어오는 혁진을 싫어하기는커녕 항상 웃음으로 반겼다. '여어, 오늘도 한번 안 죽을 만큼 맞아보고 싶어서 온 거야?' 하고…….

그런 넉살 좋은 녀석의 페이스에 휘말려 어느새 독기를 잃어버린 혁진은 그 녀석과 친구가 되고 말았다. 강한 콤플렉스를 느끼면서도 또 그 녀석을 동경하게 되면서 혁진은 복잡한 심정으로 서린을 만나게 되었다.

친구기는 하지만 단순히 친구라고 설명하기는 힘든… 그런 뭔가가 있었다. 그게 무엇인지 늘 언어화하려고 노력해 보았지만 혁진은 매번 실패하고 항상 서린에게 휘둘리다시피 살아왔다.

왜 아무리 훈련해도 그 녀석을 이길 수 없는지……. 혁진은 늘 그게 궁금했지만, 친구인 이상 이기고 지는 것은 큰 문제가 아니었다. 적어도 항상 눈에 보이는 곳에만 있어준다면.

그러나 서린은 떠나 버렸다.

도박장에서 이기고 도망치는 자는 칼을 맞는다고 했다. 뭐, 그런 쪽의 사례를 일반화할 수는 없지만 이기고 도망쳐 버리는 것은 불쾌하다. 적어도 한 번쯤은 콤플렉스를 극복할 계기라도 만들어줘야 하지 않겠는가?

물론 서린 본인이 그런 사실을 알고 있을 리가 없다. 콤플렉스를 가지고 있다는 사실 그 자체도 알지 못하겠지. 그 녀석은 항상 자기 자신의 일만을 처리하는 데도 바빴으니까. 그러니까 녀석은 이기고 도망친 게 아니다.

그냥 끝까지 그 녀석에게 집착하고 있는 자신만이 패배자일 뿐.

그 사실이 견딜 수가 없어서 혁진은 분노했다.

차가운 지하실에서 혁진은 눈을 떴다.

"으으음."

신음성이 절로 나온다. 머리가 어질어질한 데다가 배 속이 아프다. 굶었나? 그러고 보니 기절한 뒤로 꽤 많은 시간이 지난 것 같다.

혁진이 고개를 들려고 했지만 그때 뭔가 끈적끈적한 게 피부를 잡아 뜯었다. 그가 흘린 피가 피부와 함께 바닥에 달라붙어 있었던 것이다. 평상시에는 피딱지 정도로 상할 피부가 아니지만 많이 약해져 있었는지 딱지가 뜯어지며 다시금 새로운 피가 흘렀다.

전신이 화끈거리고 열이 난다. 얼굴의 뼈가 함몰된 모양이다. 눈을 깜빡이는 것조차 미치게 아플 정도니까.

"크악."

혁진은 비명을 질렀다. 그 비명을 지르는 순간 또다시 격통이 밀려왔다. 광대뼈가 함몰된 상처는 정말 끔찍하기 짝이 없다. 말을 해도 아프고, 인상을 써도 아프고, 눈을 깜빡여도 아프고, 숨을 쉬어도 아프다니…….

그때 그의 귓가로 두꺼운 목소리가 들려왔다.

"일어났나? 꽤 튼튼하군. 평상시 단련을 많이 한 모양이야?"

그의 눈앞에는 거구의 남자가 보디빌더 같은 근육질의 몸통을 양복으로 가린 채 서 있었다. 이런 어두운 지하실에서도 동그란 선글라스를 쓰고 있는데 노란색 곱슬머리를 한 흑인과 백인의 혼혈아였다.

"당신… 무슨 생각이지? 서린과는 대체 뭔 관계야!"

"글쎄올시다. 한국어로 말하자면 사모하는 사이라고 해야겠지? 나는 그쪽을 필요로 하고 있고 그쪽은 나에게로 오려 하지 않으니, 이건 짝사랑이라고 해야 하나?"

"구역질 나는군."

혁진은 웃으며 그렇게 말했다. 함몰된 광대뼈 때문에 아파서 까무러칠 지경이다. 이대로 그냥 방치하면 상처가 썩어버릴 텐데도 그는 태연히 웃어 보였다. 이 남자에게 깔보이고 싶지 않다는 오기만으로 그는 자신의 표정을 관리한 것이다.

"뭔 말을 하고 싶은지는 잘 알겠지만."

그 말이 끝나는 것과 동시에 두꺼운 발이 혁진의 머리를 밟았다. 어림잡아도 체중이 120킬로그램은 나갈 것 같은 전신 근육질의 남자가 두꺼운 발로 짓밟는 것이다.

"나는 반항하는 놈은 그렇게 좋아하지 않아. 기개가 있는 놈을 싫어하는 건 아니지만 그건… 음식의 기호랄까? 기개가 있는 놈을 먹어서 맛있었다, 라는 쪽이지 기개 있는 놈이니까 살려둬야지, 라는 생각은 절대 안 하거든? 그렇지 않으면 마약왕이란 칭호를 달 수는 없지."

요컨대 개기는 놈은 살려두지 않는다는 엄포였다. 하지만 혁진은 그 엄포보다는 그자가 스스로 자신을 칭한 별칭에 놀라지 않을 수 없었다.

"마, 마약왕?"

해외 토픽이나 뉴스, 영화 같은 데서나 나오던 호칭이 지금 여기에 나왔다. 대체 한국에 무슨 마약왕이 온단 말인가? 그러나 생각해 보니 그럴 법도 하다. 우선 이 인간의 복장이 딱 악당 두목이나 할 법한 복장이라서 설득력이 넘쳐 난다.

"내 이름은 조반니 반테로. 흔히 말하는 고부가가치 농작물 재배 사업가랄까. 어린아이들은 먹으면 안 되는 식품을 제조하고 있지."

"요즘 마약왕은 사람 피를 빨고 한주먹에 사람을 쳐 죽이나?"

혁진은 비아냥거리듯 물었다. 하지만 사실은 정말 궁금해서 물어본 것이다. 대체 저것들은 어떻게 저런 힘을 갖는단 말인가?

"그럼. 그 정도 되지 않으면 왕 해먹기 힘들지. 왕권 국가가 별로 없어서 말야."

유들유들하게 대답하는 걸 보니 이 조반니 반테로라는 놈은 나름대로 유쾌한 성격을 가지고 있는 것 같았다. 하지만 이래서야 뭔가 알아낼 수가 없다. 대체 대한민국의 평범한(?) 고등학생에 불과한 혁진을 왜 잡아 왔는지 이유를 알 수가 없었다. 이유야 물론 서린 때문이겠지만 대체 서린에게 무엇이 있길래?

"대체 이유가 뭐지? 서린이 뭐길래? 설마 정말 서린을 사모

해서 이러지는 않을 테고."

"흠, 모르고 있나 보군. 그래, 뭐 이래저래 말 돌려가는 것도 별로 좋아하지 않으니까 사실대로 이야기하지. 나는 흡혈귀다."

"사실대로 이야기해서 자신이 흡혈귀라고?"

하지만 농담으로 듣기에는 봐온 게 있다. 사람을 단숨에 쳐죽이는 괴력과 피를 마셔대는 그들의 성질. 이 모든 것이 흡혈귀라는 단어가 가지는 이미지에 부합되었다. 직접 당한 이상 믿지 않기가 힘들다.

그래도 왠지 믿고 싶어지지 않는 말이다. 이 세상에 흡혈귀가 있다니.

"으음, 정말 믿고 싶어지지 않는걸."

"싫으면 어쩔 수 없는 일이지. 처리해."

조반니 반테로는 아쉽다는 듯 등을 돌리고 걸어갔다. 그러자 그림자 속에서 두 명의 남자가 나타나 품에 가지고 있던 권총을 빼 들었다. 놀란 혁진이 얼른 일어나 말했다.

"자, 잠깐만!"

"잠깐만요, 겠지?"

"…자, 잘못했습니다."

"그래. 이제 좀 대화가 스무스하게 진행되려는 모양이군. 그런 부드러움이란 중요한 거라고. 마치 엉덩이를 닦는 화장지의 질감이 부드러워야 하는 것과 마찬가지라고나 할까?"

"……."

대체 이놈이 뭔 말을 하고 싶어 하는 거야? 혁진은 속에서 뭔가가 끓어오르는 느낌을 받았지만 죽고 싶지 않았기에 속을 가라앉혔다.

"하지만 정말 쓰레기 같은 놈이군. 남을 괴롭힐 때는 그렇게 열심이더니 자신이 당할 입장이 되니까 이렇게 비굴해지다니. 역시 그 정도라는 거겠지. 그래, 자신에 대해서는 그 '재수 없음' 이란 감정이 일어나지 않나? 나름대로 허무하더니만 그래서야 원 폼이 안 나잖아?"

"…잘못했습니다. 그만 용서해 주세요."

"아아, 정말 재미없는 녀석이군. 뭐, 좋아. 이야기해 주지. 그래서 나는 흡혈귀이고… 서린이란 아이는 라이칸스로프라서 말야. 혹시 라이칸스로프가 뭔지 알고 있나?"

"아뇨."

"이런, 이런. 늑대 인간이라고 하면 알겠지?"

"…흡혈귀야 그렇다 치고, 늑대 인간까지 있어요?"

"흡혈귀가 있는데 늑대 인간이 없으면 섭섭하잖아?"

섭섭함의 문제가 아니라고 봅니다만?

혁진은 기가 막혀서 그를 바라보았다. 하지만 그 말도 일리가 있었다. 서린의 그 바닥을 알 수 없는 강력함. 그것이 바로 그의 태생에서 기인한단 말인가?

"아."

갑자기 가슴속이 시원하게 뚫리는 기분이 들었다. 왜 자신이 도저히 녀석을 이길 수 없었는지 그제야 그 이유를 알게 되었다.

"…상당히 후련해 보이는 얼굴이군."

"아아, 정말로 후련한데요."

그건 정녕 가감 없는 진심이었다. 그동안 서린을 볼 때마다 느꼈던 묘한 패배감이 씻은 듯이 사라져 버렸다. 아무리 혁진이 자의식과잉에 폭력 중독자라고 해도 호랑이나 사자 같은 맹수와 자신을 비교하지는 않는다.

서린은 요컨대 그런 맹수였고 혁진은 인간이었을 뿐이다. 그 사실을 알게 되고 나니 가슴속이 후련하다. 흡혈귀에게 잡혀서 언제 죽을지 모르는 이 상황에서는 도저히 가슴이 후련해지지 않을 것 같은데도 속이 편해지다니, 참 알 수 없는 일이다. 서린이 차지하는 부분이 그만큼 컸다니…….

"그렇다면 어때, 너도 라이칸스로프가 되는 것은?"

조반니 반테로는 마치 새로 나온 정수기를 시험 사용 해보라는 외판원처럼 그렇게 물어보았다. 말하는 내용은 절대로 그냥 넘겨들을 수 없는 이야기인데 저렇게 속 편하게 이야기하다니. 혁진은 놀라서 반문했다.

"저도요?"

"태어날 때부터 라이칸스로프인 놈들보다야 못하지만, 원래 신체 능력이야 체중 이상으로 올라가면 다루기도 힘들어지니까 승산이 없는 것도 아니지. 아니, 오히려 마음가짐 면에서 보자면 너 같은 미친개가 훨씬 승산이 높지."

이놈들은 혁진을 라이칸스로프로 바꾸어서 서린과 싸움을

붙일 생각인가 보다. 정상적인 자라면 거절해야 한다. 이건 도저히 맨정신으로 받아들일 승부가 아니다. 이놈들은 어디까지나 혁진을 이용하고자 하는 것들이다. 그런 놈들의 손바닥 위에서 춤을 춰야 할 이유는 없다.

“그러니까 그 말은 저보고 서린을 잡으라는 거군요.”

“물론. 할 생각이 있나?”

“없다고 하면 어떻게 되는 거죠?”

“그야 여기서 처리되는 거지.”

조반니가 손가락을 튕기자 그의 수하들이 권총의 방아쇠에 손가락을 걸었다. 그 모습을 본 혁진은 오히려 웃음을 지었다.

“음?”

모두들 이놈이 미쳤나 싶어서 눈썹을 치켜떴다. 방아쇠에 손가락을 걸었는데 웃다니, 미쳤거나 그게 아니면 아직 뭔가를 모르고 있는 모양이었다. 한국이라서 총을 못 쓸 거라고 생각하고 있는 건가?

그때 혁진이 입을 열었다.

“선택의 여지조차 남기지 않다니. 그렇게 양심의 가책을 없애주는군요. 좋아요, 라이칸스로프가 되도록 하지요. 아니, 이 정도면 되레 제가 부탁하고 싶을 정도군요.”

이 거래를 받아들이게 되면 더 이상 인간이 아니게 된다. 하지만 그 거래를 선택한 혁진은 너무나도 당당했다. 인간이 아니기를 거부감 없이 받아들이는 그 모습을 보며 조반니는 휘파람을 불었다.

"이거 너무 시원시원하군. 그걸 가져와."

조반니는 그렇게 말하고 문득 혁진을 돌아보았다.

"그렇다면… 꼬마, 미친 달의 세계에 온 걸 환영한다. 어디 한번 내키는 대로 실컷 죽여보라고."

"그것참 고마운 제안이군요. 감사합니다."

혁진은 진심으로 조반니에게 감사하며 고개를 숙였다.

3

아르곤은 한국에 체류하는 동안 래트 거닙과 캐런 몬티가 살고 있는 낡은 아파트에서 함께 기거하기로 했다. 흡혈귀 클랜, 에스프리의 한국 공작원인 래트 거닙은 건장한 체구에 힙합 머리를 한 흑인이고 또 한 명인 캐런 몬티는 왜소한 체격의 독일계 미국인이다.

이들만 해도 이미 특이하다고 할 수 있겠는데 여기에 이제 백발의 포니테일 청년, 아르곤까지 합류하게 된 것이다. 이 정도 되면 이웃에서 수상하다고 당일로 신고해도 할 말이 없다.

"누구는 진마도 아닌 게 호텔의 최고급 방을 빌려서 사는데 누구는 진마씩이나 되어서 이런 낡은 아파트에 남자 셋이 뭉쳐 있다니 말이 됩니까?"

래트 거닙은 한심하다는 듯이 그렇게 추궁했지만, 그런 식으로 따지자면 래트도 역시 이 한심한 일파의 일원이었다. 아르곤은 그런 래트를 바라보며 고개를 저었다.

“마음이 부유하면 어디를 가도 극락이지. 거 그만 좀 투정 부려.”

“하다못해 백오십 년 전에 미연방 국채라도 좀 사뒀으면 이 꼴은 안 되었을 거 아니에요? 아니면 피카소 그림이라도 좀 사 놓든가! 그렇게 오래 살면 뭐해? 돈도 없는 거.”

“재테크할 여유가 있어야 저축을 하든 채권을 사든 미술품을 사든 하지. 다 밑의 애들 먹여 살리느라 이런 거지 내가 사치를 했냐, 뭘 했냐? 솔직히 나도 사치란 걸 해보고 싶다고! 복권 가판대를 그냥 못 지나치는 나를 잘 알면서 말야!”

아르곤은 래트의 멱살을 잡고 흔들었다. 그는 그렇게 흔들다가 엘리베이터가 멈춰 서자 래트의 멱살을 놓았다. 그가 머리를 쓸어 넘기며 콧김을 내뿜었다.

“뭐… 다른 클랜들에 비해서 돈이야 좀 없을지 몰라도 혈통으로 따지자면 내가 최고지. 나는 이래 보여도 군주였단 말야. 노르망디 공도, 덴마크 왕자도 다 내 후손뻘이라고. 흡혈귀 중에는 누구도 나보다 혈통 면에서 낫다고 할 이가 없어.”

“한 세대당 자식을 두 명씩 낳는다 치고 십 대를 거슬러 올라가면 천이십사 명이 한 조상을 갖게 됩니다. 직계 자손도 아닌 한에는 그까짓 혈통 가지고 자랑할 것도 없어요. 빌 게이츠가 부르봉이나 합스부르크 왕가의 후손인 것도 아니니까. 차라리 그냥 돈이 많은 게 훨씬 나아요.”

캐런도 이 경우에는 래트의 편인지 그렇게 말했다. 바이킹 부족의 군주이던 시절을 회상하면서 지금의 자금난을 도외시하는 아르곤을 보면 아무래도 싫은 소리를 해주지 않을 수 없다. 하지만 그렇게 싫은 소리를 해도 이자는 들은 체도 하지 않았다.

"나는 워낙 젊은 나이에 흡혈귀가 되어서 자손을 볼 수가 없었지. 아까워라. 인간 그대로 남아 있었다면 틀림없이 알렉산더나 칭기즈 칸을 능가하는 대제국의 황제가 되어 있었을 텐데. 황제 에스가! 그 위업은 길이길이 기억되었을 테지."

그렇게 말하면서 풍선껌을 분다. 에스가, 크누트, 에이릭, 다그웬 등 많은 인간 이름을 가지고 있는 아르곤이지만 아마도 태어났을 때의 이름은 에스가인 것 같았다.

어쨌거나 야구 모자를 뒤로 뒤집어쓰고 풍선껌을 불어대는 대제국의 황제라? 전혀 상상도 할 수 없었다.

"그리고 까마득한 옛날에 죽었겠죠."

"그거야 그렇지만. 카악! 돈 없는 게 그렇게 불만이야, 래트? Yo, baby! 돈 없으면 힙합을 하면 되잖아! 음반을 내라고. 잘 팔리면 팔자 핀다."

"…말 같지도 않은 소릴."

래트는 투덜거리며 아파트의 문을 열었다. 안에는 온갖 잡동사니가 가득한 데다가 곰 인형이 잔뜩 널려 있었다. 아르곤은 기타 케이스를 벗어서 현관 옆에 내려놓고는 안을 살펴보았다.

"이건 뭐야? 사혁 팬들이 무슨 기념행사라도 갖는 거냐? 웬 곰 인형이 이렇게 많아?"

비록 연금술사 사혁은 죽었지만 그의 위명은 흡혈귀라면 모르는 이가 없었다.

흡혈귀의 피를 팔아서 돈으로 바꾸고, 정 안 되면 흡혈귀를 사육하기까지 했던 비정한 흡혈귀 사냥꾼, 사혁. 그는 웨어베어이면서도 진마 유다의 성구를 빼앗아 흡혈귀가 되는 대도박을 감행해 성공했다.

하지만 제대로 융화되고 자신의 능력을 개발하기도 전에 한세건에 의해서 살해당했고 그 후로 한세건이 또 다른 진마사냥꾼이라 불리게 된 것이다.

아르곤은 곰 인형 하나를 들고 흔들면서 복화술을 했다.

"크아아앙, 나는 매우매우 무섭고 으시시한 웨어베어다. 나를 딸에게 선물한 아버지는 곧 피눈물로 후회할 것이야! 반인반웅(半人半熊)의 손자를 볼 테니까!"

"……."

어지간히 너그러운 방송 프로에서도 비프(Beep)음 처리될 만한 소리를 태연스럽게 해대는 모습이 무섭기까지 하다. 캐런은 고개를 절레절레 저었지만 래트는 싱글벙글 웃었다.

"저 눈을 바느질로 붙이면 돈을 주더라고요."

"헤에, 거부가 되었겠군?"

"또 말 같지도 않은 소릴."

캐런이 한숨을 푸욱 내쉬자 래트는 싱글벙글 웃으며 아르곤이 불고 있는 풍선껌을 가리켰다.

"아르곤이 일주일에 소모하는 풍선껌값 정도는 법니다."

“이거 얼마 안 된다고! 왜 그래.”

아르곤은 자신이 풍선껌을 불어서 돈을 소모하는 것을 가지고 뭐라고 한다는 듯 화를 냈다.

“이 벌이도 얼마 안 되죠.”

캐런은 그렇게 말하고 낡은 양복을 벗었다.

오래간만에 입은 낡은 베이지색 체크무늬 양복은 너무 후줄근했다. 조금이라도 오래 입겠다고 팔꿈치에는 가죽을 덧대어 놓았지, 커프스의 단추는 이미 떨어져서 실밥만 덜렁거리지, 그 모습은 마치 자식 6명을 두고 실직해서 실직 급여로 생활하는 아버지 같아 보였다.

그렇잖아도 홀쭉하고 음울한 모습의 캐런이라서 너무 비참해 보인다.

아르곤은 자신의 품에 손을 넣어서 풍선껌의 남은 개수를 세어보더니 큰 결심을 한 듯 주먹을 불끈 쥐었다.

“정말 비참하군. 우리 은행이라도 털까? 한두 번쯤은 안 걸릴 자신 있는데.”

“…관둬요.”

“지금까지 잘 참아왔으면서.”

그렇게 농담을 하고 있는 사이 갑자기 아르곤이 또다시 기침을 했다. 그의 뒤통수로부터 다시금 검은 연기가 빠져나간다.

“크악! 젠장, 정말 참을 수가 없군. 대체 이건 언제쯤 낫는 거야?”

아르곤이 세건에게 먹여둔 것도 상당했지만 세건이 아르

곤에게 쏜 심흑의 마탄은 흡혈귀에게 있어서 맹독이나 다름없는 것이었다. 탄 자체도 마총 비스트에 의해 발사된 것이라 위험하기 짝이 없는 데다가 그 탄에 실린 저주는 정말 집요했다.

"역시, 사이키델릭 문의 부작용으로 한세건에게 달라붙는 망령들은 흡혈귀들에게 깊은 원한이 있어요. 그걸 탄에 실어서 쏘았다면… 흡혈귀가 맞을 경우 치명적이죠. 아르곤 정도면 얼마 지나지 않아서 멀쩡해질 겁니다만."

"그러면 좋겠군, 젠장. 서로 공격을 교환하고 내가 손해 보다니… 유례없는 일이야."

아르곤은 투덜거리며 드러누웠다. 그러다가 문득 생각난 듯 옷에 코를 가져가 냄새를 맡아보았다.

"역시 비를 맞아서 그런지 엉망이군. 래트, 갈아입을 옷 있나?"

"내 옷은 아르곤에게 클 텐데?"

"상관없어. 몸 상태도 안 좋은 상황에서 나대고 돌아다닐 것도 아니고. 실내에서 입고 있을 테니까."

한세건에게 당한 상처야 시간이 지나면 회복될 테지만 그사이에 조반니나 그런 놈들이 쳐들어오면 아무리 아르곤이라 해도 위험하다. 테트라 아낙스가 아르곤같이 말 안 듣는 진마를 대체하기 위해 만들어냈다는 '석세서'. 그런 이들이라면 아무리 강력한 아르곤이라 해도 주의해야 할 적이리라.

"그런데 서린이란 애는 왜 그냥 내버려 뒀어요? 강제로라도 잡아 오지. 어쨌거나 릴리쓰의 자손이라면 테트라 아낙스가 노리고 있을 텐데, 혁명 좋아하는 아르곤이 왜 그냥 냅뒀죠?"

"그러게. 나야 설득하는 타입이라고 해도 아르곤은 단순 무식하잖아."

"…래트에게 그런 말을 들을 정도라니, 내일의 일출을 보며 죽고 싶군."

흡혈귀답게 일출을 보며 죽는다는 말을 하며 아르곤은 옷을 벗고 욕실로 향했다. 곧 그는 깜짝 놀라서 문밖으로 고개를 내밀었다.

"뭐야, 이건?! 비린내가 진동하네. 게다가 수챗구멍부터 온통 피바다야. 혹시 여기서 무슨 토막 살해라도 했어? 녀석들, 돈돈 노래를 부르더니 결국은……. 내 그럴 줄 알았다."

"아, 한강에서 낚아 온 붕어 손질한 흔적이에요. 찜 쪄 먹으려고. 이게 다 조직에서 생활비를 지원해 주지 않으니까 궁여지책이라는 거 아닙니까?"

말하고 나니 더더욱 비참해진다. 어쨌거나 에스프리의 총수라고 할 아르곤에게 일부러 들으라고 대놓고 말했는데도 아르곤은 전혀 신경 쓰는 기색이 없었다.

"한강 물고기? 먹어도 괜찮은 거야? 중금속 중독되는 거 아냐?"

"거참 별걱정을 다 하네, 흡혈귀가."

"아, 그랬지, 참."

아르곤은 피식 웃으며 샤워기를 틀었다.

"물 아껴 써요. 한국은 수도세가 싸지만 그래도 기본요금 이상 나오면 이 인형 눈을 몇 개를 더 붙여야 하는지 모르니까."

캐런이 구박하자 아르곤의 목소리가 문 너머에서 성의 없이 대답한다.

"나 참, 알았어. 그만 구박해. 아, 그래. 왜 서린을 안 데려왔는지 궁금해했지?"

"왜요?"

"너희가 식비 들고 수도세 든다고 징징댈까 봐 안 데려왔다, 왜?! 입 하나라도 늘면 그 인형을 몇 개 더 만지작거려야 하는 거야?"

계속 돈 문제로 징징대니까 화가 난 모양이다. 하지만 그 순간 캐런은 쥐고 있던 인형을 집어 던졌다.

"…이제는 아주 막가자는 거지요?"

"미, 미안. 내가 잘못했다."

아르곤은 사과하고 욕실에서 걸어 나왔다. 수건으로 물기를 닦던 그는 래트가 준비해 준 옷으로 갈아입고 밴드를 이용해 머리를 다시 묶었다.

"음… 뭐 어찌 되었든 한세건이란 녀석도 테트라 아낙스랑 사이가 안 좋은 것 같으니까 그 건은 방치해 두려고. 테트라 아낙스랑 한세건이 충돌해야지, 내가 먼저 한세건이랑 충돌하면 안 되겠다 싶어서."

흡혈귀들 사이에서는 팬텀과 더불어 절대로 상대하고 싶지 않은 강자로 여겨지는 진마 아르곤이 이런 소리를 할 정도라니, 래트와 캐런은 다시금 놀라지 않을 수 없었다.

"그럼 지금 아르곤에게서 풀풀 뿜어져 나오는 망령은 도박하다 죽은 원귀들이랍니까? 그건 한세건이랑 충돌한 게 아니에요?"

캐런은 아직도 분이 안 풀렸는지 꼬치꼬치 따지고 들었다. 그러자 아르곤은 넉살 좋게 대꾸했다.

"약간의 희생이라고 할 수 있지. 덕택에 한세건이 만만치 않은 상대라는 걸 알았으니까 됐어. 이 정도 희생을 바탕으로 우리는 보다 나은 미래로 향할 수 있는 거야. 그게 바로 프로그레스(Progress), 진보라는 거지. 나에게는 작은 상처이지만 우리 에스프리에 있어서는 더없이 큰……."

그러나 그때 래트와 캐런이 서로를 마주 보았다.

"여기도 큰… 상처면 곤란한데."

"그런 상처는 혼자 입고 에스프리에는 가져오지 말아요."

"…이런 매정하고 박정한 녀석들."

아르곤은 한숨을 내쉬었다. 자유분방한 분위기도 좋지만 이렇게 밑에 녀석들에게 무시당할 때는 다른 클랜처럼 완전한 상명하복의 꽉 짜인 분위기가 부러워지기도 한다.

그렇다고 이제 와서 체제를 바꾸는 것은 아르곤의 자존심이 용납하지 않는다. 아르곤은 드러누워서 호흡을 고르며 부하들에게 물어보았다.

"그런데 조반니 일당은 뭐 하냐? 감시역 세워뒀냐?"

"아니요."

"어? 아니, 적을 마크하는 건 어디서나 상식 아니야? 왜 안 세워뒀어?"

"진짜 돈이 없어서요."

"에이, 또 그런다."

"진짜라니까요. 거기에 세워둘 녀석 있으면 어디서 야간 주차 요원이나 하라고 시키고 싶어요. 아, 주차 요원도 민증 필요하지?"

"…그렇게까지 가난했어, 우리?"

다시 한 번 문제의식을 느끼는지 아르곤의 목소리가 떨렸다.

"서울 물가 만만치 않아요."

물가가 만만치 않은 것도 있지만 서울 시민들은 대부분 권장소비자가격보다 물건을 싸게 사는 곳을 알고 있는 반면에 그들은 외국인이라 권장소비자가격 정도에 사는 게 고작이라는 것도 크게 작용한다.

한국 생활이 길어져서 이제 어느 정도 생활비가 덜 빠지기는 하지만… 애초에 생활비가 문제가 될 정도라면 공작 활동은 도저히 할 수 없다. 괜히 공작원 007이 에스턴마틴을 타고 다니는 게 아닌 것이다.

"음, 알았어. 예산을 좀 올려 책정하든가 아니면 아예 포기하고 빠지든가 둘 중 하나로 빠른 시일 내에 결정하도록 하지."

"기왕이면 빠졌으면 좋겠군요. 전 요즘 슈퍼마켓에 가서 콩나물을 달라고 하면 덤을 듬뿍 준다고요. 외국인이 먼 곳에 와서 고생이 많지? 하면서."

캐런의 처절한 절규를 들으며 아르곤은 눈을 감았다.

아바나 시가를 입에 물고 나이프로 끝을 자른 뒤 금도장된 기름 라이터로 불을 붙인다. 두꺼운 검은 손가락에는 금반지가 주렁주렁 끼워져 있고 재떨이는 흑빛 상아로 만든 것이다. 그는 그 재떨이에 재를 털며 자리에서 일어났다.

최혁진을 잡아 온 지 이틀째, 이제 라이칸스로프 변이도 완전히 끝나갈 때였다.

“슬슬 변이가 끝나가겠군. 설마 상대방도 모를 리는 없다고 생각하는데 아직까지 반응이 없군. 이쪽의 행동 여하에 따라서 움직이겠다는 건가?”

그는 이미 벌써 사준이 이중으로 정보를 팔고 있다는 것을 알고 있었다. 대부분의 정보 상인은 항상 그런 식으로 정보를 거래하고, 그래서 자신의 명을 단축시킨다.

만약 사준이 보통의 정보 상인이었다면 벌써 예전에 그의 손에 죽거나 구울화되었을 것이다. 일단 구울로 만들어 버려서 절대적인 명령 체계하에 두게 되면 사준이 가지고 있는 모든 능력을 다 유용하게 끌어내어 쓸 수 있으니까 나쁘지 않은 장사다.

하지만 사준은 결코 만만치 않은 자인 데다가 성당 기사단에 적을 두고 있다. 테트라 아낙스는 모든 인간 마법사와 조약을 체결한 상태이기 때문에 테트라 아낙스의 질서에 응하는 흡혈귀들은 어지간한 사유 없이는 인간 마법사들을 해쳐서는 안 된다.

"정보 상인이 고객에게서 입수한 정보를 되파는 것도 이 바닥에선 워낙 흔한 일이라, 그걸 가지고 발끈해서 쳐 죽일 수도 없는 일이고."

그나마 쓸모가 있다면 자신이 원하는 정보를 제때 즉각 한세건 쪽에게 흘려보낼 수 있다는 것? 하지만 한세건 쪽은 어찌 된 일인지 혁진이 잡혀갔다는 정보를 입수했을 텐데도 불구하고 움직이지 않았다.

남자야 수천 수백이 죽든 상관없다는 건지 아니면 이쪽이 움직이기 전엔 움직이지 않겠다는 것인지 모르겠지만 만약 이게 단순한 인질극으로 끝날 거라고 예상하고 교환 협상 등을 기다리고 있는 거라면 큰코다칠 것이다.

설마 혁진을 라이칸스로프로 바꾸어 서린을 잡기 위한 도구로 쓰리라는 것은 상상도 못 하리라.

"음… 아니지. 그 녀석도 나름대로 산전수전 공중전을 다 겪었다는데 예상했을 수도 있지. 그렇다면 역시 아르곤과의 격전에서 둘 다 극심한 부상을 입은 건가? 하지만 그것도 페인트일 가능성이 있고. 이거 아무래도 나 자신에 대한 신뢰가 떨어지니까 겁이 나서 함부로 못 움직이겠군."

아르곤과는 아직 충돌해 본 적이 없으니 모르겠다만 한세건에 대해서는 도저히 무시할 수가 없다. 그를 압도하던 인간 흡혈귀 사냥꾼. 그를 무시하는 것은 그에게 압도당한 자신의 무력함을 인정하는 것과 다름없었다.

"그나저나 전화를 해야 하나, 아니면 혁진의 자율에 맡길까?"

전화로 서린을 불러내게 되면 그야말로 무슨 몸값 받으려는 유괴범 꼴이 되어서 싫다. 게다가 그 경우는 자신이 끼지 않을 수 없다. 가장 그림이 좋게 나오려면 자신이 낄 것 없이 서린이 혁진과 만나게 되고 그런 혁진을 한세건이 죽이려고 드는 것이다.

머릿속으로 생각하면 옛날 영화의 간단한 인간도식처럼 쉽지만 그 과정은 도저히 간단하지 않았다. 변수가 너무 많아서 생각처럼 쉽게 될 리가 없다.

그런 생각에 잠겨 있을 때 서재의 문이 열리고 혁진이 들어왔다. 상처도 말끔히 나은 데다가 조반니가 준비한 정장을 입은 혁진은 이미 완전히 라이칸스로프가 되었는지 눈에서 기괴한 빛을 뿜어내고 있었다.

"그래, 기분이 어떤가?"

"……."

혁진은 불쾌한 표정으로 조반니를 바라보았다.

"라이칸스로프라는 게… 쥐도 있었어요?"

"물론이지."

혁진은 손을 들어서 몸을 살펴보았다. 분명히 예전보다는 뭔가 눈이 하나 더 떠진 듯한 느낌이지만 시술 중에 라이칸스로프의 시체를 본 혁진은 영 마음에 들지 않았다. 늑대나 호랑이, 사자나 곰과 같은 맹수들이라면 폼도 나고 마음에도 들 텐데 하필이면 쥐라니.

그들은 웨어랫의 시신을 구해서 그 시신의 조직을 혁진에게 강제로 이식한 것이다. 당연히 항체 반응이 일어났지만 그러면서도 조직은 변성, 그러한 작업을 수차례 반복한 결과 마침내 혁진은 완전한 라이칸스로프가 되었다.

하지만 이제 와서 쥐라고 마음에 들지 않는다니, 조반니는 혁진을 보며 크게 웃었다.

"하하핫, 기대한 것에서 많이 어긋나나 보지?"

"…솔직히 정말 엿 같군요. 하필이면 쥐라니. 일부러 그런 겁니까?"

"아니아니, 그게 말이지, 마침 준비한 라이칸스로프의 육체가 쥐밖에 없어서 그랬지 뭔가. 괜찮아, 괜찮아. 별 차이는 없으니까."

그렇게 말하긴 하지만 눈꼬리가 웃고 있다. 이 빌어먹을 변태 흡혈귀가! 혁진은 속에서 열불이 끓어올랐지만 아직도 자신이 그의 적수가 아님을 잘 알고 있기에 속에서 화를 삭였다.

"젠장, 이거 어떻게 물리거나 하는 방법 없어요?"

"일단 한번 변이가 완성되면 돌이킬 방법은… 죽는 것밖에 없지."

"똥 밟았네, 썅."

"개도 안 키우는데."

"아아, 쓸데없는 소리는 됐고, 그러면 어떻게 서린을 상대해요? 녀석은 늑대라면서?"

늑대와 쥐라니… 상식적으로 상대가 되지 않는 싸움이다. 그렇지 않아도 서린은 순수한 혈통의, 즉 태어나자마자 늑대 인간이라서 육체 능력이나 다른 모든 능력이 일반적인 변이형 라이칸스로프보다 뛰어나다는데, 그래서야 어떻게 혁진이 서린을 상대한단 말인가?

"라이칸스로프끼리는 일단… 인간 형태에서는 순수 혈통이나 급조된 놈이나 크게 차이가 나지 않아. 물론 차이가 없진 않지만 이백 킬로 스쿼트 하는 놈이나 삼백 킬로 하는 놈이나 서로 제대로 한 대씩 먹이면 골로 가는 건 매한가지지. 인간 형태에서 신체 능력 차이라는 건 그 정도 의미밖에 없어."

조반니의 말을 듣고 보니 뭐 나쁘지 않은 것 같다. 인간 형태라면 그리 큰 차이가 없다면……. 하지만 그렇다면 인간 형태가 아닌 경우가 있다는 이야기가 아닌가?

"그러면 변신은 어떻게 해요?"

"꼬리 있는 짐승의 꼬리 움직이는 법을 꼬리 없는 인간이 어떻게 알까?"

"굉장히 거슬리는 비유로군요."

라이칸스로프가 된 지 몇 시간이나 지났다고 벌써부터 짐승 취급인가? 혁진은 왠지 라이칸스로프가 되었다는 사실을 실감하며 혀를 찼다.

"거슬려 하는 걸 보니 아직 자존심은 있나 보군, 미키마우스?"

"…미키마우스?"

벌써 별명까지 지어놓았단 말인가? 혁진은 조반니의 철두철미함에 놀랐다. 조금만 잘못하면 이대로 저게 별명으로 굳어버릴 판이다. 하긴 웨어랫에게 그만큼 어울리는 별명이 어디에 있겠는가?

"변신이야 하다 보면 몸으로 체득되니까 그건 염려하지 말고……. 완전한 짐승 형태나 짐승과 인간이 섞인 하이브리드 형태는 늑대 인간에 비해 절대적으로 능력이 떨어지니까 어지간해서는 수화를 피하도록. 수화를 하게 되면 상대의 수화를 유도하게 될 테니까."

"…그 외에는 뭔가 능력이 없나요?"

"쥐들과 교감할 수 있게 되지. 그런 점에서 웨어랫은 다른 모든 것을 초월하지. 쥐들을 통해서 정보를 얻을 수 있으니까. 하지만 웨어랫이 된 지 얼마 안 되었으니 아직 감각이 그쪽으로 일깨워지지 않았을 거야. 그러니까 한동안은 차분히 새로운 몸의 감각을 익히는 게 좋아."

조반니는 스스로 말하고 스스로 놀랐다. 이 녀석은 지금 당장에라도 써먹어야 하는데 이런 소리를 하다니. 그래서 그는 깜짝 놀라서 혁진을 노려보았다.

"물론 살아난다면 말이지."

"흠, 대충 이야기를 들은 것만으로도 감은 잡히는군요. 어차피 당신은 라이칸스로프가 아니니까 라이칸스로프에 대해서 그런 쪽으로 더 조언해 줄 것은 없을 것 같고. 나머지는 다 감각으로 익혀라 이거죠?"

혁진은 이해가 빨랐다. 서린을 데리고 고생하고 있는 세건이 본다면 정말 감동할 만큼 이해가 빨랐다.

그는 즉시 자신의 몸 구석구석으로 신경을 돌리며 새로운 몸에 적응하기 위한 훈련을 했다. 우선 몸을 푼 다음에 손가락 마디 끝, 발가락 마디 끝부터 전신을 따라서 몸을 움직이며 신경이 전달되는 느낌을 잡았다.

그렇게 몇 번씩 몸을 조정한 다음에는 반사 신경을 체크하기 위해 가볍게 섀도복싱을 했다. 주먹을 휘두를 때마다 바람 가르는 소리가 나는데 자칫하다간 사람이 죽을 만한 주먹들이 날아다녔다. 마음먹고 주먹을 날리면 사람의 머리통이 수박 터지듯 터져 버릴 것이다.

"이런… 터무니없는."

혁진은 놀라서 몸을 뒤로 굴려보았다. 수월하게 몸이 허공으로 떠오르며 회전한다. 그는 지상에 착지하면서 다시 몸을 굴렸다.

"쓸데없는 짓 하지 마. 여기서 점프하면 천장에 닿으니까."

조반니는 그렇게 말하면서도 벌써부터 라이칸스로프의 몸에 적응해 가는 혁진의 빠른 숙달에 놀라워했다. 이거 자칫하다가는 혁진이 정말 서린을 죽여 버릴지도 모르겠다. 조반니가 본 바로는 여전히 서린의 육체적 능력이 뛰어나기는 하지만… 그 어리바리한 녀석이 과연 이 교활한 놈을 당해낼 수 있을까?

"재미있군. 요즘 세상에 재미있다는 건 매우 중요하지. 흡혈귀가 된 이래로는 영화도 소설도 시들해졌으니까 말야."

이미 신화의 괴물인 그에게 있어서 인간의 신화나 상상은 재미가 없다. 진짜 재미있는 것은 인간의 관계, 즉 드라마다. 한때 친구였던 두 놈이 라이칸스로프로서 맞붙게 된다면 과연 어떻게 될까? 그 전개를 생각하니 가슴마저 두근거린다.

"이건 미친 짓입니다."

랜스 베르나르도는 고개를 절레절레 저었다. 테트라 아낙스의 통제하에 있는 조반니가 혁진을 흡혈귀로 만들지 않은 것은 알겠다. 그렇다면 하다못해 베르나르도 형제처럼 강화형 구울로 만드는 게 옳다.

대체 이 최혁진이라는 놈이 어떤 놈인가? 뉴욕 브롱크스도 아닌 서울 한복판에서 태연히 사람의 목을 매다는 미친놈 아닌가? 그런 놈을 통제하기 위해서는 일정 시간 내에 조반니의 피를 공급해 주지 않으면 한 줌의 먼지로 변해 버리는 구울로 만드는 게 훨씬 낫다.

하지만 그런 그를 구울로 만들어 통제하기는커녕 독립적인 라이칸스로프로 만들다니?

조반니는 베르나르도 형제의 걱정을 알아챘는지 피식 웃었다.

"신경 쓰지 마. 다 생각이 있어서 그러는 거니까. 그리고 너희들은 나로서도 두 명 정도 두는 게 한계다."

그는 되레 혁진의 빠른 숙달을 기뻐하는 분위기였다.

"이거 바로 써먹을 수 있겠군."

그가 그렇게 말하고 있을 때 혁진이 지상에 착지한 뒤 다시금 몸을 풀어 마무리 운동을 했다.

"…음, 좋아. 이거 정말 대단한데. 이거 자칫하면 서린 손에 죽을 뻔했었잖아?"

"응?"

"아니. 옛날에 있었던 일을 떠올린 것뿐이에요."

혁진은 그렇게 중얼거리고 타이를 바로 맸다. 비록 떠밀려서 되다시피 한 라이칸스로프지만 그 육체 능력은 대단히 마음에 든다. 이제야 겨우 서린과 어느 정도 대등한 선에 선 모양이다.

"그러면 나는 뭘 하면 되지요? 서린을 죽이면 되나?"

"죽이면 곤란하고, 그냥 사지에 힘이 안 들어가게 만들어서 데려오면 돼. 어때? 우리의 인질이 되어서 같이 갈 건가, 아니면 그냥 혼자서 알아서 해볼 건가?"

조반니가 그렇게 물어보자 베르나르도 형제는 깜짝 놀랐다. 이제 막 라이칸스로프가 된 녀석을 아무런 제어 장치 없이 풀어주겠다니? 아무리 조반니가 라이칸스로프 사냥꾼으로 이름을 날렸다고 해도 이건 너무 무모한 처사다. 하지만 혁진은 코웃음 쳤다.

"당연히 내가 알아서 하죠. 그런데 괜찮겠어요? 만약 내가 달아나기라도 하면 어떻게 하려고 그런 걸 물어보는 거예요? 이번에도 선택 사항을 준 다음에 강제로 시킬 셈인가요?"

"아니. 이번엔 네가 알아서 하는 방향으로 가도록 하지. 단! 늑대 사냥 하러 온 나지만… 도중에 쥐가 걸리면 쥐도 죽여주지. 그걸 명심해 둬."

조반니는 싱긋 웃었다. 그의 앞니에 씌워진 금박이 빛을 발했다.

4

한세건은 서린에 대한 본격적인 훈련에 들어갔다. 그동안은 스케줄을 짜도 서린이 전혀 따라오지 않았지만 일단 서린이 하려는 의지를 보이게 되자 훨씬 더 할 만해졌다.

세건이 개발한 비인간용 서킷트레이닝이나 웨이트 등 스스로 하는 훈련에 대해서는 이미 완벽할 정도로 따라오게 되었다. 하려는 의지가 있다면 이런 웨이트나 서킷트레이닝은 쉽게 할 수 있었다.

인간과 비교되지 않는 피로 회복 능력, 그리고 오버워크로 인한 부상에 대한 염려가 없는 재생력, 부하를 받은 근섬유가 회복 성장하는 사이클도 짧다. 라이칸스로프가 제대로 훈련을 하면 일주일 만에 다른 인간 석 달 치의 효과를 볼 수도 있었다.

그래서인지 서린의 몸은 급속도로 좋아지기 시작했다. 그리고 그 몸을 기반으로 육체적인 능력도 향상되었다.

하지만 격투전에 이르러서는 여전히 진전이 없었다.

콰직!

지하실에 마련한 특설 링(?)의 위에서 스파링을 할 때마다 링이 피로 물든다. 이 피는 물론 죄다 서린의 것이다. 인간의 몸으로, 흡혈귀의 피에서 추출한 마약을 맞아가며 흡혈귀와 싸워온 세건은 이미 무시무시한 실력을 지니고 있다. 그에 비해서 서린은 힘과 스피드는 있되 자세는 엉망이다.

그게 바로 결정적 차이였다. 서린은 지금까지 무술이나 격투기를 훈련할 필요가 전혀 없었다. 어차피 인간들 사이에서 서린과 싸워서 살아남을 이가 없었다.

양 중에 아무리 싸움을 잘하는 양이 있다 하더라도 늑대에게는 당하고 말듯이 인간들은 결코 라이칸스로프의 적이 되지 못했다. 그러다 보니 서린은 자신의 전투 능력과 폭력성에 아쉬울 게 없었다.

어차피 파괴력은 충분히 나오니 자세에 신경 쓰지 않게 되고 전투 패턴도 단순화된다. 그럴 경우 자신과 비슷하거나 약간 아래의 적을 만나게 되더라도 대파당하게 된다. 그래서 그는 흡혈귀나 라이칸스로프를 만나면 백이면 백, 깨지게 되는 것이다.

그를 바로잡기 위해서 세건은 강행군을 했다. 보통 가벼운 스파링이라 해도 일주일에 한 번 하게 마련인 스파링을 매일, 그것도 하루에 3분 10라운드씩 하기로 한 것이다. 더구나 상대는 바로 한세건 자신이었다.

그렇게 시작할 때의 의욕이 그대로 살아 있었으면 좋겠지만… 항상 2라운드를 채우기도 전에 서린의 몸이 완전히 망가져서 스파링이 진행되지 않는다.

지금은 너무 정확한 가격에 의해 1라운드 만에 서린이 완전히 박살 나버린 것이다.

세건은 서린이 재생되길 기다리며 열심히 식사에 열중했다.

"…아, 젠장. 훈련 메뉴가 바뀌면서 이거 하루에 만이천 킬로칼로리도 턱없이 부족하군. 만오천까지 끌어 올려야 하나?"

그동안 소모량에 비하면 상대적인 영양 결핍이어서 계속 몸이 말랐던 걸 생각하면 영양 공급을 대폭으로 늘려도 상관없을 것 같다. 육체적 능력이 일반인보다 탁월한 위에 재생 능력까지 있기 때문에 기초대사량이 높은 데다가 상처 시 재생 손실까지 보충해야 한다.

문제는 그걸 먹어줄 만큼 세건의 입이 닿는가 하는 것이다. 아무리 신진대사가 활발해졌다고 해도 소화시키고 배설하고 해독하는 작업은 이만저만 고역이 아닌 것이다. 그냥 평범한 흡혈귀나 라이칸스로프라면 걱정 없겠지만 많은 부담을 지고 있는 세건으로서는 많이 먹기도 고역이었다.

그때 세건의 공격으로 아래턱이 부서진 서린이 일어났다. 이미 골절 정도는 순식간에 재생이 된다.

게다가 서린의 경우는 재생 손실이 거의 없을 정도였다. 흡혈귀들도 자신들의 피를 도로 빨아들여서 재생 손실을 줄이지만 서린은 그보다 한술 더 떴다. 마치 공중에서 양분을 빨아들이거나 콩처럼 탄소, 질소 동화작용을 벌이는 것 같았다.

"…어째 재생 속도가 더 올라간 것 같은데?"

세건은 벌써 일어나는 서린을 바라보며 의아하다는 듯 고개를 갸웃거렸다. 턱뼈가 부서지는 것은 인간으로 치자면 당장 병원으로 실려 가야 할 중상이다. 수술을 해도 거의 몇 시간은 걸릴 대수술이고 그런 짓을 하더라도 경우에 따라서는 그저 아물기만 해도 다행이라고 할 정도다.

특히 세건에게 맞게 되면 무조건 그런 최악의 상황으로 부서졌다. 재생력이 있는 적에게 최대한의 기능장애를 주기 위해 연구에 연구를 거듭한 세건이 택한 전투법이다. 당연히 육체의 외적 파괴가 우선시되게 마련이다. 하지만 서린은 그런 중상조차 순식간에 재생시켰다. 세건이 의아해하는 것도 무리는 아니다.

"그, 그래요?"

서린은 턱을 쓰다듬으며 일어났다. 아마도 진마 아르곤과 만나고, 흡혈귀와 자력으로 싸운 그날을 계기로 서린의 능력이 좀 더 향상된 것 같았다.

평일에도 이 정도니 만약 만월이 뜬다면 어떻게 될까? 이렇게 된다면 더더욱 극심한 괴물이 되는 게 아닌가. 서린은 그렇게 여기고 걱정했지만 세건을 상대할 때는 그런 근심이 다 날아가 버린다.

방금 전에도 레프트 카운터에 적중당해서 한 발에 아래턱이 부서졌으니… 아무리 서린이 괴물이 된다 한들 세건에겐 여전히 한 방감이라는 소리가 아닌가?

"대체 형은 어떻게 그렇게 센 거예요? 흡혈귀도 인간도 아니면서."

예전에는 무서워서 도저히 물어보지 못했지만 이제는 좀 물어볼 만하다. 세건은 서린에게 많은 것을 알려줄수록 더너욱 의욕이 고취된다고 느꼈는지 그런 의문에 대해서 성실하게 답해주었다.

"우선 내 상태는… 뱀파이어화를 억지로 비약으로 막고 있는 상태다. 내 몸 안의 골수가 오염되어서 흡혈인자를 생산해 내면 역시 골수에 주입된 비약 제조기가 흡혈인자를 사이키델릭 문으로 바꾸도록 가공하고 있는 거야. 덕분에 나는 항상 사이키델릭 문 중독 상태나 다름없지."

보통 사람은 살아날 수 있는 상황이 아닐 것이다. 항상 마약에 중독된 상태나 다름없으니까. 하지만 세건은 그 상황에서도 의식을 유지하고 있었다.

"신체 능력도 신체 능력이지만 약물중독 상태를 버틸 수 있는 정신은 더욱더 대단하다고 하더군. 뭐, 나에게는 뱀파이어를 더 많이 쳐 죽일 수 있으니 좋은 일이지. 그래, 그것뿐인 이야기야."

몸이 망가지고 영혼조차 담보로 잡힌 아슬아슬한 균형, 살얼음판 위에 서 있음에도 불구하고 세건은 마치 남의 일처럼 말했다. 그 냉담한 태도에 서린은 한숨이 절로 나왔다. 어째서 이 사람은 이렇게 자기 파멸적일까?

"역시. 그러니까 제가 형에게 당하는 것도 어쩔 수 없는 일이군요."

서린은 즉시 자기 합리화에 들어갔다. 그러자 세건은 다시금 주먹을 치켜들었다.

"바로 이렇게 나오다니 기가 막히는군."

하지만 차마 내려치지는 못했다. 방금 턱이 부서졌다가 재생된 놈을 치면 훈련 스케줄에 차질이 생긴다. 그는 이를 악물고 말했다.

"절대적으로 네놈의 부덕함의 소치다. 릴리쓰의 자식쯤 되면 뭔가 보이란 말야."

"…갑자기 부덕이 나올 것까지야. 그나저나 늘 먹는 그 초코바는……."

서린은 즉시 화제를 돌렸다. 세건은 서린의 의도를 모르는 바가 아니었지만 그 의도에 따라 넘어가 주었다.

"프로틴바야."

"단백질이 들어 있는 거예요? 특이하네. 일반 초코바보다 비싸죠?"

그냥 초코바를 사 왔다가 세건에게 잔소리를 들은 적이 있었기에 서린은 그렇게 물어보았다.

"그냥저냥 먹을 만하고… 나는 아무래도 단백질이 많이 필요하니까."

"보충제로는 부족해요?"

"자주 먹어줘야지. 한 번에 많이 먹어봐야 다 흡수되지도 않아. 소처럼 되새김질하는 것도 아니고, 탄수화물 로딩이나 인슐린 반응성도 신경 써가면서 영양과 휴식을 챙겨주려면 음식의 질과 영양소는 물론 얼마나 편하게 먹을 수 있는가 하는 편의성도 중요하거든."

"그런 걸 다 재고 있어요?"

서린은 기가 막혀서 세건을 바라보았다. 음식을 사들이는 것도 서린이고 요리하는 것도 서린인데 그걸 맞춰서 계산한다는 건 보통 힘든 일이 아닐 것이다. 하지만 세건은 태연히 고개를 끄덕였다.

"물론. 근육을 만드는 건 운동, 영양 섭취, 휴식이 중요하다고. 흡혈귀 사냥꾼이 되려면 그런 건 더더욱 신경 써야지. 조금이라도 몸의 성능을 높여야 하니까."

"역시 그러다 보니 몸짱이 된다 이거군요. 괜히 여자 꼬시려고 몸 만드는 게 아니라?"

서린이 그렇게 말하자 세건의 눈빛이 흉포해졌다.

"나는 그 짱이란 단어를 매우 싫어해. 짜증이 나니까 닥쳐."

"…하하하. 어쨌거나 그러면 그냥 일반 초코바를 먹어도 되잖아요."

"일반 초코바보다는 낫겠지 하면서 먹는 거지. 단백질을 많이 먹으면 간에 부담이 가는 부작용이 있기는 하지만 나는 간이야 튼튼하니까. 어때, 너도 먹어볼래?"

그러고 보면 서린에게도 단백질은 필요할 것이다. 어찌 되었든 서린도 격투전에서 붙게 되면 육체의 구성, 크기, 근육량 등의 영향을 받으므로 몸을 단련하고 성장시켜 두어서 손해 볼 것은 없다.

"먹어봤어요. 뭐 별다를 건 없던데요? 혹시 성분 구성표에 사기 치고 일부러 비싸게 파는 게 아닐까?"

"…의외의 부분에서 철저한 성격이군, 네놈은."

인스턴트식품이나 과자류 등의 성분 구성표를 의심하는 놈은 또 처음 본다. 세건은 놀랍다는 듯 서린을 바라보았다. 다른 곳에서 철저했으면 얼마나 좋을까? 그런데 서린은 뭐가 좋은지 머리를 만지며 웃었다.

"하하핫, 제가 좀 철두철미하죠."

"재생 다 됐으면 일어나, 철두철미한 서린. 다음 스케줄에 들어간다."

세건은 서린을 일으켜 세웠다. 그때 갑자기 세건의 핸드폰이 울렸다. 아르쥬나의 김성희나 정보망이 아니면 거의 울리지 않는 전화기라 수제 폭탄의 근거리 신관 작동용 리모컨으로나 쓰이는 핸드폰이 이 시간에 울리다니, 믿기 어려운 일이다.

"…예, 전화기 주인입니다."

세건이 이렇게 전화를 받자 서린은 피식 웃었다. 전화기 주인입니다라니……. 저렇게 받는 사람이 몇이나 있을까? 그렇게 서린이 웃고 있으니 세건은 닥치라는 제스처를 보냈다.

—안녕하십니까, 한세건 회원님. 웨폰닷컴 회원이시죠? 회원님을 위해 아주 특별한 서비스를 안내해 드리려고 전화드렸습니다…….

그 말이 끝나기가 무섭게 한세건은 전화를 끊고 발신자 번호를 확인해 보았다. 물론 번호가 찍히지 않는 전화번호다.

"…이 녀석이."

지명수배된 세건이 자신의 진짜 이름으로 무슨 사이트에 가입했을 리는 없다. 그는 이미 자신의 등록을 말소시켜 버렸고 그 외에도 각종 수단을 써서 이중삼중으로 막을 치고 있다. 그가 들고 있는 핸드폰도 선불 대포폰으로 어떤 신용 불량자의 명의로 되어 있는 것이다.

"웨폰닷컴이라. 그런 어드레스는 이미 다른 곳에서 쓰고 있을 텐데?"

세건은 그렇게 중얼거리면서 즉시 손을 써서 전화를 건 상대를 역추적했다. 최악의 경우는 미리 암시를 걸어두었던 전화국 직원을 통해서 전화국 내에서 조사를 시키는 방법도 있다.

이미 각종 공공사업체에 근무하고 있는 이들 중 몇 명씩을 습격, 암시를 걸어두고 풀어주는 철두철미한 준비를 한 세건이니만큼 이런 상황에서의 대처도 빨랐다.

하지만 세건의 대처보다도 더 빨리 두 번째 전화가 왔다.

"여보세요?"

세건이 전화를 받자 이번에는 한 남자가 폭소했다.

—하하핫. 세건, 뭘 그리 정색하고 그러나. 나야 나, 사준. 방금 전엔 깜짝 놀랐지?

"어젯밤 꿈에 형이 강 너머에서 너에게 손짓이라도 하고 있었나 보지? 이런 헛짓거리 하는 걸 보면?"

세건은 정색하고 그렇게 물어보았다. 말하는 투가 곧 요단강 건너가게 해주마 하는 협박이라서 사준은 질색하며 답했다.

—이런, 나는 그저 분위기를 좀 부드럽게 하자고 일부러 여

직원을 구해서 말을 시킨 거란 말야. 여자 목소리가 그래도 부드럽고 좋잖아? 안 그래? 안 그렇다고 하면 호모라고 생각해 주지.

"닥치고, 용건이 뭐야?"

세건은 사준이라면 질색했다. 사준의 형 사혁을 죽인 그로서는 이 녀석과 철천지원수가 되어야 당연하다. 그럼에도 불구하고 넉살 좋게 접근해 오는 사준을 곱게 볼 수가 없다.

아무리 형제끼리 사이가 나쁘고 생판 모르는 남이라 누구 손에 죽어도 전혀 아쉬울 게 없다고 해도, 그렇다고 세건에게 의도적으로 접근할 필요는 없지 않은가? 필시 무슨 꿍꿍이가 있을 것이다.

사준은 역시 이렇게 나오는 데도 능청을 떨어댔다.

—매정하고 박정하기는. 어쨌거나 중요한 정보가 있어서 그러는데.

"갑자기 전화를 하다니 이상하군. 메일로 보내면 되잖아?"

—시각을 다투는 거니까 그렇지. 전에 보낸 메일은 꽤 오랜 시간 동안 안 받더만?

시각을 다투는 거라면 애초에 장난 전화를 하지 말았어야 한다. 하지만 여기서 더 따져 봐야 헛소리만 실컷 들을 것 같으니 세건은 짧게 말했다.

"사정이 있었어."

—사정이라. 역시 아르곤이랑 맞짱 뜬 거로군? 그래서 누가 이겼어?

마치 어제 프로 축구에서 누가 이겼냐고 물어보는 듯한 태도다. 하지만 이 녀석, 벌써 세건이 아르곤과 싸웠다는 사실을 알고 있다니 아무리 정보 상인도 겸하고 있다지만 기분 나쁜 일이다.

"…저승 가서 사혁에게 물어보라니까. 그런 걸 말해줄 이유가 없지. 어쨌거나 용건이나 빨리 말해!"

—흠, 거 정보라는 건 기브 앤 테이크인데 너무하는 거 아냐?

그러는 사이 통화는 벌써 1분 이상 지나가고 있었다. 세건의 말하는 속도는 총알같이 빠른 데 비해 사준은 느릿느릿… 애태우려고 작정했는지 느려 터지기 이를 데 없었다. 세건은 한숨을 내쉬고 전화기에 대고 엄포를 놓았다.

"그렇게 뜸 들이는 걸 보니 별로 중요하지 않은 정보인 것 같은데, 슬슬 끊어주지 않겠어? 짜증 난다."

—…내 참, 내가 이렇게 누구한테 아쉬워한 적이 없는데 정말 도도하군. 미인은 도도한 게 맛이라지만 너무 심한 거 아냐?

"그런다고 나에게 반하지 마."

세건은 정색하며 그리 말했다. 그러자 사준이 전화기 너머에서 폭소를 터뜨렸다.

—하하핫! 어쨌거나 이야기는 해야겠군. 그러니까 조반니 반테로에게 잡혀 있던 녀석 있지? 그 녀석이 무슨 일인지 모르지만 풀려났어. 하지만 문제는… 녀석에게 잡혀 있던 남녀가 그 녀석을 신고한 바람에 이대로는 집에 가봤자 경찰서행일걸? 일단 그때 죽은 아이들에 대한 유력한 목격자니까 말야.

최혁진이 탈출하거나 아니면 의도적으로 풀려났다는 소리다. 세건은 아차 하면서 서린을 바라보았다. 귀가 좋은 서린이 이 정도 전화 통화를 듣지 못했을 리가 없었다. 최혁진이 풀려났다는 걸 알면 이 멍청한 녀석은 볼 것 없이 친구 만나러 가자고 나설 텐데……. 그렇게 되면 정말 골치 아프다.

"흥, 잘됐군. 세금을 통해 만들어진 경찰서 유치장과 교도소란 설비가 그 녀석을 지켜줄 테니. 그러면 이야기는 되었어."

—음, 그냥 내버려 둘 건가?

"물론. 녀석의 몸에 하다못해 발신기라도 붙어 있을 경우 서린이 녀석과 접촉하는 것은 바람직하지 못해. 그럼 끊어. 이 근처의 기지국은 도청당할 확률이 높거든?"

세건은 그렇게 말하고 핸드폰을 끊었다. 그러자 서린이 놀란 표정으로 세건을 바라보았다.

"형……."

"역시, 들었냐?"

"예, 똑똑히."

"그럼 내가 말하지 않아도 잘 알겠군. 친구가 경찰에 수배되었다고 해서 아무런 생각 없이 접근하지 마. 차라리 경찰에 잡혀서 콩밥을 좀 먹더라도 그 목숨 부지하는 게 나으니까. 나처럼 상대방에게 암시를 걸어놓든가 아니면……."

세건이 그렇게 설명하자 서린은 고개를 끄덕였다.

"알았어요. 되도록 형에게 반하지 않도록 주의하죠."

"…그, 그건 말이지."

세건도 말해놓고 생각해 보니 부끄러운지 말을 더듬었다. 세건은 이따금 아무렇지도 않게 이상한 농담을 하고 나서 그걸로 놀림받으면 매우 부끄러워한다.

"녀, 녀석이 먼저 이상한 소리로 날 희롱하려고 하기 때문에 말야. 내가 그런 거에서 지는 거 매우 싫어하는 건 알잖아?"

오오, 세건이 말까지 더듬는다. 그 모습을 보며 서린은 정색을 했다.

"형, 어쨌거나 혁진이가 그렇게 되었다면."

"왜?"

"혁진이가 나에게 반하지 않도록 주의해야겠지요?"

당했다.

이번엔 완전히 제대로 걸려들었다.

"후우, 이 칼이 날이 잘 들려나 모르겠군. 복날도 그냥 지나쳤는데 개 대신 늑대나 하나 잡아볼까? 자, 어서 퍼뜩 변신해 봐라."

세건은 군용 대검을 꺼내서 날을 살펴봤다. 협박치고는 유치한 말이지만 여기서 그걸 지적했다가는 정말로 세건에게 살해당할지도 모른다. 이전까지의 자극은 그냥 장난이라고 할 수 있지만 여기서 한 걸음 더 나가면 그때는 목숨이 위험하다.

그러고 보면 서린은 장난도 목숨 걸고 하고 있으니, 정말 위험하기 짝이 없는 짓이다. 그러다가 정말 격분한 세건에게 살해라도 당한다면 그건 진짜 해외 토픽감이다. 아니, 이 경우 세건이 조용히 시체를 처리할 테니 토픽은커녕 시체도 찾지 못하게 되겠지. 서린은 정색을 하고 반문했다.

“어쨌거나 이건 역으로 말하면 조반니 일당을 끌어들일 수 있는 좋은 기회잖아요?”

“이 자식이?”

어디서 딴청이야? 세건은 그렇게 말하고 싶지만 이 건에 대해서는 자신이 나설 입장이 못 된다. 자신의 실수를 후벼 파는 논쟁을 계속하고 싶어 할 이가 어디 있겠는가? 세건이 그렇게 망설이는 사이에 서린은 다시 입을 열었다.

“형이 흡혈귀들을 멸살하고 싶어 한다면, 테트라 아낙스계인 조반니 먼저 조져 놔야 하지 않겠어요? 좋은 기회군요, 역으로 말하자면.”

“그렇긴 하지. 하지만 네가 믿음직스럽지 못하니까 이런 거 아냐.”

세건은 군용 대검을 칼집에 꽂아 넣었다. 어쨌거나 서린을 보호하기 위해서 최혁진이야 죽든 말든 내버려 두겠다고 하니 서린은 당황했다.

“그거 과보호예요. 자꾸 그러면 나…….”

“또 그 소리 하면 그땐 정말 목 따버린다.”

“어, 어떻게 알았죠?”

“네놈 패턴이 뻔하지, 뭐. 알았어, 알았어. 어디 믿어보지. 해보자. 조반니를 끌어내서 썰어버리지. 하지만… 각오는 되어 있냐?”

“예?”

서린은 세건 놀리는 재미에 정신이 팔렸는지 무슨 각오를 해야 하는지 모르고 고개를 갸웃거렸다.

"만약 자칫하면 네 친구라는 그 최혁진을 죽여야 할지도 모르는데?"

세건이 그렇게 말하자 서린이 놀랐다. 역시 이 녀석은 거기까지 생각하진 못한 것 같다.

"내 그럴 줄 알았다. 정말 생각이 짧구나."

"예. 대, 대단해요. 역시 형이 생각이 깊어요. 정말 반해 버릴 것 같군요."

"하지 말랬지!"

이 상황이 되어서도 또 써먹다니. 세건은 무릎으로 서린의 몸통을 찍어버렸다.

"억, 커헉……. 어, 어쨌거나 저, 그래도 어떻게 안 죽이고 할 방법은 없을까요?"

"…안 죽일지 어떨지는 몰라. 그냥 상황이 그렇게 되지 않기를 빌어라."

세건은 그렇게 말하고 눈을 감았다.

5

서린은 세건과 함께 혁진을 찾기 위해 오래간만에 옛 동네로 향했다. 그동안 많은 일이 있었던 탓인지 얼마 되지도 않았는데 벌써부터 오래된 기분이 든다.

십 년이면 강산이 변한다고 했는데 건물들은 십 년도 안 지났는데 벌써 많이 달라져 있었다. 못 보던 가게가 생겨나고, 지어지던 건물은 완공되고, 있던 건물은 헐린다. 이런저런 변화를 보고 있자니 감개무량하지만…….

너무 덥다!

오늘따라 기온이 급등해서 서울은 무려 35도라는 기온을 유지하고 있었다. 공기와 체온이 1도밖에 차이나지 않는 것이다. 그것도 이건 그늘에서의 온도다. 태양이 닿는 곳에서는 무려 40~50도에 육박하니 정말 까무러칠 정도다.

이미 시내 곳곳에서는 더위를 견디지 못한 노약자들이 질식으로 쓰러지는 일이 생겨나고 있었다. 그래서 오늘 아침부터 동네 곳곳에서 구청 차가 다니며 더위를 견딜 수 없는 독거노인들을 위해 보건소를 열어두었다고 알리고 있었다. 하지만 그래 봐야 역부족이리라.

"이 정도면 사막화가 되겠군."

주위에 피어오르는 아지랑이를 보며 서린은 혀를 찼다. 하필이면 이런 날씨에 혁진이 도망치다니. 그 녀석을 찾으려고 발로 뛰어다닐 많은 이가 불쌍해졌다. 물론 그 자신과 세건도 포함해서.

"일단 혁진이 놈이 갈 만한 곳이… 어디려나? 집은 경찰이 이미 지키고 있을 텐데."

서린은 그렇게 중얼거리며 동네를 휘적휘적 돌아다녔다. 세건은 그런 서린을 따라서 천천히 걸어오고 있었다. 평상시에는 늘 전신을 뒤덮는 방탄 소재의 레이싱 재킷이나 슈트를 입었지만 오늘은 낮에 활동할 것을 감안해서인지 허벅지까지 다 드러나는 컷 진즈에 민소매 티를 입고 있었다.

머리칼을 가리기 위해서인지 그늘을 만들기 위해서인지 챙이 넓은 모자를 쓰고 선글라스를 끼고 있었는데 무슨 국토 대장정에 나선 대학생 같은 모습이었다.

밤에야 어떻게든 방탄복을 입고 활동할 수 있겠지만 폭염이 뒤덮는 낮에는 그렇게 움직이지 못하는 것 같았다. 비도 그치고 날씨가 더워지면서 세건의 인내에도 한계가 온 것일까?

“와, 형. 그렇게 입으니까 엄청 젊어 보여요.”

“쓸데없는 소릴. 젊으니까 젊어 보이는 게 당연하지.”

세건이 그렇게 말하자 서린은 히죽 웃었다.

“또 그런 소릴.”

“시끄러워. 이게 진짜 계속 맞먹으려고 하네?”

세건은 그렇게 말하며 부채를 펼쳤다. 길거리에서 천 원 주고 산 대나무 부채지만 이런 때에는 꽤 요긴하다. 세건이 그렇게 부채를 부치며 걷자 서린이 중얼거렸다.

“평상시에도 그렇게 하고 다니는 게 나을 텐데.”

“그러면 총알 밥이 되지. 더운 데다가 사람들 이목 끌기 싫으니까 이러는 것뿐이야.”

아무리 뛰어난 능력을 가지고 있다고 해도 물리적으로 총탄을 피하기란 불가능하다. 방탄복으로 총탄을 막아내고 보디 벙

커나 남의 육체를 써서 총탄을 막아내면서 싸우는 세건의 전투 법상, 방탄복이 없으면 왠지 알몸으로 길거리에 나선 기분까지 든다.

"나는 그렇게 안 해도 잘 살아 오잖아요."

방탄복을 꼬박꼬박 챙겨 입지 않는 서린이 그렇게 반문했다.

"나는 너와 달리 재생하는 게 엄청난 부담이거든? 재생이 안 되는 건 아니지만 가급적 피해야 하지."

그런 이야기를 하며 그들은 주위를 돌아보았다. 하지만 역시 혁진의 모습은 찾을 수 없었다. 평상시 녀석이 돌아다니던 곳에는 이미 경찰들이 있기 때문에 당연한 결과였다.

서린과 세건은 사복 경찰로 보이는 이들을 발견하고는 공원을 뒤로하고 다시 거리로 걸어갔다. 이번에 혁진을 찾는 일은 오로지 서린에게 위임했기 때문에 세건은 서린의 약간 뒤에서 아무 말 없이 따라오고 있었다.

매앰… 매앰… 매앰…….

매미들이 폭서에 맞추어 시끄럽게 떠들어대고 있었다. 아스팔트가 녹을 듯한데 그 위에 떨어진 매미들도 종종 보였다. 서린은 문득 세건에게 물어보았다.

"형은 만약 피신한다면 어디로 피신하겠어요? 경찰과 다른 사람들을 피해서라면?"

"내가 어디로 숨는가는 무의미하지. 그리고 숨는 위치라면 그 녀석의 지능이 어느 정도 되느냐에 따라 달라."

세건은 팔짱을 끼며 그렇게 말했다. 그러자 서린이 피식 웃었다. 그런 거에 뭐 지능까지야?

"음, 어느 정돈지 잘은 모르겠는데요. 그냥 일반론으로 이야기해 줘요."

"그래. 이런 사건의 경우는 학교가 TV에 나왔을 정도니 학교 선생들도 찾으러 나섰을 테지? 그렇다면 일단 대부분의 청소년 출입 가능한 업소, 피시방, 만화방, 당구장 등은 순찰이 돌고 있을 거야. 싼값에 시간을 때우긴 좋지만 그런 곳에 가는 건 언젠가 반드시 잡힌다는 걸 의미하지."

세건은 그리 말하며 거리를 걸었다. 쨍쨍한 햇빛이 쏟아지고 있는데 어찌나 더운지 사막에 온 것 같은 기분이다. 아니, 차라리 사막은 건조해서 나을지도 모르겠다. 이건 열대 정글이다. 쏟아지던 폭우가 그리울 정도다.

세건과 서린은 길거리 옆에 늘어선 상점의 천막 밑을 걸어갔다. 몇몇 가게는 바캉스를 떠났는지 휴가 기간이라는 종이를 셔터 위에 붙인 채 문을 굳게 닫고 있었다. 서린은 땀을 흘리면서 그 가게들을 힐끗힐끗 쳐다보다가 한숨을 내쉬었다.

"수영하고 싶다."

"그럴 팔자가 못 되지? 너나 나나?"

세건이 그렇게 말하자 서린은 한숨을 푸욱 내쉬었다. 흡혈귀들에게 쫓기는 몸과 경찰에게 쫓기는 몸으로서 사람이 많은 곳을 나다닐 처지가 못 된다는 것은 알고 있다. 하지만 이런 여름에 골방에 처박혀 있어야 하다니.

"형, 한강 수영장은 어때요? 애써서 몸짱 만들었으니까 남들에게 보여줘야……."

"시끄러워. 보여주는 건 마스터에게만으로 충분해. 에어컨 트니까 됐잖아? 무슨 피서야, 피서는."

"김성희 씨가 들으면 기뻐할 이야기로군요."

서린이 쿡쿡 웃자 세건은 당연하다는 듯 으쓱거렸다.

"뭐, 도제로서의 서비스지."

"그러면 혁진이는 어떻게 숨을까요?"

"그건 내가 그 녀석을 잘 모르니 모르겠다만 일반론적으로 이야기하지. 사건이 터진 뒤 일주일 이내에는 선생도 중점적으로 근처를 조사할 수 있겠지. 하지만 그 이후에는 수업을 해야 하니까. 대한민국이 원래 사건이 한번 터진 다음에는 들끓다가도 점차로 업무가 밀려오고 하면 일상 업무로 돌아가게 압력을 넣잖아? 그러니까 그 전까지는 주로 장례식장 근처의 화장실 등에서 지내는 거야. 장례식장은 이십사 시간 열고 있고 경찰 등이 잘 오지 않으니까. 음식도 나오고. 일주일간은 장례식장이나 병원 화장실 등에서 버틴 다음에는 솔직히, 정상적인 방법으로는 도망칠 자금이 떨어지겠지. 노가다를 하면서 먹고 자고 하려고 해도 민증도 없는 녀석을 받아주진 않을 테고, 공장도 마찬가지. 불황에 일자리가 모자라는 판국이니까 노동력을 팔아서 숙식을 해결하기도 힘들어. 일주일 정도 지난 뒤에는 만화방 등에서 잠을 때울 수도 있겠지만 돈을 써야 한다는 점에서는 무리지."

세건은 그렇게 말했다. 일단 법망을 무시하고 숨겨줄 친구가 없으면 남자가 혼자서 장기간 가출을 하기란 쉬운 일이 아니다. 삥을 뜯으며 산다는 엽기적인 방법도 있지만 경찰에 수배된 이상 그것도 불가능하다. 그래서 대부분 소년원에 잡혀 들어가는 걸로 귀결되고 만다.

서린은 세건의 긴 이야기를 들으면서 길가의 슈퍼마켓에 멈춰 서서 아이스크림 냉장고에 손을 담갔다. 이미 아이스크림은 골랐지만 일부러 뒤척이면서 몸의 열기를 식히고 있는 폼이 좀만 더 앞으로 숙이면 아예 냉장고 안으로 기어 들어갈 기세였다.

"하아, 결국 돌아와야 한다는 거군요. 계속 법망을 피해 살아온 형답지 않은 좌절스러운 결론이군요."

"아주 우드득 부러지는 각오 없이는 법망을 피해서 살아간다는 게 할 짓이 못 되지. 후견인도 좀 있어야 하고."

세건 역시 서린과 마찬가지로 냉장고 안을 뒤졌다. 폭우 다음에는 폭서인가. 올해의 날씨는 어딘가 미쳐 있음에 틀림없다. 어쨌거나 냉장고를 뒤지면서 이런 이야기를 한다는 게 영 폼이 나질 않는다.

세건은 잠시 선글라스를 고쳐 쓰고 다시 냉장고를 뒤졌다. 서린이 그 옆에서 물어보았다.

"똑, 도 아니라 우드득 부러지는 각오가 필요하다는 건가요? 후견인이면? 대부? 갓파더?"

"너의 경우는 나처럼, 인맥이나 일 처리를 도와주고 알려줄 사람이 필요하다는 거지."

세건과 서린이 그렇게 냉장고를 뒤지고 있자 점원이 나와서 으흠 하고 헛기침을 했다. 그러자 서린과 세건은 아이스크림을 하나씩 들고 아쉽다는 듯 냉장고에서 빠져나왔다.

"정말 덥네요. 하하핫."

"날이 상당히 덥긴 덥죠? 가게 안엔 에어컨 틀어놨으니까 차라리 쉬다 가세요."

점원은 친절하게 말했다. 냉장고를 뒤적거려도 물건은 사 가니까 태도가 바뀌는 걸 보니, 직원이라기보단 이 가게 주인의 가족 같았다.

"아니, 그게, 곧 가야 해서."

세건과 서린은 계산을 끝마치고 슈퍼마켓 밖으로 다시 걸어 나왔다. 둘 다 생각하는 건 똑같은지 유지방이 없다시피 한 셔벗류를 고른 상태였다. 날이 더울 때는 유지방 많은 아이스크림은 별로 시원하지 않으니까.

"흐음, 오늘 참 많은 걸 알게 되는군요. 그러면 혁진이는 어디서 잡을까요?"

서린은 셔벗을 씹으면서 물어보았다. 어찌 되었든 지금 그들은 경찰이나 학교보다 먼저 최혁진을 잡아야 했다.

"네 생각에 혁진이란 놈은 생각이 있는 놈 같냐, 없는 놈 같냐?"

세건은 죠스바를 입에 물고 부채질을 하면서 걸어갔다. 그들은 역 근처의 자전거 보관대에서 이번엔 혁진의 자전거가 그대로 매여 있는지 확인해 보았다. 역시 혁진의 자전거는 그대로 매여 있었다. 서린은 자전거의 상태를 점검하며 세건의 질문에 대답했다.

"음, 잘은 모르겠지만 자유 시간에는 주로 운동을 많이 했어요."

"취미나 그런 건?"

"그냥 인터넷에서 격투기 동영상 같은 거 다운받아서 보는 정도?"

"정말 무미건조한 놈이군."

세건은 별 도움이 안 되는 정보라 생각했는지 혀를 찼다. 그런 놈이라면 굳이 옛날 동네로 돌아올 필요가 없다. 다른 곳에서 피시방에 죽을 치고 있든가… 그러면서 시간을 끌면 충분하니까.

사실 집이 있고 학교가 있는 근처로 돌아오는 것이야말로 잡아달라는 짓 아닌가? 다만 그런 위험을 감수하고도 이 근처로 돌아온다면 그것은 서린을 만나기 위해서이리라. 서린의 행방을 모르고 있을 테니 서린의 옛 집 근처에 와서 그를 찾아다닐 것이다.

물론 조반니는 세건의 아지트를 알고 있으니 그에게 세건의 집 위치를 알려줬을 수도 있지만 그렇다고 곧이곧대로 세건의 집으로 직접 찾아오지는 못할 것이다. 그랬다가는 자신이 조반니의 하수인이라는 인상을 주게 될 테니까.

세건이 이런저런 일로 머리를 굴리고 있을 때 서린이 중얼거렸다.

"무미건조하다라? 형에게 그런 말을 들었다는 사실을 알게 되면 혁진이 자포자기하고 자살할지도 모르겠군요. 별로 세상 살 낙이 없을 테니."

그 모습을 본 세건은 문득 다른 질문을 했다.

"그러면 혹시, 그 녀석이 너에게 연락을 취하고 싶어 하면 어디로 올까?"

"음, 글쎄요. 연락처 남기지 말라고 해서 남길 곳이 없었는데. 흠, 어쩌면 송 사장님이나 그런 사람들 찾아다닐지도 모르죠."

"가보자."

세건은 그렇게 말하고 역 앞에 세워둔 오토바이에 올라탔다. 서린도 자신의 오토바이에 올라탔다. 잠깐 세워뒀더니만 아주 시트가 후끈후끈 달아올라서 엉덩이가 뜨거울 정도다. 하지만 뭐, 달리다 보면 바람 때문에 시원해지리라.

"그러고 보니 송 사장님은 퇴원하셨겠지. 무사하시려나?"

"다쳤었나?"

세건은 정말 모른다는 듯 헬멧을 쓰며 그렇게 물어보았다. 그러자 서린은 시동을 걸면서 세건을 돌아보았다.

"기억 안 나요? 형 때문에 다쳤는데?"

"아, 나 때문에 다친 사람이 한둘이어야지."

"우와, 정말 기억 못 하는군요. 나쁜 사람 같으니."

서린이 그렇게 호들갑을 떨자 세건은 기가 막혔다. 뭐 언제는 세건이 좋은 사람이었던 것도 아닌데 '나쁜 사람' 이라고 잘라 말하다니 우습지 않은가? 세건은 곧 고개를 저었다.

"기억났어. 너와 인연이 있는 사람 중에 나 때문에 다친 사람, 그걸 네가 발견한 사람이라면 금방 알 수 있지. 그 자판기 업자 아저씨 말이지?"

"잘 알고 있네요. 미안하다는 생각 안 들어요? 무슨 죄가 있어서 그런 것도 아니고 평범한 인간이 말려들어서 다친 건데."

예전에는 굉장히 세건을 어려워하더니 요즘은 제법 추궁까지 한다. 이래저래 익숙해졌다는 것일까? 아무래도 이 녀석은 뭔가가 다르다. 때리고 어르고 협박해도 늘 마이페이스다. 그런 것을 보면 다행이란 생각이 들지만, 이따금 너무 기가 세져서 덤벼들 때는 완전히 박살 내고 싶은 심정이었다.

릴리쓰의 자식만 아니었다면…….

세건은 그렇게 투덜거리면서도 문득 그 사건을 떠올렸다.

그러니까 마리아를 추적하던 중… 우연치 않게 달리던 트럭의 지붕을 찍고 내려왔는데 그게 바로 서린과 송 사장이 쓰던 차였다.

우연이라고는 해도 마리아가 서린을 만나기 위해 다가오고 있었다는 걸 감안하면 필연이랄까? 그런 상황에서 서린은 아무 생각 없이 그저 예쁜 소녀로 보이는 마리아를 지키기 위해 세건에게 덤벼들었고 세건은 그런 서린을 격퇴했었다.

"미안하다는 생각이야 들지. 하지만 어차피 나도 제명에 못 죽고 객사할 팔자니까 이 비참한 삶을 사는 걸로 용서해 달라고 할 수밖에."

역시 송 사장이란 사람에게는 미안하다. 열심히 사는 일반인에게 피해를 입히는 것은 세건도 그리 바라는 바가 아니다. 하지만 서린에게는 그런 세건의 모습이 의외였나 보다.

"마치 수도승 같군요. 그러다가 요가의 비법을 터득해서 팔도 늘어나고 불도 뿜게 되면 어쩌죠?"

"…먹고살기 힘들었다면서 또 그런 게임은 용케 했나 보다? 갑자기 달심이냐?"

세건은 그리 말하며 자신의 오토바이에도 시동을 걸었다. 그러자 서린이 먼저 앞서서 송 사장의 사무실 겸 집을 찾아 달려 나갔다.

"아무리 먹고살기 힘들어도 노는 것에 아주 연을 끊지는 않아요. 그러면 친구랑 교우 관계도 형성이 안 될뿐더러, 이래저래 괴로우니까. 밥을 굶어도 피시방 가는 녀석이 있는 것과 마찬가지죠."

"음?"

세건은 서린을 따라서 주택가로 들어서다가 문득 뭔가를 발견하고 멈춰 섰다. 깜짝 놀란 서린이 역시 같이 멈춰 서니 길옆에서 누군가가 불러 세우는 소리가 들렸다.

"서, 서린! 린아!"

"어라? 이 목소리는?"

거지 같은 몰골의 청년이 음울한 표정으로 구석에 쪼그려 앉아 있다가 서린을 발견하고 일어났다. 그는 비틀거리면서 서린에게 다가왔다. 몸에는 딱딱하게 굳은 피딱지가 붙어 있고 시

궁창 냄새가 난다. 서린은 깜짝 놀라서 그를 바라보았다.

"혀, 혁진아, 어떻게 된 거야? 완전 거지꼴이네?"

"쉬이잇!"

녀석은 즉시 입에 손을 가져가서 조용히 하라는 신호를 보냈다. 서린은 즉시 자신의 입을 다물고 주위를 둘러보았다. 하지만 아직 아무것도 보이지 않는다.

"왜?"

"경찰 와 있어. 조용히 해줘."

"…아, 그, 그래. 어쨌거나 어쩐 일이야? 이런 곳에 있고. 걱정했잖아."

"그, 그래."

혁진은 그렇게 말하면서 힐끗 세건을 바라보았다. 그 표정은 세건이 있어서 대단히 꺼려하는 눈치였다. 하지만 세건은 코웃음 쳤다.

"아, 이 형은 내게 많은 도움이 되는 형이라……. 저, 이름이……."

한세건은 지명수배되어 있는 처지라 뭔가 다른 이름을 대야 할 텐데 아무거나 마구 짓자니 세건이 화낼까 두렵다. 그래서 그는 세건의 눈치를 보았는데 세건은 잘라 말했다.

"내 이름은 알려줄 필요 없고."

"하여튼 성질 하난 끝내준다니까."

서린이 투덜거리자 세건과 혁진이 동시에 서린의 입을 막았다.

"시끄러워."

"그나저나 혁진아, 대체 무슨 일이야? 무슨 일인데 여기에 있는 거야?"

자판기 사무소로 가서 서린에 대한 연락처가 있는지 물어보러… 가 아마 모범 답안일 것이다.

하지만 세건은 혁진을 의심스러운 눈초리로 쳐다보았다. 이 녀석… 왠지 인간이 아닌 것 같은데. 뭔가 다른 냄새가 풀풀 난다. 게다가 서린이 이야기하던 것과 달리 뭔가 인격 그 자체가 어긋나 있는 눈빛을 하고 있었다. 이런 녀석에 비하면 차라리 팬텀이나 아르곤, 마리아 같은 흡혈귀가 훨씬 더 인간적으로 보일 정도다.

이런 녀석이랑 운 좋게, 가던 길에서, 경찰이 보이기도 전에 만났다라? 우연이라고 좋게 생각할 만큼 세건은 낙관적이지 못했다. 이 폭서 속에서 계속 찾아다니는 수고를 덜어서 다행이긴 하지만 안도할 요소는 그것뿐. 이 녀석은 믿을 놈이 못 된다. 그래도 세건은 일단 서린에게 일을 맡겨보기로 하고 잠자코 있었다.

"…으, 이, 일단 자리를 피하자."

"아, 그래."

서린은 즉시 자신의 오토바이에 올라타고 혁진에게 뒤에 매달리라고 턱짓했다. 그러자 혁진은 서린의 오토바이를 보고 놀란 표정을 지었다.

"이, 이건 뭐야? 엄청 비싸 보이는데? 너 갑자기 왜 이런 걸 타고 다니는 거야? 복권이라도 맞은 거야?"

R—1을 보고 놀라는 게 당연하다. 한때는 집에 돈이 없어서 돈 백 원에 쩔쩔매던 서린이 이런 걸 타고 다니다니. 그것도 한눈에 보아도 상당한 성능 위주의 튠업을 거친 물건이 아닌가?

물론 실체는 세건이 자신의 바이크를 계속 업그레이드해 가면서 남는 부품을 모아서 R—1의 프레임에 튜닝을 가한 것이지만 그렇다 하더라도 상당한 성능의 물건임은 틀림없다.

"…너 면허 있었냐?"

"없지."

서린은 당당히 대답하다가 세건에게 한 방 맞았다. 세건은 손날을 거두고 혁진을 노려보았다.

"거참 시끄럽네. 이것저것 캐묻지 마."

"아, 형. 그냥 내버려 둬요. 내 친구라니까."

가재는 게 편이라더니 서린은 혁진의 편을 들었다. 이게 친구란 것인가?

세건은 서린의 태도를 보고 잠시 눈을 감았다. 아무리 보아도 이 혁진이란 놈은 수상하기 그지없는데 서린과 접촉하게 내버려 둔 것은 실수인지도 모른다. 하지만 이번 건에 대해서는 서린에게 위임하기로 결정한 이상 끝까지 갈 수밖에 없다.

"그럼 좋아. 알아서 해봐."

여하튼 간에 아무리 보아도 비싸 보이는 걸 타고 다니게 되다니. 혁진은 놀란 눈으로 서린과 세건을 번갈아 쳐다보았다.

“그럼 대체 뭐 하는 거야? 이건 어떻게 구했어?”

“아아, 이거 내 거 아니라 영업용이야.”

“오토바이 택배 하냐? 그러기엔 너무 좋아 보이는데? 이런 걸 거저 준다면 택배도 해볼 만하겠다.”

“그 비슷한 거지.”

서린은 대충 얼버무렸다. 그때 세건이 오토바이를 몰고 먼저 앞질러 갔다. 그는 곧 목욕탕 앞에 멈춰 섰다. 마침 그들이 있던 골목 어귀에 목욕탕이 있어서 몇 걸음 떨어지지도 않은 거리였다.

“일단 씻겨.”

세건은 목욕탕을 가리키며 차가운 어투로 말했다.

“예?”

“옷은 사 올 테니까 안에 들어가서 씻으라고. 그 꼴로 돌아다니기 힘들잖아. 경찰의 눈길을 사고 싶지 않다면 최소한 인간 꼴은 하고 다녀야지?”

“아, 예.”

혁진은 그렇게 말했지만 고압적인 세건의 태도가 못마땅한지 눈살을 찌푸렸다. 세건 역시 그런 혁진이 못마땅하기는 매한가지였다.

친구들은 다 살해당하고 조반니에게 잡혀갔다가 풀려났다는 놈이 이런 사소한 곳에서 자존심 세우고 있는 걸로 보아 이 녀석은 친구들이 살해당한 것도 대수롭지 않게 여기고 있다는 것이다.

서린에게 자신의 본색을 드러내지 않고 지금까지 친구로 지내왔다는 점이나 자기 외의 인간들을 은연중에 깔보는 태도로 보아 이놈의 지능은 꽤 높고 인간성은 더럽다는 걸 알 수 있었다.

세건은 그 녀석의 몸을 눈대중으로 재보고 물어보았다.

"사이즈는… 티셔츠 엑스라지, 허리는 이십구면 되지?"

"…잘 아시네요?"

"내가 좀 그런 데 조예가 있지. 나는 옷 사 올 테니까 너는 이 녀석 목욕시켜. 알겠지?"

"예."

하지만 세건은 그렇게 말하고도 아직 가지 않았다. 그가 서린과 혁진만을 남기고 갔을 경우 무슨 일이 일어날지 모르기 때문이었다.

"얼른 목욕탕 안으로 들어가."

"알았어요."

서린도 이제 눈치가 슬슬 붙어서 그런지 세건의 마음을 잘 알고 있었다. 자신의 친구를 의심하다니, 평상시 같으면 불쾌한 기분이 들겠지만 세건에게는 그 정도가 오히려 적당하다. 세건이 의심하지 않으면 그게 더 찝찝하달까?

서린은 즉시 혁진과 함께 목욕탕에 들어가려고 했다.

이 목욕탕은 계단 밑에 알루미늄 새시로 칸막이를 한 관리실이 입장료를 받고 1층이 남탕, 2층이 여탕이란 구조로 되어 있었다.

서린은 정해진 요금을 내고 혁진을 불렀다. 그러자 요금을 받던 목욕탕집 아저씨가 서린을 제지했다.

"저기, 학생."

"예?"

"아무리 그래도 저건 너무하잖아? 물값도 빠지고 그런 거 생각하면……."

그는 혁진을 가리키며 항의했다. 거지 몰골을 하고 목욕탕에 들어오는데 좋다고 할 사람이 어디 있겠는가?

"어떻게든 필요해서 그러니까요. 그럼 여기요."

서린은 선뜻 추가 요금을 냈다. 이전 같으면 상상도 못 할 모습이었다.

"아, 고마워."

"고맙기는. 친구 사이잖아?"

서린은 당연하다는 듯 말하고 샴푸니 면도기니 이것저것 사서 목욕탕 안으로 들어갔다. 혁진도 아무 말 없이 서린의 뒤를 따라 목욕탕 안으로 들어갔다.

6

목욕이 끝나고 나니 카운터에는 이미 세건이 사다 놓은 옷가지와 신발 등이 도착해 있었다. 그걸로 갈아입고 나서 서린과 함께 목욕탕 밖으로 걸어 나오니 그늘 아래 앉아 있던 세건이

다가왔다.

"자아, 그러면 이제 어떻게 할래?"

"일단 뭘 먹으면서 이야기하죠."

"그래? 좋아, 가자."

세건은 헬멧을 쓰고 오토바이 위에 올라타서 시동을 걸었다. 서린과 혁진이 그의 뒤를 따르자 그는 역 근처에 위치한 패밀리 레스토랑 앞에 멈춰 섰다.

"여기로 하지."

"예? 이런 곳에서요?"

"이런 곳이 훨씬 나아."

세건은 그렇게 장담하고 안으로 걸어 들어갔다. 점심도 슬슬 끝나갈 무렵이지만 안에는 꽤 많은 사람이 있었다. 그래도 빈자리를 구할 수 있어서 서린과 세건은 근처에 사람이 없는 실내 좌석을 구할 수 있었다.

"자아, 그러면 어디 이야기해 봐."

세건은 마치 심문하듯 테이블에 앉아서 혁진을 노려보았다. 그 눈초리를 본 혁진은 서린에게로 고개를 돌렸다. 마치 이 남자 믿어도 되냐는 듯한 제스처였다.

"저, 서린."

"괜찮아. 이 형은 나에게 있어서 거의 생명의 은인이니까. 형에게 말 못 할 거라면 나에게 말 못 할 거라는 거나 마찬가지야. 너무 신경 쓰지 마."

서린은 약간 오버하면서 말했다. 뭐, 조반니에게 잡혀갔을 때 세건이 구출해 준 것은 사실이니 생명의 은인이라고 말하지 못할 것은 없지만, 평상시엔 잘도 놀려먹고 그러다가 이제 와서 은인이라고 추켜세우는 건 또 뭔가? 그래도 사정을 모르는 혁진은 그러려니 하고 고개를 끄덕였다.

"아, 그, 그래?"

혁진은 덜덜덜 떨면서 자신의 이야기를 했다.

"시, 실은… 애들이랑 좀 밤놀이를 하고 있었는데."

"밤놀이?"

"웬 커플이 거슬려서 골탕 좀 먹이고 있었지."

피해자 진술에 의거하면 그런 걸 골탕이라고 불러선 안 되는 정도의 극심한 린치였다. 하지만 혁진은 자신에게 유리한 진술을 하기 위해 최대한 말을 골랐다.

"그런데?"

"그런데 갑자기 그 거구의 흑인이 나타난 거야. 그러더니만 다짜고짜 덤벼드는데… 세상에, 못 믿겠지만 친구들이 다 일격에 죽어버리더라고. 저, 정말 내가 꿈을 꾸고 있었던 건지……. 본드 분 적도 없는데."

혁진은 나름대로 진지한 자세로 그렇게 말했다. 겁에 한껏 질린 듯한 그 모습에 서린은 깊이 동정했다. 이런 괴물들이 넘쳐 나는 세계에 인간의 몸으로 갑자기 떨어진 셈이니 왜 두렵지 않겠는가?

하지만 세건은 피식 웃으면서 그를 바라보고 있었다. 그러자 서린이 팔꿈치로 세건의 옆구리를 쿡 찔렀다.

"그만해요. 애가 겁먹잖아요."

"뭐… 계속해 봐."

세건은 비아냥거리듯 그렇게 말했다. 아무래도 도저히 혁진의 말을 믿지 않는 것 같은 눈치였다. 세건은 해보라고 말해놓고는 전혀 들을 생각이 없는지 손님을 받고 있는 웨이트리스에게로 시선을 돌렸다. 혁진은 헛기침을 하면서 다시금 이야기를 했다.

"다른 놈들은 몰라도, 그 두목 같아 보이는 놈은 한국어가 능통했어. 그는 나에게 내가 서린의 친구인 최혁진이 맞느냐고 물어보더군. 맞다고 하니까 한 방에 나를 기절시켰고 나는 그들에게 잡혀갔어. 그리고 정신을 차려보니까 이렇게……."

그는 그렇게 말하고 테이블 위에 있는 칼을 들어서 피부에 대고 강하게 눌러서 그었다. 날이 없는 칼이지만 그렇게 대고 누르자 피부가 찢어지며 피가 튀었다.

하지만 그것도 잠시, 곧 상처가 씻은 듯이 아물었다. 깜짝 놀란 서린이 주위를 둘러보았지만 주위의 다른 사람들은 다행히 그 장면을 보지 못한 것 같았다.

"이, 이건!"

"…내가 웨어랫이 되었다고 했어, 그 거구의 남자는. 그는 나를 비웃으면서 이제 나는 더 이상 어디로도 갈 수 없다고, 경찰에겐 수배되었고 어차피 괴물이 되었기 때문에 더 이상 인간들 사이에서 사는 건 불가능하다고 비웃더라니까."

"마, 맙소사."

서린은 진짜로 놀라지 않을 수 없었다. 혁진이 자신과 마찬가지로 라이칸스로프가 되어버리다니. 그는 깜짝 놀라서 세건을 바라보았다. 그러자 세건은 피식 웃었다.

"좋아, 좋아. 정말 웃기는 이야기였다. 요컨대 너는 별 잘못이 없었는데 웬 놈에게 잡혀가서 괴물로 개조당했고 용케 탈출했다는 거지? 꼭 개조 인간 특촬물 스토리 같구나?"

"지, 진짜라니까요. 이렇게 상처가 재생되는 걸 보고도 안 믿어요?"

혁진은 당황해서 세건에게 말했다.

하지만 그런 행동 자체가 수상쩍다. 조반니가 서린의 정체와 서린과 함께 있는 세건의 정체를 알려주었다면… 방금 전에 서린에게 세건에 대해 물어본 것 자체가 이상하다.

그리고 만약 알려주지 않았다면 서린에게라면 모를까 세건이 보는 앞에서 자신의 팔을 따서는 안 되는 것이다. 세건이 어찌 나올 줄 알고? 리림도 아닌 라이칸스로프를 세건이 살려둬야 할 이유가 없다. 이래저래 머리가 좀 돌아가긴 하지만 세상사가 그렇게 만만한 게 아니라서 남을 속여먹기가 쉽지 않다.

하지만… 이 녀석에게서는 분명히 거짓말의 냄새라든가 심장박동의 변화가 없다. 그런 걸로 거짓말인지 아닌지 주로 판단하는 서린으로서는 진위를 알아차리기 힘들 것이다.

"그런데 어떻게 탈출한 거지?"

서린도 그 부분은 이상한지 물어보았다. 그러자 혁진은 물어본 서린 대신 자신을 의심하고 있는 세건을 바라보며 말했다.

“탈출한 게 아니라 그놈들은 웃으면서 날 그냥 풀어줬어요. 눈가리개를 하고 밖에 내다 버렸는데, 돌아와 보니 이미 수배가 되어 있는 상황이고, 이대로 경찰에게 잡혀서 이야기해도 믿어주지 않을 것 같고, 무엇보다 지금 내 몸이 너무나 무서워서…….”

탈출했다고 하면 절대로 믿지 못하겠지만 그냥 놓아줬다면 신뢰도가 대폭 늘어난다. 아무리 최혁진이 날고 기는 녀석이라고 해도 인간이던 놈이 라이칸스로프가 되자마자 바로 조반니의 손에서 달아날 수는 없다.

그러나 조반니가 일부러 놓아주고 서린과 세건에게 접촉하도록 만들었다면 이야기가 다르다. 그렇다면 일부러 놓아줘도 되고……. 물론 그렇다고 해도 이 녀석은 신빙성이 없다. 그리고 이 녀석 자체가 일종의 함정일 수 있었다. 발신기나 도청기가 장치되어 있음에 틀림없으리라.

하지만 서린은 그런 것에는 신경도 쓰지 않는지 연신 고개를 끄덕여 댔다.

“그, 그래, 그래. 그 심정 잘 알지.”

그때 마침 웨이트리스가 다가와서 세건은 그 둘을 조용히 시켰다. 그들이 나누는 이야기는 생판 모르는 사람에게 들려줘서 좋을 이야기가 아니다.

듣자마자 바로 진짜라고 생각하는 사람은 없을 만큼 황당무계한 소리긴 하지만, 그렇다고 이상한 놈들 취급을 받을 필요는 없지 않은가?

"아, 음료는 뭐로 할래? 난 레모네이드."

"당연히 리필이 되는 콜라."

"저도 리필이 되는 미린다."

세건이 다시금 혁진을 쏘아보았다. 납치되었다 풀려나서 벌벌 떠는 연기까지 하는 주제에 바로 반응하다니, 부끄러움을 알라는 무언의 질타였다. 그러자 혁진은 얼굴을 붉히며 대답했다.

"배, 배가 고파서 그래요."

"그러면 먹을 거는? 나는 그냥 런치 세트로 하지."

"안 돼요. 형은 많이 먹어야 하잖아요. 팍팍 시켜요."

서린은 세건에게 그런 말을 했다. 웨이트리스는 약간 의외라는 듯 세건을 훑어보았지만 약간 마른 체구의 세건이 그렇게 많이 먹을 것으로 보이진 않았다.

"마치 네가 사는 듯한 어투구나? 확실히 많이 먹어야 하기는 하지만……. 젠장, 뭐 시키고 보자. 너희는?"

"아, 저도 그냥 런치 세트로."

"난 폭립."

세건은 그렇게 웨이트리스에게 주문을 했다. 그러자 웨이트리스는 생긋 웃으면서 세건을 돌아보았다.

"동생분들이랑 같이 오셨나 봐요?"

"아, 예. 뭐 그렇죠."

세건은 선글라스를 슬쩍 내리면서 웃어 보이고는 옆에서 키득거리는 서린의 발을 가차 없이 밟았다. 주문을 받은 웨이트리스가 떠나자 세건은 혁진을 바라보더니 주머니에서 뭔가를 꺼냈다.

"그러면 그건 그렇다 치고. 잠깐만."

세건은 작은 전파 감지기를 켰다. 흔히 몰래카메라 탐지기라고 하는 이것은 무선식의 전자 장비를 찾는 장비로 여관이나 호텔 등에 설치된 유선식 카메라에는 효과가 없어서 사실상 실효가 없었다.

유선식 카메라는 값이 싸고 튼튼하지만 무선식이 되면 어마어마한 정보 전달량을 필요로 하게 된다. 그리고 굳이 몰래카메라를 찍는다면 화상을 자체 메모리에 저장시킨 뒤 나중에 회수하면 되는 것이지 굳이 들키는 것을 각오하면서 실시간으로 전송해야 할 이유가 없는 것이다.

하지만 그럼에도 불구하고 이 탐지기는 쓸모가 있다. 약간의 개조로 상당한 대역폭을 잡아낼 수 있으므로 도청 장치에 대해서는 탁월한 성능을 발휘한다.

"음, 역시."

아니나 다를까, 혁진의 몸 안에는 도청 장치가 있었다. 아마도 외과 수술로 몸 안에 박아 넣은 것이리라. 세건은 한숨을 쉬고 혁진의 손목을 잡았다.

"잠시 몸 좀 대봐라."

"예?"

스으으윽!

세건이 잡고 있는 손목으로부터 새카만 뭔가가 혁진의 몸으로 스며들었다. 혁진은 깜짝 놀라서 세건의 손에서 손목을 빼려고 악을 썼지만 어찌나 세게 쥐고 있었는지 손목이 부러져 버렸다. 그런데도 세건은 손을 놓지 않았다.

"이……."

혁진은 즉시 테이블 위에 있던 포크를 쥐고 세건을 찌르려고 했다. 그러나 세건은 잡고 있던 혁진의 팔을 당겨 혁진의 공격을 흘려 버리고 그를 밀어서 시트에 처박았다.

"크악."

"몸통 안에 있군."

세건은 방금 전의 조사로 뭔가를 알아챘는지 테이블 아래로 혁진의 몸통에 발차기를 날렸다. 뒤에 시트를 등지고 있고, 그 맞은편 테이블에 사람이 없기 때문에 밀어차기가 되면 뒤의 시트까지 고스란히 밀리게 된다. 그렇게 되면 아무래도 다른 사람들의 눈에 띄지 않을 수 없는데 세건의 발차기는 아주 예리하게 날아들어 혁진의 몸통만 치고 빠져나갔다.

세건은 다시 자신의 자리로 돌아가 앉았다. 테이블 아래쪽으로 몸을 빼다시피 하며 차는 발차기였는데 뒤로 날아가는 일 없이 충격이 몸을 꿰뚫다니. 덕분에 주위 사람들은 세건이 혁진을 발로 찼다는 것도 알아채지 못하고 있었다.

"컥!"

혁진은 테이블 앞으로 푹 고꾸라졌다. 그러자 세건은 그를 보고 피식 웃었다.

"흠, 좋아. 부서진 모양이군."

"자, 잠깐만요. 혁진도 망가진 모양인데요? 도청기 부수자고 그런 짓을 해요?"

"…도청기보단 라이칸스로프의 몸이 더 튼튼해. 하지만 이놈도 제법이군. 잠깐 고통을 주자마자 포크 들고 덤비는 게 제법 사람이 됐어."

세건 기준의 사람됨은 방금 전까지 수줍게 굴다가도 수틀리면 포크로 찍어버리는 것을 말하는 모양이다.

서린은 그런 사람됨은 싫다고 생각하면서 혁진을 바라보았다. 혁진은 부들부들 떨면서 세건을 노려보았다. 그렇게 당했는데 화가 나지 않으면 그것도 이상하다.

"그, 그래도 식당인데 오바이트라도 하면 어쩌려고 그래요?"

"웨어랫이 되었다고 했지? 쥐는 구토하기가 어렵지. 다 생각해서 하는 짓이니까 그렇게 당황하지 말라고, 미키마우스."

요컨데 구토하지 않으니까 안심하고 팼다는 소리다. 맞은 쪽 입장에서는 정말 눈이 뒤집어지게 화나는 말이지만 너무나 빠르고 잔인한 그 행동에는 화보다 겁이 먼저 난다.

"으… 이……."

혁진이 그렇게 부들부들 떨고 있는데 더더욱 열 뻗치는 건 그다음의 일이었다. 서린은 세건의 그런 말을 듣고 놀라서 눈을 휘둥그레 뜨더니…….

"아하!"

손뼉을 치는 것이다.

"뭐가 아하, 야!"

혁진은 서린에게 화를 냈다. 마치 새로운 걸 배웠구나 하고 좋아하는 듯한 그 모습에 더더욱 화가 난다. 하지만 서린보다는 역시 세건이 더 화나게 만든다.

대체 이놈은 뭐란 말인가? 이제는 그도 라이칸스로프일 텐데 그런 자신을 마치 어린애 다루듯 쉽게 다루고 있는 데다가 아무렇지도 않게 팔을 부러뜨려 버린다. 이 완력, 이미 인간이 아니다. 그러면서도 마치 발등 좀 밟은 것처럼, 아니, 그것만도 못한 취급을 하고 있었다.

여하튼 도청 장치를 찾아서 부순 모양이니 일단 숨을 돌릴 수는 있으리라, 그는 그렇게 생각하고 한숨을 내쉬었다. 하지만 그때 세건이 서린을 보며 말했다.

"도청 장치야 부수긴 했지만 이건 연막일지도 모르지. 하나 걸리면 대개 안심하게 마련이잖아?"

지나치게 예리한 놈이다. 아니, 이 정도쯤 되면 이미 알고 있으면서 괜히 혁진을 압박하고 있음이 틀림없다고 여겨진다.

"그야 그렇지만 그 외에 장비가 있을 리는 없잖아요? 설마 비디오카메라가 달린 것도 아닐 텐데."

서린은 그 의견에 반대했다. 역시 그래도 친구라고 팔이 안으로 굽는 모양이다. 혁진이 보기에 이 세건이란 남자는 일부러 서린이 혁진을 감싸도록 만드는 걸 즐기고 있는 것 같다.

"암시가 걸려 있을 수도 있지. 아니면 이 녀석이 자발적으로 그놈에게 협력하고 있든가. 극단적으로는 텔레파시 링크가 되어 있을 수도 있고. 조반니 쪽에는 그런 재주가 없는 것 같지만 마법사들이 달라붙으면 그런 것도 불가능하지 않지."

결국 이 이야기까지 나온다.

혁진은 뜨끔해서 세건을 바라보았다. 역시 이 인간은 속일 수 없는 것 같다. 전국에 테러 예고를 보내고 그걸 감행한 미치광이……. 하지만 그렇다면 왜 혁진을 살려두는 것일까? 그리고 왜 혁진을 모른 체하는 것일까? 단지 서린에게 이 사실을 납득시키기 위해서? 그렇다고 하기엔 위험부담이 너무 크다.

뭐 어찌 되었든 이미 혁진의 목숨은 도박판에 칩으로 걸려 있는 상태다. 그는 요리가 나오길 기다리며 세건과 서린을 자세히 관찰했다.

"그, 그럴 리가 없잖아요. 혁진이는 제 친구예요."

서린은 혁진이 조반니에게 자발적으로 협력하고 있는 상태일지도 모른다는 말에 반발했다. 하지만 세건은 냉정했다.

"대개 빚보증 서서 망하는 사람들은… 바로 친구 빚보증 서주다가 망하지. 진짜 친구는 의심받는 것을 싫어하는 친구가 아니야. 의심을 하고 받는 관계를 당연히 여기는 부담 없는 친구가 친구지. 자신과의 우정을 담보로 친구에게 위험한 도박을 강요하는 녀석이 친구? 웃기지 말라고 해."

"그렇다면 왜 이런 곳으로 들어온 거죠? 형이 믿지 않으면 내가 어떻게 생각하든 간에 형 생각하는 바대로 해결할 거잖아요?"

"나야 뭐 어느 쪽이든 상관없으니까. 수틀리면 죽여서 물고기 밥으로 만드는 거고. 그러고 보면 라이칸스로프는 죽여도 단가가 안 나오는데? 흡혈귀에 비해서 손해야. 쏴 죽여봐야 총알값도 안 나오고 재수 없으면 살인죄니까."

"또 그런 소리 한다. 아, 신경 쓰지 마. 저렇게 말해도 사실 형은 매우 착하니까."

"……."

혁진은 왠지 입맛이 가시는 것을 느꼈다. 자신도 이미 갈 데까지 간 나쁜 놈이지만, 저런 녀석을 착하다고 하는 서린의 감각은 도무지 이해할 수가 없었다.

입으로 죽이네 살리네 난리법석을 떠는 거야 성정이 격한 사람이라면 누구나 그럴 수 있다. 그러나 눈앞에 있는 이 남자는 실제로 그걸 저지르고도 남을 악당 중의 대악당이 아닌가?

그때 요리가 나오기 시작해서 그들은 잠시 대화를 중단했다. 도중에 열기가 너무 오른 탓인지 주위 사람들이 이따금 힐끔힐끔 이쪽을 바라보는 게 눈에 거슬린다. 세트 메뉴를 시켜서 그런지 세 명분의 음식으로도 테이블이 꽉 차는 느낌이다.

게다가 이곳은 열린 지 얼마 안 된 곳이라 그런지 직원 교육이 철저해서 약간 낮은 자세로 테이블에 음료를 채우는데… 그 모습이 심히 불편하다.

"여하튼 그래서… 지금으로서는 도저히 어떻게 할 수가 없어요. 어떻게 하면 좋죠?"

혁진은 자신의 팔을 찔렀던 나이프를 들고 비위도 좋게 고기를 썰면서 물어보았다. 세건은 스테이크를 썰면서 대답했다.

"경찰서에 가."

너무나 짧고 무책임한 말이다. 서린은 세건에게 눈총을 주었지만 세건이 서린의 눈치를 살필 이유가 없었다.

"가서 뭐라고 해요?"

"형무소에 넣어달라고 해."

세건은 태연하게 스테이크를 입에 집어넣었다. 세건에게 있어서 식사라는 것은 맛을 음미한다거나 그런 거 없이 그저 필요한 영양을 공급하기 위한 행위로 전락한 지 오래다. 그는 기계적으로 음식을 씹으면서 혁진에게 포크를 겨누었다.

"농담이지요?"

혁진은 식은땀을 흘리며 반문했다.

"아니면 라이칸스로프라는 사실을 밝히고 곱게 대학병원이나 연구소 등에 가든가. 그것도 괜찮군. 테트라 아낙스가 출동해서 수습하기 전에 먼저 매스컴을 탈지도 모르고. 재미있겠는걸?"

"…이, 이런 걸 세상에 알려봐야 좋을 게 없다는 건 내가 더 잘 알고 있어요. 당사자니까."

혁진은 말까지 더듬었다. 만약 세건이 말한 대로 했다가는 평생 실험체로서 살아가야 할 것이다. 아니, 평생이라고 해도 그리 길 것 같지는 않다. 그런 일이 벌어지면 다른 라이칸스로프나 흡혈귀들이 그를 살려둘 리가 없으니까.

"잘 알고 있다니 다행이기는 하군."

세건은 빈 스테이크 팬을 치웠다. 그러자 서린이 쭈뼛거리며 세건의 눈치를 살폈다.

"형… 나는 저기, 그래도 혁진이를 도와주고 싶은데."

"돌았군. 네가 지금 남을 도울 처지냐?"

"하지만 형, 형은 놀부전도 몰라?"

갑자기 웬 놀부전? 흥부전 아닌가? 그리고 대한민국에서 그 이야기 모르는 사람이 있나? 하지만 서린이 말을 꺼낸 이상 틀림없이 이상한 화법으로 자신의 이야기로 끌어갈 것이다. 그렇게 생각한 세건은 코웃음 쳤다.

"놀부를 가루 내서 전을 부치면 그게 놀부전이지."

"…아니, 그게 아니라, 거기서 보면 다리가 부러진 제비를 흥부가 고쳐 줘서 제비가 박씨를 물어 오잖아. 그런 일화에서 알 수 있듯 은혜를 베풀면 언젠가 반드시 그 은혜보다 더더욱 큰 보상으로 돌아온단 말이야. 그것도 엄청난 수익으로."

서린이 그렇게 말하자 혁진과 세건이 동시에 놀랐다.

"무서운 녀석. 등골이 빠지게 일해야겠다, 너?"

세건은 혁진을 노려보며 그렇게 말했다. 흥부 박씨의 수익률을 좇아가려면 평생 일해서 벌어먹이거나 그게 아니면 적어도 복권은 당첨되어야 할 것이다.

서린이 저런 놈이었나? 혁진은 당황하면서 식은땀을 흘렸다. 그렇지만 지금은 어떻게 해서든지 서린의 도움을 받아야 한다. 적어도 조반니가 부여한 임무를 완수하기 위해서는 세건과 서린의 아지트로 들어가는 게 필수인 데다가 사실상 그들에게 버려지면 정말 경찰들을 피해서 돌아다녀야 할 판이기 때문이었다.

아이들이야 다 죽었다 쳐도 그 남녀가 문제다. 빌어먹을 조반니가 흡혈귀들의 살해 기억을 죄다 혁진의 살해 기억으로 바꿔놨기 때문에 인간으로서 세상에서 살아가기는 글러먹었다.

하지만 그렇다고 박씨 물고 온 제비 취급을 당할 줄이야. 혁진은 어처구니가 없어서 이렇게 말했다.

"…박씨는 곤란하고 호박씨 정도는 물어 올 수 있는데."

"밥이나 먹어. 뭐, 좋아. 박씨니 호박씨니 하는 건 기대도 하지 않지만 라이칸스로프 녀석을 그냥 길거리에 풀어놓을 수도 없는 일이지."

결국은 이렇게 되나? 세건은 한숨을 내쉬었다.

이 녀석이 조반니에게 협력을 하고 있다는 건 세건이 그냥 넘겨짚은 것일 수도 있다. 이러저러한 정황을 보건대 협력하거나 적어도 조반니에게 그럴듯한 정보를 듣지 않았을까 하는 것이지… 그것이 꼭 조반니에게 협력한다는 사실로 이어진다는 보장은 없다. 왜 임시방편으로 그 자리를 벗어나기 위해 동조하는 경우라는 것도 있으니까.

게다가 앞으로의 행동 여하에 따라서는 서린의 편으로 돌아설 수도 있지 않은가? 정 아닐 경우는 이 녀석을 이용해서 조반니를 이끌어낼 수도 있다. 이래저래 활용도가 많은 것이다.

"어, 그럼?"

"이 녀석 데리고 간다."

세건은 그렇게 결단을 내렸다. 하지만 그는 절대로 혁진을 믿지 않았다. 조반니가 미치지 않았으면 애써 잡은 놈에게 고작 도청기 하나 박아 넣고 풀어줬을 리 없다.

필시 여기에는 뭔가 함정이 있다. 그게 어떤 것이든 간에 이 녀석을 안으로 끌어들이는 것은 위험하다. 하지만… 그 위험을 감수하지 않으면 조반니를 제대로 요격할 수가 없다.

"호랑이를 잡기 위해서는 호랑이 굴에 들어가야 하는 법이지."

세건의 혼잣말을 들으며 혁진은 불안한 느낌을 감추지 못했다.

7

혁진은 결국 세건의 아지트까지 오는 데 성공했다. 한때는 어떻게 되나 싶었지만 서린이 열심히 설득해서 이뤄진 결과다.

"여기가?"

혁진은 눈앞에 벌어진 정경에 놀라서 입을 다물지 못했다. 얼마 되지 않는 송림 사이에 위치한 붉은 벽돌로 만들어진 교회와 그 옆에 붙어 있는 슬레이트 지붕의 조립식 건물이 바로 그것이었다.

교회는 천장의 슬레이트가 녹슬어서 구멍까지 뚫리고 군데 군데 잡초가 자라서 엉망이었다. 저런 곳에서 먹고 자다니 텐트라도 치고 사는 건가? 순간적으로 그런 생각이 들었지만 다가가 보니 그게 아니었다. 옆의 슬레이트 건물은 반은 창고로, 반은 주거 구역으로 나뉘어 있는데 에어컨 실외기가 돌아가고 있는 게 보였다.

"다 왔어. 여기가 우리 집이야. 아, 더워라!"

서린은 전자식 도어에 지문을 찍고 안으로 들어갔다. 안은 세건의 서버 컴퓨터를 위해서 항상 에어컨으로 적정 온도가 유지되고 있기 때문에 혹서로 시달리던 이들로서는 정말 천국 같지 않을 수 없었다.

"우와."

"놀지 말고 얼른 네 오토바이나 차고 안에 집어넣어!"

세건은 서린에게 핀잔을 주며 차고 안에 오토바이를 넣었다. 그는 집에 들어오자마자 입구에 걸려 있던 방탄방검복을 입고 테이블에 앉았다. 안에서도 항상 전투태세라니. 혁진은 세건에게 혀를 내둘렀다.

세건은 컴퓨터 앞에 앉아서 뭔가를 두들겼다. 그사이에 모인 정보를 검토하고 있음에 틀림없었다.

"그러면 서린, 네 방에 자리를 마련해서 그 녀석이랑 같이 지내. 자리는 충분하지? 이불도 부족한 거 없을 테고."

세건이 그리 말하자 서린은 신이 나서 고개를 끄덕였다. 어찌 되었든 친구가 자신의 집에서 같이 살게 되었으니 기쁜 모양이다. 이렇게 순수하게 기뻐하는 모습을 보니 세건은 기가 막혔다. 대체 이 상황에서 이렇게 기뻐하는 놈은 또 뭐란 말인가?

"예. 아, 혁진아. 집 안내를 할게."

"뭐 얼마나 특이한 집이라고 안내를 하는 거야?"

세건이 쏘아주었지만 서린은 웃으면서 손가락을 까딱였다.

"아니, 이렇게 특이한 집은 없을걸요."

세건의 집이 가지는 기능성은 다른 일반적인 가정과는 비교도 할 수 없다. 하지만 그렇다고 아직 의심이 풀리지도 않은 놈에게 집 안을 안내하다니.

"좋을 대로 해. 아, 참고로 서버 컴퓨터엔 손대지 마. 손대면 너희 둘 다 껍질을 벗겨서 융단으로 대신할 줄 알아."

세건은 서린이 하고 싶어 하는 대로 내버려 두기로 하고 자신의 일에 열중했다.

서린과 혁진은 일단 집 밖으로 나왔다. 서린은 뒤뜰에 있는 빨래 건조장으로 혁진을 데려갔다.

"일단 여기가 세탁기랑 빨래 건조대가 같이 있는 곳이야. 빨래 바구니에 빨래를 담아서 여기로 와서 세제를 넣고 빨래하기만 하면 끝. 알겠지? 간단하지? 그래서 바로 널고 말리면 돼."

"응. 그러나저러나 정말 위험한 사람이다. 혹시 저 사람이 그… 한세건 아냐?"

혁진은 조심스럽게 서린에게 물어보았다. 그러자 서린은 당연하다는 듯 고개를 끄덕였다.

"응, 그렇지."

"…신고하면 부자가 되겠구나."

혁진은 진심으로 그렇게 말했다. 솔직히 500억이라는 거금이라면 까짓것 한번 해볼 만하다. 물론 그래도 소용없다는 것은 잘 알고 있었다. 현상금은 범인이 잡혀야 비로소 지불되는 것, 그렇지만 세건이 경찰에게 잡힐 리가 없다.

인간의 상식을 초월한 능력을 가지고 있는 자가 상식적인 절대다수의 범죄자를 잡기 위해 최적화된 경찰과 법망에 걸릴 리가 없다. 천망회회 소이불루(天網恢恢 疏而不漏)라지만 경찰망은 하늘의 망이 되지 못하는 모양이다.

서린은 혹시 혁진이 딴마음을 품을까 두려워 즉시 엄포를 놓았다.

"하지만 너도 수배당한 처지니까. 게다가 현상금은 플렉스메디칼이 철수하면서 많이 빠진 거로 아는데? 공탁받은 현상금도 벌써 기간이 지나서 풀린 걸로 알고. 아마 지금은 한 오억 정도밖에 안 될 거야."

그렇다고는 해도 공적 자금에서 5억이나 현상금을 걸 정도면 대단하다고 하겠다.

"그런가? 흐음, 대단하군. 그건 그렇고, 서린 너는 어쩌다가 저런 사람이랑 알게 된 거야? 그리고 그들이 말하기를 너도 라이칸스로프라고 했는데 그게 사실이야?"

혁진은 추궁하듯이 서린에게 시선을 집중했다. 뭐, 물어보나

마나 한 일이다. 당장 논리적으로 생각해 보아도 자신의 정체를 밝힐 때 크게 놀라지 않던 그들을 보면 알 수 있는 것 아닌가? 그럼에도 불구하고 서린은 당혹스러워했다.

"으응. 아, 속일 생각은 없었어. 그냥 감추고 싶었을 뿐."

"아, 아니. 뭐 이제 와서 따질 생각은 없어. 하지만… 난 나름대로 쇼크 먹었다고. 너에게 맨날 연전연패당해서 자신감도 많이 잃었었고."

혁진은 그렇게 말하고 스스로 놀랐다. 예전에는 입이 찢어져도 하지 않았을 말인데 이제는 자연스럽게 나온다. 서린에게 콤플렉스를 느끼고 있다는 말이 이렇게 자연스럽게 나올 줄이야?

하지만 서린은 웃어넘겼다.

"하하핫, 그건 참 미안하군. 하지만 뭐, 이제 너도 라이칸스로프가 되었으니 더 이상 그렇게 쉽게 당하지는 않겠지."

"웃지 마!"

혁진은 고함을 빽 질렀다. 눈앞에서 이렇게 속없이 웃고 있는 서린을 도저히 용서하고 싶지 않았다. 그게 그렇게 쉽게 웃어넘길 일이란 말인가? 하기야 옛날부터 그런 끼가 다분하기는 했지만 해도 해도 너무하는 게 아닌가? 혁진은 울분을 토하듯 말했다.

"나는 지금 라이칸스로프가 좋아서 된 게 아니야! 너는 인간이 아니게 된 자를 앞에 두고 그런 소리가 쉽게 나오냐? 언제 어떻게 변신할지도 모르는데. 그것도 나는 늑대 같은 게 아니라 쥐란 말야! 쥐! 그게 얼마나 끔찍한 건지 알고 있어? 차라리 늑대인 게 훨씬 낫지! 쥐라니… 끔찍하다!"

혁진이 그렇게 말하자 서린은 흘러나오는 땀을 닦으며 측은해했다. 그야 서린은 태어날 때부터 라이칸스로프였지만 인간이었다가 흡혈귀에게 습격당해 라이칸스로프가 된 혁진은 사정이 다르다.

게다가 그 원인을 따져 보면 서린과 친구이기 때문이 아닌가? 서린은 혁진의 어깨에 손을 얹었다.

"…당연히 잘 알고 있지. 나는 원래부터 라이칸스로프였으니까. 하지만 미안, 확실히 기분이 복잡하겠구나. 나는 그냥 내 이야기를 솔직히 털어놓을 상대가 생겼다고 좋아해서 그만……. 내가 어리석었어."

서린의 강점은 사람의 감정을 잘 다룬다는 것이었다. 목소리도 적절하고, 화나서 폭발하기 직전의 상황에서도 용케 성질을 건드리지 않고 뜸을 들이기도 한다. 지금도 그의 그러한 강점이 유감없이 발휘되었는데 서린에게 해코지하고자 작정한 혁진도 그런 서린의 말을 들으니 마음이 가라앉았다.

"아니야. 나도 화가 나서 너에게 화풀이를 한 것뿐이야. 생각해 보면 너도 라이칸스로프니까. 그렇지만 짜증 나는걸. 젠장, 이거 낫는 방법은 없는 거지?"

"아마도."

서린은 그렇게 말하며 땀을 닦았다. 아무래도 빨래 건조장이다 보니까 너무 덥다. 통풍이 되도록 들창이 설치되어 있긴 하지만 그걸로는 어림도 없다. 비닐하우스 형태로 되어 있으니 이 안은 거의 폭염 상태였다.

"목욕 잘하고 나서 또 땀을 이렇게 빼다니. 일단 나가자."

"아, 그래. 어쩐지 졸라 덥더라."

혁진도 땀을 뻘뻘 흘리며 신음했다. 그들은 집 근처의 송림을 돌았다. 서린은 주의 사항을 말해주었다.

"일단 이 근처에는 다 함정도 설치되어 있고 그러니까 이동할 때는 꼭 도로를 이용해. 그냥 산을 넘으면… 죽어."

"정말 죽는다는 거야, 아니면 일반적인 의미에서 고생한다는 뜻이야?"

"전자일 확률이 지극히 높아. 게다가 왜인지 몰라도 세건 형이 너에게 굉장히 화가 난 모양인데."

서린은 그렇게 말하며 송림에서 뛰쳐나와 다시 뒤뜰로 돌아왔다. 혁진은 그런 서린의 말을 듣고 어처구니가 없어서 반문했다.

"아니, 정말 다른 곳으로 간다는 이유만으로 죽인단 말야? 그게 말이 돼?"

"송림 안에는 고사리가 나서 사람들이 들어오니까 지뢰는 작동시키지 않는 모양이지만… 카메라로 봐서 만약 사람이 아니다 싶으면 바로 폭발시킬 거야."

"지뢰?"

혁진은 등골에 얼음장이 지나는 듯한 느낌을 받았다. 그런 게 묻혀 있다면 아무리 혁진이라고 해도 어떻게 할 방법이 없다. 쥐들을 이용해서 지뢰를 찾게 할 수 있을까 하는 생각도 해봤지만 곧 고개를 저었다.

DMZ 등에서는 지뢰를 밟고 사슴이니 노루니 하는 그런 짐승들이 죽어나간다는데 동물들이라고 해서 지뢰에 대해서 특별한 방어 능력이 있는 건 아니다. 쥐야 뭐 지뢰 위를 지난다고 터지는 일은 없겠지만… 쥐가 땅굴을 파면서 지뢰를 수거한다? 절대 있을 수 없는 일이다. 한 20~30년 걸리면 가능할지도 모르겠지만 그때까지 기다릴 이유도 없다.

"아, 정말."

혁진은 앞날이 깜깜한 것을 느끼며 혀를 찼다. 조반니는 아무 생각 없이, 아무런 지원 없이, 혁진을 라이칸스로프로 만들어서 이쪽에 찔러 넣었다. 혈혈단신으로 적지에 던져 놓고 통신수단도 주지 않았다.

그래놓고 어떻게 하라고? 연락할 방법도 알려주지 않고 무작정 스파이를 찔러 넣었다고 끝인가? 이걸로 만사 오케이라고 생각하는 것인가, 그놈들은?

혁진과 서린은 다시금 집 안으로 들어왔다. 안은 여전히 에어컨이 돌아가고 있어서 쾌적하기 이를 데 없었다. 이 정도면 전기료도 상당히 나올 텐데 그냥 트는 걸 보니 세건이 돈이 많기는 많은 모양이다.

"그나저나 이제부터 인간이 아닌 괴물로 살아가야 한다니……. 그것도 쥐 새끼라니 정말 좆됐네. 뭔가 조언이나 그런 거 없어?"

"음, 일단 만월 때 이성을 잃을지도 몰라. 그거 조심해. 나는 원래 라이칸스로프로 태어난 쪽이라 괜찮은 모양이지만 인간이었다가 전염당한 다른 라이칸스로프는 무의식중에 사람을 해칠 수가 있으니까."

서린은 그렇게 말하면서 방으로 향했다.

"…그, 그래? 위험하잖아, 그건?"

정말 위험하기 짝이 없는 짓이다. 무의식중에 사람을 해친다니……. 당하는 사람이야 뒈지든 말든 알 바 아니지만 자신의 몸이 컨트롤되지 않는다는 것은 정말 위험한 일이다. 그렇게 이성을 잃게 되면 경찰 등의 발포에 의해서 죽을지도 모르는 일 아닌가?

서린은 혁진의 걱정을 다른 의미로 해석했는지 끄덕거리며 그의 어깨를 두들겨 주었다.

"그야 위험하긴 하지. 하지만 어쩔 수 없어. 그런 건 각오하고 항상 조심해야지. 괜찮아. 나랑 세건 형이 있으니까 그런 일 없게 할 수 있을 거야."

"만약 내가 발작을 일으켜서 너나 그 한세건을 습격하면……."

"그럼… 넌 반드시 죽어."

서린은 웃으면서 단언했다.

"엥?"

혁진은 어이가 없어서 눈을 크게 떴다. 서린의 성격상 이런 위험한 말을 잘라 말하다니, 있을 수 없는 일이다.

"세건 형은 솔직히… 위험한 사람이거든?"

"별로 솔직히 말할 것도 없이 한눈에 봐도 위험해 보여!"

사람이 많은 패밀리 레스토랑에서 보통 사람이면 죽어버릴 만한 공격을 태연히 감행하고도 하는 말이 '쥐는 구토 안 한다더라' 라니… 말이 되는가? 그런 사람을 위험하다고 하지 누구를 위험하다고 하겠는가? 하지만 서린은 의외라는 듯 혁진을 바라보다가 잠시 생각해 보더니 반문했다.

"역시 그렇지?"

"어쨌거나 그래서 발작을 일으키면 날 죽여 버리겠다 그거야?"

"그렇겠지. 세건 형이라면 그러고도 남아."

서린은 그렇게 말하며 방을 열었다. 꽤 깔끔하게 잘 꾸며져 있는 방을 보고 혁진은 놀라서 물어보았다.

"돈은 어디서 나서 이렇게 꾸미고 사는 거야? 가구니, 컴퓨터니, 가전제품이니, 돈이 많이 들어갈 것 같은데."

"돈은 흡혈귀의 피를 짜서 벌지."

"뭐?"

흡혈귀라면 그 조반니 같은 놈을 말하는 건가? 그런 놈들의 피를 짜서 번다니 혁진은 놀라지 않을 수 없었다.

이건 정말 미친놈들 아니야? 미친 흡혈귀들을 잡아서 돈을 벌려고 하는 사냥꾼, 그런 사냥꾼에게 견제의 의미로 스파이를 파견한 조반니……. 두 미친놈이 서로의 목숨을 노리고 수작을 부리고 있다. 그리고 그 사이에 끼인 스파이가 바로 자신이었다.

처음에 조반니의 의뢰를 받아들인 건 조반니가 협박을 한 것도 있지만 서린과는 언젠가 한번 제대로 승부를 가려보고 싶었기 때문이다. 그러나 이렇게 되면 이야기가 달라진다. 서린의 뒤에 서 있는 저 한세건이란 존재가 너무나 큰 것이다.

"…내 입장이라서 이거 웃고 즐길 수가 없군."

혁진이 그렇게 말하자 안내에 열중하던 서린이 돌아보았다.

"응? 뭐라고?"

"아니, 아무것도 아니야. 신경 쓰지 마. 내가 이래저래 신경이 쓰여서 말이지. 그렇다면 한세건은 바로 그… 흡혈귀 사냥꾼이라는 거지?"

물론 서린이 못 들어서 이러는 것은 아니다. 하지만 자신의 입장이라는 건 아마도 라이칸스로프가 된 자신의 입장을 말하는 것일 테니 뭔가 또 이상한 상상 하다가 혼잣말이라도 중얼거린 것이리라. 그렇게 생각한 서린은 피식 웃었다.

"세건 형 말야? 거의 무적의 흡혈귀 사냥꾼이라고 할 수 있지. 아마 인간 중에선… 실베스테르 신부라는 자랑 함께 최고급이라고 할 거야."

서린은 실베스테르라는 이름을 거론했다. 그도 이름만 들은 거지만 세건 이전에는 유일한 진마사냥꾼으로서 흡혈귀를 사냥하는 파계 신부라고 들었다. 하지만 그에 대해서는 잘 아는 바가 없으니 서린은 그저 막연히 세건과 비슷한 정도라고 생각했다.

하지만 세건처럼 성격 나쁜 인간이 또 한 명 더 있다니, 왠지 오한이 드는 상상이다. 그때 혁진이 중얼거렸다.

"대단하군. 흡혈귀들을 사냥할 수 있다니… 그게 인간인가? 인간에게 그런 게 가능한 거야? 아니지, 생각해 보니까 그 완력, 인간이 아니겠지? 혹시 그도 라이칸스로프인가?"

"인간 반, 흡혈귀 반이지."

서린은 마치 모 두유 회사의 광고 멘트처럼 말했다. 서린의 본성을 가장 잘 표현한 말이라고 하겠지만 모르는 사람에게는 알아듣기 힘든 소리였다.

"알 수 없군. 그런 게 가능한가? 혹시 인간과 흡혈귀 사이에서 태어났다든가 임신한 여자가 흡혈귀에게 물렸다든가 그런 거야?"

"그건 웨슬리 스나입스고."

그렇게 돌면서 여기저기 집을 소개하는 데는 얼마 걸리지 않았다. 무슨 성이나 대저택인 것도 아니니까 당연하다. 그렇게 소개를 하고 나니 잠시 후 세건이 그들에게 찾아왔다.

"지하로 내려와. 일단 부서진 도청 장치를 빼내자."

세건은 라텍스 수술 장갑을 끼고 준비하고 있었다. 벌써 수술 장갑을 들고 온 걸로 보아 소독이나 살균 같은 건 신경 쓰지 않는 것 같다. 혁진은 깜짝 놀라서 반문했다.

"네? 어떻게요?"

"물론 외과 수술이지. 네가 좀 자신의 몸에 컨트롤이 뛰어나다면 몸 안에 있는 이물질을 재생력으로 피부 밖으로 밀어낼 수 있을 텐데……. 아직은 그게 안 되다 보니까 이렇게 강제적으로 할 수밖에 없잖아."

서린은 세건의 말에 놀라서 반문했다.

"형이 수술도 할 수 있었어요?"

하지만 세건은 당연하다는 듯 대답했다.

"봉합할 필요가 없는데 뭐가 걱정이야?"

"자, 잠깐만!"

"염려 마. 은이 아니라 그냥 메스 쓸 거니까. 은이 아니면 재생력 저하나 손실이 적으니까 걱정하지 마. 애초에 은으로 메스를 만든다는 것 자체도 불가능하니까. 그리고 설사 은이라고 해도 그 정도로 라이칸스로프가 죽진 않아."

걱정하지 말라고 해도 당신의 몸을 째고 안의 물질을 꺼내겠습니다, 라는데 걱정하지 않을 이가 어디 있겠는가? 그것도 봉합할 생각은 없다고 단언까지 하는데. 저 모양이니 뭐 마취를 할 건지 안 할 건지는 물어보나 마나다.

혁진은 놀라서 달아나려고 했지만 그 순간 세건이 인정사정없이 혁진의 뒷목에 평권을 찔러 넣었다.

"하, 항상 이런 식?"

혁진은 그 말을 남기고 기절해 버렸다.

조반니 반테로는 테트라 아낙스에게 정기 보고를 하고 한숨을 내쉬었다. 혁진을 라이칸스로프로 만든 일 때문에 상부에서는 문책이 오고 있었다. 하지만 테트라 아낙스는 한세건에 의해서 그 체면을 구긴 일이 있었기 때문에 한세건과 싸우기 위한 전초전이라는 뜻을 높이 사서 그냥 싫은 소리 몇 번 하고 끝났다.

사실 흡혈귀 사회에 있어서 징계라는 것은 가벼운 것은 별 의미가 없고 오직 무거운 것만이 효과가 있었기에 어지간한 일로는 징계가 이뤄지질 않았다.

월급 주면서 키우는 놈들이면 감봉이나 강등 조치가 효과를 거두겠지만 그렇지 않은 녀석들에게는 달리 가볍게 징계할 수단이 마땅치 않은 것이다. 중징계용 벌칙이야 넘쳐 나지만 가벼운 징계가 별로 없으니 가벼운 것들은 그냥 경고로만 끝나는 경우가 많다.

“후우, 그렇지만 다행이군. 나는 또 내 피 이 리터 정도는 바치라고 할 줄 알았는데 말야.”

조반니는 안도의 한숨을 내쉬었다. 테트라 아낙스가 다른 흡혈귀들에게 징계를 내릴 때는 주로 피를 헌납하라고 하는데 이는 굉장히 굴욕적이고 신경 쓰이는 일이었다. 테트라 아낙스에게 피를 뽑아서 헌납하게 되면 VT 수치가 떨어진다는 믿음이 뱀파이어들 사이에 만연해 있었다. VT 수치는 체내의 호르몬 지수처럼 항상성 있는 수치라 피를 뽑는다 해도 아주 극소량이 떨어질 뿐이지만 VT가 높으면 높을수록 성장은 힘들고 잃기는 쉽기 때문에 모든 흡혈귀가 민감히 여긴다.

VT야말로 뱀파이어의 격을 대변해 주는 지수로 받아들여지고 있기 때문이다. 즉 테트라 아낙스가 피를 헌납하라고 하는 것은 뱀파이어 사회에서는 매우 끔찍한 징계였다.

"다행이군요."

베르나르도 형제는 조반니의 입에 물린 시가에 불을 붙이며 진심으로 안도했다.

"그나저나 어쩌실 겁니까? 그 녀석이 훌륭하게 세건의 옆에 잠입하긴 했습니다만… 인간으로선 뛰어나다 쳐도 아직 그들의 적이 될 수는 없습니다. 그렇다고 정보를 빼내 올 수 있는 것도 아니고."

한세건의 방어벽에 설치된 병기나 그런 걸 알아챘다고 해서 조반니 쪽으로 승기가 기우는 것은 아니다. 한세건이 설치한 방어선은 어디까지나 다수의 적을 상대하기 위한 방어진이고 그런 방어선에 걸리지 않을 소수 정예의 흡혈귀라고 해도 한세건 한 명의 벽을 뚫지 못했다. 한세건에게 있어서 가장 뛰어난 방어 전력은 바로 그 자신의 힘이라 해도 과언이 아니었다.

"뭐… 그걸 훌륭하게, 라면 할 말이 없군. 도청 장치는 만난지 두 시간도 안 되어서 완전히 부서졌지. 정체까지 간파하고 있는 것 같던데?"

조반니는 그렇게 말했지만 어쨌거나 한세건이 혁진을 안으로 들여놓았다는 게 중요하다. 사실 이 단계에서 이미 그의 계획은 태반이 완성되어 있는 거나 다름없었다.

"이리된 이상 시간을 끌어봐야 그 최혁진 군의 신념만 흔들릴 뿐이지. 자아, 그러면 일을 시작해 보자고. 우리 친구인 마법사들을 불러보실까?"

"예."

베르나르도 형제는 전화기를 들었다. 그사이에 조반니는 일어나서 지팡이를 잡았다.

"이번에야말로 한세건과 제대로 된 리벤지 매치를 벌일 수 있겠군. 하하하핫."

거구의 흡혈귀는 그렇게 말하며 지팡이를 꺾었다.

• ☾ • See you next moon •